L'INSTANT D'APRÈS

Du même auteur
chez Sonatine Éditions

Après minuit, traduit de l'anglais par Clément Baude, 2024.

Gillian McAllister

L'INSTANT D'APRÈS

Traduit de l'anglais
par Caroline Nicolas

SONATINE ÉDITIONS

Directeur de collection : Arnaud Hofmarcher
Coordination éditoriale : Marie Misandeau et Hubert Robin

Titre original : *Anything You Do Say*
Éditeur original : Penguin

Sonatine Éditions
92, avenue de France
75013 Paris
lisezsonatine.com
info@sonatine-editions.fr

Ouvrage réalisé par Cursives à Paris

ISBN 978-2-38399-255-4
N° d'édition : 1255/01 – Dépôt légal : septembre 2025

À Suzanne, ma sœur, médecin.

Pour tous ces textos qui commencent
par « Et si… » et tes réponses qui commencent
par « C'est assez compliqué, mais… »

1

Tout commence par un selfie. On ne connaît pas l'homme ; on n'est même pas sûres de son nom. C'est comme ça chaque fois qu'on sort. Laura dit que c'est parce que j'ai l'air sympa. Moi, je pense que c'est parce que je suis toujours en train de rêvasser, d'imaginer une vie aux gens pendant que je les dévisage, et qu'ils y voient une invitation à venir me parler.

Dans le cadre de son écran de téléphone, ses dents sont blanches et légèrement de travers, son nez busqué.

Laura se penche en avant pour appuyer sur le déclencheur. Son long bras mince apparaît en bordure de l'image. Il est couvert de bracelets – des anneaux de métal, des fils de coton, et un qu'elle a fabriqué elle-même. C'est une hippie dans l'âme.

Elle prend la photo, et nous voilà figées sur son écran. Je me demande s'il va le garder, ce cliché de nous qui lui appartient désormais.

« Sans filtre, nous dit-il.

– Quoi ? » demande Laura.

Elle ne se sert pas d'Instagram. Elle ne ressent pas le besoin de s'identifier dans les lieux qu'elle fréquente, ni de partager ses moments intimes avec qui que ce soit. Elle n'est nulle part sur Internet, et je suis sûre que sa vie n'en est que meilleure.

Nous mettons fin à notre tableau vivant au comptoir, mais il reste debout à côté de moi. Il oscille d'avant en arrière, soulevant et baissant les talons. Il est tout en noir, à l'exception de ses pieds chaussés de baskets rouges.

Je me tourne vers Laura. Elle est allée chez le coiffeur. Une coupe à la garçonne, encore : les cheveux ébouriffés, la frange dans les yeux. Ça lui donne un air androgyne, légèrement loufoque. Si je tentais la même coiffure, ce serait une catastrophe. Les gens me prendraient pour une gamine. Elle ne porte jamais de maquillage mais n'en a pas besoin, avec ses dents blanches parfaitement alignées, ses joues naturellement roses et ses cils sombres. Ses yeux se plissent sur les côtés même quand elle ne sourit pas. Ce qu'elle souhaite par-dessus tout, c'est être une artiste – elle crée des tableaux hyperréalistes qui ressemblent à des photographies – et elle ne veut pas vivre sa vie comme les autres gens. C'est une obsession pour elle. Elle sort parfois des remarques du type : « Quelle est la corrélation entre porter un costard et faire du bon travail ? », ou : « Pourquoi est-ce qu'il te faudrait une maison en banlieue pavillonnaire et un prêt à rembourser comme tout le monde ? »

Moi, je ne dirais jamais des choses pareilles.

« Super, tes godasses », dit-elle à présent en baissant la tête pour regarder sous le comptoir.

Elles sont neuves. En soie couleur crème, avec des rubans qui se nouent autour des chevilles. Laura préfère les chaussures plates, le bord de ses pieds est dur et sec à force d'être toujours déchaussée chez elle. Ils vivent sur une péniche, Jonty et elle. Ils s'amarrent où ils veulent. Parfois, j'ai envie de faire pareil, fatiguée de notre minuscule appartement en sous-sol, mais Reuben me dit que je détesterais ça ; que je ne suis pas réaliste.

« Merci. »

Je les ai achetées avec une carte de crédit, à presque minuit l'autre soir. J'avais oublié jusqu'à ce qu'elles arrivent, et j'ai ressenti une émotion familière en déchirant l'emballage, alors que je me demandais d'abord ce que c'était puis les reconnaissais brusquement.

« Sont-elles validées par Reuben ? » demande Laura.

Reuben est l'une des seules personnes sur le compte de qui elle se trompe systématiquement. Elle voit dans sa timidité autre chose. De la désapprobation, peut-être. Il est possible qu'elle ait raison. Il a levé les sourcils lorsque j'ai déballé les chaussures, mais n'a pas fait de commentaire.

Je hausse les épaules.

« Ce qui est à lui est à nous », je réponds, même si l'idée me gêne.

Reuben travaille bien plus dur que moi. Tout le monde travaille plus dur que moi.

Les épaules maigres de Laura sont nues, bien qu'on soit au mois de décembre. Elle porte un haut tout simple, un débardeur blanc uni trop large pour elle. C'est le genre de matière qui n'a pas besoin d'être repassée. Moi, je ne repasse rien. Quand j'essaie, notre fer dépose partout une substance marron et visqueuse, alors j'ai renoncé. Dans ma tête, j'appelle ça ma « Joannitude » : les situations où j'échoue alors que la plupart des gens réussissent.

« On dirait que tu t'es fait un ami pour la vie. »

Je me retourne. L'homme est toujours debout à côté de moi. Je sens toute la longueur de sa jambe presser contre la mienne alors qu'il change de pied d'appui, essayant d'attirer l'attention du barman.

« La même chose pour ces demoiselles ? » demande-t-il.

On accepte, et peut-être qu'on ne devrait pas. On commence à être un peu gaies. Nos boissons arrivent, posées sur des serviettes en papier noir que mouille la condensation des verres. Laura s'écarte lentement le long du comptoir. Je la suis, mais lui aussi.

« Ton boulot ou le mien ? » me demande-t-elle, la tête penchée vers moi pour qu'il n'entende pas.

C'est ainsi que débutent nos longues discussions. Une fois, on s'est dit en plaisantant qu'il nous fallait un ordre du jour, et maintenant on en a plus ou moins un : le travail, la vie sentimentale, la famille. Puis tout le reste. Tout ce qui se présente.

Je lâche un soupir, mais ça ne fait rien pour dissiper l'angoisse qui m'a crispée dès qu'elle a mentionné le travail.

« Hier à ma pause déjeuner, j'ai fait un Sudoku qui était plus palpitant que le reste de ma journée combiné. »

J'ai commencé à travailler dans le bibliobus parce que j'adorais ça quand j'étais enfant. J'adorais me constituer une nouvelle pile bien épaisse de livres à lire chaque semaine. J'adorais en explorer le moindre recoin et trouver mon frère caché dans le rayon des thrillers. Mais après six ans à ce poste, ça ne suffit plus.

« Mmm », fait-elle en mordillant sa lèvre inférieure et en regardant de l'autre côté du bar d'un air pensif.

Nous détestons toutes les deux notre travail, mais de façon radicalement différente. Je n'ai aucune idée de ce que j'aimerais faire à la place. Laura, elle, sait exactement ce qu'elle veut faire, mais ne peut pas.

« Il te faut un Truc. Et moi, il faudrait que je n'en aie pas.

– Ouaip. Bien résumé. » Personne d'autre ne pourrait me dire une chose pareille, sauf peut-être Reuben. « Je n'ai aucune profondeur.

– Tu es trop maligne pour ton bien, réplique-t-elle.

– Non. Je suis l'idiote des Murphy. »

Mon frère, Wilf, a étudié à Cambridge et possède maintenant une kyrielle de propriétés dans Londres, et aucun de nous n'est jamais autorisé à l'oublier.

« Tu es une très intelligente *Joanna*. Oliva ou Murphy. »

Oliva. Le nom de famille de Reuben.

Je baisse les yeux sur mon cocktail, le mélange avec la paille noire dont j'ai mâchonné le bout. Reuben dit que je devrais juste passer à autre chose. Arrêter de me torturer. Personne n'a vraiment de Truc.

« Euh… », fait Laura en regardant quelque chose juste au-dessus de ma tête, comme si elle venait de voir une araignée sur le mur.

Je me retourne et trouve l'homme penché au-dessus de moi, un bras protecteur juste derrière mes épaules. Maintenant que je sais qu'il est là, j'ai conscience de chaque molécule de son corps. Son bras se pose sur mes épaules comme un lourd sac à dos, et je grimace. J'essaie de me dégager d'une secousse, mais il l'abat plus lourdement sur moi. C'est une sensation pesante, désagréable. Je suis collée à lui contre mon gré, et son aisselle est chaude et moite contre mon épaule. Il sent la bière, cette odeur alcoolisée et douceâtre généralement réservée aux lendemains de cuite. Avec la morsure de la menthe derrière. Je vois qu'il mâche un chewing-gum.

« Je me suis même pas présenté, dit-il, interrompant mes pensées. Je m'appelle Sadiq. »

Il nous détaille de ses yeux noirs et nous tend la main, à moi puis à Laura.

Elle l'ignore mais je la prends, ne voulant pas le vexer. Il me passe une carte de visite, d'un geste vif et fluide digne d'un espion. Sadiq Ul-Haq. Je ne sais pas quoi en faire, alors je la glisse dans mon sac, pratiquement sans la lire, et lui réponds :

« Merci. Moi, je n'en ai pas.

– Merci pour le selfie, mais ça va aller maintenant, intervient Laura. On veut juste papoter. Entre nous. »

Même ça ne le décourage pas.

« Bébé, sois pas froide comme ça. »

Je ne peux m'empêcher de le regarder du coin de l'œil. Je n'arrive pas à identifier son accent chantant.

« On n'est pas froides. On veut se parler l'une à l'autre, et pas à vous », réplique Laura.

C'est bien elle, ça. Tout au long de nos années de fac, j'ai vu les gens la sous-estimer. Elle avait une ossature délicate, n'élevait jamais la voix, s'asseyait presque recroquevillée, avec les bras croisés sur le ventre, alors les gens la croyaient douce. Mais elle ne l'était pas, absolument pas.

Elle prend son verre sans ajouter un mot et nous traversons la piste de danse improvisée, nous faufilant entre les corps aux mouvements imprévisibles. Il n'y a de la place que juste à côté des baffles, qui pulsent un tube de dance que j'aurais adoré il y a cinq ans. La musique me vrombit dans l'oreille, et la basse résonne dans ma cage thoracique. En face de moi, je vois deux amoureux tout près l'un de l'autre. Elle a une coupe afro, une taille fine visible entre son haut et son pantalon noir. Lui a la main appuyée au mur derrière elle. Il lui murmure à l'oreille. Je me demande à quoi ressemblent leurs soirées. Je parie qu'ils écoutent de la musique indé à la radio en cuisinant. Ou peut-être qu'ils font de la peinture ensemble, tous les dimanches : un rituel du week-end. De l'art abstrait. Ils en mettent partout sur leurs vêtements, sur leurs murs, mais ils s'en fichent.

Elle surprend mon regard et, pour la énième fois de ma vie, je suis contente que personne ne puisse lire dans mes pensées. Elle porte une main à ses cheveux, embarrassée. Je détourne les yeux, mais pas avant d'avoir remarqué qu'elle a les ongles vernis d'une intense couleur prune, luisants et parfaitement réguliers. Ah. Elle fait partie de ces gens-là. Les Vraies Personnes, c'est ainsi que je les appelle dans ma tête. Les Vraies Personnes ont des vêtements bien ajustés, des cheveux bien coiffés, un teint éclatant. On peut décomposer le look en ses multiples éléments, mais la vérité c'est qu'elles ont juste l'air… soignées. Il y a quelque chose qu'elles font comme il faut. Quelque chose d'intangible. Je me demande si on le leur a enseigné, comme un rite de passage, et si j'ai été privée de cette leçon.

« Quoi ? demande Laura en suivant mon regard.

– Là. »

Je lui désigne le couple qui s'enlace à nouveau.

« Ah, être jeune et amoureux. »

Je la regarde avec curiosité. Je me rends compte que je ne vois plus Jonty l'embrasser. On dirait deux potes, d'une certaine façon : leur relation paraît plus fondée sur le travail d'équipe que sur l'amour romantique. Elle pense sûrement la même chose de Reuben et moi. Reuben semble réservé, distant, dédaigneux. Jusqu'à ce que la porte se referme derrière nous, du moins.

« Il était chelou, celui-là, crie Laura en indiquant de son verre la direction du comptoir. Sadiq.

– Oui, hein ?

– Lourd.

– Oh, il va nous laisser tranquilles maintenant. »

Laura hausse les sourcils mais ne répond pas.

« Jonty est bizarre, ces derniers temps », reprend-elle au bout d'un moment.

Je relève les yeux, surprise.

« Ah bon ? »

Elle repousse sa frange en arrière. Les mèches s'emmêlent et rebiquent légèrement avant de retomber doucement. Elle gonfle les joues. Adorable Jonty : il s'est fait virer de tous les emplois qu'il a eus à cause de ses retards. Il oublie souvent qu'il part en vacances, et doit être amené à l'aéroport par surprise. Distingué, affable, un peu incapable : ce qu'il souhaite plus que tout au monde, c'est une vie tranquille et un gin tonic dans sa main. J'aime réfléchir à ce que les gens que je rencontre désirent vraiment. J'ai commencé à le faire quand j'étais adolescente, et je n'arrive pas à arrêter. Je fronce les sourcils.

« Qu'est-ce qui lui arrive ? »

En ce moment, il fait de l'intérim dans une boîte qui couvre de paillettes des flacons de parfum pour les fêtes de Noël. Il dit que c'est un travail assez propice à la méditation.

« Je n'en ai aucune idée. Et toi ? »

Je me vois souvent demander conseil au sujet des gens. Rien d'autre, bien sûr. Rien d'intello. On ne me demande jamais mon avis sur une question de médecine ou de droit, sur un permis de construire, le marché des transferts en football ou la guerre en Syrie. Juste au sujet des gens, et des choses qu'ils font.

« Qu'est-ce qu'il te dit ?

– Rien. Juste… Il parle plus souvent de l'avenir, peut-être. »

Elle hausse les épaules. Elle ne veut pas en discuter davantage, je le vois.

« Où tu en es pour le master ? ajoute-t-elle.

– Quel master ? je demande distraitement.

– Celui sur la théorie culturelle. »

Je fronce les sourcils. Ça me dit quelque chose, effectivement.

« Oh, c'est encore en attente », je réponds vaguement.

Je suis toujours en train de postuler pour des masters, des bourses, et de proposer des idées d'article au *Guardian*, et de me dire que peut-être j'aimerais ouvrir un café. *Je pourrais aller cultiver du cacao en Amérique du Sud ?* j'écris par exemple à Laura sur WhatsApp. *Mais tu prends trop facilement des coups de soleil*, me répond-elle. *Peut-être plutôt du blé en Angleterre ?* Et bien que ce questionnement professionnel soit sans fin, et sûrement pénible, elle traite chaque nouvelle lubie aussi sérieusement que la première.

« Bonne chance », me dit-elle avec un sourire.

Elle semble sur le point de poursuivre mais, à cet instant, son regard est attiré par quelque chose juste derrière moi, et elle ne commence pas sa phrase. Ou plutôt, elle en commence une autre.

« OK, c'est l'heure de partir », déclare-t-elle.

Je regarde derrière moi et découvre Sadiq. Je hausse les épaules avec agacement et m'écarte de quelques pas, mais il me suit en tendant le bras.

« Laissez-nous tranquilles, dit Laura.

– Je te conseille de pas me parler sur ce ton », répond-il.

Je tourne la tête, la chanson se termine, et dans la seconde de silence avant qu'une autre commence, j'entends le sang battre dans mes oreilles.

Brusquement, ça n'a plus rien de drôle. Un frisson de peur me traverse. Des images surgissent dans ma tête. Des images de femmes suivies dans des ruelles obscures, attirées dans des voitures, démembrées dans des coffres.

Je m'écarte davantage de lui, me rapprochant du mur, m'éloignant de Laura. Je pense au couple que j'ai vu plus tôt, à leur air heureux, et je regrette que Reuben ne soit pas là. Il ne dirait rien ; il n'en aurait pas besoin. Il a une présence, comme ça. Les gens semblent faire attention à leur comportement devant lui, comme de sales gamins.

Sadiq me suit, m'acculant contre le mur. Derrière lui, le regard de Laura se durcit ; ses yeux ne sont plus que deux fentes. Et maintenant, il me fait face, juste devant moi. Je m'écarte en le contournant, mais il me retient par le bras, m'attire contre son corps, dos à lui, et se frotte à moi en un mouvement circulaire, les mains sur mes hanches – sur mes fesses – comme si on était dans une scène de sexe.

Je reste complètement immobile une seconde ou deux. Le choc ? Quoi qu'il en soit, ce sont deux secondes où je sens non seulement ses mains, son haleine sur ma nuque, mais aussi son érection. Raide et dure contre l'arrière de ma cuisse. Je ne peux m'empêcher d'imaginer à quoi elle ressemble. La pensée s'immisce dans ma tête comme une fenêtre pop-up indésirable sur Internet, et je grimace. Je n'ai pas senti le pénis d'un autre homme depuis plus de sept ans. Que dirait Reuben ? Il le traiterait de connard, voilà ce qu'il dirait. Cette pensée me réconforte.

Je m'écarte lentement de lui, en souriant avec gêne parce que je ne sais pas quoi faire d'autre ; le choc d'avoir été touchée contre mon gré est comme un saut dans la mer du haut d'une jetée. J'ai encore l'impression de le sentir. Sa chaleur et sa raideur. Je commence à claquer des dents. Je ne dis rien. Je devrais, mais je ne le fais pas. J'ai juste envie de m'en aller.

Laura m'a pris mon verre des mains et essaie de trouver une surface où le poser. Elle finit par le placer sur les baffles – elle est tout juste assez grande pour cela –, puis elle attrape mon manteau, mon bras, et on s'en va.

Il tend de nouveau le bras pour me retenir. Comme un chat avec une souris. Il n'attrape que mon doigt. J'essaie de dégager celui-ci de son étreinte, mais il est plus fort que moi. Je pourrais crier, mais que dirais-je ? Attraper la main d'une fille dans un bar ne me fait pas vraiment l'effet d'un crime, même si ça l'est peut-être. À la place, je suis complice, c'est presque comme si je lui tenais la main. Personne ne sait que c'est contre mon gré.

Personne ne sait ce qui se passe dans ma tête. Sa main forme momentanément une menotte autour de la mienne.

Il l'étreint fortement, l'enserrant tout entière dans sa paume. Il relâche sa pression puis la reprend ; une sorte de menace sexuelle. Puis il me lâche complètement.

Dehors, où l'air hivernal ressort de ma bouche comme de la poussière de craie, je sens encore son corps contre le mien. Je sais que c'est mon imagination, mais j'ai l'impression d'avoir la cuisse mouillée. Je la tâte pour vérifier. Elle ne l'est pas.

Laura me tend mon manteau.

« Merde, alors, dit-elle. Ça faisait un bout de temps que j'avais pas dû partir d'un bar à cause d'un taré. On a de nouveau vingt ans, ou quoi ? »

Elle traite l'incident à la légère, et je lui en suis reconnaissante. Je le sens encore entre mes jambes ; cette pression, cette présence insistante. Ai-je été victime d'une agression sexuelle ? Je suppose que oui. Mais peut-être est-ce ma faute, d'une façon ou d'une autre. Je frissonne et m'enveloppe dans mon manteau pour essayer de me protéger de la pluie.

« Ça va ? » me demande Laura.

Je hoche la tête sans relever les yeux, le regard fixé sur mes chaussures à rubans crème. Je ne veux pas en parler. Comme la taxe de péage urbain que j'ai ignorée jusqu'à ce qu'il soit trop tard, nous obligeant à payer le double au grand agacement de Reuben, je refoule l'incident tout au fond de mes pensées.

« Ouais. Pas de souci. Que serait un vendredi soir sans taré ?

– OK, dit-elle en continuant à m'observer d'un œil incertain. J'avais un mauvais pressentiment pour ce soir. »

Ça, c'est bien une remarque à la Laura, et une autre raison pour laquelle Reuben et elle ne s'entendent pas : elle est adepte de mysticisme, lui un fervent logicien.

Elle tire sur une écharpe accrochée à l'anse de son sac et la met à son cou. De l'autre côté de la route, deux restaurants ont leurs illuminations de Noël allumées : des guirlandes de LED couleur champagne enroulées autour d'arbustes en pot.

Je dis : « C'est donc ça, Little Venice. »

On aime explorer les recoins secrets de Londres. On va toujours dans des endroits nouveaux. Notre loyer est trop cher pour sortir sans cesse dans les mêmes bars ; en variant, on a l'impression d'en avoir plus pour notre argent, d'une certaine façon.

« Peut-être qu'on ne reviendra pas », répond-elle.

Je regarde ma montre. Il est trop tard pour aller ailleurs. Je suis appâtée par la pensée de Reuben chez nous, dans notre salon. Il est probablement vêtu confortablement. A tamisé les lumières. Regarde la télévision, mais le volume baissé. Sur l'accoudoir du canapé, un verre de rouge dont il tient le pied entre ses doigts élégants. Il aime le vin ; en boit même quand il est seul. Moi, quand je suis seule, je bois un soda au cassis.

« Par où tu rentres ? me demande Laura, en indiquant du pouce la rue derrière elle.

– Par Warwick Avenue. C'est le plus simple. »

Je vois une silhouette sombre passer vivement derrière elle, sous le store du bar qu'on vient de quitter, mais elle disparaît avant que j'aie pu l'observer de plus près. Peut-être est-ce le couple, marchant d'un même pas, qui rentre chez lui. Je regarde quand même par-dessus mon épaule, juste pour vérifier. Rien.

Une odeur d'eau de Cologne me parvient alors que Laura me serre dans ses bras. Elle porte une jupe longue et des bottes de motarde.

« Écris-moi sur WhatsApp quand tu seras rentrée », me dit-elle.

Je hoche la tête. WhatsApp est notre moyen de communication. Des dizaines de messages par jour. Articles de journaux. Minuscules photos de ses œuvres, de bières bues en pleine journée avec Jonty. Captures d'écran de mèmes qui nous font rire. Selfies de moi en train de m'ennuyer au boulot. On adore ça.

Je pars en direction du canal et traverse le pont. Il est en fer forgé, peint en bleu. Il me rappelle la cour de récréation de mon école. Je laisse courir mes doigts sur les barreaux. L'ambiance est spectrale, ici. Il n'y a pas un chat. La pluie forcit légèrement et un petit vent me glace les os.

Et c'est là que je l'entends. Les entends. Des pas. C'est sûrement le fruit de mon imagination ? Je m'arrête. Mais non, les voici qui continuent. Des pas lourds.

Je pourrais faire demi-tour. Retourner au bar. Mais le bar est-il sûr ?

Que fait-on quand on se croit suivie par quelqu'un le long d'une section de canal déserte ? Quand on risque de devenir une statistique, un fait divers tragique ?

Rien. C'est la réponse. On continue à avancer. On croise les doigts.

Je n'aurais jamais pensé qu'un truc pareil pourrait m'arriver un jour. Je suppose que c'est la raison pour laquelle je me conduis comme si j'étais dans un film : je ne sais pas quoi faire d'autre. Je m'arrête, l'espace d'un instant, pour voir ce qu'il va faire, et je l'entends s'arrêter aussi.

Je me remets en marche, d'un pas plus rapide, et je l'entends faire de même. Mon imagination part au quart de tour, comme un sprinteur dans les starting-blocks, et très vite je ne sais plus ce qui est réel. Est-il derrière moi – je n'ose pas regarder –, sur le point de m'attraper ? Le claquement lourd de ses semelles sur le béton mouillé est constant, mais c'est tout ce que je parviens à déterminer.

Il faut que j'appelle quelqu'un.

Je tourne à gauche, dans une ruelle transversale que je ne prendrais jamais en temps normal. Juste pour voir ce qu'il fait. Je passe devant des maisons blanches avec des balcons. Des maisons de millionnaires. Ici et là, un bow-window est éclairé ; de petits carrés ambrés dans la nuit, où des sapins de Noël de bon goût scintillent comme des lucioles. D'ordinaire, je regarderais par ces fenêtres, j'inventerais une vie aux habitants, un passé, mais pas ce soir.

Il m'a suivie. Cinq pas de plus. Les siens martèlent le sol après moi. Je n'arrive pas à regarder par-dessus mon épaule. Je suis pétrifiée.

J'essaie de formuler un plan. Je pourrais appeler Laura. Pourrait-elle me rejoindre rapidement ? Non. Je me mets à courir, à trottiner, plutôt. Ces chaussures à la con.

Je pourrais frapper à une porte. Mais... suis-je vraiment sûre d'être suivie ? Ils me prendraient pour une folle. C'est bizarre, l'importance que j'accorde à ce que les gens pensent de moi, à la façon dont ils vont me percevoir, à cet instant ; exactement comme dans le bar, lorsque je n'ai pas crié quand il m'a attrapé la main. Je veux que ces gens, ces inconnus, cet inconscient collectif, m'apprécient.

Je tourne à droite pour revenir dans une grande rue et la traverse. Je sors mon téléphone, prête à composer un numéro. La police ? Non, ça paraît un peu extrême. J'appelle plutôt Reuben. Il met une éternité à répondre, ce qui n'a rien d'exceptionnel – il déteste le téléphone, sauf quand c'est moi qui appelle –, mais ensuite son « allô » profond résonne en moi.

« Tout va bien ? » demande-t-il.

Je peux le visualiser, à présent. C'est réconfortant. Il est adossé dans le canapé, la tête en arrière. Dans la lumière tamisée de notre salon, ses cheveux semblent auburn, pas roux. Il fronce les sourcils au-dessus de ses yeux vert forêt.

« Reuben.

– Quoi ? »

Il doit se redresser, maintenant.

« Je suis suivie », je réponds à voix basse.

Je ne sais pas pourquoi je ne le hurle pas. Ses sourcils doivent se froncer encore plus.

« Par qui ?

– Un mec. Du bar.

– Où ?

– Est-ce que tu peux juste... rester en ligne avec moi ? M'accompagner jusqu'au métro, virtuellement ?

– Bien sûr, murmure-t-il.

– OK.

– OK », répète-t-il, mais sa voix grésille.

J'écarte le téléphone de mon oreille pour le regarder, et la lumière de l'écran illumine le nuage de mon haleine chaude. *Merde.* Plus de réseau.

Il y a un escalier devant moi, qui descend vers un pont. Je gagne d'un bond le coin où il débute, pour voir si l'homme me suit. Je pose un pied sur la première marche, paralysée, incapable de me retourner pour vérifier.

Et maintenant il est derrière moi. Et maintenant, ce n'est pas dans ma tête. Je le sais. Il est juste derrière moi. Prêt à m'attraper de nouveau par les hanches. À se presser contre moi, contre mon gré.

Je vois sa basket rouge. Oh, mon Dieu. Il est bien là. J'ai trop peur pour me retourner et le regarder bien en face. J'en suis incapable. Je souffle éperdument « Allô ? » dans mon téléphone.

Reuben répond dans un grésillement et puis... les trois bips. *Échec de l'appel.*

Je m'élance dans l'escalier en courant, et je n'ai descendu que quelques marches lorsque arrive ce que je savais qu'il allait arriver. Sa main gantée derrière moi. Elle se pose sur la rambarde comme un oiseau de proie. Ses gants sont exactement du genre auquel je me serais attendue de sa part. De marque. Sportifs. Il avait l'air agile.

Je l'entends prendre sa respiration, et je sais qu'il est sur le point de me parler, de me menacer. Peut-être sa bouche est-elle tout près de mon oreille, son corps prêt à s'emparer du mien, à s'y frotter lascivement, alors je tends la main pour attraper la rambarde. Elle est froide et mouillée, et trempe mon gant.

Et puis j'agis instinctivement.

Il descend sur ma droite, prêt à me dépasser sur les larges marches. Je me retourne. Il a la capuche relevée, mais je le reconnais à sa démarche. Je me rappelle une fois de plus son corps contre le mien et, imaginant d'autres horreurs – son haleine douceâtre dans ma bouche, son pénis contre mon jean, contre ma culotte, une présence solide, moite, douloureuse –, j'abats ma main sur la sienne, vivement, violemment. Il laisse échapper un cri de surprise. Et de ma main droite – ma main dominante –, je pousse son corps, fermement, franchement, avec plus de force que je n'ai jamais poussé quoi que ce soit dans ma vie. Je lâche sa main alors qu'il tombe – je suis surprise qu'il perde l'équilibre, il fait bien un mètre quatre-vingts – et il dégringole les marches en béton comme un cascadeur jusqu'au chemin de halage. Là, il s'arrête, sur le ventre, dans une position bizarre. Haletante, je reste immobile à le regarder, stupéfaite. D'avoir fait cela. D'être sauve. Qu'il soit là-bas, inerte, et que je sois encore ici, presque au sommet.

Je suis prise d'une étrange bouffée de chaleur paniquée. Je déboutonne mon manteau, avide de sentir la morsure du froid hivernal sur ma poitrine couverte de sueur. Mon gant est trempé lorsqu'il touche ma peau. J'ai le front couvert d'une pellicule de moiteur : la transpiration ou la légère bruine qui tombe du ciel autour de moi, je ne sais pas. J'ai l'impression que mes intestins veulent s'ouvrir, et tout au creux de mon estomac, je sens la peur commencer à bourdonner tel un essaim de frelons. Oh, là, là. Qu'est-ce que j'ai fait ?

Il y a une minute, j'avais peur pour ma vie, et maintenant j'ai peur pour la sienne.

Je reviens en pensée sur ce qui s'est passé au bar. Bonne à rien de Joanna. J'aurais dû l'ignorer, lui dire d'aller se faire voir, comme Laura. Je ne fais jamais ce qu'il faut. Et je me retrouve dans le pétrin. J'évite les situations désagréables et elles empirent.

Je ferme les yeux. Oh, si seulement je pouvais revenir à Avant. Avant qu'on rencontre Sadiq. Avant qu'on parte. Avant qu'il me suive. Avant que je le pousse.

Mais on ne peut pas. Je ne peux pas. Et maintenant… c'est Après.

Je repose les yeux sur Sadiq. Il a le bras gauche bizarrement tordu sous lui. Il n'a dégringolé que sept marches, mais elles sont en béton, et mouillées. Il a dû tendre le bras droit devant lui pour essayer de se rattraper. Sa main gît juste à côté de son visage. Il n'a pas bougé d'un pouce.

Je devrais aller l'aider. Appeler une ambulance. Avouer.

Ou alors, je devrais m'enfuir, au cas où il serait sur le point de se relever. Rentrer en courant à la maison. Faire comme si de rien n'était. Retourner à Avant, même si je sais que je ne peux pas.

La lumière des réverbères est trop brillante, réfractée cent fois dans chaque goutte de pluie bruineuse. Je vois de l'humidité sur les marches en béton, semblable à des milliers de perles de sueur. Je sens l'air froid s'infiltrer sous mon manteau. Sadiq gît immobile mais respire, son dos se soulève et s'abaisse ; je le regarde, je regarde autour de moi, et je réfléchis.

Je peux m'enfuir, ou rester et lui appeler une ambulance.

Le moment est venu de prendre une décision.

2
Avouer

Je reste immobile, les yeux fixés sur Sadiq. Je pourrais m'en aller. Éviter le problème, comme je l'ai fait toute ma vie.

Je lui tourne le dos et remonte trois marches. Puis je m'arrête pour regarder par-dessus mon épaule, certaine qu'il s'est redressé derrière moi comme un méchant dans une fable. Mais non. Il est toujours là. Allongé. Immobile.

De grosses gouttes de pluie s'écrasent sur mon nez et laissent une traînée de gouttes plus petites, comme si elles s'étaient scindées.

Je regarde toujours par-dessus mon épaule alors qu'encore une fois, je pense : je pourrais m'en aller. Little Venice est désert. Je vérifie, longeant du regard le canal dans un sens puis dans l'autre. Personne.

Et c'est là que la transpiration s'aggrave. Je gonfle les joues, lève les yeux vers le ciel et tente de réfléchir, mais je ne fais que paniquer. C'est comme si toute la peur et la terreur et la folie du monde s'étaient donné le champ libre dans mon estomac. Les pensées se bousculent dans ma tête sans que je sois capable de m'arrêter sur une seule, mes poings se crispent et se décrispent comme deux étoiles de mer, et j'ai les jambes en coton.

Je regarde une fois de plus Sadiq. Ce sont des écouteurs qu'il a là ? Une oreillette est tombée de son oreille, et le câble blanc se détache sur le béton comme un ver.

Je me demande ce que ferait Reuben. Peut-être que je peux le rappeler et lui demander. Non. Je suis certaine de ce qu'il dirait. Lui fait toujours ce qu'il faut faire. Son poème préféré est *Si* de Rudyard Kipling. Sa série préférée, *À la Maison-Blanche.* Il est assistant social pour une association caritative musulmane. Mon cerveau énumère ces points pour appuyer la décision qu'il souhaite me voir prendre – partir, maintenant, et ne jamais en parler à Reuben –, et il est inlassable. Reuben empile les chaises à la fin d'une journée de travail, bien que ce soit le job des agents d'entretien. Il a été adopté, il y a trente-deux ans, et n'en a jamais gardé rancune. Une fois, j'ai éraflé la portière d'une autre voiture, si légèrement que la rayure se voyait à peine, et j'ai sorti un mouchoir pour l'atténuer encore ; Reuben, lui, était déjà sorti pour écrire un mot détaillé où il donnait nos numéros, sans me laisser le temps de protester. Il choisit, encore et toujours, de *faire ce qu'il faut faire* – même si c'est rarement le plus facile.

Bon sang, mais appelle les secours, me dirait-il, paniqué, stupéfait que je lui pose seulement la question.

Peut-être ce moment changera-t-il à jamais le regard qu'il porte sur moi : le fait que j'ai eu à lui demander. Il me verra – enfin – telle que je suis vraiment : faillible, égoïste, minable.

Non. Je ne peux pas être comme ça.

Je me risque à redescendre deux marches. J'entends quelque chose. Une voix. Je m'arrête à nouveau, mélancolique, et dis tristement adieu à ma vie telle que je la connais. Suis-je sûre ? Si j'appelle maintenant, il y aura une procédure. Une ambulance, envoyée immédiatement. Je serai fichée. Je ne serai plus Joanna mais... quelqu'un d'autre. Un numéro.

Ça fait déjà plus d'une minute. Peut-être deux. Cent vingt secondes à le regarder fixement sans rien faire.

D'où vient ce bruit ? Je suis sûre que c'est une voix de femme. Je descends lentement deux marches, et je comprends. Ses écouteurs.

Et même si j'ai pris ma décision, je procrastine. J'essaie de retarder le moment où je vais devoir passer ce coup de téléphone, même si je sais que ça va rendre les choses plus difficiles, pas plus faciles. Je procrastine depuis toujours, et je ne vais pas arrêter maintenant.

Une minute encore s'écoule.

Je ne sais pas ce qui me pousse à l'action. Peut-être avais-je besoin de ces trois minutes pour me faire à ce que va être l'avenir ; pour passer à l'Après. Peut-être était-ce pour m'assurer qu'il n'allait pas bouger, essayer de m'attraper. Je ne sais pas, mais je ressors mon téléphone, pratiquement au bas des marches, et je tape le numéro d'urgence. Je ne l'ai jamais composé de ma vie, même si j'ai l'impression que j'aurais dû, avec tous les films, les séries, les livres que j'ai vus et lus.

Ça ne sonne pas. Il y a un bruit étrange, puis une opératrice répond immédiatement. En entendant sa voix à l'accent écossais, je descends prudemment les dernières marches, comme si je ne pouvais m'approcher de lui que maintenant qu'elle m'offre sa protection.

« Quelle est votre urgence ? demande-t-elle.

– J'ai… Il y a un homme qui est blessé. »

En m'arrêtant juste devant son corps, j'entends de nouveau le bruit. C'est bien une voix. *Inspirez profondément en comptant jusqu'à cinq*, dit-elle. Un genre d'hypnothérapie. De la méditation, peut-être.

« OK, mademoiselle, est-il gravement blessé ? demande-t-elle.

– Je… je ne sais pas.

– D'accord. Quel est votre nom ?

– Joanna Oliva. »

Juste après avoir répondu, je me demande si je n'aurais pas dû en donner un faux.

« OK, Joanna. Nous allons envoyer une équipe de première intervention. »

Son ton est neutre. Elle n'offre pas de paroles de réconfort. Elle n'explique pas ce qu'est une équipe de première intervention.

Je me demande quels sont ses rêves, ses espoirs dans la vie. Peut-être a-t-elle eu besoin d'appeler les secours, une fois, et maintenant elle veut aider les autres. Je ferme les yeux et m'imagine ailleurs, au téléphone avec une amie. Peut-être suis-je au bord de la mer, en vacances, et l'ai-je appelée parce que je m'ennuyais. Ou alors, je suis en route pour aller retrouver Reuben à la maison, et je l'appelle pour passer le temps. Il décroche toujours quand il est en train de rentrer lui aussi, et on bavarde, souvent jusqu'à ce que j'arrive devant notre porte.

Je lui donne l'adresse. Du moins, un semblant d'adresse.

« Un des petits ponts. Dans Little Venice. Le canal. »

Je l'entends taper sur son clavier.

« Et maintenant, j'aimerais que vous évaluiez l'état de l'homme ; est-ce que vous vous en sentez capable ? » reprend-elle d'un ton chantant.

Je me demande si elle a été embauchée pour la nature apaisante de sa voix. Peut-être fait-elle des pubs à la télévision pendant son temps libre. Je ne peux pas empêcher mes pensées de divaguer. Je trouve étrange d'être fidèle à moi-même ; d'être encore à la merci de mon imagination débordante, même dans ces circonstances extraordinaires.

Je me penche et lui touche l'épaule avec hésitation. Sa veste noire est plus douce que je ne m'y attendais ; en laine polaire. Il porte un pantalon noir serré, presque un legging. J'étais certaine qu'il était en jean, dans le bar. Mais ce sont bien ses baskets rouges.

« Il est sur le ventre. Sur du béton ; il est tombé... Il a dégringolé des marches. » J'ajoute inutilement, parce que la culpabilité me les a fait compter : « Sept.

– OK, et est-ce qu'il respire ? Je ne veux pas que vous bougiez son cou. D'accord ? D'accord, Joanna ? »

Son ton me fait peur. Tout me fait peur. C'est comme si le monde avait été recouvert d'un voile noir, et de nouveau, j'ai chaud, je transpire et j'ai la nausée. Je reste muette.

« D'accord ?

– Oui », je réponds enfin.

Il y a un homme blessé, inconscient, sous mes doigts, et c'est ma faute. J'ose à peine y penser. C'est comme essayer de regarder le soleil.

Je ne peux pas le retourner. J'en suis incapable.

La voix dans ses écouteurs est toujours là – elle parle d'imaginer une plage, le flux et le reflux des vagues –, et j'écoute ça à la place.

« Pouvez-vous observer, écouter, sentir s'il respire ? Connaissez-vous son nom ? »

Elle articule comme une maîtresse d'école.

Observer, écouter, sentir. Je ne sais pas ce que ces mots veulent dire. Je regarde, par-dessus mon épaule, la rue illuminée, luisante de pluie, puis, le long du canal, les ponts qui se succèdent, s'alignent presque tous, s'imbriquent les uns dans les autres de façon kaléidoscopique, comme si ma vue s'était brouillée.

Observer.

Écouter.

Sentir.

Je fixe les yeux sur lui, toujours face contre terre sur le trottoir.

Je passe les doigts sous son épaule et m'accroupis pour le regarder.

« Oh, oh », je fais involontairement.

Il a le visage trempé. Au début, je crois que c'est du sang, mais c'est froid et fluide au toucher.

Et c'est alors que je comprends. Mes yeux se font à l'obscurité, et je vois. Elle grandit à vue d'œil sous mon nez : une flaque au pied des marches. Due à un arbre à quelques pas de là, dont les racines ont soulevé, crevassé, rendu inégal le trottoir, y creusant d'énormes cratères.

Dont un qui est rempli d'eau.

Il est totalement immergé dans de l'eau sombre, sur le sol sombre.

« Il a le visage dans une flaque. »

Elle va sûrement m'aider ? Elle est de mon côté ; forcément. C'est quelqu'un de bien, qui travaille au centre d'appels d'urgence.

« Mettez-le sur le flanc, vite, hors de l'eau, me dit-elle. Est-ce qu'il a une blessure à la tête ou au cou ?

– Je... je ne sais pas. Je l'ai poussé. Et il est tombé, dans l'escalier. »

Personne ne peut blâmer qui que ce soit d'avoir été honnête. Personne ne peut poursuivre quelqu'un en justice pour une erreur innocente.

« Vite, hors de l'eau », répète-t-elle.

Je le mets sur le flanc. Sa capuche noire couvre en partie son visage. Le reste est dans l'ombre.

« Maintenant, j'ai besoin que vous regardiez s'il respire. Observer, écouter, sentir, vous vous rappelez ? Pouvez-vous répéter ?

– Observer, écouter, sentir, je répète comme un automate.

– Observez sa poitrine pour voir si elle se soulève. Approchez l'oreille de ses voies respiratoires pour écouter. Voyez si vous sentez son souffle sur votre joue ou sur vos doigts. »

Je regarde fixement sa poitrine. Je penche la tête vers lui. J'entends tout, brusquement. Le grondement de la circulation au loin. Le goutte-à-goutte de l'eau tombant dans le canal. Le crépitement de la pluie sur le béton. Mais rien qui provienne de lui.

J'enlève mon gant et pose la main contre son nez. Je ne sens aucun souffle sur mes doigts. Pas le moindre chatouillis. Cette absence de mouvement n'est pas naturelle ; c'est comme si je regardais quelqu'un à qui il manque quelque détail essentiel, comme les cils ou les ongles. Le contenu de mon sac s'éparpille au sol lorsque je me penche sur lui. Des rouges à lèvres, dont je ne me sers jamais parce que je me sens déguisée avec, roulent dans tous les sens.

« Il ne respire pas. »

La panique monte de nouveau en moi.

« En êtes-vous absolument certaine ? demande-t-elle. Approchez votre joue de sa bouche. Je veux que vous me disiez si vous sentez sa respiration sur votre visage. »

Je grimace, mais m'exécute quand même.

Je ne sens rien contre ma joue. Aucun mouvement. Aucune chaleur. Aucun déplacement de mes cheveux sous l'effet d'un souffle. Rien.

« Il ne respire pas, c'est sûr.

– Nous allons commencer par cinq insufflations, répond-elle d'une voix claire, patiente, compatissante. Parce qu'il était en train de se noyer. »

De se noyer.

« D'accord.

– Ouvrez sa bouche. Allongez-le sur le dos. Relevez son menton. En faisant attention à son cou. Le menton bien relevé, d'accord, Joanna ? Inclinez sa tête en arrière. Vous êtes prête ? »

Je le déplace pour le mettre plus à plat, le mouvement fait glisser sa capuche, et je vois son visage.

Ce n'est pas Sadiq.

Il a les yeux écartés comme lui, mais la ressemblance s'arrête là. Il a les traits délicats. Son front n'est pas proéminent. Il a les joues creuses sous ses pommettes. Ce n'est pas Sadiq. Ce n'est pas Sadiq. Ce n'est pas Sadiq.

« Je... » Je ne dis rien d'autre, même si je devrais, peut-être. « Merde. Je... je fais ça tout de suite. »

Mais intérieurement, mes pensées tourbillonnent comme un maelström. *Ce n'est pas lui. Ce n'est pas lui.* J'ai poussé – et blessé – un inconnu. Cet homme ne me harcelait pas. Il ne me suivait pas. Je jette un autre coup d'œil à ses baskets. Ce sont les mêmes. Les mêmes stupides baskets.

Mais bien sûr : il était en train de faire son jogging. Baskets. Écouteurs. Tout en noir. Comment ai-je pu faire une erreur aussi catastrophique ? Comment ai-je pu ne pas vérifier ?

La voix continue de sortir des oreillettes, plus ou moins forte au gré de mes déplacements.

Je pourrais raccrocher. M'enfuir. Prendre l'avion pour aller quelque part avant d'être arrêtée. Est-ce qu'on m'arrêterait ? Toutes mes connaissances viennent de la télévision. Je ne me rappelle pas la dernière fois que j'ai ouvert un journal. Je ne sais rien du monde réel, et c'est un constat amer. Reuben, lui, saurait quoi faire. C'est une Vraie Personne, qui s'y connaît en politique mondiale, est capable d'indiquer l'Iran sur une carte et sait ce que veut dire « foncer un moule ». Mais bien sûr, jamais Reuben ne se retrouverait dans cette situation. C'est quelqu'un de bien.

J'ai une sensation bizarre dans le corps. Mes yeux sont secs et pesants. Le monde tourne lorsque je le regarde, comme si j'étais dans un kaléidoscope. Peut-être suis-je ivre. J'ai pris quatre verres. Je me penche pour lui faire du bouche-à-bouche. C'est étrangement intime. Mes lèvres n'ont touché que celles de Reuben depuis sept ans.

Cinq insufflations. Il ne se passe rien.

Elle me dit de commencer les compressions thoraciques.

« Il n'y a aucun signe de vie », me dit-elle.

Je me penche et, le téléphone posé sur une marche, en mode haut-parleur, j'entrelace mes doigts, main l'une sur l'autre, comme elle me dit de faire. Sa poitrine cède sous la pression avec une facilité surprenante, et je l'enfonce aisément de plusieurs centimètres.

Ça arrive brusquement, après cinq compressions. Il réagit à ce que je lui fais, en crispant les lèvres. Il aspire une grande bouffée d'air, sa poitrine mince se dilate et son corps est secoué d'une saccade, comme si le sol avait bougé sous lui.

« Il est... Il se passe quelque chose ! »

Et puis il tousse. Une grosse toux rauque et grasse. Je détourne les yeux, ne souhaitant pas assister à ces instants. Peut-être va-t-il ouvrir les yeux. Se lever et s'éloigner, mécontent du désagrément que je lui ai causé mais autrement indemne, comme si nous étions deux automobilistes qui ont eu un léger accrochage. Peut-être. Peut-être. Je ferme les yeux et prie pour que ce soit le cas.

« Il tousse », je décris d'une voix sans expression.

Je ne peux pas lui avouer que je l'ai pris pour un autre homme. Je ne peux rien lui dire.

« Bon, c'est bien, répond-elle. L'ambulance sera là d'un instant à l'autre. »

Sadiq – non, pas-Sadiq – gît toujours devant moi. Les yeux fermés. La poitrine soulevée par une respiration régulière.

« Pouvez-vous le mettre en position latérale de sécurité ? » me demande-t-elle.

Une autre vague de peur déferle en moi comme la marée montante, et je m'efforce de l'ignorer en me mordant la lèvre. Ce n'est plus de Sadiq que j'ai peur. C'est de ce qui va m'arriver à présent.

« OK, je réponds. OK. »

Et je le pousse pour le mettre sur le flanc.

Il ne donne aucun signe d'être conscient. Ses paupières ne battent pas comme celles de Reuben juste avant qu'il se réveille le dimanche matin – la seule matinée de la semaine que nous passons toujours ensemble ; celle où il n'est pas avec les jeunes dont il a la charge, ou à aider sa députée et à mener des manifestations. Les bras de cet homme ne soutiennent pas leur propre poids comme ceux de Reuben lorsqu'il se retourne dans le lit et m'attire contre lui, désireux de m'étreindre même dans son sommeil. Au lieu de ça, ils retombent mollement par terre comme s'ils étaient lestés artificiellement, et la pliure au poignet me fait penser à un chimpanzé.

Et puis, alors que j'achève de le placer en position latérale de sécurité, en repliant un de ses genoux comme la femme me dit de le faire, j'aperçois l'ambulance. La lumière de ses phares se réfléchit dans les façades vitrées des boutiques de la rue au-dessus de nous. Je vois le reflet de ses clignotants bleus sauter de vitrine en vitrine de l'autre côté de la chaussée, quelques secondes après eux, réverbéré et réfracté par chaque devanture.

Non. Non, je me trompe. Je vois maintenant qu'il ne s'agit pas d'un reflet.

C'est la police. Il y a une voiture de police juste derrière l'ambulance.

L'ambulance est pour lui, mais la voiture de police est pour moi.

3

Taire

Le monde se réduit à moi et à Sadiq, allongé là, inerte, sur le ventre.

Et puis la panique arrive. Si intense qu'elle pourrait m'avoir été injectée pure.

Je me mets brutalement à transpirer de tout mon corps. La lumière du réverbère est trop forte. Je tire sur mon manteau, mon col, pour essayer de trouver un peu d'air. En quelques secondes, je suis trempée d'une sueur qui me fait l'effet d'un millier d'aiguilles alors qu'elle s'évapore de ma peau.

Je reste immobile, sans rien faire à part ressentir les émotions qui m'envahissent – angoisse, une flaque d'encre noire au creux de mon estomac, panique, un tas de briques pesant sur mon cœur, culpabilité, une sensation de constriction dans mon bas-ventre – et regarder fixement Sadiq.

Ça fait une minute. Deux. Je longe des yeux le canal en contrebas. Il n'y a personne. Personne à part lui et moi. Je me sens m'élever au-dessus de la scène. Je me vois : une femme, en train de ronger l'ongle du pouce fiché au coin de ses lèvres, les yeux rivés sur un homme gisant face contre terre ; un canal sombre, rendu opaque par le gel, baigné de taches jaunes par les réverbères. Au-dessus de nous, au loin, la lune. Encore plus loin, l'espace.

Je transpire de plus en plus. Je ne peux pas… je ne peux pas. Je n'ai pas les réserves humaines dont j'ai besoin pour rester. Pour l'aider. Pour passer ce coup de fil.

Je me retourne vers lui. Peut-être qu'il est tombé tout seul. Peut-être que je me trompe. Peut-être que ce n'est pas aussi important que j'en ai l'impression à cet instant. Peut-être que j'ai interprété la situation de travers. Il me poursuivait. C'était un pervers, un prédateur sexuel – et il est tombé tout seul. Oui, c'est ce qui s'est passé.

L'espace d'un instant, mon corps brûle d'être près de Reuben, comme cela lui arrive parfois, sans crier gare, alors que je ferme le lanterneau au travail, ou que je fais bouillir de l'eau pour le thé en son absence. Cette âme forte, silencieuse, qui est la sienne. Le fait qu'il se tient toujours plus près de moi que de n'importe qui d'autre. Qu'il ne s'ouvre qu'à moi. Qu'il prend un malin plaisir, en soirée, à m'envoyer des sextos de l'autre bout de la pièce et à me regarder rougir. Personne ne me croirait si je racontais comment il est en privé.

Oh, Reuben. Où es-tu ? Pourquoi n'es-tu pas venu avec nous ce soir ? Est-ce que tu peux m'aider ? Je l'imagine sur le canapé, seul, à la maison, et je fais un vœu.

Sadiq n'a toujours pas bougé. Je ne peux pas. Pas sans Reuben. Pas seule. Il vaut mieux que… Il vaut mieux que je m'en aille.

Quelqu'un le trouvera bientôt. C'est Londres. On le croira ivre ou défoncé. Maladroit. Il s'en sortira.

Je recule en titubant, de deux pas, puis je fais ce que je sais faire de mieux : j'évite le problème. Je tourne le dos et je m'en vais.

Je fais un pas pour traverser le pont et gagner Warwick Avenue. C'est tout ce que ça me demande. Un pas, et je suis partie. Un autre pas suit. Puis un autre, aussi inexorablement que le temps qui passe.

Mes talons – ces jolis escarpins que j'ai chaussés avec tant d'optimisme il y a seulement quelques heures – sonnent creux sur le pont. Il y a deux minutes, ils étaient suivis par Sadiq. Maintenant je suis seule. Et lui aussi.

Je m'arrête deux fois, mais je ne fais pas demi-tour. En approchant de l'entrée vivement éclairée du métro, cependant, j'ai conscience de franchir le Rubicon. C'est le point de non-retour, le Rubicon. N'est-ce pas ? Reuben n'y a-t-il pas fait allusion une fois, en riant juste un peu, de son rire discret, lorsque je n'ai pas compris la référence ? Pas avec condescendance. Juste... à sa façon. J'avais secrètement cherché de quoi il s'agissait, lorsqu'il avait quitté la pièce. Je l'avais écrit avec un *k* au lieu d'un *c*.

Et maintenant, je suis dans la station de métro.

Les jeux sont faits, désormais. Je suis condamnée à jouer un rôle toute ma vie. Personne ne doit jamais savoir. Peut-être qu'à force de vivre avec ce mensonge, à la fois dans mes dires et dans mes pensées, je pourrai l'intégrer. Comme un caméléon qui prend les couleurs de ce qu'il côtoie. J'essaie de ne pas courir, de ne pas attirer l'attention, mais je presse le pas, je trottine, je cours, avant de me forcer de nouveau à ralentir.

Un homme qui vend des chips, du Coca-Cola et des fleurs en train de faner m'ignore, le nez dans son téléphone.

Je ne risque plus rien. Sadiq est loin, me dis-je pour me rassurer. Loin derrière moi. Ma respiration s'apaise alors que je regarde, droit devant moi, les néons éblouissants et les affiches de comédies musicales, les panneaux publicitaires pour des livres qu'en temps normal j'aurais envie de lire. Je descends sous terre, et l'air prend cette texture synthétique, chaude, poussiéreuse. Mon cœur bat moins vite à présent. Je ferme les yeux et me le représente, étendu au pied de ces marches, mais je refoule l'image et observe à la place le quai sur lequel je suis en train d'arriver.

Une femme y attend déjà. Seule. Elle porte un jean moulant d'un gris délavé, des bottes beiges, un manteau rose. Ses vêtements sont impeccables, ses cheveux parfaitement lisses en cette fin de journée. J'imagine qu'elle se fait des « week-ends déconnectés » et lit de la littérature postmoderne.

Pourquoi pas elle ? me dis-je. Pourquoi moi ? Comment ça se fait que c'est toujours moi ?

Je lève les yeux pour regarder le panneau. « 1 MIN », annonce-t-il. Puis je vois que le train est en direction de Harrow, et je traverse le quai pour aller attendre devant l'autre voie.

Il n'y a personne de ce côté, mais j'entends encore l'écho des bottes de la femme sur l'autre quai.

Je sens mon cerveau essayer d'analyser la situation, de tout bien ranger dans de petites boîtes, mais je ne le laisse pas faire. Le selfie dans le bar, dit-il : c'est une preuve à charge. Et cette femme au manteau rose : elle dira que j'avais l'air bouleversée.

Au lieu d'écouter ces pensées, je tourne la tête pour regarder un des panneaux publicitaires. *Elle vous surveille*, dit l'affiche, qui fait la promotion d'un thriller psychologique. Une paire d'yeux, marron comme les miens, me regarde, jusqu'à ce que le tout soit caché par la rame de métro qui s'arrête.

Un appel de Reuben illumine l'écran de mon téléphone alors que je sors du métro à Hammersmith. *Merde.* Je ne l'ai même pas rappelé pour lui dire que ça allait.

Je ne réponds pas. Lorsque la sonnerie s'arrête, je vois qu'il m'a laissé deux messages sur le répondeur, et un texto. Une détermination à me joindre sans précédent de la part de mon mari généralement peu porté sur la communication. Je m'arrête devant l'entrée du métro pour les consulter.

« Salut. C'est juste moi. Ça va ? »

« Salut, encore moi... Je commence à m'inquiéter un peu maintenant. »

Jo, rappelle-moi, OK ?

Je pourrais le rappeler tout de suite, et lui raconter.

Mais je sais ce qu'il ferait. Je le connais – et l'aime – depuis sept ans, et je suis certaine de ce qu'il dirait.

Il me dénoncerait. Je le sais. Et je ne peux pas... Je ne peux pas. Je ne peux pas y retourner ce soir. Je ne peux pas me laisser conduire au poste de police, puis ramener auprès de cet homme gisant sur le trottoir. À cette panique oppressante et mouillée de sueur. Je lui dirai demain. Lorsque me dénoncer ferait plus de mal que de bien. Sadiq n'aura rien. Il va se relever, et il n'aura rien.

C'est familier – rassurant – pour moi, de procrastiner. Je le fais depuis toujours. Je ne me prépare jamais à rien. Je commencerai cette dissert une fois que je me serai fait une tasse de thé. Une fois que j'aurai lu le *Guardian*. Je résilierai ce prélèvement automatique le mois prochain. Avant le prochain paiement. Promis juré.

Personne ne me suit. Personne ne me dit quoi que ce soit sur le chemin du retour. Je croise des gens près de l'autopont de Hammersmith et aucun d'eux ne m'accorde le moindre regard. L'univers a changé, pour moi, mais personne ne le sait. Les molécules de l'air sont les mêmes. La pluie est la même. Mais quelque part, un homme gît sur le béton à cause de moi. Cela me paraît tellement loin, maintenant que je suis presque arrivée chez moi, à un trajet de métro de toute cette situation. Comme si celle-ci était théorique, abstraite. Comme si, en la retournant, en la regardant sous un angle différent, je pouvais découvrir qu'elle *est* différente.

J'envoie un texto à Reuben.

Bientôt là, tout va bien :) biz

Je suppose que c'est pour cela que je me mets à courir. Parce que je suis loin de la scène, et que je n'ai plus besoin de faire comme si tout était normal. Et parce que je ne cesse de voir le visage de Sadiq au bar, de l'imaginer derrière moi, en train de me poursuivre. D'imaginer la police. Une chasse à l'homme.

Je trébuche sur un pavé inégal et ne peux rien faire pour me rattraper. Je m'affale de tout mon long et glisse sur le trottoir, le poignet coincé sous moi, tordu.

Je reste une seconde à genoux sur la route, tentée de pleurer comme une enfant, mais je me relève. J'examine mes mains. Légèrement éraflées, c'est tout. La gauche m'élance douloureusement, mais j'ignore la sensation.

Je reprends ma course, et je vois presque notre appartement en sous-sol, maintenant. Mes parents et Wilf trouvent qu'on est idiots, qu'on devrait pomper dans nos économies pour nous payer une petite maison dans le Kent et faire la navette, mais nous, on aime vivre là. On aime être à Londres, on répond, comme si c'était une amie dont on ne voulait pas trop s'éloigner.

Je descends les marches jusqu'à notre porte – il n'y en a que cinq – et je me demande si je penserai toujours à ça désormais en les descendant ; si je me rappellerai toujours cette nuit-là. Mais je refoule cette pensée. Reuben ouvre la porte avant que j'aie à fouiller dans le désordre de mon sac pour y trouver ma clé – il sait ce genre de détail sur moi, et il essaie toujours d'aider.

« Salut, ça va ? » dit-il, et je vois que je lui ai causé de l'inquiétude.

Il s'arrête une seconde, nimbé de lumière dans l'entrée étroite, me détaillant du regard. Je dois avoir l'air complètement hagarde.

Je tapote mes cheveux, tentant de paraître normale.

« Oui… Désolée. »

Il tourne les talons et se rend d'un pas tranquille dans la cuisine, où il ouvre notre grand réfrigérateur argenté et agite une bouteille de lait dans ma direction.

Je secoue la tête.

« Je veux du vin.

– Oh, oh non », fait-il en reposant le lait pour s'approcher aussitôt de moi.

Je tressaille presque lorsqu'il me prend les mains, mais j'arrive à m'en empêcher.

Reuben est grand et maigre. Ses cheveux sont roux et sa barbe – en ce moment de quelques jours, mais de longueur variable – d'un auburn plus foncé. Il prend facilement des coups de soleil et sa peau est couverte de taches de rousseur. Il a les hanches minces. Il a un peu plus de rides ces derniers temps, à trente-deux ans, même s'il n'a pas un cheveu gris sur la tête. Mais je sais que nous sommes en train de vieillir, parce que les gens que je prends pour lui sont plus vieux. Par exemple, je vois un homme roux dans la rue et, l'espace d'un instant, je crois que c'est lui

– il a sa démarche légère, sa grâce, sa façon de regarder les gens d'un air renfrogné – mais je me trompe. Et, en y regardant de plus près, l'homme a la quarantaine, et je suis surprise d'avoir pu les confondre. Reuben n'aime pas bavarder pour ne rien dire, et son pire défaut est d'être souvent si direct qu'il en est impoli. Son rêve est de vivre dans un monde meilleur, je suppose.

C'est la personne que je préfère au monde.

Je pense souvent, ces temps-ci, aux bébés que nous aurons. Ils hériteront de ses belles boucles roux vif, de ses cils pâles, de ses yeux verts. Les gens dans la rue souriront en nous voyant, moi et ma famille de rouquins.

« Qu'est-ce qui s'est passé ? murmure-t-il dans mes cheveux. L'homme du bar ? »

Je hoche la tête, brièvement, contre sa poitrine.

« Affreux », commente-t-il en me frottant doucement le dos de ses mains.

Je ravale le suc gastrique qui m'est remonté dans la bouche et tourne la tête pour regarder la cuisine. Comme je m'y attendais, elle est impeccable. Je vois que la terre de nos nombreuses plantes – c'est l'une de mes dernières lubies, créer un potager dans notre cuisine – est humide. Il les a arrosées. Il a fait la vaisselle, aussi. Il a sûrement travaillé un peu, regardé un film. Il est calme, organisé. Moi, je passe des soirées chaotiques et improductives à traîner sur BuzzFeed, à regarder ce que deviennent mes anciens amis d'école et à me dire que je devrais faire préchauffer le four mais j'ai la flemme de bouger, jusqu'au moment où il est 23 heures et où je n'ai pas mangé.

« Tu as passé une bonne soirée ? je réussis à demander, même si toutes les quelques secondes, je suis prise d'une nouvelle suée et que je peux presque sentir mes pupilles se dilater et mes mains trembler.

– Pas mauvaise, répond-il en baissant brièvement les yeux pour me regarder.

– Qu'est-ce que tu as fait ?

– De la paperasse. Des formulaires à remplir pour mon client. »

Reuben fait partie de ces gens qui ont trop de casquettes. Il est assistant social pour une association caritative musulmane. Il a commencé à assister sa députée lorsqu'elle tient sa permanence, notamment quand il est question de culture des gangs. C'est un expert en travail social, et il lui arrive de comparaître au tribunal pour expliquer aux avocats ce que les assistants sociaux auraient dû faire ; ou ce qu'ils n'auraient pas dû faire. Il ne dort pas beaucoup et il a toujours *quelque chose* en vue. Il est méticuleusement organisé, rédige ses rapports tard le soir et les verse immédiatement aux dossiers. Son enthousiasme ne semble jamais faiblir. Il n'a jamais la flemme. Il ne remet jamais rien à demain.

Il me lâche, et un sentiment bizarre m'envahit, l'impression que ce sont là mes derniers instants dans ce monde : le monde des problèmes de riches. Rédiger des rapports et ranger la cuisine. C'est faux, bien sûr, je tente de me dire. Rien n'a changé. J'ai évité de bouleverser mon monde en évitant de passer ce coup de téléphone. Je me presse de nouveau contre Reuben, portée par une vague de soulagement, et il lève immédiatement le bras, comme il le fait toujours. Je me glisse dessous, et il le laisse sans attendre retomber sur mes épaules.

« Ça ira demain », me dit-il.

C'est une de ses formules. « Ça ira mieux demain » s'est retrouvé abrégé ; un idiolecte conjugal que nous employons souvent.

J'acquiesce, les yeux mouillés de larmes qu'il essuie.

Il laisse sa main descendre dans mon dos. Même mon manteau est humide de sueur, mais il ne fait aucune remarque. Jamais il n'en ferait.

Il me sert un verre de rouge et je le sirote en le tenant de la main droite, laissant la gauche pendre mollement dans le vide. Elle est en train de s'ankyloser et la sensation est étrange. Je vais profiter de ce soir, de ce vin que nous buvons ensemble. Je vais essayer de chasser les tremblements, la terreur. Et puis demain... Demain, je ferai face.

Reuben va s'asseoir dans le salon. Il est dans la même pièce que notre cuisine.

Je regarde par la fenêtre. Notre voisine est dehors. Elle a cent deux ans. Sa fille de soixante-dix ans vient la voir de temps en temps, en amenant ses chiens gériatriques. Tout le monde est vieux dans cet appartement, blague-t-on avec Reuben. Le visage d'Edith apparaît derrière nos plantes, et je distingue ses traits avant de lever la main pour la saluer. Un alibi, me dis-je inutilement. Je suis contente que ce soit une couche-tard.

Reuben revient dans la cuisine prendre un morceau de papier sur le plan de travail, effleurant simplement mon corps du sien.

Et je me rappelle, encore. La sensation du corps de Sadiq sous mes mains gantées. La facilité avec laquelle il est tombé, comme un domino, après la plus légère des chiquenaudes.

« Edith se tient à carreau ? » demande Reuben en me jetant un regard.

Je lui ai dit une fois que j'aimais imaginer qu'Edith était un robot ; que personne ne pouvait être aussi vieux. Qu'elle était le résultat d'une expérience menée par le gouvernement. Cela l'a tellement fait rire qu'il en est devenu écarlate, et il m'a répondu : « Ne change jamais, Jojo. »

« Oui », je réponds à présent d'une voix atone.

Et puis c'est le souvenir de ce qui s'est passé avant qui me revient. La sensation de sa main dans la mienne au bar. Son pénis contre ma jambe. Ce n'est pas juste.

« Tu as le temps pour le 78 ? » demande Reuben en m'indiquant la liste sur notre tableau noir.

Écrite à la craie rouge, elle dénombre les cent meilleurs films de tous les temps, d'après quelques sondages sérieux. On est nuls en culture ciné : c'est un rite de passage qu'on a tous les deux réussi à rater au cours de notre adolescence. J'étais trop occupée à briller dans toutes mes activités – études, théâtre amateur, danse classique, clarinette –, et Reuben, à devenir Reuben : à apprendre. C'est l'homme le plus cultivé que j'aie jamais connu. Il peut citer mot pour mot Lacan, Marx, Kant. Il a été adopté quand il était bébé par une famille très érudite qui tenait un bar. Il a passé toute son enfance à lire des livres à l'étage de l'établissement. Encore maintenant, lorsque nous rendons visite à ses parents dans le Norfolk, ils parlent d'économie, de politique. Le bar est jonché de livres de poche qu'ils sont en train de lire.

Et donc, maintenant, on regarde les films ensemble. Quelques-uns chaque semaine. On vient de regarder le numéro 79, et je vois que le suivant en remontant la liste est *L'Exorciste*. Quand on a commencé, Reuben a acheté une couverture qu'on sort chaque fois, pour se blottir dessous. De temps en temps, pendant le film, il appuie sur *pause* pour me demander : « Tu écoutes ? » Et on rit quand ce n'est pas le cas.

Une sirène se déclenche au loin. Je l'entends se rapprocher. Reuben a les yeux posés sur moi. Je suis incapable de lui rendre son regard. Incapable de parler, tant que je ne sais pas si c'est pour moi ou non. Elle hurle de plus en plus fort, et je m'attends à ce qu'elle s'arrête brusquement. Deux policiers bien charpentés vont sortir de leur voiture, le pas lourd et munis de matraques. Ils vont sonner à la porte. D'une seconde à l'autre.

Mais la sirène continue et s'éloigne, quittant mon orbite, de moins en moins audible. Ce n'est pas pour moi. Cette fois du moins.

Je déglutis et regarde les ténèbres hivernales par la fenêtre. Est-ce ainsi que ça va être désormais ? Londres – mon Londres, celui que Reuben et moi aimons tant – va-t-il devenir une sorte de salle d'attente pour ma… ma quoi ? Ma capture ? Je secoue la tête. Je ne peux pas penser à ça.

« Je ne suis pas vraiment d'attaque pour regarder *L'Exorciste.* »

J'accompagne cette phrase de ce qui est, j'espère, un rire léger.

« On avait dit qu'on les regarderait dans l'ordre », répond Reuben, toujours très à cheval sur les règles.

Il se détourne de moi pour m'indiquer le tableau.

Il se tient à l'entrée de notre longue et étroite cuisine, et la façon dont la lumière tombe sur lui me rappelle le jour de notre mariage. Reuben était à moitié caché dans l'ombre au bout de l'allée. J'avais passé si longtemps à imaginer ce jour – les préparatifs et l'organisation avaient failli me tuer – que lorsqu'il est enfin arrivé, j'ai passé la journée à faire comme si c'était celui de quelqu'un d'autre, et que je n'étais qu'une simple invitée. J'en ai mieux profité ainsi.

Je me rappelle son baiser. Notre premier en tant que mari et femme. Peut-être était-il juste gêné de m'embrasser devant une poignée de gens. Ou préoccupé par l'engagement à vie qu'il venait de prendre. Ou peut-être a-t-il cru que c'était moi qui voulais y mettre fin la première. Mais je m'en souviens. Ç'a été un baiser froid, compassé. Pas comme d'habitude. Je ne lui ai jamais demandé pourquoi. Mais je n'ai jamais oublié.

« OK », dit Reuben en sortant de la pièce avec son verre.

Je l'entends aller dans la chambre.

Après son départ, je regarde fixement le plan de travail. Il y a quelque chose dans le porte-courrier : une feuille soigneusement pliée en deux. Je l'attrape, pour tenter de me distraire du tourbillon de pensées qui gronde en coulisse dans mon cerveau. C'est un formulaire. Je fronce les sourcils en reconnaissant mon écriture, et déplie la feuille. C'est ma candidature à un atelier d'écriture. Comment ai-je pu oublier ? Je la tourne vers la lumière. C'est comme une relique de ma vie d'Avant. Ça m'avait semblé être la réponse, mardi dernier, lorsque je l'avais imprimée et remplie, avant d'oublier de la poster. Reuben y a joint un timbre, soigneusement attaché avec un trombone. C'est lui tout craché : serviable, mais respectueux de mes choix.

Il revient dans la pièce et je laisse la lettre de côté pour le rejoindre sur le canapé.

« Merci pour le timbre. Mais je ne suis pas sûre que l'écriture soit le Truc. »

Reuben hoche la tête, reposant le journal qu'il est en train de lire, et me regarde.

« Tu n'as pas besoin d'un Truc, me dit-il.

– Tu penses ?

– J'ai fait la moitié du Sudoku. »

Il retourne le journal pour me montrer la dernière page. Je la regarde.

« Là, c'est un 8, et là, un 2.

– Tu es trop maligne, Murphy, réplique-t-il. Tu viens te coucher ? Apporte le vin. On ne pourra plus faire ça quand bébé Oliva sera là. »

Lui aussi parle de plus en plus souvent de bébés. Bientôt, n'arrête-t-on pas de se promettre ; on veut encore profiter un peu l'un de l'autre, comme si on était lancés dans une décadente virée nocturne à laquelle on n'était pas encore tout à fait prêts à mettre un terme.

« Ouais. »

Je vois de nouveau Sadiq dans mes pensées, allongé face contre terre. Je vais aller au lit avec Reuben, lire mon livre pendant qu'il se love contre moi, et demain matin, je lui raconterai.

« Tu ne vas pas me dire ? demande-t-il alors que je m'installe dans le lit à côté de lui.

– Te dire quoi ? » je réponds en marmonnant, sans le regarder.

À la place, je surveille les stores, attendant de les voir s'illuminer de bleu avec l'arrivée de la police. Je regarde mon téléphone, attendant qu'il sonne.

Il ne se passe rien. Je n'arrive pas à croire que je m'apprête à me coucher. Je vais vraiment le faire. Je vais vraiment ne pas retourner là-bas.

« Tu sais… », fait Reuben.

C'est moi qui ai eu l'idée de ce jeu, mais il est à fond dedans maintenant. C'est devenu quelque chose qu'on fait presque sans y penser, comme fermer la porte à clé. Se brosser les dents.

« Non. »

Il me regarde avec surprise.

« On n'a pas raté un seul jour, me fait-il remarquer.

– Désolée, je ne peux pas. Il n'y a rien qui me vient. »

Son visage s'assombrit, mais il ne dit rien de plus.

Dix minutes plus tard, dans notre minuscule cuisine, j'ouvre le placard à boissons de ma main valide et trouve une autre bouteille de vin. Je vais juste prendre quelques verres. Pour me calmer un peu. Et, je songe sombrement, pour essayer d'oublier. J'espère que les brumes de l'amnésie éthylique vont recouvrir tout ce qui s'est passé ce soir, à partir du moment où j'ai poussé Sadiq.

Mes doigts tremblent alors que je plonge un tire-bouchon dans la bouteille, en la maintenant entre mes genoux parce que je n'arrive pas à me servir de ma main blessée, poignardant le bouchon en plein cœur.

Alors que je somnole, je rêve de Sadiq, et au cours de la nuit il m'apparaît, debout sur le pas de la porte, silhouette noire et sépulcrale, se rapprochant un peu plus de moi à chaque clignement d'yeux.

Au bout de trois, il est juste devant moi, le visage contre le mien, les mains levées comme dans le selfie qu'on a pris ensemble, mais couvertes de sang qui ruisselle en filets vers ses poignets.

Lorsque je me réveille, il fait jour dehors. Reuben dort paisiblement, sur le flanc, me tournant le dos.

La mémoire ne me revient pas immédiatement. Cela me demande un effort, comme si je m'étais réveillée dans un lit qui n'est pas le mien et que je devais réfléchir quelques secondes pour reconstituer les événements qui m'ont amenée là.

De mauvais rêves. Je me rappelle d'abord de mauvais rêves. Un homme dans le coin de la pièce. Ses mains ensanglantées près des miennes. Son haleine sur mon visage.

Mais non.

Tout n'est pas qu'un rêve, là-dedans.

Un noir manteau de peur m'enveloppe. Je sens le sang refluer de mon visage. Ça s'est réellement passé.

Ça s'est réellement passé.

Ma main gauche est crispée sur la couette et m'élance lorsque je la plie. Et puis j'ai un mouvement de recul. Ces mains. Ces mains qui ont poussé cet homme. Ce corps et cet esprit qui sont partis. Cette main qui s'est retrouvée tordue sur la route, dans ma hâte à fuir le lieu de l'accident. *Le lieu du crime.* Je traverse la chambre, encore à moitié endormie, pour gagner la salle de bains. Je veux me regarder dans le miroir. Me voir. Vérifier que je suis réelle, que je n'ai pas changé, et me reconstituer moi-même.

Dans le miroir, je fais courir mon doigt sur ma joue. Elle est presque imperceptible, mais je la vois. La trace de quelque chose qui a séché et blanchi : du sel, une croûte. De forme oblongue sur ma joue. Une larme séchée. J'ai pleuré dans mon sommeil.

Je déglutis. Il faut que je le dise à Reuben.

Je tends le cou pour le regarder par la porte ouverte. Ma tête se tourne vers lui comme une fleur vers le soleil. La lumière matinale s'est arrêtée sur ses traits, lui donnant le teint plus rose que d'habitude. Je ne peux pas m'arrêter de le regarder. Sa barbe brille d'un éclat auburn. Il a les yeux fermés. Bientôt, ces yeux si beaux me regarderont différemment.

4

Avouer

Je frissonne de tout mon corps alors qu'une agente de police approche. Elle est lourdement maquillée, ce qui m'étonne. Je me demande à quoi elle ressemble sous son épaisse couche de fond de teint, légèrement trop pâle pour elle, et sous ses cils à l'aspect rêche et piquant, son ombre à paupières bleue.

Je resserre mon manteau autour de moi.

« Joanna », me dit-elle.

Je lève les yeux vers elle. Elle va sûrement réaliser que c'était une erreur. Un accident. Pas intentionnel. Entre femmes, on va pouvoir se comprendre. Je la regarde de près. Je me demande dans quel genre de chambre elle se tient lorsqu'elle se maquille. Minimaliste ? Ou peut-être pleine de *pièces* soigneusement sélectionnées ? Je me demande ce qui l'a conduite à entrer dans la police, et si elle trouve son métier difficile en tant que femme. J'aimerais qu'on puisse en parler ; qu'on ait fait connaissance incidemment, à un enterrement de vie de jeune fille ou à un baptême.

« Joanna Oliva. Oui », je réponds en continuant de la détailler du regard.

Elle laisse échapper un soupir, une courte et âpre exhalation par le nez. Puis elle change de pied d'appui. Elle s'ennuie. Pour elle, je ne représente qu'une énième affaire dans une longue série de nuits de travail. Comme il est étrange que deux personnes puissent percevoir le même événement de façon si différente.

L'homme – pas-Sadiq –, toujours en position latérale de sécurité, est en train de tousser alors que les secouristes s'occupent de lui. Le soulagement se répand dans mes bras et mes jambes comme du bonheur liquide. Il va s'en sortir. Et donc je vais m'en sortir.

Mon regard se tourne de nouveau vers l'agente de police. Elle a toujours les yeux fixés sur moi. Le soulagement ouvre ma bouche à ma place, et en sortent les mots : « On était là-bas. »

J'indique du pouce la direction du bar.

« Enfin... Pas lui, en fait. Mais je croyais que c'était lui quand je l'ai poussé. »

Je ne suis pas claire. Je bredouille. Mais je lui fais confiance, à cette femme aux paupières fardées de bleu et à l'emploi qualifié. Elle est là pour m'aider.

Elle lève une main, comme un mime. Elle a les ongles longs et taillés en pointe, colorés d'un étrange vernis mat qui n'accroche pas la lumière des réverbères. Je parie qu'elle se les vernit elle-même, qu'elle a acheté une lampe UV et qu'elle se fait un peu d'argent en plus comme cela. Peut-être qu'elle est obsédée par le *nail art* et qu'elle affiche ses designs sur Pinterest. Je n'arriverais jamais à faire ça. Je suis si peu soignée. Moi, je vernis le bord de mes doigts aussi, et j'espère juste que ça partira en essuyant.

Son geste me coupe net. Les mots suivants s'éteignent dans ma bouche.

« OK, Joanna, je dois vous interrompre tout de suite », dit-elle sans baisser la main.

Elle m'indique Sadiq – non, pas-Sadiq – sur le chemin de halage. L'équipe de secouristes est en train de le soulever, sur un brancard, avec au-dessus du visage une poche semblable à un gant en caoutchouc gonflé que presse l'un d'eux. Il n'est pas conscient. Cela au moins est évident. Il y a des véhicules partout, garés dans la rue au-dessus de nous. Une ambulance. Un véhicule de premiers secours, à carreaux verts et jaunes. Et la police. Tout ça pour moi. Pour nous.

« Joanna Oliva, vous êtes en état d'arrestation pour présomption de coups et blessures tels que définis à l'article 18 de la loi de 1861 sur les atteintes à la personne.

– Quoi ? »

Je suis interloquée.

« Vous avez le droit de garder le silence », continue-t-elle.

Les mots me sont familiers, mais il me faut un moment pour les resituer. Ce ne sont pas les paroles d'un hymne ou d'une chanson, ou une expression. Non. C'est un avertissement. Le fameux avertissement. Toutes les séries policières que j'ai vues dans ma vie – *New York, police judiciaire* lorsque ma mère faisait du repassage, *The Bridge*, qui m'a fait postuler pour devenir policière adjointe, avant de ne pas aller à l'entretien – se fondent et se confondent dans ma tête alors que je réalise ce qui est en train de se passer. Je suis mise en garde. En état d'arrestation. Moi.

Je pourrais tenter de m'enfuir. Par le canal. Je commence à réfléchir à un parcours. Contourner cette femme, longer le chemin de halage, remonter ces marches. Retourner dans le centre de Londres. Me perdre dans n'importe laquelle de ses ruelles, n'importe lequel de ses recoins. Me réfugier dans un bar, ou au rayon dentifrices d'un Tesco Express, ou dans une cabine téléphonique décorée de cartes de visite de prostituées qui en opacifient les vitres. Je pourrais fuir. Maintenant. Ça doit être l'alcool qui parle ; j'ai toujours eu tendance à le laisser prendre les décisions à ma place. Je secoue la tête, mais j'ai la vue qui se brouille en faisant cela, les alentours qui bougent comme s'ils étaient liquides.

Elle parle toujours.

« Mais cela pourrait nuire à votre défense de ne pas mentionner, lors de votre interrogatoire… »

La chose curieuse quand on voit sa vie changer en un instant est qu'on reste la même personne. Moi, Joanna Oliva, épouse de Reuben Oliva, je continue à me demander combien de temps il lui a fallu pour mémoriser l'avertissement, et si elle a ressenti un frisson de puissance la première fois qu'elle l'a lu à quelqu'un. Ma préoccupation principale continue d'être ce que Reuben pensera de moi, et s'il me regardera d'un œil différent, même si c'est insignifiant dans le contexte de ce que j'ai fait ; comme une cancéreuse qui s'inquiète de perdre ses cheveux alors que sa vie même est menacée par la maladie.

« ... Quelque chose sur quoi vous vous appuieriez plus tard au tribunal... »

La nuit semble devenir plus froide autour de moi, et je tire sur les manches de mon manteau pour m'en couvrir les mains, même si cela détend la laine et l'abîme.

« ... Tout ce que vous direz pourra être retenu contre vous... »

Et avec ces mots, je commence le processus de ne plus être moi. Je suis passée de l'autre côté du voile qui me séparait des Enfers. Je ne suis plus moi-même. Je ne suis plus Joanna. Je ne peux pas rentrer chez moi, me mettre au lit avec Reuben et jouer à notre jeu de fin de soirée.

« Comprenez-vous ce que je viens de vous dire ? »

Je hoche la tête, parce que je ne sais pas quoi faire d'autre. Et ils chargent pas-Sadiq dans l'ambulance, referment les portes avec des claquements discrets dans la nuit.

« Vous allez venir au poste de police », dit-elle.

Ce n'est pas une question.

« Bien sûr », je réponds, voulant lui faire plaisir, momentanément distraite par le miroitement de son alliance.

Reuben et moi n'avons pas choisi d'alliances, au bout du compte. Il trouvait que c'était un cliché, ce qui m'a fait rire. Laura a été impressionnée. Elle a adoré l'anticonformisme de notre mariage.

La policière me fouille alors. Elle me fait signe d'écarter les bras comme un agent de sécurité à l'aéroport, et me palpe.

« Avez-vous sur votre personne quoi que ce soit qui puisse mettre en danger la vie d'autrui ou la vôtre ? me demande-t-elle.

– Non. »

Elle essaie de m'entraîner par le bras vers leur voiture, mais je la suis de mon plein gré, comme un chien bien dressé qui veut faire plaisir. Je monte de moi-même à l'arrière du véhicule. La poignée de la portière est trempée par la pluie.

Elle s'assied à côté de moi sur la banquette arrière. Je n'ose pas toucher à mon portable, bien que j'en aie envie. Reuben doit s'inquiéter.

Je ferme les yeux et fais comme si j'étais dans un taxi, comme si un chauffeur Uber bavard était en train de me parler. L'autre agente s'installe au volant et cale une fois avant de réussir à partir. Je me demande si elle a dû s'y reprendre à plusieurs fois pour avoir son permis, comme moi.

Mon sac à main en cuir marron repose à mes pieds. Je pourrais l'atteindre. Le toucher. Mais peut-être serait-ce un délit.

« À quel poste de police allons-nous ? »

J'attends quelques secondes avant de lever les yeux pour les regarder. Elles ne répondent pas. Elles ne parlent pas. Nous continuons juste de rouler en silence dans la nuit.

Je me sens un peu moins humaine à chaque kilomètre que nous faisons.

Le trajet ne dure qu'une dizaine de minutes. La voiture s'arrête dans un tremblement et je tire la poignée pour sortir, mais la portière est fermée. L'agente contourne la voiture pour venir m'ouvrir, comme si on était à la cérémonie des BAFTA. Elle ne me regarde pas, se contente de s'écarter pour me laisser sortir comme un valet de pied. Je lève les yeux vers le bâtiment. Poste de police de Paddington Green. Je n'y ai jamais mis les pieds. Je n'étais jamais venue dans Little Venice avant ce soir. Et maintenant, ils resteront significatifs pour moi.

Je sors de la voiture. L'édifice ressemble plus à un hôpital qu'à un poste de police. Large et aplati avec une tour qui pousse dessus comme une tumeur. Je la parcours des yeux, jusqu'à son sommet. Tant d'étages. De quoi ? De bureaux ? De cellules ?

Nous nous trouvons à l'arrière du bâtiment, dans une sorte de zone de sécurité. J'entends le portail se refermer derrière nous.

« Par ici », me dit la femme.

Elle n'a pas de badge à son nom et ne parle pas dans un émetteur radio. Elle marche à côté de moi, la main droite tendue, prête à intervenir, je suppose, si je fais un geste brusque. Je préfère lever les yeux vers le ciel, m'emplir de sa vastitude grise, avant d'être à l'intérieur ; *à l'ombre.* J'essaie d'envoyer un message mental à Reuben. Il a toujours su mieux que tout le monde ce que je pensais. *Reuben,* j'envoie dans la nuit, en regardant la lune orange bas dans le ciel, *j'ai des ennuis.*

L'air est froid sur mon visage alors que j'avance. Mes talons sur le bitume résonnent comme des détonations dans la nuit. Je n'arrive pas à croire que je les ai encore aux pieds. À quoi dois-je ressembler ?

L'agente de police ouvre une porte sur le côté. Immédiatement, une odeur familière me chatouille les narines. Je suis prise de nostalgie en réalisant qu'elle me rappelle la maison de retraite où était la mère de maman. Un mélange de relents d'urine et de ragoût trop cuit, de *dumplings*[1] ; une odeur qui m'évoque transpiration, pommes de terre, moiteur.

Nous entrons dans une pièce vivement éclairée. Tout y est d'une nuance de bleu ou d'une autre. Les chaises sont bleu marine. Le comptoir de l'accueil est bleu canard. Les murs sont bleu ciel. On me fait passer sous un portique de détection, comme à l'aéroport. Un homme se tient à côté. Son teint est basané. Peut-être espagnol. Italien. Il y a quelque chose de félin dans son apparence. Ses yeux en amande. Il me sourit, ce qui me surprend, et je vois qu'il a les incisives pointues.

La machine sonne bruyamment, trois fois.

« Enlevez votre manteau. Pourquoi est-ce qu'elle a encore son manteau ? demande un homme à l'accent cockney derrière le comptoir à la femme qui m'a amenée.

1. Plat traditionnel anglais, à base de boulettes de pâte qui gonflent en cuisant dans le ragoût ou la soupe. *(Toutes les notes sont de la traductrice.)*

– Une minute, dit-elle.

– Et votre bracelet », ajoute l'homme à mon adresse, en levant les yeux au ciel.

J'effleure mon bracelet de mariage du bout des doigts.

« Oh, je... Il ne s'enlève pas. »

Ma voix me semble pâteuse.

« Il faut l'enlever. »

Je le lui montre, sans dire un mot. Le métal accroche la lumière des néons au-dessus de nous.

« Il a des vis, dit-il, comme à part lui. Trop risqué. »

Il disparaît dans le couloir puis revient avec un tournevis. Une par une, il retire les minuscules vis dont j'ignorais tout bonnement l'existence, et mon bracelet éternel quitte mon poignet, qui me donne l'impression d'être nu et à vif en dessous.

La femme soulève mon sac à main pour le poser sur le comptoir derrière lequel une autre femme est assise. Mon regard est attiré par la poche latérale où je l'ai vue ranger mon téléphone. Je le vois qui dépasse, avec la liasse de reçus, les paquets de chewing-gums, et un carnet.

Il y a une annexe derrière le comptoir, une petite pièce, avec dedans un tableau blanc divisé en cases, avec des heures. Un homme est en train d'y écrire mon nom, qu'il lit sur un papier qu'on vient de lui donner. Il est en uniforme complet. Chemise blanche à épaulettes noires affichant des chiffres : 5619. Cravate noire, ornée au bas d'un blason en relief.

Il y a quelque chose derrière lui, aussi. Je tends le cou pour mieux voir. Trois minuscules télévisions pendent du plafond, accrochées à de solides supports. Il y en a qui doivent essayer de les arracher, je suppose. Quelque chose se creuse dans ma poitrine. Comme un trou béant. De la peur, j'imagine. Ce sont des écrans de vidéosurveillance. Qui montrent les cellules. De petites silhouettes humaines qui se déplacent dans les boîtes gris-vert, comme de minuscules hologrammes captifs. Je ferme les yeux.

« Réessayons de vous scanner », dit le premier homme.

Il tient mon manteau.

Je m'approche du portique. Enfin, il ne bipe plus. Comme si cela déclenchait une réaction en chaîne, une autre femme apparaît à côté de moi.

« Je suis l'officier de garde à vue », se présente-t-elle.

Je regarde l'horloge. Minuit. Reuben doit se faire un sang d'encre. Ce coup de téléphone. Et puis plus rien. C'est à peine si j'y ai pensé depuis que j'ai appelé la police. Pourquoi est-ce que je ne l'ai pas rappelé avant qu'il soit trop tard ?

Je repose les yeux sur la policière. Elle a les cheveux blonds, mais d'un châtain terne sur deux bons centimètres à la racine. Elle doit avoir dans les trente-cinq à quarante ans. Son eye-liner brun-roux fait de petits paquets couleur brique à la base de ses cils inférieurs.

« Sergente Morris. Vous avez le droit à un avocat...

– D'accord... »

Je m'interromps. Est-ce que je connais un avocat ? Je pense à tous mes amis. Reuben dit que j'en ai tellement. Mais pas d'avocat dans le tas, j'en suis certaine.

« Vous avez le droit d'informer quelqu'un de votre détention, continue-t-elle sans me prêter attention, comme un robot. Vous avez le droit de consulter les codes de pratique. Avez-vous des questions ?

– Pardon. Comment est-ce que je fais pour trouver un avocat ?

– Nous pouvons vous commettre un avocat d'office, ou vous pouvez appeler quelqu'un d'autre, répond-elle, tant que cela ne perturbe pas notre enquête. »

J'ai la tête qui tourne.

« Je n'ai droit qu'à un coup de téléphone ?

– Oui. »

La question de qui appeler ne se pose pas : je n'ai besoin que de lui.

Dans un coin des locaux de garde à vue, mais quand même exposé aux regards, visible de tous, se trouve un téléphone à l'ancienne. Il n'y a rien pour s'asseoir. Trois policiers sirotent un thé juste à côté, dans des gobelets en carton frappés du logo de PG Tips. Le combiné du téléphone est lourd et noir, avec un épais cordon argenté qui se tord comme un serpent.

Je compose le numéro du portable de Reuben et écoute la sonnerie métallique. D'habitude, il ne décroche jamais quand ce sont des numéros qu'il ne connaît pas. Il n'est pas intrigué par eux comme moi. Mais cela ne m'empêche pas d'espérer qu'il le fasse. J'ai envie d'entendre sa voix.

Il répond presque immédiatement, ce qui est exceptionnel pour lui. Il devait s'inquiéter.

« C'est moi.

– Tu vas bien ? me demande-t-il.

– Il y a eu un… Je ne sais pas. Un incident.

– Est-ce que tu vas bien ? insiste-t-il.

– Oui. Je n'ai rien. » Je regarde par-dessus mon épaule. La pièce est encore pleine de policiers. Je ne peux pas lui expliquer. Pas ici. « Écoute… J'ai besoin d'un avocat. »

J'aurais aussi bien pu lui dire que j'avais quitté le pays, ou que je venais d'accoucher. J'entends son silence stupéfait, lourd au bout de la ligne.

« Un avocat ? » finit-il par répéter.

Un léger crissement. Il doit être en train de passer la main sur sa barbe de trois jours.

« Où es-tu ?

– Au poste de police, je réponds à voix basse, même si ce ne sont pas ceux qui m'entourent qui vont être gênés pour moi.

– Où ça ? » fait Reuben, et il y a dans son ton une note d'incompréhension abasourdie ; c'en est presque amusant.

Et puis je l'entends. Pas dans ce qu'il dit, exactement, mais dans le silence infime qu'il laisse entre les mots. Quelque chose qui ressemble beaucoup à un jugement.

« Qu'est-ce que... »

Sa voix s'éteint et il laisse échapper une exhalation.

Je l'ai pris de court. J'ai causé un choc à mon calme et stable mari.

« Jo... Qu'est-ce qui s'est passé ?

– J'ai poussé cet homme, je dis à nouveau, sans réfléchir.

– Celui qui te suivait ? »

Je ferme les yeux.

« Oui. »

Je mens. C'est trop compliqué pour rentrer dans les détails maintenant. Je lui expliquerai plus tard.

« Il est... blessé.

– OK. J'arrive. »

Pour une fois, j'adore son laconisme.

« C'est le poste de police de Paddington Green.

– Je vois lequel », répond-il doucement.

Bien sûr. Ses clients doivent souvent s'y retrouver.

« Mais je ne connais aucun avocat assez bien. Prends celui commis d'office.

– OK. » Je suis absorbée dans notre conversation, et je sursaute lorsque la sergente Morris apparaît juste à côté de moi. « Il faut vraiment que j'y aille.

– Veux-tu... veux-tu qu'on fasse le truc ? demande-t-il.

– Toi d'abord, je réponds avec un petit sourire, les yeux brusquement mouillés de pitoyables larmes de gratitude.

– Ta... »

Il doit être en train de se creuser la cervelle. Je l'entends déglutir.

On a commencé ce petit jeu alors qu'on était ensemble depuis deux mois – Reuben, avec réticence d'abord. Et maintenant c'est lui l'instigateur, comme un enfant qui réclame son rituel du coucher. Qui l'attend. On en est au numéro 2589. Plus de 2 500 choses qu'on aime l'un chez l'autre. On n'a jamais raté un jour.

« La mèche de cheveux juste à côté de ta tempe qui n'est jamais, jamais prise dans une queue-de-cheval, me dit-il.

– Le fait que tu ranges immédiatement ton courrier.

– Je suis sûr que tu l'as déjà utilisée, celle-là.

– Non, non.

– 2590 demain », me rappelle-t-il.

Je raccroche la première.

« Entrez là, me dit la sergente Morris lorsque j'ai mis fin à l'appel.

– Où ? »

Elle m'indique une pièce à côté des toilettes. J'entre, et un agent de la police technique et scientifique se présente à moi.

Ce qui suit semble s'enchaîner dans une sorte de brouillard, pour moi. Empreintes digitales. Prélèvement ADN à l'aide d'un écouvillon, dur et sec contre l'intérieur de ma joue. Éthylotest. Photographie. Exactement comme dans les films. Un échantillon de sang. Il me gratte le dessous des ongles, bien que je lui dise que je portais des gants.

« Enlevez vos chaussures, me dit-il alors que je crois que nous en avons terminé.

– Mes chaussures ? je répète, ahurie.

– Oui. »

J'enlève mes escarpins couverts de soie et les lui tends.

Il fouille dans un panier à côté de lui et en sort une couverture bleue estampée des lettres HMP[1]. Je vois qu'un bas de survêtement gris, un tee-shirt de la même couleur et une paire de tennis en toile noires sont empaquetés avec.

« Nous avons également besoin de vos vêtements.

– Mes vêtements ?

– Pour les analyser.

– Ah… D'accord. »

1. *Her* ou *His Majesty's Prison*.

Une fois revêtue de mon uniforme de prison gris, je ressors dans l'espace central des locaux de garde à vue et suis de nouveau confiée à la sergente Morris.

« Voulez-vous consulter nos codes de pratique ? me demande-t-elle.

– Non, je réponds d'un air absent.

– D'accord », fait-elle du ton d'une mère gagnée par la lassitude qui laisse son enfant dépenser en bonbons tout l'argent reçu pour son anniversaire.

Je regarde par-dessus mon épaule alors que nous avançons. Suis-je censée lire ces codes ? Devrais-je vouloir les lire ?

Elle m'emmène dans un couloir. Le sol en vinyle – d'une sorte de bleu-gris pluvieux – crisse sous ses chaussures.

Je ne sais pas où je vais, et je ne pose pas la question. Je me demande si mon portable est dans un sachet en plastique transparent, dans un casier quelque part, en train de vibrer tristement. Si jamais je le laisse plus d'une heure sans y toucher, je trouve en revenant des centaines de textos, tweets, mails, messages WhatsApp et Snapchat. Toutes ces notifications qui le font sans arrêt sonner désespèrent Reuben ; il dit que je suis tous les jours en contact avec toutes les personnes que j'ai rencontrées dans ma vie.

À mesure que nous avançons, les lieux deviennent plus sinistres. Encore deux couloirs, deux lourdes portes – peintes en bleu, exactement comme elles le seraient dans un dessin d'enfant représentant un poste de police. Elle me tient chacune d'elles, non par politesse mais plutôt pour me regarder les passer et s'assurer qu'elles se verrouillent bien derrière nous.

Nous tournons au coin du couloir et je vois que nous arrivons dans le bloc des femmes. C'est exactement comme on pourrait l'imaginer. Des rangs entiers de cellules. Je lève les yeux comme si je regardais une fusée de feu d'artifice s'élancer dans le ciel. Il y en a d'autres au-dessus. Et d'autres encore au-dessus. Et des barreaux. Des barreaux partout. Des paliers en caillebotis métallique, de sorte que je peux voir à travers. Cela me donne le vertige. Nous montons une volée de marches jusqu'au premier étage et longeons le couloir.

Nous nous arrêtons devant une porte portant le numéro 13. Il y a un tableau noir à côté. Elle y écrit : *J. Oliva.*

J'entends quelqu'un essayer de vomir. Je tourne la tête dans sa direction. Un grognement douloureux, un raclement de gorge, puis un bruit d'éclaboussure. Et, comme si j'avais ouvert la porte à ces perceptions, je remarque tous les autres sons. Des gémissements. Une femme qui crie. Comme si nous étions dans une boîte de nuit à l'heure de la fermeture, après un *happy hour* particulièrement violent. Je me recroqueville, serrant les bras autour de moi. J'essaie de me convaincre que ce sont ceux de Reuben.

J'inspire profondément pour tenter de me calmer, mais cela ne fait qu'intensifier l'odeur des lieux. Urine. Vieille bouffe épicée. Vomi. Alcool rance.

« Entrée, dit-elle. 0 h 06. »

Elle note l'heure dans un carnet.

« Entrée ? »

Elle ouvre la porte d'une poussée. Je n'y ai pas pensé. À l'endroit où nous nous trouvons. À l'endroit où on est en train de *m'enfermer.* Je n'avais pas imaginé... Il n'y a pas eu de menottes. Personne n'a appuyé sur ma tête pour me faire monter dans la voiture. Je ne pensais pas que je me retrouverais ici. C'est un véritable choc pour moi.

Il y a un matelas en plastique bleu par terre. Non : « matelas » est un terme trop généreux. C'est un de ces tapis qu'on disposait par terre en EPS pour faire de la gymnastique. Il y en a également un plus petit qui, je suppose, est censé être un oreiller. Il n'y a pas de fenêtre. Juste une minuscule bouche d'aération dans le mur, tout en haut à gauche, près du haut plafond. Il y a une flèche tracée sur ce dernier, indiquant la gauche. Elle est énorme et noire, et je dois avoir les yeux fixés dessus, car mon accompagnatrice me dit :

« Elle indique La Mecque. »

Et elle me tend la couverture.

Une forte odeur d'urine règne dans la cellule, bien pire qu'à l'extérieur.

À ma gauche se trouvent des toilettes. Sans couvercle. En métal, comme dans un train ou un avion. Je me rappelle la fois où nous sommes allés à Berlin, Reuben et moi, et que j'ai utilisé les toilettes pendant un épisode de turbulences. Elles empestent. Cette propreté artificielle, mêlée à toutes les choses sales qui y sont passées, de sorte qu'elles deviennent interchangeables. La javel et la saleté. Elles sentent pareil. Il n'y a pas de papier hygiénique, ni de chasse d'eau. Je cligne des yeux en regardant la cuvette, jusqu'à ce que je réalise que la sergente Morris m'a laissée. La porte se referme bruyamment et je sursaute, puis continue de trembler alors que le terme retentit dans mon cerveau.

C'est une cellule. C'est une cellule.

C'est ma cellule.

5
Taire

Je ne lui ai pas dit. Je ne lui ai pas dit, je ne lui ai pas dit, je ne lui ai pas dit.

Je le regarde remuer notre porridge sur le feu.

Il est toujours en train de cuisiner. C'est lui qui cuisine, et moi je m'occupe de la lessive. Il y a deux ans, nous nous sommes réparti les tâches pour mettre fin aux disputes. Il va sans dire que les plats sont soigneusement empilés et que le lave-vaisselle ne sert jamais à entreposer des assiettes sales, tandis que le panier à linge déborde, vomissant son contenu comme un ivrogne au bord de la route.

L'état de ma main empire. Elle est abîmée et dysfonctionnelle. Elle ne fait pas ce que je veux. Elle était tout ankylosée ce matin.

Reuben sert le porridge. La cuisine de notre appartement, américaine, donne dans le séjour. En gros, c'est un studio, même s'il y a deux chambres. Mais on l'adore ; on s'en fiche d'entendre la voisine du dessus rentrer chez elle en talons à 3 heures du matin. On aime la saleté assumée de l'extérieur, de Londres. La tiédeur artificielle de l'air ; l'odeur de poussière chaude du métro qui m'indique, après des vacances, que je suis de retour chez moi. Le smog qui, l'été, noircit mes pieds en tongs. La tête de déterré que tout le monde affiche dans le métro à la fin d'une virée nocturne, teint blême et mascara coulé dans la lumière crue des néons. Le fait qu'une fois, on a vu un homme avec un serpent dans le bus de nuit, et que personne n'a bronché. Tout. Tout cela vaut le prix exorbitant et le manque d'espace. Nos parents ne comprennent pas. Ceux de Reuben se demandent pourquoi on persiste à payer un loyer là alors qu'on pourrait acheter ailleurs. *Il y a d'autres économies*, nous dit souvent son père.

Une photo de notre mariage est accrochée au mur qui fait face à la gazinière. Elle n'est pas mise en scène. « Je ne veux pas un énorme portrait prétentieux de nous en train de sourire », m'a-t-il dit peu après m'avoir fait sa demande. Et, après tout, on n'a même pas organisé un gros mariage, en fin de compte. Ça n'a pas été le plus beau jour de notre vie. Ça nous dépassait un peu, tout ça, après sa demande en mariage qui n'en était pas une. (Elle commençait par : « Je ne veux pas te prendre de haut... ») Le nôtre a été une affaire sans prétention. Je portais une robe qui m'arrivait aux genoux. Après, on est allés chez ASK pour un repas sans chichis mais arrosé. Reuben a bu trop de vin rouge et n'a pas enlevé sa main de mes genoux une seule fois, même pour manger sa pizza. Et ensuite, dans la cour – il fumait à l'époque –, on a partagé un moment dont je me souviendrai toute ma vie.

« On l'a fait », ai-je dit.

Il a hoché la tête, énergiquement, et ses joues se sont creusées alors qu'il tirait sur sa cigarette.

« On a fait le truc qu'on voulait faire », a-t-il enchéri sobrement, résumant parfaitement mon bonheur.

Cette joie simple de vivre nos vies pour nous. Et tant pis pour les autres.

Puis nous nous sommes tenus par la main, sous le parapluie, tandis qu'il continuait de fumer sous la pluie. Je portais des chaussures rouges, et je me sentais plus chanceuse que je ne l'aurais cru possible.

Maintenant, je regarde fixement la photo. Elle a été prise sur le vif. Nous nous y faisons face. Je ris joyeusement. Reuben a les yeux au ciel, mais un infime sourire aux lèvres.

Comment pourrais-je le lui dire ? Il arrêterait de me regarder de cette façon. Avec ce minuscule sourire complice. Je suis l'une des rares personnes qu'il apprécie. Alors comment pourrais-je le lui dire, à lui, particulièrement ?

Cela devient intenable à 16 heures. Par deux fois, je me suis réfugiée aux toilettes pour appeler la police, avant de me retenir au dernier moment. J'ai toujours une douleur lancinante dans la main. Elle n'a pas changé d'apparence – aucun bleu –, mais j'ai toujours une sensation de faiblesse dans le poignet. Je vais attendre de voir s'il se remet tout seul. Sinon j'irai chez le médecin, une fois toute cette affaire réglée.

Je dis à Reuben que je vais faire un tour. J'ai la tête qui tourne – je n'ai presque rien mangé –, mais j'enfile quand même ma veste pour sortir. Reuben observe le crépuscule par la fenêtre mais ne dit rien. Je regarde à droite et à gauche avant de monter les marches qui mènent à la rue, comme si la police pouvait simplement m'attendre là, trop inquiète pour frapper.

L'air froid de la nuit me glace les poumons. J'espérais me sentir plus calme, après quelques minutes, que dans la chaleur de notre appartement, mais ce n'est pas le cas. Rien n'y fait. J'ai l'estomac noué et comme un poids sur les épaules. Tout m'effraie lors de ma promenade – toute seule, dehors. Le son lointain des sirènes. La lumière trop vive des réverbères. C'est le début, je suppose. Le début d'une vie dominée par la peur. Je ne suis pas à mon aise dehors. Je ne le suis pas à l'intérieur – terrée, planquée.

Lorsque je rentre, Reuben est en train de jouer du piano dans la chambre d'amis au fond de l'appartement. Il n'en fait que quand je ne suis pas là. Je reste immobile une seconde, puis referme la porte derrière moi. Comme je m'y attendais, il arrête de jouer. Il n'est pas à l'aise avec ce talent, Reuben. C'est trop tape-à-l'œil pour lui.

Il apparaît sur le seuil. J'ai toujours adoré la proximité que notre appartement nous offre. J'aime pouvoir appeler Reuben de n'importe quelle pièce, pouvoir faire la conversation avec lui quand je suis dans mon bain et lui en train de cuisiner.

« Numéro 2589, dit-il, sans bouger de l'encadrement de la porte. Ce que tu es mignonne quand tu as les joues rouges. Quand tu viens de rentrer d'une promenade faite sur un coup de tête. »

Je n'ai jamais besoin de réfléchir à la liste des choses que j'aime chez lui. Elle est sans fin. J'aime la façon brillante, artistique, instinctive dont il joue du piano, et sa timidité à ce sujet. Le fait qu'il va toujours trop loin avec ses clients, les ramenant à la maison, les emmenant en vacances, alors qu'il ne devrait pas ; l'amour qu'il a pour ces gamins paumés. Le fait qu'il a dit une fois à mon frère, Wilf, d'arrêter de se montrer condescendant à mon égard.

Je devrais répondre. Je devrais lui offrir quelque chose que j'aime chez lui. Ou traverser la pièce pour le remercier. Le serrer dans mes bras. Presser tout mon corps contre le sien. Je devrais lui dire combien l'entendre jouer du piano quand je rentre me rend heureuse.

Mais je ne peux pas.

Parce que si je fais cela, je lui dirai tout. J'en suis certaine. Ou, pire : il saura. Il verra la noirceur en mon cœur. Il devinera. Et il me dénoncera.

Ses yeux sont toujours fixés sur moi, presque avec espoir. J'évite son regard en baissant le mien.

Ce à quoi il ne s'attend pas, c'est que je le rejette. Et donc ça rend la chose encore pire lorsqu'il comprend. Lorsqu'il réalise que je ne vais pas répondre, je sens son regard se détourner. Il est gêné pour moi, que je voie la peine que cela lui fait, et il me tourne le dos, tripote vainement les plantes sur le rebord de fenêtre. Il entreprend de les arroser, sans me regarder.

Le bruit de l'eau qui coule me semble être le seul son dans tout Londres.

Le soir, nous préparons le café à tour de rôle. Ce soir, c'était son tour, mais je l'ai suivi, ne voulant pas rester seule, le corps comme bouillonnant d'acide.

Je m'étais promis une journée, mais l'occasion s'est présentée. Nous sommes seuls dans la cuisine. C'est le moment.

« Je ne t'ai même pas raconté pour mon ado de Brixton, dit Reuben, en levant les yeux pour me regarder alors qu'il tasse soigneusement du café moulu dans notre cafetière italienne.

– Non.

– Tu vois duquel je parle ? Le gamin qui a quitté son gang, à Noël dernier ? Qui s'est tenu à carreau depuis ?

– Oui, je réponds mécaniquement.

– Eh bien il s'est mis à traîner avec d'autres gars… et à brûler des voitures. » Il s'appuie au comptoir. « Je n'arrive pas à le comprendre ; tout allait bien. »

Reuben est souvent déconcerté par ce genre de chose. Je suppose que c'est caractéristique du fait d'avoir la tête sur les épaules. Éliminez les problèmes du garçon, et le garçon se comportera bien. Très logique, mais faux.

« Mais tu ne te rappelles pas ce que c'est que d'être adolescent ? je fais avec un petit rire en me retournant vers lui, reconnaissante de cette distraction, de cette chance de sortir de ma propre tête, même si je dois lutter pour le faire, comme si je grimpais à une corde à la seule force de mes bras, les mains pleines d'ampoules.

– J'étais juste… J'étais très ennuyeux », répond-il en me décochant un petit sourire.

Je regrette un moment que les autres ne puissent pas voir ce Reuben. Qu'il ne le leur laisse pas voir.

« Mais si quelqu'un avait une raison d'être… d'être en colère, c'était bien toi, je fais remarquer.

– Qu'on m'ait mis à l'adoption n'était pas vraiment dirigé contre moi. »

Je ne peux retenir un sourire.

« Tu as bien de la chance d'avoir l'esprit aussi sain. »

Je tends la main pour toucher la sienne.

Il m'attire à lui, immédiatement, et je recule. Il s'appuie contre le plan de travail, l'air songeur. La cafetière est sur le feu, et dès qu'elle se met à bouillir, il éteint le gaz.

« On veut pas du café brûlé, dit-il en me jetant un regard lourd de sens.

– Il n'est pas heureux, alors. Même s'il a quitté le gang et qu'il est avec des gens équilibrés… Il n'est pas heureux.

– Pourquoi ? »

Je hausse les épaules.

« Certains d'entre nous sont des ratés. On sabote notre vie. On ne sait pas pourquoi. »

Il sort le lait du frigo.

« Tu es mon experte en gens », dit-il en tendant une main hésitante vers moi ; elle effleure mon ventre et je m'écarte de lui.

Il m'a toujours appelée comme ça. Son « experte en gens ». L'un de ses nombreux surnoms pour moi.

Il cherche mon regard. Il y a une question dans ses yeux.

« Ça va ? me demande-t-il. Tu as l'air triste. Tu n'es pas une ratée. »

Je réponds d'une voix rauque :

« Si. »

Il m'observe.

« Tu tiens ton bras bizarrement », remarque-t-il.

C'est là le moment, sûrement. Je n'ai fait que repousser et repousser. Mais maintenant, je suis à court d'excuses. L'échéance est arrivée et je n'ai toujours pas commencé. C'est l'histoire de ma vie.

Il s'assied au bar qui sépare notre cuisine du salon, mais se tourne vers la télévision en sirotant son café. Il a mis BBC News, la chaîne d'informations. Il le fait toujours, bien que les infos l'agacent.

J'ouvre la bouche. D'une certaine façon, ce serait tellement facile. Ce ne sont que des mots.

Ma bouche reste ouverte, comme si j'attendais quelque chose. De me sentir prête. D'être sûre. Je ne suis jamais sûre de quoi que ce soit. Il est plus facile de ne rien faire. Je jette un coup d'œil par la fenêtre, dans le jardin d'Edith, avant de reposer les yeux sur Reuben. Je les détourne des siens pour regarder la télévision. Fixant les yeux dessus comme si je faisais le point avec un objectif, je vois le résumé des actualités. Elles sont annoncées une par une, séparées par de la musique :

SCANDALE AUTOUR DES FRAIS PARLEMENTAIRES
D'UN DÉPUTÉ DU SURREY.

À LONDRES, UNE FEMME ACCOUCHE
DANS LE MAGASIN PHARE DE L'ENSEIGNE TOPSHOP,
AVEC L'AIDE D'UN MÉDECIN PRÉSENT PAR HASARD.

COMMENT LONDRES GÈRE LA CRISE DES MIGRANTS
GRANDISSANTE.

Lorsque le dernier gros titre arrive, je me tourne vers Reuben. C'est presque comme si je l'attendais. Un *dong*, puis :

ATTAQUE EN BORD DE CANAL À LONDRES.

Je sais avant de savoir. Je sais avant qu'ils l'aient dit. Je sais à cause de ce *dong*, comme s'il n'était destiné qu'à moi. Sans réfléchir, j'agrippe le bord du bar, le griffe de mes ongles.

Le journal télévisé est passé à autre chose, revenant à son premier sujet. Un homme politique qui a trafiqué ses notes de frais. Je m'en fiche, je m'en fiche.

Attaque en bord de canal à Londres. Je répète les mots, encore et encore, dans ma tête.

Mon corps se contracte comme si j'étais en train d'accoucher. Je le sens dans mon cœur, puis dans mes bras et mes jambes. Je ne réponds pas à la remarque de Reuben sur ma main.

Il s'est retourné vers la télévision.

« On est gouvernés par un tas de corrompus et personne n'en a rien à foutre, s'exclame-t-il avec un geste en direction de l'écran.

Comment est-ce que je suis censé apprendre à de jeunes gamins qu'il faut arrêter de mentir et de tricher quand les gens qui sont *à la tête de ce pays* le font ?! C'est vraiment si difficile de se dire "je ne vais pas bidouiller mes notes de frais maintenant que je suis député" ? »

C'est un des rares sujets sur lesquels il est loquace ; il part souvent dans des diatribes en soirée, pendant que les gens fixent le fond de leur verre d'un air gêné. Le jour où Laura l'a rencontré, elle m'a regardée d'un air complice en disant : « Il n'y a rien de plus sexy qu'un socialiste. »

D'ordinaire, je le laisse faire en songeant : *Je suis contente que mon mari soit celui qui moralise, celui qui sermonne, celui qui prêche par l'exemple, et pas celui qui trouve la situation gênante.* Comme la fois où il a déclaré qu'à son avis, les femmes ne mentaient jamais lorsqu'elles disaient avoir été violées, et que tout le monde s'est tu. Mais maintenant, je ne songe à rien. J'en suis incapable. J'ai chaud, je panique, j'ai l'impression que mon acte de vendredi soir est écrit en travers de mon front, que mes pensées se sont matérialisées ici, dans le salon, devant nous. Je me suis retournée, je regarde fixement la télévision, et j'attends.

« C'est du mensonge, continue-t-il. Ils donnent tous ces noms stupides à la chose. Délits caractérisés. Personne ne dit de quoi il s'agit vraiment. Ce n'est pas de "l'abus d'indemnisation". C'est du mensonge, pur et simple. »

Je lève les yeux vers le plafond. Qu'est-ce que l'univers essaie de me dire ? Dois-je garder le silence parce que je lui ai déjà menti, ou avouer pour m'empêcher de mentir davantage ?

Je reste assise, hébétée, sur le canapé.

J'essaie de maîtriser la folle angoisse qui s'est emparée de moi. Ce n'est peut-être pas de lui qu'il s'agit. Ils parlent peut-être de quelqu'un d'autre. Oui. Quelqu'un qui a été tué avec un couteau. Une arme à feu. C'est Londres. Près d'un canal, et alors ? Combien de kilomètres de canaux y a-t-il à Londres ? Des dizaines, non ?

Plus qu'à Venise – à moins que je pense à Birmingham ? Je ne sais pas. Je ne sais rien. Oh, mon Dieu. Comment suis-je censée réussir à me tirer impunément d'un crime ?

Attaque. C'est tellement présomptueux. Ils ne savent pas. Ils ne savent pas comment ça s'est passé. Il a menacé une femme. Elle était effrayée. Elle s'est enfuie.

« Je veux dire… », continue Reuben avec un grand geste. Son café déborde et tombe sur le plancher, liquide fauve qui filtre entre les lattes. « Merde. » Il pose immédiatement sa tasse sur la table pour aller chercher une éponge. « J'ai toujours pensé que le pouvoir corrompt », reprend-il en essuyant la tache.

Le présentateur passe à l'histoire du bébé né chez Topshop, interviewant des personnes qui ont vu la femme perdre les eaux dans la boutique. « Pas sûre de comprendre pourquoi elle faisait du shopping », dit l'une d'elles avec un rire.

Je suis à moitié consciente que Reuben est en train d'essuyer sous mes pieds, mais toutes mes pensées sont tournées vers la télévision, et ce dernier reportage.

« Je sais pas pourquoi on s'inflige cette merde pour avoir des infos, dit-il en se relevant et en attrapant la télécommande. Elle faisait du shopping, et alors ? »

Je m'apprête à l'arrêter, puis me retiens. Je ne peux pas faire ça. Si, je peux. Il faut que je lui avoue.

« Laisse », je lui dis d'un ton désinvolte.

Je lui avouerai quand les infos en parleront. J'ai deux minutes, maximum.

« Je supporte pas ces conneries. »

Il m'ignore et zappe pour mettre une chaîne de cuisine.

Il fait ça chaque jour. Met les infos. S'énerve. Les éteint. Il n'est pas très doué pour prêter attention à mes préférences.

Un homme se prépare à dépouiller un lapin.

« Merde. »

J'ai lâché ça involontairement. Je rapproche mes doigts de la télécommande, dans l'intention de zapper à nouveau. Cela me donne l'excuse parfaite pour remettre les infos. Mais alors que j'appuie sur la touche, une pensée me glace.

Ils savent.

Ce n'est pas aux infos parce qu'ils ne savent pas, mais parce qu'ils *savent*. Bientôt une image de moi va apparaître – un extrait vidéo de mauvaise qualité filmé par une caméra de surveillance, peut-être, ou un portrait-robot. Je n'ai réellement plus que deux minutes. Deux minutes ici avec cet homme, dans l'Avant.

Je me maudis d'avoir passé toute ma vie d'adulte à perdre mon temps sur ordinateur et téléphone, sans prêter attention à rien. À rêvasser. À imaginer des revirements de carrière. À inventer des passés pour les gens. Au lieu d'observer, d'écouter, d'apprendre. Le fait que ce soit à la télévision veut-il dire qu'ils savent que c'est moi ? Ou bien tout le contraire ?

Ils parlent de la crise des migrants à Calais. Ça n'en finit pas. Je reste assise, crispée, comme si j'étais sur un banc dehors dans le froid et non dans mon salon bien chaud avec mon mari.

Et puis. Et puis. C'est le moment de mon gros titre. Non, pas le mien. *Pas le mien.*

Un homme a été découvert au bord d'un canal dans Little Venice samedi au petit matin.

C'est comme si j'avais été plongée dans une cuve d'acide brûlant. Je crépite de tout mon corps. Je n'arrive pas à y croire. Je n'arrive tout simplement pas à y croire. Que cela est en train de m'arriver. Que c'est là ma vie. Qu'est-ce que j'ai fait ?

Caroline Harris, notre correspondante, est sur les lieux.

Elle apparaît à l'écran, à droite de l'image, en gros plan.

« Je me tiens sur les lieux d'une étrange attaque », dit Caroline d'une voix sèche.

La caméra zoome légèrement en arrière et je sens la contraction me reprendre. N'y pense pas, Joanna, c'est tout. Ignore ce que tu vois.

Mais je ne peux pas l'ignorer. C'est juste devant moi.

« Un homme de dix-sept ans a été découvert au bord du canal à 6 heures ce matin par une personne qui promenait son chien. »

Je pousse un soupir de soulagement. Ça ne peut pas être moi. Dix-sept ans ? Sadiq n'avait pas dix-sept ans. Impossible.

Et puis la caméra passe en zoom avant. Et elle montre l'endroit exact où je me trouvais, il y a seulement dix-huit heures. Voilà les marches. Elles ne sont plus mouillées. Elles ont séché. Le ciel est dégagé, bleu marine. L'haleine de la reporter est visible devant elle, tout comme la mienne l'était. Le ruban de balisage de la police tremble au vent. Il est bleu et blanc. Une tente jaune et blanc se dresse à l'intérieur de la zone délimitée. Qu'est-ce que c'est que ça ? je m'interroge, les yeux rivés sur la télévision avec curiosité.

« Mince, dit Reuben. Tu crois que c'était ce taré ? »

Il a une mémoire des détails sensationnelle, et je la maudis en silence.

« Quel taré ? » je fais, espérant lui faire perdre la piste.

Laisser entendre que mon taré et moi étions ailleurs.

« Celui qui t'a suivie ! » Il me regarde avec une expression incrédule, presque moqueuse. « Tu as un air de folle », me dit-il avec son franc-parler habituel.

Je hoche vivement la tête, les yeux rivés sur la télévision. Je ne peux pas parler. C'est comme si j'avais une quantité limitée d'intelligence, et qu'elle était entièrement concentrée sur une seule chose.

La femme continue de parler, et la tente – *tente ?* – jaune et blanc de trembler dans le vent.

Je suis perplexe. Pourquoi n'a-t-il été retrouvé qu'à 6 heures du matin ? Était-il plus ivre que je ne croyais ? Il a dû se geler.

Et puis je me repasse la phrase dans la tête. *Découvert.*

Ma nuque et mes épaules se couvrent de chair de poule. *Non.* S'il vous plaît, non.

« C'est toujours une personne qui promenait son chien, remarque Reuben. Encore un qu'une ordure a traumatisé. »

Une ordure. C'est moi.

Il se lève pour retourner dans la cuisine, sa tasse vide à la main, et la rince brièvement avant de la mettre dans le lave-vaisselle.

« L'homme a été amené à l'hôpital à 6 heures, mais n'a pu être réanimé. La police traite sa mort comme suspecte et a ouvert une enquête pour meurtre. »

Avant de savoir ce que je fais, je me laisse glisser du canapé et gis à plat ventre, le nez dans notre tapis. Ma main gauche proteste contre l'angle à laquelle elle est pliée, mais je m'en fiche. Je ne pleure pas. Je fais autre chose. Quelque chose qu'un animal sauvage pourrait faire. Je gémis. Je me balance. J'ai la bouche ouverte, mais aucun son n'en sort. Le regret déferle sur moi. Je m'en fiche. Je m'en fiche que Reuben soit juste à côté, le dos tourné, en train de repousser les paniers du lave-vaisselle – il va falloir que je lui avoue maintenant, de toute façon. Le lave-vaisselle doit être plein, car il le met en marche : il est si bon, et si bon avec moi.

Mort.

N'a pu être réanimé.

Tué.

Enquête pour meurtre.

Comme ça, d'un coup. Une vie mouchée comme une chandelle. Quelques instants plus tôt, il était vivant : un tissu de pensées, d'espoirs, d'opinions sur la musique, les livres et le marché immobilier. Et maintenant, rien. La machine est éteinte.

Reuben vit avec une meurtrière. Si je lui dis, il m'emmènera direct au poste de police. Lui demander de ne pas le faire serait comme lui demander d'écrire de l'autre main. De voter conservateur. De braquer une banque. De gifler un enfant.

Et ce travail qu'il accomplit, bordel ? Comment pourrait-il continuer ? Aider sa députée, tout en vivant avec une criminelle connue ? Il n'y a pas de réponse, me dis-je, en me relevant du tapis pour me rasseoir sur le canapé.

Ce n'est même pas ça, le problème. Non, c'est autre chose. C'est que – secrètement, en son for intérieur, pour ne pas me faire de peine – il se poserait des questions sur moi. Il m'aime – dans toute mon inaptitude, ma propension au désordre, mon manque d'organisation, mon boulot de merde –, et pareille information le ferait réfléchir. Il n'en laisserait rien paraître, mais je saurais, comme lorsqu'on revient dans une chambre d'hôtel pour découvrir que quelqu'un y a fait le ménage, remis des serviettes propres, plié le papier toilette en pointe. Le genre de chose qu'on ne voit que parce qu'on s'attend à le voir. Mais je verrais.

Reuben est toujours dans la cuisine, le dos tourné. Il se retourne vers moi, l'air pensif.

« Tu l'as échappé belle…, dit-il. Tu imagines, si tu étais passée là quelques heures plus tard ? »

Je commence à ressentir la même peur panique que lorsque j'étais dans Little Venice. Le cœur qui bat à tout rompre. Mes poings qui se crispent malgré moi. Une sueur froide dans le dos et les épaules. Je ne serais pas surprise, si on m'ouvrait, de découvrir que j'ai le sang noir, coagulé, ou que je suis pleine de cafards, ou que j'ai une enclume pesamment nichée entre mes organes.

Comment est-ce que je peux lui avouer maintenant ? Maintenant que c'est un meurtre ? Ça va le détruire. Je serai la pire personne qu'il connaisse. Une ennemie.

Et, dans un coin de ma tête, bien caché parmi les archives et les souvenirs flous, il y a autre chose. Dix-sept ans. Il est impossible que Sadiq ait eu dix-sept ans. Et donc… peut-être que ce n'était pas Sadiq.

Je ne peux pas m'autoriser ce genre de pensée. Si, c'était lui. J'étais poursuivie.

Et c'est pour cela que j'ai tué.

Il faut que ce soit vrai. Toute autre version me détruirait.

Je m'endors sur le canapé en début de soirée. Je dois avoir l'esprit épuisé, mais faire la sieste ne sort pas exactement de l'ordinaire pour moi : j'ai passé toutes mes années d'université à piquer de petits roupillons illicites. Ma réaction naturelle est de déconnecter. D'ignorer. Je dors profondément, mais je rêve de Sadiq.

Reuben me réveille avec un autre café – il en boit tellement, mais cela ne semble jamais avoir d'effet sur lui – et sort du salon ; il va probablement dans la chambre d'amis pour rédiger des rapports. En partant, il me lance par-dessus son épaule :

« Je ne crois pas t'avoir jamais entendue parler dans ton sommeil.

– Quoi ? »

Il rit dans sa barbe en s'éloignant dans le couloir, et ajoute :

« Tu disais vraiment n'importe quoi. »

Je ne peux pas lui demander. Je ne peux pas insister. Mais si jamais j'ai dit quelque chose d'incriminant ? Je ramène mes genoux contre ma poitrine et espère que ce n'est pas le cas.

Je regarde fixement les infos, bien qu'elles ne traitent plus de mon histoire depuis longtemps. J'entends deux sirènes passer en trombe, et je sursaute chaque fois, une pellicule de sueur se formant immédiatement entre ma peau et mes vêtements. Il y a tellement de sirènes à Londres.

Je n'ai jamais rien fait seule dans ma vie. J'ai mené celle-ci en mode collaboratif. Demandant l'avis de tout le monde sur la coupe de cheveux à adopter et où louer à Londres. Facebook et Twitter étaient des dispositifs par lesquels je sous-traitais mes décisions à d'autres. Et maintenant : je suis seule.

J'ai presque fini mon café lorsque Reuben revient.

« Tu t'excusais, dans ton sommeil, continue-t-il comme si pas une seconde ne s'était écoulée.

– Pourquoi ?

– Je ne sais pas. »

Il me jette un regard étrange. Je dois avoir l'air coupable.

« Tu n'arrêtais pas de dire *Je suis désolée*. Encore et encore. »

Je devrais en rire, mais c'est au-dessus de mes forces. Je n'arrive à penser qu'à une chose, la raison de cette contrition.

Le meurtre. Je suis désolée d'avoir assassiné un homme.

Je croise de nouveau le regard de Reuben. Il m'observe d'un air légèrement interrogateur. Un infime froncement de sourcils lui barre les traits.

« Oh, je vois, je fais d'une petite voix. C'est bizarre.

– Ça ne te ressemble pas », remarque-t-il.

Non.

Personne ne doit savoir. Pas même Reuben. Surtout pas Reuben.

6
Avouer

Je suis seule depuis ce qui me semble être quinze minutes. On m'a donné un thé qui a goût de cigarette.

Je me demande ce que font les autres personnes dans ces cellules. Et puis je vois leurs formes endormies dans ma tête, sur ces petits écrans qu'il y avait à l'entrée des locaux de garde à vue. Je lève les yeux pour regarder au-dessus de la porte, puis au plafond, crasseux – comment est-ce que ces éclaboussures brunes ont pu arriver si haut ? –, et je la vois : la caméra de vidéosurveillance, blanche, semblable à un robot, orientée vers moi. Moi aussi je vais être visible sur ces écrans. Être observée.

La trappe s'ouvre, et je sursaute.

« Vous avez mangé, je suppose ? dit un homme, et je secoue la tête.

– On avait prévu de manger après. »

Kebabs ;) m'avait écrit Laura sur WhatsApp, quand on organisait notre sortie.

« Et vous avez bu. »

Je ne peux pas lui répondre, car il referme violemment la trappe avec un soupir agacé, comme si j'étais une bête dans un enclos.

Il réapparaît quelques instants plus tard. Entre-temps, mon corps s'est mis à trembler convulsivement. C'était un accident, ai-je envie de lui dire. J'entends la trappe se rouvrir et il me jette un coup d'œil.

« Petit déjeuner en continu », annonce-t-il.

Il pousse une boîte vers moi. Si je n'avais pas été là pour la rattraper, elle serait tombée par terre. En plastique blanc, elle est fumante. Elle me brûle les mains et je la porte du bout des doigts jusqu'au matelas. Il n'y a pas de table.

Il repart, et je me rappelle ce week-end, il y a quelques semaines, où j'ai essayé de faire des beignets de maïs. Ils ressemblaient à des pattes de poule, a déclaré Reuben.

Malgré l'épaisseur de la porte, j'entends quelqu'un dire :

« On a un probable article 18, ici. Pire si... »

Un article 18 ? Je me demande ce que c'est. Peut-être que c'est du jargon policier pour quelqu'un qui est détenu à tort ; qui sera relâché dès que son avocat arrivera.

Conjecturer me met mal à l'aise, et je cherche machinalement un téléphone portable que je n'ai plus, que je ne suis plus autorisée à regarder librement. Cela fait des années que je n'ai pas dû rester sans rien faire. Je n'imagine même pas prendre mon dîner sans quelque écran allumé devant moi.

Il n'y a pas d'horloge, pas de soleil, et donc je mange en examinant les éléments de la pièce – la *cellule* – autour de moi. Le néon circulaire. L'intérieur de la lampe, tapissé de mouches mortes. La flèche noire. Elle est peinte de façon si nette ; ils ont dû utiliser un pochoir.

La nourriture est infecte. C'est comme si quelqu'un avait mixé tous les éléments d'un petit déjeuner traditionnel, et tout fait cuire d'un coup. Quelques morceaux de bacon persillent les œufs et le pain. C'est froid au milieu. Les œufs sont gélatineux dans ma bouche.

Alors que je termine, n'ayant rien d'autre à faire et étant à court de pensées, je tends la main devant moi et fais courir mon index sur le mur bleu. Il est frais. La peinture bon marché ondule sous mon doigt.

Les œufs se coincent dans ma gorge alors que je commence à pleurer. Je pleure pour beaucoup de raisons. Mon manque de chance, je suppose. Le fait de me retrouver là à trente ans. Mais surtout pour Reuben. Parce qu'il me manque. Parce que je sais que je vais lui manquer aussi. Et à cause de ce jugement. Cet instant de jugement muet que j'ai entendu dès que je le lui ai dit. Je ne l'ai pas imaginé. J'en suis certaine.

Quand j'ai rencontré Reuben, il se tenait en marge d'une fête de fin de cursus universitaire, observant calmement sans parler à personne. Au début, c'était sa taille qui avait attiré mon attention, mais lorsque j'ai débouché une bouteille de Jack Daniel's peu après, d'autres choses s'y étaient ajoutées. Le fait qu'il ne parlait à personne. Qu'il se tenait simplement près des étagères de livres dans le bow-window, et faisait courir son doigt sur leur dos.

« Moi, c'est Jo », me suis-je présentée avec audace.

Après quelques minutes de conversation, il a incliné la tête et m'a machinalement entraînée vers l'escalier. C'était calme, là-bas – il préférait ça, m'a-t-il avoué. J'aimais le fait qu'il se fiche royalement de ce que les autres pouvaient penser de lui ; qu'il se soit si manifestement ennuyé avant que je vienne le trouver. Un certain Rupert est passé devant nous en parlant de l'été qu'il allait passer sur la Riviera, et Reuben et moi, aussi naturellement que nos cœurs battaient, avons échangé un regard.

« Je déteste Oxford », ai-je dit, et ses yeux verts se sont éclairés.

On a allègrement débiné Oxford, assis sur les marches. Je le faisais parler, n'arrêtait-il pas de dire d'un ton surpris. Il détestait parler, mais il aimait le faire avec moi. Rien que moi.

Je l'ai revu le lendemain. On avait échangé des textos toute la matinée et, quand je suis arrivée au coin de la rue où je devais le retrouver, il a hoché la tête avec un léger sourire, comme s'il se rappelait quelque chose d'agréable ; mais il n'a rien dit.

« Avocat », me dit maintenant un agent de police masculin.

Il m'arrache brutalement à mes souvenirs. Cela ne doit pas faire plus d'une heure que j'ai demandé un avocat commis d'office. J'espère qu'il est bon. Consciencieux.

Je me vois amenée au même téléphone que précédemment, son combiné pendant dans le vide comme la corde d'un gibet.

Je pensais que cela me ferait du bien de sortir de ma cellule, de retourner à la réception, mais non.

J'ai les genoux qui tremblent alors que je prends l'appel.

« Joanna ? » dit mon avocate.

Je suis momentanément surprise qu'il s'agisse d'une femme. Affreux de ma part.

« Oui. Bonjour. »

J'ai la voix rauque.

« Bonjour. Je m'appelle Sarah Abberley. Ne dites rien, s'il vous plaît, dit-elle vivement, d'une voix sèche. La police écoute très probablement notre conversation.

– J'ai juste besoin de m'expliquer », je chuchote désespérément dans le combiné. Il est poisseux contre mon menton. « De mettre les choses au clair.

– Ne dites pas un mot de plus à la police. Vous avez déjà certainement révélé des choses. Ils sont peut-être là à siroter leur thé, mais ils écoutent... »

Je tourne les yeux vers eux. Ils sont simplement assis au bureau, en train de regarder machinalement les écrans de vidéosurveillance.

« Euh, OK, je fais d'un ton sceptique.

– Je crains d'être sérieuse, Joanna.

– Quand serez-vous là ?

– Bientôt. Il faut juste qu'ils... »

J'entends un tapotement. Je l'imagine en tailleur ajusté, pantalon cigarette. Grosses lunettes carrées. Cheveux colorés sur les pointes. En train de tapoter un plan de travail minimaliste avec un stylo. Un homme derrière elle – grand, un universitaire au physique maigre et nerveux, peut-être – en train de préparer un guacamole. Ils mangent tard, la plupart des soirs.

« Il faut juste attendre que l'enquête préliminaire soit terminée, est-elle en train de dire.

– L'enquête préliminaire ? je répète distraitement.

– De la police judiciaire. Et ils ne peuvent pas vous questionner tant que vous êtes ivre.

– Je ne suis absolument pas ivre.

– Il vaut mieux attendre demain matin. Je serai là dès que possible. »

J'aime sa concision. Reuben l'apprécierait.

« Vous avez vingt-quatre heures – pour toute détention plus longue, ils ont besoin de l'autorisation du commissaire. Vous avez tout ce qu'il vous faut ? Ils vous donnent à manger ?

– OK. Oui, je réponds d'une petite voix, en imaginant passer toute la nuit dans cette horrible pièce bleue.

– Vous ne le verrez pas, mais je fais tout ce que je peux pour vous, ici. Promis.

– OK. »

C'est pratiquement le seul mot que j'ai dit de toute notre conversation. Elle doit me prendre pour une idiote.

Elle raccroche. Le combiné est lourd dans ma main sans elle à l'autre bout du fil. Je le repose sur sa base, puis reste là sans but une seconde, savourant tant que je peux la liberté relative. Les odeurs différentes.

La sergente Morris revient et je repense à ce que l'avocate a dit : ils écoutaient. Je frissonne en lui jetant un coup d'œil. Pas mon alliée. Une ennemie.

Je suis reconduite à la cellule numéro 13. Bientôt, les policiers rentreront chez eux, dans leur famille, et je resterai seule ici. D'autres prendront le relais. La sergente Morris retrouvera son mari, qui se plaindra de ses horaires tout en remuant des haricots en sauce sur le feu. Ses enfants seront déjà en pyjama, couchés.

Je lève la tête vers la flèche indiquant La Mecque. N'importe quoi pourrait arriver à l'extérieur – un événement mondial, une mort – et je ne le saurais pas.

Je reste assise sans bouger un moment et me livre à un de mes jeux préférés : imaginer mes futurs bébés. Peut-être qu'ils hériteront du long nez de Wilf. Je joue avec l'un d'eux, dans ma tête. C'est une fille. Elle a les cheveux roux de Reuben mais mon imagination. On pianote ensemble sur un glockenspiel. Oh, pourquoi on a attendu si longtemps ? Je suis prête, maintenant, Reuben, je crois.

Ils viennent me voir toutes les demi-heures. Je le sais parce que je compte. C'est utile de savoir combien de temps passe.

Ils m'appellent par la trappe, la refermant avant d'avoir fini de regarder vraiment. C'est pour la forme. Ils crient mon nom et, dès que je lève les yeux, ils s'en vont.

J'aimerais qu'ils ouvrent la porte pour que je puisse jeter un coup d'œil à l'extérieur ; voir une autre lampe, un autre matelas, ou même l'escalier que j'ai gravi il y a quelques heures, quand je gagnais sans le savoir le lieu de mon incarcération.

À ce qui doit être 2 h 30 du matin, je demande pourquoi ils continuent à venir me voir ainsi. Une embarrassante gueule de bois est en train de s'emparer de moi. Une sensibilité à la lumière lorsque la trappe est ouverte. Une sensation d'étau autour de ma tête. Une sècheresse dans ma bouche. Un tremblement dans mes mains.

« Pourquoi est-ce que vous ne me laissez pas dormir ? je demande d'un ton qui me semble pitoyable.

– Vous étiez en état d'ébriété, alors vous êtes en surveillance catégorie deux », répond la femme.

Elle est nouvelle pour moi, mais pas moins brusque que la sergente Morris.

« Catégorie deux ?

– Catégorie un : garder un œil dessus, contrôle de routine seulement. Deux : contrôle toutes les demi-heures. Trois : surveillance constante. Vous êtes en cellule de dégrisement. Matelas par terre plutôt qu'en hauteur.

– Waouh. » Je rêve d'une petite conversation, d'une parole rassurante, d'une expression de bienveillance, mais elle referme la trappe. Je la rappelle, involontairement. « Est-ce que mon mari est passé ? »

La trappe se rouvre d'un centimètre ou deux. Je vois un œil, le coin de sa bouche. Pas de sourire sur ses lèvres. Elle referme la trappe, et ça s'arrête là.

Il a dû arriver quelque chose, une fois, pour qu'ils surveillent les gens comme ça. Je tends de nouveau la main pour toucher le mur, près de ma tête. Peut-être était-ce dans cette cellule même. La personne qu'ils n'ont pas surveillée.

Je mets de l'ordre dans mes trois affaires. Je repositionne l'oreiller. Je vérifie que le matelas est bien collé contre le mur. Je pose la boîte de mon repas dans le coin de la pièce, près des toilettes.

Un jour, je repenserai à cette expérience avec un sourire. Ce sera ajouté à la liste de toutes mes bêtises d'évaporée qui font lever les yeux au ciel à ma famille et parfois à Reuben. *Tu te rappelles le soir où tu as laissé couler l'eau du bain et inondé l'appart ?* dira ce dernier avec un grand éclat de rire. Et je répondrai : *Je crois que j'ai fait mieux encore lorsque j'ai passé une nuit en prison.*

Je me couche sur le côté, attendant le contrôle de 3 heures. Je l'imagine contre moi, ses longs bras passés autour de ma taille pour agripper mes épaules, formant un X en travers de mon corps. Je regarde le mur et me demande s'il fait la même chose à la maison.

Lorsqu'un autre policier m'apporte à nouveau de l'eau par la trappe, je lui demande comment ça se passe pour les visiteurs.

« Quand est-ce que je pourrai voir quelqu'un ? Est-ce que vous avez des heures de visite ?

– C'est pas un hôpital, ici », répond-il.

Il est plus vieux, avec les cheveux blancs et le teint rose. Je ne vois rien d'autre : sa taille, ses tics. C'est une interaction étrange, sans contexte.

« Je pensais que c'était pareil en prison », je réponds en déglutissant péniblement.

Je me sens me pencher vers lui, fébrile, comme un chien attendant le retour de son maître. *Ne fermez pas la trappe, je vous en prie. Ne me laissez pas ici toute seule.*

« Descendez de votre nuage. »

7

Taire

Je monte distraitement sur la balance. En redescends, puis remonte dessus. Cinquante-deux kilos. J'ai toujours, toujours fait cinquante-cinq kilos.

J'enfile mon pyjama et vois que je flotte dedans. Il faut que je recommence à manger.

On vient de se mettre au lit lorsque mon téléphone sonne.

« Ça fait des mois que tu n'as rien lu », remarque Reuben en jetant un regard lourd de sens à mon téléphone.

Je dors mieux et lis plus de livres quand je le laisse à charger dans une autre pièce, mais chaque fois que je retiens cette leçon vient un moment où je l'oublie à nouveau, et je le rapporte furtivement dans la chambre, pour faire défiler les pages pendant des heures jusqu'à ce que mes paupières se ferment toutes seules. Mais ce soir, je n'ai vraiment pas la tête à tout ça. Le développement personnel passe à l'as quand on fait face à une situation pareille.

Reuben bouge dans le lit à côté de moi, glissant un pied sur le mien. Il a toujours les pieds glacés. Des pieds de mort, ai-je l'habitude de dire. Maintenant, cette pensée m'arrache une grimace. Je me demande si Sadiq est… Non. Je me force à arrêter là. Je ne peux penser à lui ; mais des images fugaces passent dans ma tête. Ses pieds. Déchaussés de leurs baskets, à présent, dans une morgue. Exsangues et froids.

Le message sur mon téléphone est de Laura. Je le tiens à deux mains – la gauche a retrouvé un peu de mobilité, mais elle me fait toujours mal. La photo de profil de Laura sur WhatsApp est un selfie en gros plan. Elle a les cheveux coiffés en crête, presque à l'iroquoise. Elle me sourit sur l'écran, les yeux joliment plissés face au soleil.

Hé – un policier en civil (pas sexy ; vraiment chelou) vient de frapper chez moi pour me poser des questions à propos de vendredi. CQCB ?!

Elle a ajouté une ribambelle d'émoticônes qui finit par un homme en uniforme de policier, et je regarde fixement mon téléphone, les oreilles pleines des battements de mon cœur.

Après ça, elle m'envoie une photo. C'est un nouveau tableau qu'elle vient de peindre. Elle me les envoie souvent avant qu'ils soient terminés pour avoir mon avis. C'est un portrait, presque photographique dans son réalisme, d'une femme avec du poil aux aisselles. Pour la première fois, j'ignore sa production artistique.

Comment ça ? À propos de quoi vendredi ? réponds-je.

Une coche grise. Envoyé.

Deux coches grises. Reçu.

Deux coches bleues. Lu.

Je refoule l'envie soudaine de supprimer mes comptes WhatsApp, Facebook, tout. De disparaître.

Reuben bouge à côté de moi. Notre matelas n'a pas coûté cher, notre lit est un double de chez Ikea. Il me semble petit tout à coup, et j'oscille comme un bouchon à la surface de la mer alors que Reuben se retourne. Il est en train de lire un livre intellectuel. Un des classiques. Il y a trop de livres excellents dans le monde pour lire de la merde, a-t-il l'habitude de dire, et je me sens coupable quand je lis en douce une comédie romantique dans le bain.

Instinctivement, je tourne mon téléphone pour qu'il ne puisse pas le voir. Une violente douleur irradie dans mon bras.

La police arrive. Aucun doute là-dessus. Il faut sûrement que je lui dise. Que je prépare le terrain pour les mensonges que je vais bientôt raconter.

« Regarde ça », je lui dis, surprise par la stupeur que parvient à exprimer ma voix.

Je n'aurais jamais dit que je suis une actrice-née, mais peut-être que si. J'étais toujours changeante, avant. Reuben est la seule personne avec qui j'ai jamais été moi-même. Avec Laura, je suis un électron libre. Avec Wilf, une vilaine petite sœur. Mes opinions deviennent celles des gens que je fréquente, comme si l'étoffe dont ils sont faits déteignait sur moi. Et en dessous de tout cela, qui suis-je ? Qui est Joanna ? Je n'ai aucune opinion, aucune forme, je ne suis que fumée.

Et pourtant me voici, poussée dans un premier rôle que je n'ai jamais demandé.

« Je ne suis pas vraiment d'humeur à bavarder », répond Reuben.

Et malgré moi, je souris. Les gens le croient doux, timide, mais il est là, son noyau dur : un tempérament inflexible. Il n'y a rien d'accommodant chez Reuben. C'est l'un des tout premiers traits qui m'ont attirée chez lui. Son indépendance. Le fait qu'il puisse me dire « Non, merci », sans pour autant vouloir me blesser. Ça donne d'autant plus de prix aux fois où il demande à me rejoindre dans mon bain, ou passe la nuit à bavarder avec moi, comme on l'a fait il y a tout juste quelques semaines, en écoutant les vieilles chansons indé qu'on aimait. Parce que je sais qu'il en a vraiment envie.

« Non, regarde. »

Je lui tends mon téléphone.

Après une seconde – il lit extrêmement vite –, il le laisse retomber sur la couette, à l'envers, encore allumé, de sorte que le tissu le long des bords est teinté d'un blanc lumineux, éclatant.

« Qu'est-ce qui s'est passé, vendredi ? demande-t-il.

– Aucune idée. »

Il se retourne dans le lit, me tournant le dos et enlevant son pied froid.

« Ce mec, dit-il d'une voix ensommeillée.

– Ah, oui. Ça doit être ça. Celui qui m'a suivie.

– Non. Celui des infos. Tu devrais leur dire. Qu'il t'est arrivé quelque chose de suspect. »

Je ferme les yeux. Comme il se trompe. Mais comment pourrait-il savoir ?

« Peut-être », je réussis à répondre, en sentant le sang tourbillonner dans ma tête, passer en trombe sur mon front.

Il faut que j'en parle à la police. Que j'aille les voir de moi-même. Mais comment le pourrais-je ?

Il faut que je fasse croire à Reuben que je l'ai fait.

Il achève de se retourner, regagnant complètement son côté du lit. Et il ne me demande pas. Il ne me demande pas si j'ai vu quelque chose. Si je sais quelque chose. Il me croit, aveuglément.

Je reste éveillée, tout le corps en ébullition, les yeux rivés sur les trois points qui clignotent, indiquant que Laura est en train d'écrire.

Sa réponse arrive.

Donc il débarque et dit qu'un mec a été retrouvé au bord du canal, qu'on croit qu'il s'est cogné la tête et qu'il est mort cette nuit-là (c'était aux infos ? Je sais pas). Il dit qu'il a vu sur une vidéo de surveillance que j'étais passée non loin de là à pied ; est-ce que j'ai vu qqch ? Bizarre, non ?

Vidéo de surveillance. Vidéo de surveillance. Vidéo de surveillance.

Je parie qu'il y en a partout. Des caméras de surveillance. Je n'y ai jamais réfléchi. Peut-être qu'elles couvrent intégralement Londres. Peut-être que ce n'est qu'une question de temps, pour moi. Peut-être qu'ils sont en train de créer un portrait-robot en ce moment même. Peut-être que pendant que j'hésitais, j'ai tourné le visage vers une caméra. Que je l'ai regardée droit dans l'œil, sans le savoir. Qu'ils seront là d'un instant à l'autre.

J'écris : *Est-ce que c'était dit d'un ton accusateur ?*

Et puis j'efface. Inconsciemment, je prépare ma propre déposition.

Oui, étrange, j'écris à la place. *Je te dirai s'ils viennent me voir… Dommage qu'il soit chelou et pas sexy.*

Le badinage me vient aisément. Les mensonges aussi.

Je pose mon téléphone sur la table de chevet et, lumière éteinte, fais dans ma tête la liste des preuves contre moi. Je feins le sommeil, et la respiration de Reuben devient régulière.

J'essaie de me raisonner. Les caméras de surveillance ne m'ont peut-être pas trouvée. Et je ne peux rien y faire, de toute façon. Quelle solution aurais-je ? M'introduire en douce dans les bâtiments et effacer les enregistrements ? J'en ris presque. Je ne saurais même pas comment faire une chose pareille. Et je n'en ai pas envie. Ce n'est pas m'en tirer impunément que je veux. C'est que tout ça ne soit jamais arrivé.

Quoi d'autre ? J'essaie de réfléchir. Un cheveu sur le lieu du crime. J'ai toujours des cheveux qui tombent, qui bouchent le siphon et s'accumulent sur mes brosses. Mais… sauraient-ils qu'il est à moi ? Mon cerveau est embrumé. Non. Pas à moins qu'ils me soupçonnent déjà, et qu'ils me testent. Ils ne pourraient pas savoir. Je ne pense pas.

Quoi d'autre ?

Pas d'empreintes digitales. Mais des fibres de mon gant sur sa poitrine.

L'empreinte de mes chaussures à talons. Y avait-il de la boue, ou juste du béton ? Je ne me souviens pas. Elles s'accumulent contre moi, les preuves. Il ne sert à rien d'essayer de les en empêcher. La police va venir. Je reste allongée, toute raide, à l'affût d'une sirène, d'un coup frappé à la porte.

L'angoisse semble envahir tout mon corps ; c'est comme si un éléphant avait élu domicile sur ma poitrine. Il la piétine tandis que je réfléchis, de plus en plus obsessivement, à ce que j'ai fait. J'ai détruit ma vie, et mis un terme à celle d'un autre, par ce geste. Ce geste irréfléchi. Je ne serai sûrement plus jamais la même. J'ai tué un homme. Ça me semble si irréel, ici, dans ma chambre.

Le bon moment, c'est maintenant, n'est-ce pas ? Avant qu'ils me retrouvent, et après avoir réalisé que je suis fichue. Qu'il y a trop de preuves. Que je suis trop nulle pour m'en sortir. Que l'enjeu – on parle d'un putain de *meurtre* – est trop important.

Je soupire, essayant de faire bouger l'éléphant, et roule pour me mettre sur le flanc. Instinctivement, Reuben tend le bras pour m'attirer contre lui. Il fait trop chaud sous la couette et son bras est trop lourd. La sensation m'est insupportable, et je m'écarte de lui. Il fait entendre un son mécontent, déçu ; une sorte de *ohh*. Mais je l'ignore.

Puis c'est le matin, et Reuben s'active dans la cuisine comme si tout était normal. Mais dans la chambre, moi, je suis prisonnière de mes propres pensées.

Je n'arrive pas à croire que je suis retournée au travail, mais je l'ai fait, et j'ai réussi à tenir la journée.

Ed me dépose souvent chez moi, avant de ramener le bus au garage pour faire le plein et le garer, bien à l'abri, pour la nuit. C'est comme ça que ça marche. C'est un mec sympa.

Avant, je trouvais le bibliobus réconfortant, avec ses pages et ses pages des pensées d'autrui pour m'entourer : quoi que tu traverses, me disais-je, quelqu'un a connu ça avant toi. Je ne pense pas cela maintenant.

J'ai failli me confier à Ed trois fois aujourd'hui, à la faveur de notre proximité dans le bus. Il a toujours réveillé en moi des élans confessionnels, comme un prêtre. Il serait moins déçu moralement que Reuben – évidemment –, mais il a parfois presque trop de recul sur les choses. Si on ne vit pas dans un pays ravagé par la guerre comme la Syrie, si on a un toit au-dessus de nos têtes, il n'y a pas de problèmes, de son point de vue.

On s'est rencontrés il y a six ans, quand il m'a embauchée. Il ne m'a pas posé une seule question sur Oxford, et ne l'a jamais fait depuis, bien que j'en parle souvent. C'est une des choses que j'aime le plus chez lui. Il m'étudie sans parti pris. Presque tous les lundis, il m'apporte du gâteau : le dimanche soir, il fait de la pâtisserie pour conjurer le blues de la fin de week-end, dit-il. On le mange en examinant les nouveaux livres qui sont entrés au catalogue. Je me suis habituée à toujours avoir un exemplaire du dernier best-seller, gratuitement. Il y a quelques années, ç'aurait été tout ce que je voulais d'un emploi.

Nous nous arrêtons devant mon appartement. Il est plongé dans le noir. Reuben est à la réunion du lundi de sa maison de jeunes.

Ed a laissé tourner le moteur, attend que je prenne mon sac et que je sorte du bus. Il est 17h30 tout juste passées, et il fait nuit noire dehors.

« Tu as de la visite », me dit-il doucement, en indiquant ma porte de sa main tavelée de taches de vieillesse.

Ses lunettes étincellent alors qu'il se tourne vers moi pour me regarder.

Et c'est là que je les vois. Deux silhouettes à ma porte. Je ne vois que le sommet de leurs têtes, l'une brune et l'autre blonde, éclairées par le réverbère au-dessus d'elles. Ils sont au pied de l'escalier qui mène à notre appartement en sous-sol, et leurs jambes disparaissent dans l'ombre. C'est la police. Ça ne peut être qu'elle.

Je me demande comment ils ont fait pour descendre les marches au milieu de toutes les plantes que j'ai achetées récemment, sur un coup de tête.

Et puis la panique me reprend.

La sueur revient. L'animal nocturne est de nouveau pesamment assis sur ma poitrine.

Je ne peux pas demander à Ed de me déposer ailleurs, maintenant. Je ne veux pas éveiller ses soupçons. J'essaie de trouver un prétexte, une raison de repartir, mais ma bouche est tout asséchée, le puits de mensonges tari. Je bafouille :

« Oh, je sais ce que c'est.

– Les cognes », dit calmement Ed.

Il me regarde, les yeux semblables à deux lunes dans le noir.

« Les quoi ?

– La police », répondit-il en montrant les hommes du doigt.

Ils ne bougent pas.

« Comment est-ce que tu sais ça ?

– Oh, deux types. Un insigne de Vauxhall sur la voiture garée devant. Un deuxième rétroviseur. Plutôt évident. »

Il n'y a rien dans sa voix, ni jugement, ni soupçons – ni moquerie que je n'aie pas deviné moi-même. Il est comme ça. Une fois de plus, je suis frappée par la confiance que les gens dans ma vie m'accordent.

« Tu les attendais ? » demande-t-il en m'observant attentivement.

Je me rends compte que j'ai déjà montré mon jeu, déjà dit que je savais qui c'était. J'essaie de penser à des infractions bénignes, mais rien ne vient.

« Trois, je finis par lâcher après un silence gênant. Trois cambriolages en deux semaines dans notre rue. Il doit y en avoir eu un autre.

– Oh, Jo, fait Ed avec un regard de compassion. Comme tu dois avoir peur, en sous-sol. »

Mes yeux se remplissent de larmes en voyant son affection pour moi.

J'agrippe la poignée de la porte de ma main indemne et sors du bus sans lui dire au revoir, me dirigeant vers notre appartement. Je ne peux pas leur parler. Il faut que je me cache.

J'entends Ed repartir, le bruit de son moteur s'estomper alors qu'il s'éloigne dans la rue, me laissant seule, sans me soupçonner un instant de vouloir esquiver la police qui souhaite me parler, d'être – que j'en aie eu l'intention ou non – *en cavale*. C'est vrai ce qu'on dit : une fois le doigt mis dans l'engrenage, il est difficile de s'en sortir !

Je ne veux pas passer devant eux, mais Ed m'a déposée presque devant ma porte, alors je n'ai d'autre choix que d'aller deux portes plus loin et de monter les marches, sans accorder un regard à la police, les yeux fixés droit devant moi. Je ne sonne chez personne. Je n'essaie pas d'ouvrir. Je reste simplement dans le renfoncement de la porte, en espérant que l'ombre m'avale complètement, silhouette anonyme à laquelle la police ne veut pas parler. Je les entends murmurer devant chez moi, mais je n'arrive pas à distinguer ce qu'ils disent.

J'ai le dos collé à la porte bleue, et le cœur qui bat à tout rompre dans ma poitrine. Je ferme les yeux et prie pour qu'ils s'en aillent. Qu'ils renoncent. Que personne ne sorte par cette porte, n'exprime de la surprise, ne m'appelle par mon nom. Je reste là, immobile, en silence, espérant qu'ils ne m'ont pas vue, et j'attends.

Ils mettent dix minutes à partir.

J'en mets cinq de plus à sortir de ma cachette, les jambes en coton.

Ils m'ont laissé un mot. Me demandant de les appeler.

8
Avouer

L'avocate arrive à 9 heures. La sergente Morris est de retour – je ne comprends pas ses horaires –, et c'est elle qui vient me chercher dans ma cellule. Je quitte celle-ci vêtue de ma tenue de prison et rencontre mon avocate dans une grande salle d'interrogatoire.

J'ai la gueule de bois. J'ai été réveillée toutes les demi-heures pendant sept heures. La seule fois où je n'ai pas répondu quand l'agent a dit mon nom, il est entré dans ma cellule pour me secouer. Chaque fois que je me rendormais, le moment de l'appel suivant arrivait.

Sarah n'est pas comme je l'avais imaginée, mais elle n'en est pas loin non plus. Longs cheveux bruns et duveteux. Grande et élancée ; peut-être aussi grande que Reuben. Elle dégage une impression d'élégance. Les lèvres maquillées de rouge pour commencer la journée. Les dents un peu de travers, mais très blanches.

« Joanna, votre avocate commise d'office, Sarah Abberley. Sarah, Joanna. »

Morris tourne les talons et s'en va sans prononcer un mot de plus.

« Alors », dit Sarah dès que nous sommes seules.

J'aime ce « alors » proactif. Elle m'explique l'avertissement que j'ai reçu, mon droit au silence. Elle s'arrête sur chaque mot, bien que je sache ce qu'ils veulent dire.

« Votre cas a été assigné à la police judiciaire, qui est chargée d'enquêter sur les crimes graves, ajoute-t-elle lorsqu'elle a terminé.

– Mais je… Qu'est-ce qui se passe ? Je l'ai juste poussé. »

Elle relève vivement les yeux. Ils sont bleus, et pénétrants ; un regard de faucon. Ils bougent vivement, s'arrêtant brièvement sur mes vêtements, mes chaussures, mes mains qui tremblent.

Elle sort un stylo et un bloc-notes portant le sigle de son cabinet.

Elle baisse les yeux dessus pour écrire mon nom, la date et l'heure, mais ensuite elle les relève vers moi, en haussant les sourcils. Ils sont épilés, mais pas excessivement. Ils forment deux lignes lisses, sombres, angulaires.

« Que s'est-il passé ? » me demande-t-elle simplement.

Je commence au tout début.

De temps en temps, elle note quelques mots, mais dans l'ensemble elle se contente de m'écouter en me regardant. De hocher la tête et de m'encourager d'un murmure à continuer.

Je lui dis tout.

Sauf une chose.

Ce n'est même pas un mensonge. Pas vraiment. Simplement une omission.

Je ne lui parle pas de mon moment d'hésitation. Cette minuscule pause que j'ai faite pendant que l'homme dans la rue gisait le nez dans une flaque. Je ne peux pas lui en parler ; je ne veux pas qu'elle sache que j'ai hésité. Que, dans une autre vie, je me serais peut-être enfuie. Je lui dis que je l'ai immédiatement sorti de la flaque.

Lorsque j'ai terminé, elle me dit :

« Écoutez, ils ne veulent pas me révéler le moindre détail de leur enquête. Alors il faut que vous déclariez n'avoir rien à dire pendant l'interrogatoire. »

Je proteste.

« Quoi ? Pourquoi ferais-je cela ? J'ai plein de choses à dire, au contraire. Je veux m'expliquer.

– Je sais. Votre défense est solide. Mais ils font de l'obstruction. Ils refusent de me dire quoi que ce soit. La teneur de vos déclarations sur les lieux. La position dans laquelle se trouvait la victime. Ses blessures. S'ils ont des témoins.

– Je... Il était au bas des marches. J'ai dit que je l'avais poussé...

– Mon conseil est d'exercer votre droit au silence », m'interrompt-elle d'une voix tranchante, qui me met en lambeaux.

Embarrassée, humiliée par son ton, je regarde autour de moi. Il y a un revêtement sur les murs. Gris-vert, de la couleur d'une mare sale. Il est spongieux, et fait paraître la pièce plus petite. Un isolant phonique, peut-être. Il est interrompu à hauteur d'appui par une bande qui rappelle une cimaise de lambris, sauf qu'elle est en plastique blanc, avec une bande rouge à l'intérieur. J'en approche les doigts.

« Ne faites pas ça, intervient Sarah en tendant un bras mince pour m'arrêter. C'est un dispositif d'alarme. Vous feriez débarquer une tripotée de policiers. C'est la dernière chose qu'il vous faut. »

Après un moment de réflexion, j'accepte.

« OK. Je vais exercer mon droit au silence.

– Parfait. Bien, Joanna, je crois qu'ils vont parler de violences ayant entraîné de graves dommages corporels avec l'intention de les causer.

– Qu'est-ce que ça veut dire ?

– Que c'est sérieux. »

Elle me passe un document, l'impression d'un article Internet. *Loi de 1861 sur les atteintes à la personne*, est-il écrit en haut de la page.

Atteintes à la personne.

« Pardon. Je ne comprends toujours pas, pas vraiment.

– D'accord », fait-elle en attrapant une feuille blanche et un stylo. Dessus, elle écrit *meurtre*, suivi de *tentative de meurtre, homicide, art. 18 (GDC avec intention), art. 20 (GDC sans intention), voies de fait.* « Ces infractions sont par ordre décroissant de gravité, m'explique-t-elle. On a tué, essayé de tuer, tué involontairement, ou volontairement mais avec une raison ou une excuse... »

Tout en parlant, elle indique les mots de la liste les uns après les autres.

« Mais je n'ai tué personne.

– L'article 18 concerne les violences ayant entraîné de graves dommages corporels – GDC – avec l'intention de les causer. L'article 20, celles qui ont entraîné de graves dommages corporels sans intention de les causer.

– D'accord.

– Et enfin, les voies de fait. »

Elle donne un petit coup de stylo sur la feuille.

Je me demande vaguement si elle a adoré ses études de droit ; si elle a toujours voulu être avocate. Si la bureaucratie du système judiciaire la déçoit. Je n'ai jamais envisagé de devenir avocate. Mais peut-être que j'aurais dû. J'aimerais faire ce qu'elle fait. Être là le week-end et sauver le monde en costume-tailleur.

« Graves dommages corporels avec l'intention de les causer. Juste en dessous d'homicide », je fais en suivant les mots du doigt. Elle a appuyé fort avec son stylo bille, et les lettres sont en trois dimensions au toucher, le papier cannelé. « Je n'avais aucune intention.

– Vous avez poussé un homme, me rappelle-t-elle gentiment.

– Mais… Il était… Sadiq était…

– Je sais. Et on va utiliser ça. On va dire que c'était de la légitime défense, mais on va s'appuyer sur un autre principe juridique. Qui concerne l'*erreur de fait*. Selon ce principe, si vous croyiez – sincèrement – à votre erreur sur le moment, la cour doit vous traiter comme si c'était vrai.

– Bien. »

Graves dommages corporels *avec l'intention de les causer*. Quelle était mon intention ? Suis-je un monstre ? J'aimerais qu'il y ait un miroir dans la salle d'interrogatoire pour pouvoir m'y examiner. Voir si j'ai changé. Je ne me suis pas revue depuis vendredi soir.

Elle repousse ses cheveux de son visage. Ils sont fins et rebelles, comme les miens, et retombent immédiatement, telle de l'herbe ondulant sous une brise printanière.

« OK, Joanna », continue-t-elle en se penchant vers moi. Son pied crisse sur le linoléum en dessous de nous. « Envisageons le pire un moment. »

Elle veut être franche avec moi. Faisant l'erreur de croire que, parce que j'ai l'air intelligente et m'exprime correctement, je suis capable de gérer ; que je ne suis pas complètement nulle dans la vie. Que je mérite qu'on soit franc avec moi.

« Non, je... je ne veux pas savoir. Je n'aime pas imaginer le pire. »

Je n'ajoute pas que je préfère me cacher la tête dans le sable, que j'ai perdu des emplois, raté des examens, choisi de ne simplement pas me présenter à des choses pourtant importantes. Que j'ai jeté l'éponge dans des projets au bout desquels il me semblait juste – je ne sais pourquoi – trop dur d'aller.

Elle se laisse aller contre son dossier et m'observe de ses yeux d'oiseau.

« Ah bon ? fait-elle. Moi, je voudrais savoir.

– Non.

– Qu'est-ce que vous faites dans la vie ?

– Je travaille dans une bibliothèque. Un bibliobus. »

Déjà, cette vie – mon travail – me fait l'effet d'un autre univers. Les habitués auxquels je donnais des surnoms. Ed, calme et discret bouddhiste, bibliothécaire en chef et mon supérieur. Les enfants que j'aidais à découvrir la lecture ; un monde de magie absolue. Il y a beaucoup de choses que j'adore dans mon boulot. J'adore m'asseoir au soleil sous le lanterneau quand c'est une journée calme. J'adore recommander mon dernier thriller préféré aux gens. J'adore faire connaissance avec tout le monde : bébés, vieillards. Personnes en mal de compagnie.

Sarah hoche la tête.

« Il y a des choses qui joueront en votre faveur, de toute façon, me dit-elle. Quelques bonnes nouvelles.

– Oui ?

– Vous êtes restée et vous avez appelé les secours. Vous lui avez fait un massage cardiaque. Ça plaît à la cour, tout ça.

– Oui », je réponds, sans lui dire combien il s'en est fallu de peu que je tourne les talons sans rien faire.

Combien cela aurait été facile. Combien je le regrette. Au bout d'un moment, cherchant auprès d'elle des paroles rassurantes, je reprends :

« Est-ce très sérieux ? »

Mais, à l'image de son sac gris acier et de son rouge à lèvres austère, elle se montre d'une terrible franchise.

« Oui, murmure-t-elle. J'ai bien peur que oui. »

Je baisse les yeux sur ses documents, évitant les siens. Elle continue de me dévisager. Pas intensément. Juste d'un air pensif. Impassible. Je balaie ses notes du regard, et détourne celui-ci après une seconde, sous le choc.

Je regarde le mur, la table, mes mains. Tout pour empêcher mon cerveau d'analyser ce que j'ai vu, comme un conjoint préférant rester dans le déni concernant un texto repéré sur le portable de sa moitié.

Mais je ne peux pas oublier.

Je ne peux pas faire comme si je n'avais rien vu.

Un article Internet imprimé. Les directives de détermination des peines proposées par le Crown Prosecution Service, le service des poursuites judiciaires. *Trois ans* était écrit à un bout d'une flèche.

Et à l'autre bout, un seul mot.

Perpétuité.

9

Taire

Reuben a préparé un petit déjeuner traditionnel. L'odeur me retourne l'estomac. Je pèse à présent cinquante et un kilos.

« OK ! » s'exclame-t-il alors que j'entre, fantomatique, dans la cuisine.

J'ai le pyjama humide d'avoir transpiré toute la nuit. J'ai fait des listes dans ma tête, des listes que je n'ose mettre par écrit de peur de créer une pièce à conviction.

Empreintes de pas. Cheveux. Fibres textiles issues de mes gants. Caméras de surveillance.

Reuben m'embrasse sur le sommet du crâne. Inconsciemment, j'esquive son étreinte, écartant brutalement la tête comme si j'étais contagieuse, toxique, et qu'il risquait d'attraper quelque chose à mon contact. Et n'est-ce pas un peu vrai ? Je n'en reviens pas qu'on ait été sur le point de faire un bébé ensemble.

Il me regarde avec surprise. C'est la première fois que je fais une chose pareille : j'ai toujours été celle qui était collante, en manque d'affection ; enfantine dans mon besoin de câlins.

« Je t'ai fait un œuf », dit-il au lieu de me demander ce qui ne va pas.

Je ne réponds pas immédiatement. Il déteste les œufs. Il n'en cuisine jamais.

« Un œuf du mardi matin pour remonter le moral. »

Je sens des larmes qui attendent en coulisse, mais elles refusent de couler. J'ai trop peur pour pleurer. Je ne peux pas me résoudre non plus à dire quoi que ce soit. La culpabilité m'a rendue presque muette.

« Ah », je finis par répondre d'une voix rauque.

Il sait que j'ai besoin qu'on me remonte le moral. Qu'a-t-il remarqué d'autre ?

« Regarde », me dit-il en transvasant un œuf au plat de la poêle sur une assiette.

Je hoche la tête, brièvement. Il a toujours les yeux fixés sur moi, mais je l'ignore et prends l'assiette en silence pour l'apporter au bar.

Je pousse l'œuf et les haricots de-ci de-là du bout de ma fourchette, sans appétit. Ils laissent des traces orange qui commencent à se figer.

Reuben aussi est silencieux. Il est blessé, je le vois bien. Il ne l'avouera jamais, n'aura jamais la mesquinerie d'entamer une dispute pour des *œufs*, mais je le vois bien.

« Je ne peux pas manger ça. »

Ma gorge est tellement sèche que je ne peux pas en avaler une bouchée.

Je me lève pour aller jeter l'œuf à la poubelle. J'y découvre, juste là, par-dessus le reste des déchets, un autre disque de matière blanche et molle. Un autre œuf, déjà à la poubelle, légèrement noirci sur le dessous. Il doit avoir fait brûler le premier. Et m'en avoir préparé un deuxième.

Sky News tourne en boucle, à bas volume, tandis que je m'habille. J'essaie de me servir de mes deux mains, mais la gauche ne fonctionne toujours pas bien ; elle est raide, maintenant, plus que douloureuse. On a une télévision dans la chambre. Reuben a résisté au début, en disant que ce n'était pas sain, mais j'aime regarder l'émission de téléréalité *Don't Tell the Bride* en faisant défiler Instagram sur mon iPhone avant de dormir. J'adorais ce moment de la journée.

Mon haut flotte sur moi. Je vois mes côtes, juste en dessous de mes clavicules.

Je détourne les yeux de mon corps en mutation et attrape mon mascara. Il faut que je parte dans une demi-heure, et tout ce que j'ai en tête, c'est que je ne devrais pas me maquiller. Peut-être que si je n'avais pas porté de mascara, ou ces chaussures... Peut-être que Sadiq m'aurait laissée tranquille. Peut-être qu'il aurait approché Laura à la place. Ou quelqu'un d'autre. Peut-être que j'avais l'air « chaude ».

Et du coup, il ne m'aurait pas suivie.

Et du coup, ce ne serait pas arrivé.

Et maintenant, je ne me cacherais pas.

Alors que j'applique une dernière couche de mascara, les infos passent à un autre sujet.

« Le corps d'un homme retrouvé mort en bord de canal a été identifié par sa sœur. Il s'agit d'Imran Quarashi. »

J'ai les yeux fixés sur la télévision. J'attends.

Une photo apparaît à l'écran. Imran est dans un champ en été. La caméra zoome, laissant hors champ la femme qui était avec lui. Il est souriant. Heureux.

Je ne peux plus me voiler la face. Je ne peux plus rester dans le déni. J'ai tué le mauvais homme.

« Il a été retrouvé face contre terre dans une flaque au petit matin, samedi dernier. Les autorités ont désormais confirmé qu'il était décédé de la privation d'oxygène subie par son cerveau durant ce temps, et de graves blessures à la tête reçues lors d'une chute. Il faisait un jogging lorsque cela est arrivé. »

J'ai l'impression que mon corps n'est plus le mien. Ma main qui tient la brosse du mascara. Mes pieds enfouis dans la moquette. Ils ne m'appartiennent plus.

Ç'aurait pu être évité. C'est ça le pire. Je n'arrête pas de me dire cela, que le pire est atteint, et puis je découvre quelque chose d'autre ; c'est comme si je pelais un oignon au cœur pourri.

Ils enchaînent avec une vidéo d'une femme attendant nerveusement devant un bâtiment blanc. Je n'arrive pas à identifier ce dernier.

« Nous allons maintenant parler à la sœur d'Imran, Ayesha, annonce la présentatrice.

– Toutes nos condoléances pour Imran », dit un autre présentateur.

Les voilà. Les gens que j'ai essayé d'éviter.

« Imran est... *était* mon frère », dit la femme d'une voix contenue. Elle est belle : menue, avec de grands yeux et une bouche tombante aux lèvres pleines. Un grain de beauté au milieu de la joue. « Nos parents sont restés au Pakistan. On n'était... on n'était que tous les deux. »

Je n'arrive pas à détourner les yeux. De cette femme dont j'ai détruit la vie. Si seulement... Si seulement je pouvais passer le bras par l'écran de la télévision pour la toucher. Lui dire comment ça s'est passé. Lui expliquer mon erreur catastrophique.

Imaginez, si je m'étais dénoncée. Si je l'avais tiré de la flaque. Si je m'étais expliquée. Ils m'auraient peut-être relâchée. Sûrement, même, en voyant que j'étais une bonne personne. Mais je ne suis pas une bonne personne, et il est mort, et je suis bloquée : j'ai fait mes choix, et je n'en ai plus désormais.

Je termine d'appliquer mon mascara, mécaniquement, comme un robot.

Dehors, une neige humide tourbillonne autour du halo lumineux d'un réverbère. Il fait encore nuit. Edith a installé des guirlandes électriques. Elle le fait chaque année. Reuben dit que c'est kitsch, mais moi j'aime. Elle les dispose autour des parcmètres gérés par le conseil municipal du quartier de Hammersmith et de Fulham, et le long des marches qui mènent aux portes d'entrée. J'ai peine à croire que le monde continue de tourner.

Je me demande combien d'autres fois ma vie s'est jouée à pile ou face, et où j'ai évité la catastrophe. Combien de fois avons-nous traversé la rue en riant, sans voir une voiture passer en trombe une seconde après ?

Reuben entre dans la chambre, ses clés à la main.

« Je rentrerai tard, ce soir, me dit-il. J'ai un truc. »

Il est toujours mystérieux au sujet de son travail ; ne me dit presque jamais ce qu'il fait exactement.

« OK », je réponds comme un automate, mais ma voix s'étrangle.

Il s'arrête, la main sur la porte, et me regarde.

« Ça va ? me demande-t-il doucement. Tu as l'air un peu... déprimée.

– Oui. »

Je pense : *Ne t'approche pas de moi. Ne me propose pas ton soutien. Sinon, je te dirai tout.*

Je hoche rapidement la tête en détournant les yeux, pour ne pas croiser son regard.

« Hé », dit-il en lâchant ses clés sur le lit pour s'approcher de moi.

D'un geste fluide, que nous avons répété des centaines de fois, il m'enveloppe de ses bras. Ma tête s'emboîte parfaitement dans le creux entre son épaule et son cou. Ses mains m'étreignent les épaules.

« Jojo. »

Ce n'était pas Sadiq. C'est la seule chose qui occupe mes pensées alors que l'homme que j'aime me serre contre lui.

J'ai tué sans raison. C'était déjà horrible avant, mais là, c'est pire. Un innocent est mort par ma faute.

« Qu'est-ce qui se passe ? » me demande Reuben.

Peut-être que je pourrais... Peut-être qu'il m'aiderait. Qu'il me soutiendrait. Qu'il rendrait les choses plus faciles. Mon aveu flotte devant moi, terriblement tentant.

Je recule la tête et le regarde dans les yeux, pour ce qui est, j'ai l'impression, la première fois depuis Avant.

« Rien, je réponds tristement.

– Raconte-moi tes soucis. »

C'est une phrase qu'il a prononcée plus d'une fois par le passé.

Je continue à le dévisager sans rien dire et il hausse les sourcils, très légèrement, comme quelqu'un qui encourage un bébé effrayé, qui manque d'assurance, à faire ses premiers pas. Il les hausse un peu plus, puis me fait un petit sourire, un sourire juste pour moi, et c'est comme si ma poitrine se gonflait et laissait de nouveau entrer en elle toutes les bonnes émotions : espoir, optimisme, indulgence, amour.

« Il s'est passé quelque chose, vendredi », je fais lentement, en me demandant ce que je vais dire, la tête pleine du soulagement enivrant de tout pouvoir lui raconter.

Il s'écarte de moi, mais me frotte doucement les bras comme pour me réchauffer, avant de prendre mes mains dans les siennes.

« Quoi ? me demande-t-il. Avec l'homme qui te suivait ? »

J'acquiesce. Je vais commencer au début. Lui raconter – en détail – ce qui s'est passé au bar. Et après… après, je verrai.

« Oui. En quelque sorte », je réponds avant de prendre une profonde inspiration. Je ne serais plus toute seule. Ce serait notre secret. On serait deux à le porter. Il m'aiderait. « J'ai fait quelque chose de mal. »

Voilà. Il est sorti. Mon aveu. À demi-mot, du moins.

« Quoi ? m'encourage doucement Reuben. Tu peux me dire.

– Il s'était… Il s'était collé contre moi. Dans le bar. J'ai senti son… »

Je suis surprise de sentir les larmes me monter aux yeux. Ce n'est pas là la raison de ma détresse. Et pourtant… ne l'est-ce pas quand même ?

Je continue.

« Il m'a peloté les fesses. C'était vraiment hypersexuel. Pire que ce que je t'ai laissé entendre. J'ai vraiment eu peur.

– Merde, réagit-il. Je suis désolé, Jo. Tu aurais dû me le dire.

– Je sais, mais… mais *après* ça…

– Oui ? » m'encourage-t-il. Et puis, parce qu'il travaille avec des jeunes, et qu'il a toujours les mots qu'il faut, il me regarde droit dans les yeux et me dit : « Ce n'est pas ta faute. Tu n'as rien fait de mal. Ce n'est jamais acceptable de faire ce qu'il t'a fait. De te toucher contre ton gré et de te suivre. »

Je hoche de nouveau la tête, mais maintenant le moment est passé. Je ne peux pas lui dire.

Parce que si, c'est ma faute.

Entièrement ma faute.

Nous nous séparons peu après ça, et il s'en va.

10
Avouer

« Cet interrogatoire sera enregistré, annonce l'inspecteur principal Lawson. Enregistrement audio en marche. Vidéo aussi. »

Il me récite à nouveau mes droits.

Je peux voir mon reflet dans l'objectif de la caméra.

« Pouvez-vous, s'il vous plaît, indiquer votre nom, aux fins du dossier ? » me demande-t-il.

Je me penche en avant et réponds :

« Je n'ai rien à dire. »

C'est ce que Sarah m'a dit de faire ; c'est ce que nous avons décidé que je ferais. Pour nous donner le temps de bâtir une défense. Pour éviter que je me compromette. C'était pour le mieux, m'a-t-elle dit, tant que nous ne savions pas à quelles accusations nous allions devoir faire face.

« Et pouvez-vous, s'il vous plaît, indiquer votre date de naissance, aux fins du dossier ? demande l'autre inspecteur, le dénommé Davies.

– Je n'ai rien à dire.

– Et pouvez-vous nous donner votre adresse, s'il vous plaît ? Sinon nous n'aurons aucun moyen d'authentifier cet interrogatoire. »

Je jette un coup d'œil à Sarah. Elle a les yeux fixés sur moi ; les tourne vers les policiers, puis les repose sur moi. Elle hoche la tête, brièvement.

« Je n'ai rien à dire.

– Que s'est-il passé hier soir, Joanna ?

– Je n'ai rien à dire.

– Si vous nous expliquez, nous pourrons peut-être mettre tout de suite un terme à tout cela. Vous relâcher. Vous pourrez dormir un peu. Si vous coopérez, Joanna, les choses seront beaucoup plus faciles pour vous.

– Je… »

Les deux inspecteurs se laissent aller contre leur dossier, d'un même geste – ils semblent former une seule entité, avec un langage corporel et des expressions identiques, l'un étant simplement la version plus pâle et plus grande de l'autre.

« Je n'ai rien à dire. »

Ma réponse me fait l'effet d'un clown au milieu d'une réunion sérieuse.

– Tentons de coopérer, Joanna, voulez-vous ? Je déduis de votre silence que vous y songez ? À plaider coupable ? »

Je réplique avec emphase.

« Non.

– La victime s'appelle Imran Quarashi.

– Imran », je répète.

Qui est-il ? Qu'aime-t-il faire dans la vie ? Où est-il maintenant ? Va-t-il se rétablir ? Je ne peux pas poser ces questions, bien sûr.

Sarah me lance un regard acéré. *Ne dites rien à part « Je n'ai rien à dire »*, m'a-t-elle conseillé. J'ai déjà échoué à faire cela. Je lui adresse un sourire contrit, mais elle m'ignore.

« Comment avez-vous blessé Imran, Joanna ?

– Je n'ai rien à dire.

– Vous l'avez poussé assez violemment, n'est-ce pas ?

– Je n'ai rien à dire.

– Et il était dans l'eau, n'est-ce pas ? Savez-vous qu'il est sous assistance respiratoire ? »

C'est la question qui a raison de moi. C'est trop dur. Je ne peux pas laisser les choses continuer comme ça. Ces « Je n'ai rien à dire » qui ne servent à rien. Ces accusations. C'est celle qui est vraie qui fait le plus souffrir.

Et donc je dis le mensonge. Le même mensonge.

« Je l'ai sorti de la flaque immédiatement. »

Ça ne me fait pas l'effet d'un mensonge lorsque les mots sortent de ma bouche. Ils montent avec âpreté du fond de ma gorge et me semblent pressants, corrects, vrais.

Sarah hausse vivement les sourcils et tend la main, comme si j'étais un chien au tempérament instable sur le point de s'enfuir.

« Un moment », dit-elle en se levant. Nous nous rendons seules dans une pièce voisine. « Pas un mot, me dit-elle.

– Mais...

– Je sais », m'interrompt-elle, le regard étincelant.

Elle a le blanc des yeux immaculé, et je me demande si elle se traite toute seule avec des gouttes pour les yeux fatigués, tard le soir, à son bureau – comme dans *Suits* ou *New York, police judiciaire* ; elle a l'air tellement en colère que je ne trouve pas la force de lui dire. Que j'ai menti.

C'est pas grave, me dis-je. Personne ne saura jamais. Personne ne sait. Peut-être que je peux refaçonner le temps – l'enchaînement des événements, les moments d'inaction, alors que l'homme gisait là – comme si c'était de la pâte à modeler.

Il faut qu'on retourne dans la salle d'interrogatoire. Sarah ouvre la marche.

« Ma cliente n'a pas été informée de la gravité des blessures de la victime », déclare-t-elle.

Je me rassieds sur la chaise en plastique dur, réchauffée par ma propre anxiété, et je ferme les yeux. Je n'ai aucune idée de ce que tout cela veut dire. J'essaie d'oublier les deux portes qui s'ouvrent l'une après l'autre, bien qu'elles ne soient séparées que d'un centimètre, le dispositif d'alarme au mur, l'isolation phonique, le magnétophone, la caméra, la moquette élimée, les policiers, et j'espère – j'espère juste – que si je me concentre assez, je pourrai – juste cette fois ; oh, je vous en prie, juste cette fois – revenir en arrière.

Je suis de retour dans ma cellule depuis une heure quand la sergente Morris revient me chercher.

« Sortez », me dit-elle par la trappe.

Sarah m'attend avec les deux agents de la police judiciaire dans une autre pièce, juste à côté de l'espace central des locaux de garde à vue. Elle est toujours impeccablement coiffée. En d'autres circonstances, je lui demanderais quel produit elle emploie et comment elle l'applique. Peut-être qu'elle utilise un spray thermo-protecteur.

La plaque sur la porte indique simplement « SALLE PRIVÉE ». Trois gobelets en polystyrène traînent ici et là, avec des sachets de thé collés mollement au fond.

Sarah lève les yeux vers moi, et je crois déceler des excuses muettes dans son regard.

« Joanna Oliva, dit l'inspecteur blond.

– Je n'ai rien à dire. »

Je vois l'ombre d'un sourire passer sur le visage de Sarah.

« Vous avez le droit de garder le silence, continue-t-il, mais cela pourrait nuire à votre défense de ne pas mentionner, lors de votre interrogatoire, quelque chose sur quoi vous vous appuieriez plus tard au tribunal. Tout ce que vous direz pourra être retenu contre vous. »

Je me tourne de nouveau vers Sarah, perplexe. Pourquoi répète-t-il encore l'avertissement ?

« Vous êtes inculpée pour avoir, le 4 décembre dernier, exercé sur la personne d'Imran Quarashi des violences ayant entraîné des blessures ou de graves dommages corporels avec l'intention de les causer, telles que définies à l'article 18 de la loi de 1861 sur les atteintes à la personne. »

Dans ma tête, je vois Reuben écarquiller les yeux de stupéfaction. Je ne sais pas pourquoi c'est toujours sa réaction que j'imagine, et pas la mienne.

Je me force à revenir à l'instant présent.

Inculpée. Je suis inculpée. Il va y avoir un procès.

Je vais être questionnée par des avocats en perruque, qui feront tout pour me prendre en flagrant délit de mensonge. Je me tiendrai sur le banc des accusés dans un tribunal, sous les yeux d'un jury chargé de me juger. Cela figurera-t-il à tout jamais dans mon casier judiciaire ? Je pense à la formation de l'Open University en assistance sociale que j'envisageais de suivre. Je nous vois refoulés d'un avion à destination des États-Unis. Je vois Reuben, m'épaulant parce que c'est ce qu'il est correct de faire, mais intérieurement horrifié par mon acte, par le bouleversement que j'ai causé à nos vies. L'image est tellement nette qu'elle m'en paraît presque réelle.

Et ça continue ; Reuben racontant à une collègue sans nom et sans visage qu'il s'en va voir l'épouse dont il s'est séparé en prison. La collègue lui offrira un verre. *Le coup de l'étrier*, dira-t-elle. Et il l'acceptera, avec réticence au début, et puis un verre en deviendra deux, et il ratera les heures de visites, et passera la nuit à raconter à une blonde combien il m'aimait autrefois.

Cette pensée prend racine, pile au creux de mon estomac, son développement rendu possible par le vide qu'y a laissé le crime que j'ai commis.

La loi sur les atteintes à la personne. 1861. Je retourne les mots dans ma tête comme un jardinier binant le sol et exposant les plantes cachées dessous. 1861. J'ai fait quelque chose qu'un gouvernement à l'époque victorienne jugeait répréhensible. Quelque chose qui l'est depuis presque la nuit des temps. Juste un cran en dessous du meurtre, de la tentative de meurtre, de l'homicide. Cela m'arrache un frisson.

« Avez-vous quelque chose à dire ? me demande le policier.

– Non. Rien. »

Je suis libérée sous caution de la police. Je dois me rendre au tribunal lundi pour mon audience de mise en liberté provisoire proprement dite.

« À lundi, donc », me dit Sarah d'un ton sérieux, comme si on devait simplement se retrouver pour un café, avant de partir.

Je reçois mon acte d'accusation et, en regagnant l'accueil, je découvre Reuben qui m'attend.

Il est adossé à un mur. Ses longues jambes sont croisées aux chevilles, et il est en train de passer la main dans ses cheveux. Il porte un jean bleu foncé, des tennis blanches et un manteau bleu marine à la capuche bordée de fourrure. Il a l'air sérieux, ses yeux gris-vert levés au plafond. On dirait l'illustration vivante de quelqu'un attendant une mauvaise nouvelle. J'ai l'impression de ne pas l'avoir vu depuis des années.

« Salut. »

Le mot ressemble plus à un croassement qu'autre chose.

« Jo », répond-il, et le ton qu'il emploie est doux. Bienveillant. Il me tend la main, y enveloppe la mienne. Il a les doigts froids. « Tirons-nous de là. »

Je ferme les yeux, savourant sa présence assurée, sa haute taille. Lorsque je les rouvre, il est en train de parcourir la pièce d'un œil moqueur. Je suis sûre que ce n'est pas du snobisme ; c'est autre chose.

Et effectivement, lorsqu'il se retourne vers moi, il dit :

« C'est donc là qu'ils *gardent à vue* tout le monde ? »

Je hoche brièvement la tête.

Son ton est le même que la dernière fois qu'il m'a accompagnée voir mes parents et qu'ils se sont longuement extasiés sur un sancerre, le faisant tournoyer dans leur verre avant de le renifler puis de le goûter. « Tu ne t'y connais pas en vins, hein, Jo ? » a observé maman, et Reuben m'a chuchoté à l'oreille : « Pourquoi tu t'embêterais avec ça ? Quels poseurs », ce qui m'a fait rire.

On me donne un sac en plastique transparent contenant mes affaires. Mon bracelet. Mon sac à main. Mais c'est tout.

« Où sont mes vêtements… Mon téléphone ?

– La police scientifique les a gardés », me répond un policier.

Je sens le feu me monter aux joues. Police scientifique. Audience de mise en liberté provisoire. L'avenir ne s'étend plus à perte de vue devant moi. La route a brusquement bifurqué. C'est devenu un chemin envahi de mauvaises herbes et d'arbres, au point qu'on ne sait plus où on va. Il n'y a plus de voie normale. Plus de maison en banlieue. Plus d'enfants à l'horizon pour nous, même si cette pensée m'attriste.

« Oh, fait Reuben en tendant le bras pour ouvrir le zip du sac contenant mes affaires. Ça, ça ne peut pas attendre. »

Il en sort le bracelet, mon bracelet de mariage, et le passe à mon poignet. Il est trop grand sans ses vis, mais je m'en fiche. Il me regarde dans les yeux pendant toute l'opération, avec la même expression sur le visage – une sorte de bonheur sérieux – que le jour de notre mariage. Je comprends immédiatement le message.

Nous sortons du poste de police et je savoure la froideur du vent hivernal sur mes joues. Je ferme les yeux sous sa caresse, comme un chien qui fait sa première promenade de la journée, le visage tourné vers le ciel, me contentant de respirer et de sentir autour de moi l'air pur, l'espace et la liberté. Reuben reste debout à côté de moi, le sac à glissière entre les mains, silencieux. Je hume l'odeur du parking londonien. Les pins. Le vent glacé. Les gaz d'échappement. C'est étourdissant, après vingt heures dans la même cellule.

Lorsque je rouvre les yeux et regarde Reuben, je m'attends à trouver de la compassion sur son visage – j'en ai le cœur plus léger par avance –, mais ce que je vois est une expression étrange. Et puis ça me vient à l'esprit : il est toujours capable de voir les deux côtés des choses. Il est toujours prêt à défendre celui que tout le monde débine lors d'un dîner. Il est comme ça. Ça agace mes amis, ma famille, mais moi ça me plaît.

Et s'il voyait les choses du point de vue de la victime ?

Je ne peux pas penser à ça. Pas maintenant que je suis ressortie ; libre. Qui sait combien de temps durera cette liberté ? Il faut que j'essaie d'en profiter au maximum.

Et, comme une femme que son mari vient de quitter, ou qui vient d'être virée de son boulot sans autre forme de cérémonie, je ne pense pas à où la route mène. Je choisis de ne penser qu'au fait que je rentre chez moi ce soir, avec Reuben. Que je vais dormir dans mon propre lit.

Cette nuit, je vais rêver de la trappe. J'en suis absolument certaine.

Reuben prépare une tasse de thé, lait en premier puis liquide ambré et fumant, et me la tend. Edith est dehors, en train de rentrer après avoir promené les chiens avec sa fille. Elle est dans le fauteuil roulant qu'elle utilise parfois. Les chiens ont l'air plus vieux, le museau plus blanc, les pattes plus maigres.

Je me retourne en recroquevillant les mains autour de ma tasse ; Reuben me regarde d'un œil attentif, et attend. Il n'a pas besoin de dire quoi que ce soit d'autre. Je ne lui dois presque jamais rien, et il ne demande presque jamais rien de moi. Mais ce soir, il veut quelque chose : une explication.

Et donc, sans attendre davantage, je lui raconte.

Il m'écoute sans dire un mot. Il a toujours eu une grande capacité d'écoute. Il ne détourne pratiquement pas les yeux de moi, même quand il boit une gorgée de son café – il ne boit jamais de thé.

À la fin de mon récit, il se laisse aller contre son dossier.

« Jo », dit-il.

J'attends le jugement ferme mais affectueux auquel il m'a habituée. C'est comme ça qu'il fonctionne. Il écoute en silence, puis résume la situation en une seule phrase ; généralement une remarque que personne d'autre ne pourrait m'adresser impunément. *Il faut que tu arrêtes de voir tes putains de parents qui ne te respectent pas*, par exemple. Ou : *Eh bien, arrête de te laisser faire, alors.*

« Ça va… ça va aller », me dit-il.

Il me tapote tout doucement la jambe, et c'est tout.

« Et quand ce sera fini…

– Quand tout ça sera fini… des bébés, répond-il avec un hochement de tête, confirmant que nous sommes sur la même longueur d'onde, même en pleine crise.

– Des petits rouquins.

– Du calme », murmure-t-il.

Le soulagement est intense. À la fois devant son acceptation de notre situation, et devant les propos rassurants qu'il ne tiendrait jamais en temps normal. Si intense qu'il en devient grisant. Je me rapproche doucement de lui sur le canapé. Peut-être que tout va bien se finir, me dis-je. Peut-être que dans quelques mois, tout cela sera derrière nous. Pas traité comme une plaisanterie, pas minimisé comme j'espérais que ce soit le cas, mais derrière nous quand même. Reuben a toujours raison, et donc je le crois.

Et c'est ce qui me donne envie de lui dire.

« Je parlais à Sarah du temps que le mec avait passé le nez dans l'eau…

– Dans l'eau ?

– Oui. »

Il ne dit rien, mais quelque chose change dans son attitude. Il s'immobilise. Je m'apprête à lui avouer la vérité, mais je vois qu'il me regarde bizarrement. C'est comme s'il me réévaluait.

« Et combien de temps ça a duré ? »

Je mens.

« Pratiquement rien. Je l'en ai sorti aussitôt. » J'ajoute inutilement : « Mais elle m'a posé la question. »

Reuben hoche la tête, brièvement ; un mouvement ferme, vers le bas.

« Bien, dit-il. Elle voulait probablement juste… Elle voulait probablement juste vérifier.

– Oui. Ç'a été immédiat. »

Il ne dit rien d'autre. J'attends quelques secondes, mais il prend une gorgée de café, l'avale de façon audible, puis en prend une autre. Sans parler. Sans même me regarder.

Mais je sais si bien lire sur son visage, même si ce que j'y vois maintenant me surprend. D'ordinaire, il a de la bienveillance pour le malfaiteur ; celui qu'on donne perdant. Mais à présent, je vois son front se plisser, une moue se former sur ses lèvres, et je sais qu'il pense : *Comment as-tu pu faire ça, Jo ?* Mais il ne le dit pas. Pourquoi le ferait-il ?

11
Taire

C'est dans tous les journaux.

Je ne peux pas chercher sur Google. Je ne peux pas demander à qui que ce soit. Je ne peux pas consulter BBC News sur un iPad, de peur de laisser une trace de mes recherches. Mais je peux lire les journaux qui arrivent chaque matin – les journaux que Reuben dévore avec son café.

Je m'empare du journal local avant qu'il puisse le faire et l'ouvre en grand dans la cuisine baignée de soleil. Cette neige fondue a enfin cessé de tomber, et dehors, le givre étincelle dans la lumière.

La police traite sa mort comme suspecte, dit un article en page 9. Je relis cette phrase en boucle. *Elle demande à toute personne s'étant trouvée dans les environs cette nuit-là de se faire connaître. Les obsèques auront lieu lundi prochain.*

Je m'apprête à replier le journal, à le jeter avant que Reuben le voie et me demande si j'ai appelé la police pour dire ce que je sais, mais à cet instant je vois la citation, en caractères gras. *Imran nous manquera,* dit-elle. Elle est signée de *Mohammed Abdullah, Imam, mosquée de Paddington.* Il manquera à des gens. À cause de moi.

Je chiffonne le journal et sors le jeter dans le bac de recyclage d'Edith. Le geste réveille la douleur dans ma main. J'appelle le médecin. Je trouverai bien une explication à donner. Je prends rendez-vous. Je vais régler le problème de cette main, au moins.

Le lendemain, en me réveillant, je pose vivement les pieds par terre. La sueur, présente chaque nuit maintenant, s'évapore de mes jambes et me picote la peau comme mille aiguilles.

Je n'ai toujours pas caché la moindre pièce à conviction. La nuit, quand je n'arrive pas à dormir, j'enchaîne les épisodes de séries sur Netflix au lieu de faire quoi que ce soit pour tenter de régler mes problèmes. *Du pur Joanna,* dirait Reuben, s'il savait. Du cent pour cent Joanna. Il ne dirait pas ça de façon méprisante. Il énoncerait juste un fait : c'est comme ça que je fonctionne.

Sauf que je ne suis pas capable d'ignorer complètement ce qui m'angoisse. Je ne sais pas ce qui ne va pas. D'ordinaire, je n'ai aucun mal à ignorer les choses. Cette énorme facture de gaz qu'on a reçue un trimestre quand je mettais le chauffage à fond. Je me suis contentée de la cacher sous le lit. La grosseur sous l'aisselle que j'ai eue pendant dix-huit mois sans jamais voir un médecin pour lui en parler. Elle a fini par disparaître, mais si elle ne l'avait pas fait ? Et pourtant ça – *ça* –, je n'arrive pas à l'oublier. Ça n'arrête pas de me revenir en tête, me causant sueurs et tremblements par intermittence.

Il faut que je me débarrasse de tous ces objets incriminants. C'est le plus important. Je n'essaie pas de *m'en tirer impunément.* Pas encore. Je suis incapable de prendre une décision là-dessus. La culpabilité est trop violente. Mais il faut que je me protège. Dans un premier temps. Et ça commence maintenant.

J'appelle au travail, parle à Daisy au bureau, lui dis que je suis chez le médecin. J'arriverai plus tard. Personne n'est surpris. Ce n'est pas la première fois que je fais preuve de ce manque de fiabilité, malheureusement – une réalité que Wilf, qui n'a jamais manqué une journée de travail dans sa vie, trouve stupéfiante.

On était les petits Murphy. Avec notre place réservée à Oxford ou Cambridge. On régnait sur l'école, que ce soit dans les comédies musicales, l'orchestre, l'équipe de natation. On était presque célèbres. On se ressemblait tellement à cette époque. On était d'excellents élèves, mais on aimait faire les cons, en coulisse.

On faisait nos devoirs à contrecœur pour pouvoir être libres de trouver nos mondes de Narnia dans le jardin (une fois, Wilf a fait pipi dans les buissons, et papa l'a disputé pour sa vulgarité) et de sauter sur nos lits. On était alliés face à la tyrannie de nos parents et au silence de l'énorme maison. Et puis il a changé. Ou plutôt, c'est moi qui me suis mise à patauger. Je suis allée à Oxford et je n'ai pas réussi à suivre sans quelqu'un pour me pousser aux fesses, et Wilf... eh bien, il a relevé le défi. Il est devenu le genre de personne qui s'inscrit à six marathons dans l'année et parle continuellement de *courses d'entraînement*. Le genre de personne qui a des opinions très tranchées au sujet de la Bourse et discourt longuement dessus au restaurant le jour où vous fêtez vos trente ans – par exemple.

Et donc, malgré ce qu'il dirait, je ne ressens aucune culpabilité à me faire porter pâle. Je ne suis même pas une vraie libraire. Je n'ai pas de diplôme. Ça n'a guère d'importance. Et de toute façon, c'est le jour de repos d'Ed, aujourd'hui, Dieu merci. Avec un peu de chance, il ne saura jamais que j'étais absente aussi.

Je ne peux pas faire de liste, et donc je m'assieds au bout de notre lit et je réfléchis aux preuves. Je les énumère dans ma tête.

Mon manteau.

Mes chaussures.

Les caméras de surveillance.

Mes gants.

Mon écharpe.

Mon apparence.

Les témoins éventuels.

Mon ADN ?

J'aperçois mon reflet dans le miroir d'une des portes de la penderie et grimace. C'est tellement du boulot d'amateur, tout ça. Si c'était arrivé à Reuben – non que ça aurait pu lui arriver, je songe en fronçant les sourcils ; non seulement à cause de ses valeurs morales, mais aussi parce que c'est un *homme* –, il aurait eu au moins une vague idée de ce qu'il fallait faire.

Est-ce que la police examine les empreintes de pas sur une scène de crime ? Est-ce qu'elle vérifie chaque caméra de surveillance, questionne chaque personne qui se trouvait dans les environs, recherche de minuscules morceaux d'ADN qui pourraient avoir été déposés par le vent sur les marches ? Ou bien se dit-elle : voici quelque chose qui ne s'explique pas. Peut-être que cet homme a trébuché ? Je n'en ai aucune idée. Aucune.

La première chose que je dois faire, c'est me débarrasser de tout ce que je portais.

Je ne peux pas les brûler. Cela attirerait trop l'attention. Je ne veux pas les mettre à la poubelle. J'aurais peur qu'ils arrivent je ne sais où, et qu'on remonte la piste jusqu'à moi.

Sainsbury's, me dis-je. Il y a un conteneur à vêtements. Je pourrais les mettre là. Ils deviendront anonymes, perdus au milieu de tout le reste. Je monte en voiture, après avoir fourré vêtements et chaussures – ces chaussures si belles, avec leurs rubans crème, portées une fois – dans un sac à courses réutilisable, et je m'y rends. J'ai les mains moites de sueur sur le volant, et elles laissent une empreinte sur la poignée en plastique de la portière lorsque je sors.

Je m'arrête près de ma voiture, le soleil hivernal, pâle comme du lait, dans les yeux. Il y a déjà un homme devant le conteneur, en train d'ouvrir et de refermer méticuleusement la trappe alors qu'il y dépose divers vêtements. Je ne peux m'empêcher de l'observer fixement. Ce n'est pas ce qu'il fait. C'est l'expression de son visage. Je crois qu'il essaie de ne pas pleurer. Son menton tremble violemment. Ses mains aussi.

De là où je suis, je peux distinguer ce qu'il dépose. Un chemisier vert sauge. Une jupe en lin froissée. Une paire de chaussures à talons aux bouts pointus. Continuant de le dévisager, je le vois crisper les doigts sur un chemisier crème et l'approcher de son nez.

C'est la garde-robe d'une épouse, je me surprends à penser avec gravité. Pas étonnant qu'il ait le menton qui tremble. Je me demande combien de semaines ou de mois il lui a fallu pour accepter l'idée. Pour vider son côté de l'armoire – pour apporter les vêtements ici afin de les donner.

Comment pourrais-je le rejoindre et interrompre ce moment ? Et non seulement l'interrompre, mais l'entacher de mes actes sordides ?

Et si jamais je me faisais prendre ? Et que lui – un veuf – était convoqué au tribunal, parce qu'il a été témoin de ma tentative de destruction de preuves, et forcé de revivre le jour où il a enfin trouvé le courage de jeter les vêtements de sa femme ? Je ne peux pas lui faire subir une chose pareille.

Je reste immobile dans la froide lumière du soleil et continue de l'étudier. Il est bien habillé, avec une belle voiture. Ils avaient une vie agréable, je décide. Barbecue les jours fériés avec leurs amis. Trois enfants qui venaient tout le temps les voir, pas comme moi et Wilf ; étrangement distants, mais se disputant aussi âprement l'attention de leurs parents. De petits bols de Maltesers et de M&M's partout dans la maison, et pas juste à Noël. Elle adorait sûrement les diffuseurs d'huiles essentielles, et je parie que lui était irrité par leurs odeurs de synthèse. Je les vois nettement, maintenant. Je me détourne. Ça m'est insupportable. Sa tristesse.

Je ne devrais pas mettre tous les vêtements dans un seul conteneur, de toute façon. Je devrais les éparpiller.

Je vais aller les mettre ailleurs.

C'est la première fois de toute ma vie que je suis méticuleuse. Que je réfléchis, m'organise, passe en revue mes options. Et c'est pour me tirer impunément d'un meurtre.

Cela surprendrait tout le monde. Ce souci du détail dont je fais preuve. Tout le monde sauf Reuben. Lui ne serait pas surpris du tout.

« Ce cerveau », avait-il remarqué une fois, presque tristement, à mon adresse, alors que nous déjeunions chez Wagamama et que je venais de commander pour huit personnes de mémoire, sans une hésitation.

Wilf m'observait prudemment.

« Le cerveau de Joanna ? s'était étonnée maman. Cette nounouille de Joanna ? »

Cette nounouille de Joanna est une formule que maman, papa et – parfois – Wilf avaient l'habitude de dire en riant, autrefois. Lorsque j'admettais ne pas savoir si l'Allemagne avait un littoral, ou comment allumer un feu. *Joanna ne pourrait jamais survivre sur une île déserte,* disaient-ils en s'esclaffant rien qu'à cette idée.

Le visage de Reuben s'était assombri en entendant cela. Dans la voiture, alors que nous rentrions, il m'avait dit :

« Est-ce qu'ils font toujours ça ?

– Quoi ? avais-je demandé.

– Te rabaisser.

– Ils plaisantent, c'est tout », avais-je répondu mollement, et il m'avait dévisagée, atterré.

L'ombre d'un sourire me vient aux lèvres à ce souvenir. Il serait fier de moi, n'eût été le contexte.

Je suis tournée vers Sainsbury's, dos à l'homme, mon sac d'affaires toujours à la main, le regard perdu dans le vide, lorsque mes yeux se posent dessus.

Sur le côté du bâtiment. Comme une webcam. Blanche, avec un œil noir. Une caméra de vidéosurveillance, ça ne peut être que ça. Je laisse mon regard poursuivre sa route. Là, une autre. Et une troisième à l'autre bout. Je regarde autour de moi. Je les vois, de formes différentes – certaines rectangulaires, d'autres semblables à des dômes –, en sale état parfois, rouillées, collées aux bâtiments de l'autre côté de la rue. Un café. Un charcutier traiteur. Une boutique de cartes et cadeaux. C'est comme si le monde entier se révélait à moi. Je n'avais jamais remarqué avant. Vidéosurveillance. Vidéosurveillance. Vidéosurveillance. Elles sont partout. Telles des fourmis dans leur nid, plus je regarde et plus j'en vois. Elles sont partout. Absolument partout, putain.

Ils vont me retrouver, ce n'est qu'une question de temps.

Les gens ne s'en tirent pas impunément après avoir commis un meurtre. Et voici une des raisons à cela.

Je vois mon agression cadrée par l'objectif de cent caméras, un kaléidoscope de Joanna et d'Imran. Mon dos tourné, alors que je le pousse. Une vue de profil de ma main se levant pour frapper la sienne. Un plan depuis le canal, Imran en train de tomber dans l'escalier. Mes pensées sombrent en ricochant dans l'irrationalité. Un gros plan du visage d'Imran en train de mourir, d'aspirer l'eau dans ses poumons. Un plan de l'intérieur de son corps alors qu'il lutte pour trouver de l'oxygène. De l'intérieur de ses cellules alors qu'elles succombent. De l'intérieur du noyau de ces cellules alors que les derniers signaux électriques se taisent. De l'intérieur de son cerveau alors que ses souvenirs s'anéantissent.

Il est remarquable que je sois là, moi, une tueuse, et que je me trouve encore devant Sainsbury's. Que Sainsbury's existe, tout simplement.

J'entre dans le magasin, juste au cas où quelqu'un m'observerait. Je vais acheter quelque chose. N'importe quoi. Pour ne pas éveiller les soupçons.

Je me rends à la caisse automatique, un bidon de lait à la main, en essayant de ne rien penser. La poignée du bidon me refroidit les doigts.

Un titre de journal attire mon regard alors que je fais la queue. Je me frotte presque les yeux de stupeur.

HAINE RACIALE EN BORD DE CANAL

Haine raciale ? Haine raciale ?

Je me rapproche du journal, en essayant de ne pas attirer l'attention sur moi. Je ne peux pas l'acheter, bien sûr. Je ne peux même pas le toucher – il y a probablement une putain de caméra juste derrière moi –, mais si je me décale légèrement, je peux lire la première page.

Je survole rapidement l'article. Ils pensent qu'il y a eu une motivation raciale au meurtre. Parce qu'il était pakistanais, musulman, je me dis avec lassitude. Les troubles raciaux abondent dans ce quartier de Londres ces derniers temps.

Je reste immobile, les yeux fixés sur le journal, mon lait à la main, et je pense à Reuben. C'est toujours à lui que je pense en premier. À ce pauvre Reuben, et au travail qu'il fait pour son organisation caritative.

Je paie mon lait en espèces. Quarante-cinq pence.

Comment peuvent-ils décider qu'il y avait une motivation raciale alors que ce n'est pas le cas ? Comment peuvent-ils raconter leur version des faits unilatéralement ? Et la mienne, alors ?

Mais, je songe alors que les portes automatiques s'ouvrent pour moi, pourquoi s'abstiendraient-ils ? C'est le prix que je paie pour conserver l'anonymat. Je n'ai aucun droit de réponse. Aucun droit de même leur demander ce qui leur fait penser ça. Un homme est mort, à cause de moi, et vivre avec les suppositions d'autrui au sujet de mes motivations fait sûrement partie du châtiment. Je n'en reviens pas d'avoir seulement pensé que j'avais mon mot à dire. Je n'ai aucun droit dans cette situation, et c'est bien normal. Absolument aucun.

Je remonte dans ma voiture et regarde fixement mon portable, comme si c'était un serpent qui s'apprêtait à me mordre. Je pourrais appeler maintenant : le numéro d'urgence. Ou bien trouver celui du poste de police le plus proche sur Internet. Me rendre sur place, et en finir.

Je prends le téléphone et le tiens un instant dans ma main. Il est lourd. Un coup de fil, et j'irais probablement en prison à perpétuité. Perpétuité. C'est dit de façon si désinvolte aux infos. Mais… à perpétuité. Jusqu'à la fin de mes jours. Un coup de fil, et je pourrais expliquer, à ceux qui me sont chers, ce qui s'est passé. Que j'étais effrayée. Que ça n'avait rien à voir avec son ethnicité. Que si je l'ai laissé là, ce n'est pas parce que… parce que je pensais que sa vie de Pakistanais n'avait pas d'importance.

Il y a des millions de raisons d'appeler, bien sûr. Pour faire ce qui est moralement juste. Pour me racheter. Pour que la famille sache enfin ce qui s'est passé. Des millions de raisons de faire confiance au système judiciaire pour ne pas punir une bonne personne parce qu'elle a fait une grave erreur, et de le laisser décider de mon sort à ma place. Pour pouvoir arrêter de mentir à Reuben. Pour ne plus avoir à vivre avec ce secret ; à attendre le jour où la police frappera à ma porte. Tous ces arguments pour, répertoriés dans ma tête. Tous ces arguments pour, et un seul argument contre, mais de poids, aussi dense que le mercure : j'irais très probablement en prison. *Au trou.* Un seul argument contre, mais il compte plus que tous les autres.

Je tourne la clé dans le contact, mon sac de vêtements salis, portant – très certainement – l'ADN d'Imran, posé à côté de moi comme une bombe.

Cet après-midi, me dis-je, je les mettrai à la rue. À donner. Je vais me servir des sacs à dons qui nous restent dans la cuisine, et puis les objets incriminants seront ramassés par les entreprises caritatives et disparaîtront, perdus au milieu des affaires de tant d'autres personnes, comme des visages inidentifiables dans la foule.

Si quelqu'un m'interroge sur mon geste, je dirai que je faisais du tri dans mes affaires. Seuls ceux qui me connaissent bien sauront à quel point cela est improbable. Je leur dirai que j'ai récemment lu un article sur le minimalisme. Et même s'ils ne me croient pas, désorienter mes proches est la meilleure option qu'il me reste.

C'est mieux que l'alternative : laisser les vêtements pendus comme des spectres au fond de mon armoire.

Le père de Reuben m'envoie un texto. Il le fait souvent. Il a commencé avec hésitation, lorsqu'il a eu un portable pour la première fois, mais maintenant il a complètement adopté la pratique. Ses textos sont toujours écrits dans un style excessivement soutenu, et presque toujours signés d'un P, mais je les apprécie.

Je n'ouvre pas le message pour l'instant. Je ne peux pas regarder.

Il est déjà 14 heures, et je suis encore en train de fouiller dans notre tiroir de cuisine à la recherche de quatre sacs à dons que je déposerai à intervalles réguliers le long de notre rue, contenant chacun un vêtement contaminé par mon crime. Je devrais être au travail, bien sûr. Aucun rendez-vous médical ne dure si longtemps. Ils ne vont pas tarder à exiger un mot du médecin, mais c'est dur de s'inquiéter de ça pour l'instant.

Les gants dans un sac. Cancer Research UK, pour soutenir la recherche contre le cancer. L'écharpe dans un autre. Barnardo's, pour aider les enfants en détresse. Je suis en train de blanchir mes affaires par le biais d'un système caritatif. Je me dégoûte.

Je marque un temps devant les chaussures et le manteau.

Les chaussures, commandées Avant. Un emblème de ma vie telle qu'elle était autrefois. Une commande sur ASOS, dont je savais qu'elle agacerait mon mari. Des chaussures frivoles achetées avant une soirée attendue avec impatience. Mes seuls problèmes étaient le relevé de compte et la pinçure des chaussures sur mes orteils.

Le manteau. Rempli de plumes de canard. Un cadeau de Reuben pour mes trente ans. Je n'ai aucune idée du prix qu'il a coûté. Plusieurs centaines de livres, j'imagine. Mais je grelottais toujours en allant au travail dans mon trench-coat ridicule ; la peau des bras glacée lorsque j'arrivais. Je ne pensais pas qu'il avait remarqué. Et puis, en août, le jour de mes trente ans, il a déposé un gros paquet mou sur le lit. C'était le manteau. « Prête pour l'hiver », m'a-t-il dit. Je le mets tous les jours. C'est comme un édredon moelleux qui m'emmitoufle et me rappelle mon mari chaque fois que je pars au travail.

Je le roule en boule pour le serrer fort contre moi, comme si c'était un bébé. Les plumes à l'intérieur se froissent sous mes bras. J'enfouis la tête dedans comme s'il était à lui et qu'il était mort depuis longtemps. Exactement comme l'homme devant Sainsbury's. Sauf que c'est à moi que je dis adieu. À la Joanna à qui son mari offrait des cadeaux d'anniversaire attentionnés.

Je le fourre dans le dernier sac. Macmillan, pour aider les personnes atteintes de cancer.

Je mets les sacs dans ma voiture. Je vais les déposer dans une autre rue, près de différentes poubelles.

Mais d'abord, les chaussures. Elles sont trop faciles à reconnaître. Je ne peux pas prendre le risque avec elles.

Sur un coup de tête, je me rends à la déchetterie, les chaussures posées sur le siège passager à côté de moi. Je les regarde lorsque je suis arrêtée à un feu ou à une intersection. Juste devant le centre de recyclage, je vois le panneau.

CE CENTRE DE TRAITEMENT DES DÉCHETS
EST SURVEILLÉ 24 H/24, 7 J/7
VIDÉOSURVEILLANCE : SOURIEZ, VOUS ÊTES FILMÉ.

Je continue ma route avant de faire demi-tour, repassant devant le panneau, feignant de n'avoir jamais eu l'intention d'entrer. J'ai le creux du dos en sueur contre mon siège. Les jambes tellement tremblantes que mes pieds glissent des pédales. Il y a des caméras partout. Il en suffirait d'une pour qu'on me voie agir de manière suspecte, *détruire des preuves*, et pour qu'on sache. Je ne peux pas aller à la déchetterie, et je ne peux pas non plus mettre les sacs à la rue.

Je rentre chez moi avec chaussures et vêtements et pousse le tout au fond de mon armoire.

12
Avouer

La cour des magistrats de Westminster n'est pas comme je l'imaginais. Nous sommes là pour mon audience de mise en liberté provisoire. Mon procès se tiendra à la *Crown Court*, la haute cour criminelle. Plus exactement à Old Bailey, me dit Sarah.

La cour des magistrats ressemble à un immeuble de bureaux des années 1960 ; sa nature prestigieuse n'est apparente que lorsqu'on s'en approche et que l'on distingue les armoiries avec des lions dessus. Sinon, c'est un bâtiment sans prétention du centre de Londres, à l'intérieur duquel la vie des gens est changée à jamais. S'il ne s'agissait pas de moi, de ma propre audience, ce serait tellement intéressant. Ces gens au cœur du système judiciaire, à l'intersection de la liberté et de l'emprisonnement. Ces avocats en robe qui passent majestueusement. Le fossé entre les costards-cravates et les profanes qui ont commis une faute, ou ont le malheur de connaître quelqu'un qui l'a fait.

Je me suis fait porter pâle au travail. Je n'ai pas pu faire mieux. Ed a été sympa, comme toujours, et je lui en ai été reconnaissante.

Sarah m'attend dans une salle de réunion. Elle porte un tailleur noir et un chemisier blanc. Elle n'arrête pas de se tortiller dans l'étoffe empesée, qui reste raide et inconfortable à l'encolure. Son visage est moins maquillé que samedi, et ses yeux paraissent plus petits et plus fatigués.

Elle me tend un café acheté à la machine. Il a goût de pain brûlé.

On ne l'a encore dit à personne, Reuben et moi. Si ça se trouve, c'est à la télévision ou dans les journaux. Je n'en ai aucune idée. Mais c'est comme s'il n'y avait pas de place pour ça dans ma tête. J'aurais dû prévenir Ed. Mes parents. Wilf. Laura. Mais je ne peux pas. Pas encore. Pas quand je pourrais me retrouver en prison dans moins d'une heure. Reuben devra le faire.

« J'ai toutes vos circonstances atténuantes », me dit Sarah en m'indiquant un bloc-notes.

Elle a changé de vernis. Je me demande si elle a retiré l'ancien hier, frottant avec énervement pour le faire partir tout en parlant avec sa moitié, avant d'appliquer une nouvelle couleur tandis qu'il leur préparait un café arrosé, debout à un bar américain en acier inoxydable.

« Et vous n'avez pas d'éléments aggravants », ajoute-t-elle, interrompant le fil de mes pensées.

Je réponds doucement :

« Non.

– Pas d'antécédents. Bonne réputation. Pas de risque de fuite. »

Elle énumère sa check-list.

Par le panneau vitré de la porte, je vois Reuben, qui observe les gens autour de lui avec assurance, immobile. Il lui arrive de venir au tribunal pour le travail. Il semble à son aise, ici.

« Vous devez vous demander quelle probabilité vous avez de rester en liberté, dit Sarah.

– Non. Je ne veux pas savoir. »

Je ne peux pas me permettre de m'inquiéter du risque de détention. Je ne le comprends pas : je suis à l'instant même libre de descendre la rue pour aller m'acheter un petit déjeuner chez Prêt à Manger. S'il n'y a pas de risque maintenant, quel risque y aura-t-il dans quelques heures ? Mais en même temps, quel risque y a-t-il, tout court ? Si je suis mise en liberté provisoire maintenant, pourquoi me mettre en prison plus tard ? Je lève les yeux vers le plafond de marbre sculpté et m'imagine une seconde que je suis simplement – où ? Quel endroit ressemble à ceci ? – au

Muséum d'histoire naturelle, peut-être, et que Reuben est en train de me donner avec sérieux des explications sur les dinosaures en exposition.

Quel est l'intérêt de tout cela ? J'ai retenu la leçon, non ? Je ne le referai plus. Je ne toucherai plus jamais une seule autre personne, même du bout des doigts, je promets à l'univers.

Nous ressortons. Je suis quatrième sur la liste, en salle d'audience numéro 2.

Le hall semble fait de marbre et de verre, avec des rangées de bancs fixés au sol, comme dans un aéroport. Mais ce sont les gens qui y sont assis ; c'est à eux que j'aimerais parler. Ou sur eux que j'aimerais écrire, peut-être. Ils sont comme autant de personnifications – est-ce bien le mot ? – en présentation sur ces petits bancs. Un homme qui bombe le torse, en gesticulant à l'adresse de son avocat. Le Défi. Un autre en survêtement, les coudes appuyés au mur au-dessus de sa tête, le front collé au ciment juste à côté de l'emblème de la justice. Le Chagrin. Ou peut-être la Pénitence, le Regret.

Je n'ai aucune idée de ce que je fais ici avec mon blazer de chez Boden, la main de mon mari dans la mienne. Aucune.

Trois heures d'attente. J'ai les yeux fixés sur Reuben. Le regarder me calme. Il ne s'agite jamais. Ne sort jamais son téléphone. J'aime observer ses mouvements lents, ses yeux verts qui se lèvent lorsque des gens approchent ; la façon dont il rapproche doucement sa jambe de la mienne, pose une main sur mon genou exactement comme il l'a fait le jour de notre mariage.

Mais on finit par nous appeler ; mon nom s'affiche sur un écran électronique au-dessus de la porte de la salle 2, comme si j'étais au cabinet de mon médecin ou chez le dentiste (si je n'avais pas évité ce dernier depuis dix ans).

« Mesdames et messieurs, la cour », annonce un greffier.

La cour de récréation ? je pense nerveusement. Je suis une trentenaire idiote et immature qui aimerait rigoler au tribunal ; mon cerveau ne s'est pas encore fait à l'idée que c'est moi l'accusée, moi dans ce box en bois fermé par des vitres en verre pare-balles.

C'est à peine si je comprends un mot de la procédure. Les avocats et les magistrats ne cessent de se reporter à un grand livre noir, qu'ils ont tous ouvert sur la table devant eux. La magistrate principale chausse ses lunettes pour le consulter. Leurs interventions sont un déluge de jargon juridique : circonstances atténuantes, éléments aggravants, risques de fuite, directives du service des poursuites judiciaires pour le prononcé des peines, renvois juridiques à la cour de la Couronne, provocation, force raisonnable, préméditation, graves dommages corporels, *mens rea*.

Je comprends les faits, mais ceux-ci semblent être, au mieux, une toile de fond pour ce dont ils discutent. Ils ne parlent pas du fait que je rentrais seule chez moi. Ou qu'il est arrivé par-derrière. Ou de ce que j'ai fait. De mon geste fatal.

Il est question d'autre chose. De logique, d'argumentation, de *théorie*.

Je regarde fixement la vitre immaculée. Il n'y a pas une trace de doigt dessus. Pourquoi ? Un agent de sécurité est posté derrière moi, en uniforme bleu marine. Il est là pour veiller à ce que je ne bouge pas, à ce que je ne prenne pas mes jambes à mon cou. Parce que, une fois encore, je ne suis plus libre. Pas pour l'instant. Pas pendant ces quelques minutes.

Je suis trempée de sueur des pieds à la tête. J'essaie de me calmer, de m'imaginer appuyant les mains sur la vitre. Peut-être suis-je à SeaWorld, ou au zoo : la vitre de l'enclos des pingouins est fraîche sous mes paumes. On va manger une glace et rentrer à la maison. Je ferme les yeux tant mon désir est féroce. Si seulement j'étais partie sans prévenir les secours. Si seulement ça n'était jamais arrivé.

« Joanna Oliva, levez-vous de nouveau, je vous prie », dit la magistrate.

Sa voix était claire au début de l'audience, mais elle est devenue étouffée et rauque, comme si à 12 h 40 le lundi, elle n'avait déjà plus le courage de faire un effort. Ils sont trois magistrats, mais elle est la seule à parler.

Oliva. J'étais tellement contente de porter son nom. De laisser tomber le mien, quelconque, pour prendre le sien, tellement plus intéressant. Il a toujours été obligé de reprendre les gens sur sa prononciation, et maintenant moi aussi. Ça me plaisait. Et le reste; son *nom de famille* et tout ce que ça représentait. Le fait qu'il était adopté, et qu'ils s'aimaient tous inconditionnellement, me semblait-il. Le pub Oliva, où il avait passé son adolescence à se bâtir une formidable tolérance à l'alcool, un remarquable talent au poker, et une solide éducation dans tous les classiques. R. Oliva, parfois cité dans la presse au sujet de la justice sociale, des gangs londoniens. J'adorais tout cela. M'y étais jointe sans hésiter. Au clan Oliva. Et maintenant, me voici en train de l'entacher.

Je lève les yeux, et mon regard glisse sur la brochette de magistrats, les emblèmes de la justice, les hautes fenêtres à barreaux et, plus haut encore, sur les tubes au néon. Ce sont les mêmes que dans ma cellule de garde à vue, et la panique s'empare à nouveau de moi, moins comme une vague qui me submerge que comme si j'avais sauté d'un bateau pour sombrer à cinquante mètres de profondeur.

Je n'y ai même pas réfléchi. Je n'ai même pas fait le calcul. Mais mon cerveau, si, tournant en arrière-plan comme un appareil de surveillance de la radioactivité dont tout le monde ignore qu'il fonctionne, additionnant les nombres tout seul comme un grand.

Il y a presque cinq mille cinq cents nuits dans quinze ans, le minimum incompressible d'une condamnation à perpétuité, me dis-je soudain. *Et je n'en ai fait qu'une seule.* Je n'aurai pas la force. Je n'aurai pas la force. Je veux m'enfuir de ma cage, en briser les vitres.

La magistrate est en train de parler. Je ne comprends pas – suis incapable de comprendre – ce qu'elle dit, mais son ton me plaît.

Ça me rappelle les fois où Wilf et moi regardions, allongés sur le ventre devant la télévision, les scores de foot être annoncés, et qu'on essayait de les prédire en se fondant sur le ton du présentateur. Je l'entends dans sa voix. « Bien que l'affaire soit grave… », est-elle en train de dire. Le reste n'est pas encore formulé, mais je devine ce qu'il va être. L'État : zéro, Joanna : un.

Elle est en train d'énumérer les choses que je n'ai pas faites. Je n'ai pas fui la scène de crime. Je n'ai pas tenté de dissimuler des preuves. Je n'avais jamais commis la moindre infraction avant. Et puis elle dit : « La prévenue a immédiatement cherché de l'aide. » J'ignore soigneusement cette dernière phrase, empêchant mon cerveau d'y penser, comme si j'essayais de retenir un jouet mécanique.

« C'est pourquoi je suis portée à croire que, bien que ce crime comporte le risque d'une très longue peine d'emprisonnement, il n'est pas nécessaire d'incarcérer la prévenue dans l'attente du procès. »

Je jette un coup d'œil à Sarah, me demandant si j'ai bien entendu. Elle me tourne le dos, la tête penchée, écoutant attentivement la magistrate. Je regarde Reuben à la place. Il a les yeux fixés sur moi. Il porte une chemise et une cravate ; il déteste les cravates, les enlève toujours dès qu'il le peut, et a toujours l'air un peu débraillé, même quand il fait des efforts pour bien s'habiller.

La magistrate passe aux conditions de liberté provisoire. Je n'y prête pas attention. Je rêvasse au fait que je suis – temporairement – libre. Je ne veux pas penser aux lendemains ; au procès, aux répercussions. Je ne vais penser qu'à l'instant présent, je me promets. Au ciel derrière ces fenêtres. Au temps qu'il fait. À notre minuscule appartement en sous-sol. À Reuben. Encore à moi pour quelques mois de sursis.

Mon dossier est officiellement renvoyé devant l'Old Bailey, et je suis reconduite dehors. L'agent de sécurité, qui avait la main doucement posée sur la mienne, la relâche lentement lorsque nous atteignons le hall, et je me retrouve seule. Je secoue les épaules, délivrée de son regard, de sa proximité, des chaînes de la détention provisoire.

Je suis libre. Pour l'instant.

Mais ce n'est pas vraiment la liberté, bien sûr. C'est temporaire. Une sorte de purgatoire. En attendant plus tard, où elle me sera sûrement ôtée. C'est juste un petit avant-goût de ce qui pourrait être si ce n'est pas le cas. Un cessez-le-feu. Un match de foot amical, le jour de Noël, en plein milieu d'une guerre.

13
Taire

La médecin pense que ma main et mon poignet ont besoin d'être bandés. J'apprécie le contact délicat de ses doigts sur mon bras, la sollicitude sur son visage quand je lui dis que je suis débordée ces derniers temps, que je suis tombée en me dépêchant.

« Soyez bienveillante avec vous-même », me dit-elle sur le ton d'une maîtresse d'école exaspérée.

Lorsque je rentre à la maison, Reuben regarde fixement le bandage, et je lui dis la vérité : que je suis tombée.

J'omets seulement de lui dire quand, ou pourquoi.

Je ne consulte pas le tableau de service plus d'un jour à l'avance – une chose qui agace fort Reuben – alors je ne sais pas avant le lundi – dix jours Après – que j'ai le mardi libre.

J'embrasse Reuben pour lui dire au revoir alors qu'il s'apprête à partir. Je ne l'avais pas fait depuis que c'est arrivé, et une expression légèrement perplexe passe sur son visage, alors que ses lèvres rencontrent les miennes, que j'essaie d'oublier. Mais je ne peux pas ignorer la façon dont il m'attire à lui, voulant prolonger le baiser comme quelqu'un dont la nourriture est rationnée essaierait de manger le plus possible.

« Tu as tellement maigri, me dit-il.

– Ah bon ? »

Je passe les mains sur mes hanches étroites.

Les os saillent sous mes paumes. Bien. Je veux disparaître.

Une fois qu'il est parti, je sors marcher, faisant craquer le givre hivernal sous mes pieds. Marcher est la seule activité qui semble avoir un effet sur moi. Ce sont les seuls moments où je ne me sens pas mal. Le rythme. L'absence de pensées. Le froid mordant de l'air. Qui sait ce que je deviendrai lorsqu'il se remettra à faire chaud ?

Bien sûr, je me surprends à prendre la direction de Little Venice, mais je m'oblige à rediriger mes pas vers le sud.

Il ne neige plus mais il fait encore un froid de canard – le pire hiver jamais enregistré, clament les gros titres des journaux –, et je resserre mon fin trench-coat autour de moi alors que je marche seule le long d'une nationale dans le quartier de Paddington. Un étrange bâtiment des années 1960, avec un truc qui dépasse au-dessus, se dresse à ma droite, et je me dirige instinctivement vers lui, traversant la route puis m'engageant dans une rue latérale qui mène vers le centre de Londres. Je vais aller regarder les monuments, me dis-je. Visiter ma ville : l'une de mes activités préférées.

Je flâne pendant des heures. Et puis, avant d'avoir compris où mes pas me mènent, sans même réaliser combien je me suis éloignée de chez moi, je la trouve devant moi, blanche et carrée avec un dôme doré : la mosquée de Paddington. Je m'arrête devant en clignant des yeux, et je sais pourquoi je suis arrivée là, presque inconsciemment. Pour saluer sa mémoire. Pour m'excuser. Pour exprimer mes regrets. Je vais le faire seule, et rapidement. Je repense à l'article de journal. Il a été enterré hier. Je ne dérangerai personne. Je vais entrer vite fait dans le cimetière. Trouver sa tombe. Et repartir. Personne n'en saura rien. J'ai besoin, je m'en rends compte, de faire cela.

J'ouvre la porte – ma main gauche pend le long de ma cuisse, bandée et inutile – et me faufile à l'intérieur, juste assez avertie pour enlever mes chaussures et les tenir à la main alors que je traverse l'espace moquetté de la section réservée aux femmes. Je me couvre les cheveux de mon écharpe.

À l'intérieur, la mosquée ne ressemble en rien à une église. On dirait plus un salon. La moquette est rouge avec des motifs en volute, et un côté de la pièce est bordé de colonnes. Autrement, elle est presque entièrement vide. Un lustre pend au plafond, et semble osciller légèrement sous l'effet d'une brise qui doit venir de l'extérieur. Quelques hommes sont en train de prier sur les bords de la pièce, et je la traverse en silence, me rechaussant une fois que j'ai atteint la porte de derrière. Mais après une seconde, je me rends compte qu'il n'y a pas de tombes à cet endroit. Je demande à une femme, et elle m'indique le cimetière de l'autre côté de la rue.

L'herbe givrée crisse sous mes pas. Mon haleine s'élève devant moi en tourbillonnant comme l'eau d'un bain dans l'air glacé.

Le cimetière est entièrement vide. Je prends une profonde inspiration. Je suis seule avec lui. Il est ici quelque part. Imran. Je vais m'arrêter une ou deux tombes plus loin – je ne peux pas prendre le risque de m'arrêter juste devant la sienne – et lui présenter mes respects de loin. Je feindrai de me rendre sur la tombe de quelqu'un d'autre.

Elles sont différentes des sépultures chrétiennes, des laïques aussi. Les stèles sont en général plus petites, mais certaines sont de véritables mausolées, étincelantes de blancheur au soleil. Je remarque immédiatement qu'elles sont toutes tournées dans la même direction. Cela crée un effet étrangement uniforme. Des rangées entières de tombes régulièrement espacées, comme autant de piles de papier disposées avec soin.

Je trouve sa tombe – elle est marquée d'un piquet en bois. Je ne sais pas combien de temps je reste là. À simplement la regarder, de trois sépultures plus loin. C'est assez près. S'il pouvait me voir maintenant, il saurait. Il saurait que je suis désolée. *Il voudrait que tu te rendes à la police,* dit une voix dans ma tête, mais je ravale mes larmes et l'ignore.

À la place, je reste là, les pieds gelés par le givre, à respirer profondément, en m'excusant à chaque inspiration.

« C'est nul, hein ? » fait une voix à côté de moi.

Je me tourne et découvre une femme à mes côtés. Je ne l'ai pas entendue arriver. Et puis, le cœur étreint d'une brusque panique, je me rends compte que c'est à l'évidence, sans aucun doute possible, elle. Ayesha. Sa sœur. Elle a les traits plus tirés que lorsque je l'ai vue à la télévision, mais je reconnais sa bouche tombante, son grain de beauté. Je vois des creux sous ses pommettes saillantes. Comme si elle se mordait les joues.

Je veux reculer, faire demi-tour et m'enfuir, mais je ne peux pas. Je ne peux pas lui faire ça : l'effrayer dans ce cimetière paisible, où repose son frère. Si récemment enterré.

« Je ne suis pas censée revenir ici aussi vite, continue-t-elle. Mais je ne peux pas m'en empêcher. »

Elle lève le visage vers le soleil. Il caresse ses traits – baignant son front de lumière et créant des ombres sous ses pommettes – et je détourne les yeux, gênée.

J'ai eu tort de venir. C'était une très mauvaise idée, et je suis taraudée par l'envie de m'enfuir. Je suis un monstre, une tueuse, et j'ai suivi les mêmes sombres instincts que tous les meurtriers qui m'ont précédée depuis des siècles. Je suis revenue sur le lieu du crime. Sur la tombe. Stupide. Égoïste. Prévisible.

« Je... je suis désolée, je bégaie. Je suis là pour... »

Elle me regarde avec curiosité et je me demande pourquoi j'ai ouvert la bouche. Je sens mes yeux parcourir rapidement le cimetière. Je ne peux pas feindre que je le connaissais : ce serait aller trop loin. Je vais juste... Mon regard se pose sur une pierre tombale portant l'inscription *Hanna Ahmed : emportée trop tôt*. Elle porte la date de cette année. Son occupante était née en 1983.

« La petite amie de mon frère est morte. » Le mensonge fuse de mes lèvres avant que je puisse véritablement le retenir. Je remercie le sort d'avoir un cerveau aussi vif, aussi doué pour le calcul mental depuis que je suis toute petite. « Je suis juste là pour... Je suis désolée de vous avoir... dérangée. »

Son expression est douce, et je réalise qu'elle ne m'avait rien demandé. Son visage semble interrogateur, mais ce n'est que du chagrin. Un chagrin sans fond que j'ai causé. Son regard croise le mien. Elle a des yeux brun foncé, presque noirs, où les pupilles se perdent.

« Je suis désolée, me dit-elle en indiquant la tombe, presque aussi neuve que celle d'Imran, avec son monticule de terre par-dessus, couvert de plantes et de fleurs. Pour votre frère… pour sa petite amie. »

Je fais un geste de la main comme pour dire que c'est sans importance, ce qu'elle doit trouver étrange.

« Ils sont en paix, maintenant, dit-elle en regardant au loin, par-dessus les tombes. La Mecque est quelque part par là. Vous savez ? » Elle repose les yeux sur moi. « Je n'ai jamais cru à tout cela, mais lui, oui. Je crois. »

Elle parle avec un accent cockney.

Elle se fiche que je ne réponde pas. Que je pense à Imran et à toutes les tombes de ce cimetière. Elle se penche pour examiner la tombe de Hanna de plus près.

« Elle était jeune, elle aussi. Est-ce qu'ils l'ont enterrée rapidement ? Nous, on a eu le corps dès l'autopsie terminée. Il ne s'est presque pas écoulé de temps.

– Je ne sais pas. »

Je sens mes joues s'empourprer.

Je recule d'un pas, de nouveau assaillie par la panique. Qu'est-ce que je fais ici ? Il faut que je m'en aille. Je ne peux pas faire des choses pareilles. Risquées. Cruelles. Qui n'ont pas de sens.

Je fais encore deux pas en arrière, mais en partant, je ne peux m'empêcher de lui présenter mes condoléances. Elle hoche la tête avec gratitude, les yeux toujours fixés sur moi.

Je rêve à nouveau d'Imran et me réveille en sueur.

Je prends une douche ; mon poignet me donne l'impression d'être atrophié sans son attelle, et j'ai honte de l'étrange mélange d'émotions en moi. Du chagrin – c'est essentiellement du chagrin. Mais il y a d'autres choses, aussi. Le chagrin est le plat principal, mais il y a une entrée de culpabilité. Non, plutôt un hors-d'œuvre.

Mais il y a aussi, à l'autre bout, après le dessert – un biscuit accompagnant le café, peut-être –, un autre sentiment. Je le vois pour ce qu'il est, et je grimace en en prenant conscience.

C'est du soulagement. Un soupçon de soulagement, parce que avec chaque jour qui passe, il semble de plus en plus possible que je me sois tirée impunément de ce meurtre.

Je suis ignoble.

14
Avouer

Reuben termine de jouer pour moi. Il a la tête penchée, et ses doigts achèvent la pièce de la façon la plus douce, la plus feutrée, la plus discrète possible. Une phrase musicale laissée en suspens.

« Calmée ? » me demande-t-il en se retournant vers moi avec un sourire.

Il ne joue presque jamais du piano devant moi.

Je hoche la tête, mais je ne le suis pas vraiment.

« Oui. Non. »

On s'apprête à aller chez mes parents. Wilf a dit qu'il serait là aussi. On informe notre entourage. On ne peut plus repousser.

Personne n'a vu passer mon audience de mise en liberté provisoire dans la presse, bien sûr. Quand bien même ils auraient vu mon nom, ils auraient cru à une coïncidence. Un homonyme. C'est ce que j'aurais pensé moi-même. L'idée aurait été trop inconcevable pour que je l'envisage.

« Ils vont croire que je suis enceinte, je dis en allant prendre mon trench-coat dans l'entrée.

– Qu'ils aillent se faire foutre », répond Reuben alors que je reviens dans la chambre d'amis.

Il referme le couvercle du piano. En le regardant faire, je pense brusquement à Imran, sous assistance respiratoire quelque part. Je pense à l'éventualité de sa mort. À celle que je ne sois plus accusée de graves dommages corporels, mais de meurtre.

Papa et maman vivent dans le Kent. Ils disent que c'est Londres, mais ce n'est pas vrai. Pas le vrai Londres. Il y a de vastes espaces verts dans leur ville, qui a son propre centre, et des maisons, pas des appartements. Il n'y a pas de bus londoniens ni de bouches de métro ni de sirènes à tout bout de champ. Il n'y a pas de renards urbains joueurs et sûrs d'eux, pas de studios de yoga éphémères ni de bus de nuit. Ce n'est pas notre Londres.

Alors qu'on est en route, le père de Reuben m'envoie un texto. Reuben m'a acheté un nouveau téléphone, cet après-midi. Il est différent du précédent, et je n'y suis pas habituée. Je me suis bien enquiquinée à transférer mon numéro dessus. Reuben me jette un coup d'œil en l'entendant biper.

Avant d'ouvrir le message, je lui demande :

« Est-ce que ton père sait ? »

Il hoche la tête, les cheveux flamboyant, orange puis auburn, orange puis auburn, à la lumière des réverbères sous lesquels nous passons.

Il ne défend pas sa décision de lui en avoir parlé. Je suis contente qu'il ne le fasse pas. Mais... il y a quelque chose d'étrange dans ce silence. J'aurais aimé qu'il me demande avant, peut-être. Mais non. Je ne vais pas laisser l'acte que j'ai commis mettre de la distance entre nous. Nous sommes sur le point d'informer mes parents, et il n'est que justice que ceux de Reuben soient au courant aussi.

Je lis le texto. *J'espère que mon fils te traite bien,* dit-il. Je fronce les sourcils. Il ne m'a jamais envoyé pareil message avant ; n'en a jamais eu besoin. Reuben ne pique pas de colères, n'a pas de sautes d'humeur, n'est jamais à cran. Pas avec moi, en tout cas.

Je tape une réponse, sans relever les yeux vers Reuben.

Toujours, bien sûr. Bises.

Tu sais où me trouver. Toute l'affaire me semble très injuste, Jo. J'espère que R est gentil avec toi. Tu sais comment il peut être, parfois, écrit-il.

Je sens ma bouche s'entrouvrir, mes sourcils se froncer. *Comment il peut être ?*

Je ne peux pas lui demander ce qu'il entend par là. *Tu sais comment il peut être.* Ce serait délicat. Et donc je ne le fais pas ; j'évite le sujet, mais par contre j'y pense alors que je regarde Londres s'étaler de part et d'autre de notre route, comme si l'univers était en expansion autour de nous. Peut-être a-t-il dit cela parce que Reuben est parfois un peu brusque. Peut-être parce que Reuben est toujours parfaitement honnête sur ce qu'il pense des gens et de leurs actes ; qu'il est moralisateur. Mais il ne l'est pas, pas avec moi. Non, pas vraiment.

Mais aucune de ces explications n'a vraiment de sens. Il n'y a aucune *raison évidente* qui justifie un message pareil.

« Il va bien ? » demande Reuben alors que nous patientons à un feu.

Je mens.

« Oui, oui. C'était juste... pour bavarder. »

J'aime discuter avec le père de Reuben, et il respecte cela.

C'est maman qui nous ouvre quand on arrive. Elle est grande, à la différence de moi, et a les cheveux relevés en un chignon conservateur. Elle a exactement le même physique que Wilf : le corps élancé, les yeux globuleux. Ils ont les mêmes tics exagérés. Ils ont tous deux le pas lourd ; quand nous restons à dormir, je peux toujours les entendre se déplacer à l'étage. Les rares fois où elle raconte une histoire qu'elle trouve vraiment drôle, elle avance le menton en la racontant, mal à l'aise, comme si elle ne devrait pas en rire.

« Qu'est-ce qui se passe ? » demande-t-elle.

Son ton m'énerve immédiatement. Comme si j'étais juste casse-pieds. Que je faisais des histoires pour rien. C'est l'hypothèse qu'ils ont toujours à mon sujet. Je cherche le regard de Reuben, mais il a les yeux fixés sur le paillasson. Une fois, je lui ai reproché, alors qu'on rentrait à la maison après avoir passé Noël avec eux, d'avoir marqué son agacement pendant tout le repas, et il se comporte différemment désormais, avec moins d'antagonisme et plus de mélancolie.

Wilf est assis dans la salle à manger, en tête de table, et papa est en train de servir du vin qu'il a, bien sûr, d'abord versé dans une carafe. Reuben les salue de la tête, sans rien dire, et prend place à l'autre bout. Je m'assieds à côté de lui et sa main se pose sur mon genou, le serrant doucement. Papa et maman s'installent à leur tour, en face l'un de l'autre, et attendent que nous parlions en nous regardant, avec une légère impatience. Je me surprends à penser que je suis contente de ne pas être enceinte ; de ne pas avoir à le leur annoncer comme ça. J'imagine déjà leurs sourires crispés, leurs félicitations chétives. Ils ne savent pas être joyeux. Ils diraient qu'ils nous ont offert une enfance heureuse, mes parents. Qu'ils nous ont emmenés dans des prés où nous avons couru parmi les fleurs sauvages. Mais ces sourires étriqués, leur condescendance, leurs *Oh, Joanna...* ont tout effacé. Mais je n'aurai jamais le courage de le leur dire. Peut-être que je me trompe. Wilf n'a pas l'air de se plaindre, lui. Et donc ma souffrance n'est pas légitime. Du moins, c'est l'impression que j'ai.

Je tourne les yeux vers Reuben. Je ne peux pas le faire. Je ne peux pas le dire. Mais je sais que lui, si. Ils lui font confiance. Mais moi, je deviens différente en leur présence. Non, pas différente ; juste une pire version de moi-même.

« Vendredi soir, Jo a été harcelée par un homme », commence Reuben.

Il omet de mentionner le *bar*, la *virée nocturne*. Je lui en suis reconnaissante. Je lui suis reconnaissante de tout. D'expliquer à ma place. De légitimiser mon geste, d'une certaine façon. J'ai eu tort, mais c'est comme ça.

« D'accord..., fait papa en fronçant les sourcils, non de sollicitude mais de confusion.

– Elle a cru qu'il la suivait, mais c'était un autre homme, qui lui ressemblait », continue Reuben.

Il déglutit et retire sa main de mon genou.

Maman attrape un dessous-de-verre et commence à le faire tourner en rythme, de telle façon que ses coins tapent contre la table, l'un après l'autre. C'est un son qui a accompagné mille dîners pris dans un silence pesant quand j'étais petite. On mangeait bien – produits bio, menus équilibrés –, mais on n'avait pas de conversations. Pas de vraies conversations, en tout cas.

Wilf est adossé à son siège, dans une position alanguie mais le visage sérieux, le regard attentif à l'expression du mien. Il s'est laissé pousser le bouc. L'effet est ridicule.

« Quand il s'est trop rapproché, elle l'a poussé, et il est blessé, à l'hôpital. La police est impliquée... »

C'est le mieux qu'il puisse faire avec une histoire pourrie. C'est factuel, dépourvu d'émotion ; exactement comme je le souhaite.

« Impliquée de quelle façon ? » demande vivement maman.

Je romps mon silence.

« Ils m'ont inculpée.

– De quoi ? » demande Wilf, ouvrant enfin la bouche.

Il travaille dans la City. Quelque chose en rapport avec la finance. Je ne sais pas quoi exactement. Mais il semble savoir des choses sur le monde. Et effectivement, quand je réponds *violences ayant entraîné de graves dommages corporels avec l'intention de les causer*, il hausse les sourcils et demande :

« Article 18 ? »

Je grimace en me rappelant avoir pensé qu'un article 18 voulait dire que je pourrais rentrer chez moi sans être inculpée. Comment ces gens font-ils pour en savoir tellement plus que moi ?

« D'accord. Bon. Et c'est quand, tout... ça ? demande maman en faisant tournoyer son vin dans son verre d'un air gêné.

– Cet été, répond Reuben sans me laisser le temps de le faire. Début juin.

– Eh bien, il doit y avoir une autre raison, dit papa. Il est absurde de leur part de t'inculper pour un acte de légitime défense. »

Je suppose que c'est pour moi qu'il s'indigne ; que le sentiment prend racine dans une compassion bien cachée quelque part au fond de lui.

« Ce n'était pas de la légitime défense. Parce que je me suis trompée.

– Il est gravement blessé ?

– Oui. Il a… Je ne m'en suis pas rendu compte immédiatement, mais il a eu le nez dans une flaque…

– Pendant quelques *secondes*, c'est tout, intervient Reuben, et je déglutis péniblement.

– Ils doivent penser que tu as fait quelque chose d'autre », reprend papa.

Il a toujours été comme ça ; certain d'être dans le juste même confronté à des preuves écrasantes du contraire. Au sujet de l'immigration, des bénéficiaires de prestations sociales ou des attaques à l'arme blanche à Londres. Reuben essayait de lui faire entendre raison, au début, mais toutes nos visites se terminaient par une dispute et il a renoncé.

« Forcément », insiste papa.

En face de lui, maman hoche farouchement la tête et je comprends : c'est comme ça que ça va se passer. Tout le monde va avoir une opinion sur moi, sur ce que j'ai fait, et sur ce que l'État m'a fait en réaction. Tout le monde porte des lunettes et me voit à travers elles, par le prisme de ses propres opinions sur ce qui constitue violences, légitime défense et justice. Même Reuben le fait. Je le vois parfois me regarder, quand il croit que je suis absorbée par autre chose. Son expression est perplexe. Incrédule, même.

Je suis devenue propriété publique. Plus rien dans ma vie n'est privé. Elle a été agrandie et projetée sur un mur pour que tout le monde puisse l'examiner. Une décision que j'ai prise tard le soir après un verre de trop est rejouée devant nous comme une tragédie sur la scène. Je ne suis pas sûre que même moi, je défendrais cette décision hâtive et irréfléchie, et pourtant je le dois, pour rester libre.

« Ça a l'air vraiment injuste, tout ça, dit Wilf. C'était une erreur de bonne foi. Et tu es… tu sais.

– Oh oui, absolument, fait maman. C'est ton imagination. Elle a toujours été… débordante. Tu vis au pays des chimères. »

Reuben redresse brusquement la tête et lâche un grognement railleur.

« Vous ne trouvez rien de mieux à dire ? s'exclame-t-il. C'est ça, votre compassion ? »

Je tends la main pour l'arrêter, mais il se lève.

« Je savais que vous seriez comme ça, ajoute-t-il. Vous ne voyez donc pas qu'elle a besoin… »

Il traverse la salle à manger et je le suis, non parce que je suis moi-même en colère, mais par loyauté envers lui.

Wilf nous rattrape dans l'entrée. Reuben a déjà la main sur la poignée de la porte, l'ouvre brutalement.

« Je voulais dire, parce que tu es une femme, dit Wilf. Je sais… J'ai vu ces vidéos qui ont fait le tour d'Internet. Le harcèlement de rue. Les trucs de ce genre. Je sais que c'est différent pour toi. »

Je lève les yeux pour le regarder.

« Je sais. Merci. »

Je me rappelle la peur que j'ai ressentie ce soir-là. Le corps de Sadiq pressé contre le mien dans le bar. Sa main autour de la mienne, comme une menotte. Je me rappelle ce que j'ai ressenti quand j'ai cru qu'il me suivait. Des choses que j'avais déjà ressenties mille fois par le passé. Mais plus intenses, cette fois.

Ce sexisme ordinaire. Les exclamations des ouvriers quand vous passez – insultes ou remarques qui se veulent séductrices –, et les hommes qui s'asseyent trop près de vous dans le métro, en écartant les jambes de façon suggestive. Le videur qui vous suit dans une ruelle en vous disant ce qu'il aimerait vous faire. Le mec entreprenant à une soirée, qui pense que c'est romantique de revenir constamment à la charge. Les femmes ne plaident-elles pas toujours la légitime défense ? Ne sommes-nous pas toujours provoquées ?

« Merci », je répète. Reuben attend dehors, ostensiblement – ce qui n'est pas inhabituel pour lui –, et je me retourne encore une fois vers mon frère. « Je ferais mieux d'y aller…

– Ouais, répond-il. C'est con. » Il tend le bras pour me donner un petit coup de poing sur l'épaule ; c'est la première fois qu'il fait ça. « J'allais te raconter mes échecs sentimentaux. »

C'est un moment rare pour lui. D'habitude, son seul souci est de sauver les apparences. Il grommelle au sujet des taxes sur les plus-values. S'inquiète de devoir licencier sa femme de ménage. *Et cetera.* Des choses présentées comme des plaintes, mais je vois clairement ce qu'il y a derrière. J'ignore tout de ses rêves et de ses espoirs dans la vie. Ils sont impossibles à distinguer, masqués comme ils le sont par toutes ces bêtises.

« Qu'est-ce qui s'est passé ? »

Je suis avide de distraction. Avide de pouvoir, juste quelques instants, porter un jugement sur la vie de quelqu'un d'autre, comme je le faisais autrefois. Avant.

« La dernière m'a jeté. En disant que je devais être de la haute pour vivre à Wimbledon. »

Je manque lever les yeux au ciel. Bien sûr. Pas une vraie catastrophe sentimentale. Autre chose.

Wilf a fait un achat judicieux dans l'immobilier londonien, et ça lui a changé la vie. Son appartement lui a rapporté cent cinquante mille livres en à peine plus d'un an. Il possède désormais quatre propriétés à Londres. Des investissements locatifs. Il est toujours en train de se plaindre de ses locataires.

« Mais on en reparlera une autre fois », dit-il.

Je referme doucement la porte derrière lui. Reuben passe devant la voiture sans s'arrêter.

« Qu'est-ce que... ? »

Il ne répond pas, se contentant de me tendre la main tout en continuant d'avancer. Nous marchons côte à côte jusqu'au bout de la rue tortueuse où habitent mes parents, puis il se tourne vers moi en me faisant signe d'approcher. Je me glisse entre ses bras. Il les referme autour de mes épaules, et je sens toute la longueur de son corps contre le mien. Un vrai câlin. Tel qu'on n'aurait pas pu s'en faire dans la voiture.

« Je suis désolé, murmure-t-il. Je suis vraiment désolé que ce soient des connards pareils.

– Moi aussi. »

Plus tard, sur le chemin du retour, je me tourne vers lui. Le chauffage est à fond et il conduit si prudemment, si lentement, que je me sens complètement en sécurité. Presque endormie.

« Je n'ai pas eu de chance, n'est-ce pas ? »

Je ne peux pas m'empêcher de poser la question.

« Ça, c'est sûr, répond-il immédiatement.

– Tu me poursuivrais en justice, toi ? Si tu étais la police ? »

Je ne peux pas me retenir de poser cette question non plus. D'ordinaire, je préférerais ne jamais demander, choisir de ne jamais savoir, mais quelque chose est en train de changer.

« Comment est-ce que je le pourrais ? répond-il. Tu es ma *femme.* »

Même après deux ans de mariage, le mot me fait encore courir un frisson de plaisir dans le dos. Sa femme. La seule qu'il ait choisie. Pour la vie.

« Mais si je ne l'étais pas ? »

On approche d'un rond-point. Reuben déteste cette intersection. Il déteste conduire dans Londres. Il ne m'entend pas, trop occupé à se frayer un chemin autour du terre-plein central, en consultant méthodiquement ses rétroviseurs. Il regarde pardessus son épaule en changeant de voie, et ses yeux se posent brièvement sur moi. L'espace d'une seconde.

J'en parle aussi à Laura. Avant qu'elle l'entende de la bouche de quelqu'un d'autre. Ça va peut-être passer aux infos, dit Reuben. Ça dépend de ce qui arrive à Imran à l'hôpital. Mon téléphone au creux de la main, j'appuie sur la touche d'appel d'un doigt tremblant.

« À propos de vendredi », je dis lorsqu'elle décroche.

Mon ton est brusque, pour cacher mon embarras de ne pas l'avoir prévenue plus tôt, de devoir lui annoncer qu'un incident qui l'a impliquée en a entraîné un autre qui ne concerne que moi. Laura n'aurait pas fait ce que j'ai fait. Mais il vaut mieux lui dire maintenant, de toute façon, avant que Sarah lui demande sa déposition.

« Quoi, vendredi ? demande-t-elle.

– J'ai cru que j'étais suivie, après qu'on s'est séparées. Par ce type. Sadiq. »

J'essaie de faire comme Reuben, mais je n'y arrive pas. Mon champ de vision se rétrécit, s'assombrissant sur les côtés comme si quelqu'un avait tamisé la lumière de notre salon.

« Et ?

– Et... Eh bien, c'était pas lui. Mais j'ai cru que si... »

Je déglutis. Comment est-ce que je vais me débrouiller quand je serai questionnée à la barre, si je n'arrive même pas à expliquer la chose à ma meilleure amie ?

Laura, comme toujours, attend sans rien dire. Je l'imagine en train de passer la main dans ses cheveux courts, plissant les yeux alors qu'elle essaie de comprendre ce que j'essaie de lui dire.

Je lui raconte le reste. Ce que j'ai raconté à Reuben. À la police. Tout, sauf mon mensonge.

« Ils ne peuvent pas faire ça, s'effare Laura. C'est juste... c'est juste une erreur innocente, ils sont sûrement capables de le comprendre.

– C'est la loi.

– Eh bien, la loi a tort. Qu'est-ce que tu aurais dû faire ? Attendre d'être tuée ?

– Apparemment.

– Putain. J'arrive pas à le croire.

– Oui, c'était pas la meilleure soirée de ma vie », je réponds avec un rire sans joie.

Laura reste silencieuse un moment. Et puis elle dit :

« Eh ben moi, je suis juste rentrée chez moi et j'ai mangé une pizza. »

On rigole toutes les deux, et je suis prise d'un élan d'affection pour elle.

Reuben a prévenu mon travail, et ils ont demandé à me voir le jour de mon retour. Aujourd'hui.

Je n'ai qu'à moitié conscience de toutes ces choses. Elles arrivent en périphérie de mon champ de vision, comme des planètes en orbite autour du soleil. Reuben m'a demandé si je voulais qu'il les prévienne, et je me rappelle avoir répondu oui, mais ce dont je me souviens beaucoup plus nettement, c'est d'avoir pressé mon sachet de thé contre la paroi blanche de ma tasse pour en extraire l'arôme au maximum, et d'avoir été frappée par l'idée soudaine qu'il me restait peut-être un nombre limité de tasses de thé à boire au-dehors. En liberté. Qu'après quelques centaines, peut-être moins, la prochaine serait un thé de prison. Je l'ai vidée dans l'évier, brusquement terrifiée.

Les nouvelles vont vite, et une collègue m'a envoyé un texto. *Je suis scandalisée pour toi*, a-t-elle écrit. Elle a continué en disant qu'elle n'arrivait pas à croire qu'on puisse ne serait-ce que m'inculper pour ça. Je n'ai pas su quoi lui répondre.

On est tous les deux silencieux en approchant de la bibliothèque de Hammersmith et des bureaux qui se situent derrière. On sait, l'un comme l'autre. Bien sûr que le service gouvernemental des bibliothèques ne va pas me laisser continuer à travailler pour lui. Le gouvernement m'a inculpée de coups et blessures volontaires, après tout.

Reuben s'arrête, une main sur la poignée de la porte, les sourcils levés. Je hoche la tête. Je veux qu'il soit là avec moi. C'est rapide et douloureux. Je suis temporairement suspendue. Je ne suis pas innocente jusqu'à preuve du contraire. C'est même plutôt l'inverse. Ed me regarde avec ce que je crois d'abord être de l'embarras, avant de réaliser, bien plus tard – dans mon lit, à 4 heures du matin –, que c'était en réalité de la peur.

Il a peur de moi. Et de ce dont je suis capable.

Le lendemain, je me présente au poste de police à midi. Je dois y aller tous les jours à midi.

Il reneige.

Il y a déjà quelqu'un à la réception, avec un bracelet électronique à la cheville, et je m'assieds sur une rangée de chaises grises fixées au mur. Le bracelet est un bandeau large et solide, comme un moniteur d'activité Fitbit. Il a une face grise avec un œilleton dessus, comme une webcam. Le jean skinny de l'homme qui le porte gondole au-dessus. À l'évidence, c'est nouveau pour lui, parce qu'il demande comment il est censé se doucher, en gesticulant de la main droite, la jambe levée comme un danseur. La femme derrière le bureau lui dit d'un ton fatigué qu'il est étanche. Il l'injurie et elle menace de le signaler.

Il sort en parlant fort au téléphone.

« J'ai enfin terminé. Une pétasse qui me cherchait », dit-il.

Interloquée, j'essaie de l'ignorer. Je me demande s'ils ont une préférence pour moi ici, à l'accueil, sagement assise avec mon sac à main.

Je n'ai pas de bracelet. Pas de conditions à ma liberté autres que ces présentations sans fin au poste de police. Jour après jour. Même le week-end. Juste pour prouver que je suis... là. C'est tautologique. Inutile.

Deux femmes entrent alors que je suis à l'accueil. Elles sont toutes les deux maigres, l'air maladif.

« D'abord ça, puis la méthadone, et après les magasins », dit l'une à l'autre.

Je sursaute et les dévisage. Et puis l'émotion la plus étrange qui soit me pince le cœur : de la jalousie. Je les envie. De ne pas être bouleversées par cette situation. De ne pas penser que leur vie est fichue. De, peut-être, considérer comparutions au tribunal et conditions de liberté provisoire comme de la routine : quelque chose de simplement pénible, d'enquiquinant, comme les mouches en été.

« J'ai entendu parler de vous, dit la femme à l'accueil. Et pour ce que ça vaut, je suis de votre côté. Il méritait une bonne raclée. »

Je ne la reprends pas. Je ne lui rappelle pas mon erreur. Je hoche simplement la tête et la remercie.

« Maman a appelé. »

Je suis assise au bar de la cuisine quand je fais cette annonce, et Reuben est en train de couper un oignon. Combien de milliers d'oignons l'ai-je regardé hacher, faire sauter, servir ? J'adore ça, d'habitude. La chaleur qui se dégage de la scène. La distraction des gestes de cuisine. Les odeurs, la créativité, et son sens artistique ; ce sens artistique dont il fait parfois la démonstration au piano. C'est l'une des nombreuses raisons pour lesquelles on ne veut pas déménager : on aime cette proximité, cette intimité l'un avec l'autre que nous offre notre minuscule appartement.

Il ne répond pas. C'est sa façon de faire. Il me laisse parler, si j'en ai envie. Ou me taire, si je ne veux pas.

« Sur le fixe », je précise.

Reuben lève les yeux, croise mon regard et sourit brièvement.

« Bien entendu. »

Elle appelle toujours sur le fixe. J'aimerais qu'elle se mette aux mails, ou aux textos, pour pouvoir poliment les ignorer, ou qu'elle m'appelle sur mon portable, afin de pouvoir filtrer ses appels, mais elle ne le fait jamais. J'ai décroché sans réfléchir, espérant une bonne nouvelle – de la part de la police, de mon avocate, de la victime, disant qu'il souhaitait renoncer aux poursuites contre moi –, mais c'était elle.

« Elle ne s'est pas excusée. Mais elle nous a réinvités, ce week-end. »

À ces mots, il relève les yeux.

« Pourquoi est-ce qu'on retournerait chez eux alors qu'ils ont été impolis avec nous ?

– Parce que c'est ma famille. J'aurai peut-être besoin d'elle un jour », je réponds vainement.

J'ai la tête pleine d'histoires lues dans les journaux et ignorées, mais dont les détails sont entrés d'une manière ou d'une autre dans ma psyché. Des prisonniers en décalage total avec le monde, relâchés sans avoir nulle part où aller. Pas juste parce que le système de la liberté surveillée ne les a pas aidés, je parie, mais parce que leur propre famille non plus. Je ne peux pas laisser cela arriver.

« Tu n'as pas besoin d'eux, réplique Reuben. C'est une bande de crétins.

– Je crois qu'elle comprend maintenant… un peu.

– C'est une femme », admet-il en hochant la tête.

Il sort un deuxième oignon du filet.

Je suis sûre qu'il ne le ferait pas normalement, s'il n'était pas en colère. Ça va être trop fort en goût, quoi qu'il soit en train de préparer. Une peau d'oignon tombe avec légèreté par terre et il la ramasse pour la mettre à la poubelle, avant de se pencher à nouveau pour ramasser un autre morceau tout petit, presque invisible, et le jeter aussi.

« Ne sois pas misanthrope comme ça. »

Ça sort de nulle part.

« Je *suis* misanthrope », rétorque-t-il avec un haussement d'épaules qui secoue le couteau dans sa main.

Dehors, il tombe de la neige fondue. Nous avons une fenêtre ronde dans la cuisine. Quand Reuben n'est pas là, je feins que notre appartement est un bateau, et je donne la météo marine en faisant bouillir l'eau de mon thé. J'adore regarder le temps qu'il fait par ce hublot, ce portail sur un autre univers. En été, le monde extérieur ressemble à un terrarium, et je feins d'être un lézard.

Reuben fixe les yeux sur moi, à présent, et ajoute :

« N'y va pas si tu n'as pas envie d'y aller. Fais ce que tu veux.

– Ce n'est pas si facile. »

Je ne cherche pas à lui expliquer. Les choses sont simples dans son monde. Elles sont ou noires, ou blanches. Rien n'est jamais gris. Je le regarde couper le haut et le bas de l'oignon.

Il se frotte la barbe, l'air fatigué. Un autre jour – dans une autre vie –, je me serais moquée de cette barbe orange, lui aurais dit qu'il mangeait trop de carottes. Il aurait souri de son petit sourire, m'aurait faussement lancé un regard de mise en garde.

« À qui l'as-tu dit ? » demande-t-il, contournant mon irrationalité comme si c'était une salissure sur le trottoir où il voulait éviter de mettre le pied.

Je lui en suis reconnaissante, même si ça me semble également presque de mauvais goût. Ses mots me rappellent une période très spécifique de ma vie, quand j'avais dix-sept ans.

À qui allons-nous le dire ? a demandé papa lorsque j'ai reçu la lettre. On a adoré faire ça. Il est monté dans ma chambre avec le téléphone sans fil et son carnet d'adresses, et on a fait toute la liste de ses contacts. *Joanna a été acceptée à Oxford*, a-t-il annoncé, encore et encore. C'était une bonne soirée, cette soirée-là, ce minuscule moment de mon adolescence qui en est venu à la définir.

Je relève les yeux vers Reuben, dont le regard est circonspect, le langage corporel crispé.

« Laura. C'est tout. »

Il hoche la tête avec une moue un peu triste, les yeux fixés sur moi.

Il comprend, je me dis. Ma honte.

« Qu'est-ce que tu as fait d'autre aujourd'hui ? » me demande-t-il histoire de parler, ce qui lui ressemble si peu.

Il pousse la conversation en avant comme on fait avancer un enfant rétif qui ne veut pas aller à l'école.

« Je suis allée au poste de police. C'est à peu près tout. Ça prend des heures. »

Son expression change. Juste une seconde, mais je le vois : il me juge.

Tu sais comment il peut être.

Je me détourne de lui, incapable d'affronter davantage cette expression. Je vais devoir me présenter au poste de police quotidiennement pour les six mois à venir. Après qu'on sera allés bruncher au restaurant le dimanche. Au lieu d'aller au travail en semaine. C'est là que j'irai absolument chaque jour. Qu'il neige ou qu'il vente, que j'aie la grippe ou la gastro. Et il le saura.

Je ne pourrai pas me lever à 11 heures du matin et prendre un bain avec lui. C'est devenu l'élément central de mes journées.

Je vais m'asseoir dans la chambre d'amis et ouvre machinalement mon ordinateur. Il reprend brusquement vie et il y a un formulaire de candidature pour une bourse d'art ouvert dessus, que je n'ai manifestement même pas été fichue de finir de remplir. J'allais tenter d'écrire un roman littéraire. J'avais même ouvert Word, marqué un « I » au sommet d'une page blanche, et rien de plus. C'est embarrassant, et je referme l'ordinateur, me tournant dans le fauteuil pour regarder le lit d'appoint. Je peux entendre Reuben s'activer dans la cuisine, puis je l'entends remonter le couloir pour venir me voir.

« Ça te dit d'aller te promener ? me propose-t-il. Pendant que ça cuit ? »

Je vois son œil vert par la fente entre la charnière de la porte et le chambranle. Un seul œil, et la moitié d'un sourcil, mais rien de plus.

« D'accord.

– Il fait un froid glacial.

– Je sais. »

Il ouvre la porte.

« Tu as ton manteau de trentenaire ? »

Son regard se pose sur l'ordinateur derrière moi.

Il a probablement vu le formulaire de candidature. On se sert du même ordinateur portable. Mais il ne fera jamais la moindre remarque, ne voudra jamais me causer de l'embarras, dit qu'il sera heureux de me voir simplement faire des Sudoku pour le restant de mes jours si c'est ce que je veux.

« La police scientifique l'a gardé. »

Le manteau qu'il m'a offert pour mon anniversaire. Ce magnifique manteau.

Il grimace, comme s'il venait de faire une gaffe gênante à une soirée du bureau, et non de blesser celle qui est sa femme depuis deux ans, sa compagne depuis sept.

« Désolé, dit-il en s'écartant imperceptiblement de moi.

– Non, c'est moi qui suis désolée. »

Je tente d'établir le contact avec lui. Je m'avance, mais il recule encore plus. Son regard est méfiant lorsqu'il croise le mien, son menton légèrement relevé. Je me demande s'il a peur de moi, lui aussi. Si tout le monde a peur de moi. S'ils se demandent tous, secrètement, de quoi d'autre je suis capable.

Brusquement, là, dans cette chambre d'amis, j'ai envie d'être peau à peau avec lui. De sentir ses mains autour de ma taille, dans le creux de mon dos, protectrices. Sa joue chaude contre la mienne. Ses lèvres douces et pleines – j'aime tant ces lèvres ; la façon dont il parle juste avant de m'embrasser, parfois, et c'est comme si ses mots, prononcés d'une voix basse et rocailleuse, étaient juste pour moi, qu'il relâchait son souffle dans ma bouche. Je fais un pas de plus pour poser une main sur son bras, voulant qu'il s'avance aussi, m'ouvre ses bras, son corps, et me serre contre lui en dépit de tout. Qu'il m'aime en dépit de moi.

Et il le fait : il me prend dans ses bras. Mais avant ça, il hésite une fraction de seconde. C'est à peine perceptible, mais je m'en rends compte. Il n'a pas envie de le faire. Mais il considère ses options et il sait qu'il devrait.

Son corps est rigide contre le mien. C'est celui d'un homme déçu. Inflexible. À l'amour conditionnel.

Lorsqu'il me tient, je sens sa tête bouger. Je la vois, aussi, dans le miroir accroché au-dessus du lit – le miroir que j'ai acheté quand j'ai lu que ça ferait paraître la pièce beaucoup plus grande, quand j'ai voulu « rénover » la chambre d'amis dans un style scandinave minimaliste après avoir lu une double page sur le sujet dans *Elle*.

« Qu'est-ce qu'il y a ?

– Rien, me répond-il, prévisiblement. Rien. »

15
Taire

Je fais quarante-cinq kilos.

J'ai commencé à me peser régulièrement, regardant avec une étrange fascination les kilos tomber à mesure que les secrets s'accumulent en moi. Je finis par arrêter de regarder les chiffres pour aller au travail.

Ça devrait être le job de mes rêves, libraire. J'aime lire depuis toute petite – il y a toujours un livre de poche corné sur ma table de chevet – mais j'ai toujours voulu... plus. Plus que vivre entourée de livres, vérifier les frais de retard et me souvenir de faire le plein du bus à la fin de la journée. Aimer les livres ne suffit pas.

J'ai pris la voiture pour me rendre au travail. Les vêtements sont de retour dedans, cette fois dans le coffre. J'ai décidé de les cacher dans les bureaux de la bibliothèque.

Le manteau. L'écharpe. Les gants. J'ai pris la décision de les mettre aux objets trouvés, comme si je blanchissais de l'argent au moyen d'un système par ailleurs propre. Personne ne regarde jamais ce qu'il y a dans la boîte ; Daisy se contente d'en jeter le contenu une fois par an, chaque été, sans regarder. Tant que je les enfouis tout au fond, personne ne saura. Mon manteau est chaud, avec son rembourrage, mais il n'est pas particulièrement original, et si on me demande si c'est le mien, je dirai que non. Aucun de mes collègues n'a jamais vu les chaussures, donc peu importe qu'elles soient reconnaissables. Elles étaient toutes neuves. Personne ne pensera à moi en les voyant. Donc elles finiront par être jetées, et en attendant... eh bien. Je saurai exactement où elles sont, mais pas chez moi, et pas découvrables par quelqu'un susceptible d'établir un lien entre elles et moi. Mais je pourrai garder un œil dessus. Je n'aurai pas à m'inquiéter de la possibilité qu'elles soient découvertes par un inconnu ou la police : elles seront cachées sans l'être, visibles mais invisibles.

L'hiver passe à toute vitesse, mais le poids de l'animal sur ma poitrine ne diminue pas ; au contraire, il semble même grossir. Grandir. Devenir le plus gigantesque animal au monde. Une baleine bleue sur ma poitrine.

C'est le jour le plus court de l'année, ce qui me ferait plaisir s'il ne s'accompagnait pas de la nuit la plus longue. Le jour le plus court serait le bienvenu, achevé en quelques secondes, et le suivant aussi, et le suivant.

Décembre a toujours été un bon mois pour moi, et le 21 décembre, une bonne date en particulier. N'avons-nous pas tous une date porte-bonheur ? Lorsque chaque nouvelle année la ramène, je la repère à l'avance.

Il a toujours semblé qu'elle était synonyme de bonnes choses.

Un 21 décembre, j'ai obtenu mon permis de conduire ; j'étais une ado transpirante, enthousiaste et tenace, qui en était à son quatrième essai. C'était l'époque où je valais quelque chose. J'étais la première de la classe. Tout le monde me connaissait ; j'avais ma place à Oxford l'année suivante. Je jouais le rôle de Sandy dans notre production scolaire de *Grease*, j'avais remporté la compétition de natation, j'étais capitaine de notre équipe de hockey. J'étais un talent polyvalent. Maintenant, je suis une touche-à-tout mais bonne à rien. Tout le monde semble avoir vu ses intérêts s'affiner, sauf moi. Les miens se sont élargis, dispersés, pour finalement se dissiper. Je ne fais rien. Je ne suis rien.

Et puis, un 21 décembre, presque dix ans plus tard, Reuben m'a demandée en mariage. Je suis contente qu'il l'ait fait après tout ça, et après Oxford ; qu'il ait voulu m'épouser sous ma deuxième forme, et non ma première. Que son amour ait semblé – à mes yeux du moins – inconditionnel.

Et maintenant, nous revoilà un 21 décembre, la roue a tourné de nouveau, et tout est différent.

Il neige, il fait à peine jour, et la circulation est ralentie. Il nous faut plus longtemps que d'habitude pour atteindre Brentford. Parfois, quand il y a beaucoup de bouchons, j'imagine que je suis une célébrité à la parade. Reuben trouve ça ridicule ; Ed ne sait pas.

Il est 11 h 03 quand ça arrive. On vient juste d'atteindre notre emplacement et quelqu'un nous attend déjà. Une femme de haute taille, tenant la main d'un petit garçon. Il a des cheveux bruns qui lui retombent sur le front et un nez retroussé. Des joues rondes comme un hamster. Elle porte des tennis vert vif et une veste en cuir noire couverte de mouchetures de neige fondue.

Je crois que je sais immédiatement, mais je feins l'ignorance, rangeant les cartes de bibliothèque dans leur boîte, faisant abstraction du problème. Ed ouvre la porte, laissant s'engouffrer dans le bus une bouffée trouble d'air hivernal. Et puis ils sont là, à l'entrée, et je ne peux pas ignorer la situation plus longtemps.

« OK », dit-elle en montant dans le bus, suivie du petit garçon.

Elle a de longues jambes anguleuses, comme une sauterelle, et monte les marches deux à deux.

Appuyée au comptoir, j'écoute la neige s'écraser lourdement sur le lanterneau. J'ai les yeux résolument levés. Levés, levés, bien au-dessus de sa tête. Lorsque je les rebaisse brièvement, elle est en train de regarder le petit garçon, qui est arrêté sur la dernière marche, sa petite main tendue dehors, paume vers le haut, pour sentir les flocons se poser dessus. Avec une légère impatience, elle tend le bras pour l'attirer à l'intérieur, comme on tire sur la laisse d'un chien qui veut rester où il est pour renifler l'herbe.

L'enfant la rejoint et, lorsqu'elle se retourne vers moi, je suis obligée d'admettre la réalité. Ces yeux sombres. Ce grain de beauté. Son chagrin étalé sur son visage comme une couche de fond de teint. Sous ses yeux. Et sur son front, qui est plus froncé, plus ridé que précédemment.

Et comme si mon corps se souvenait aussi, j'ai brusquement l'impression d'avoir un feu d'artifice, une roue de feu dans l'estomac. Le bouillonnement est tel que j'ai envie de vomir, mais il produit également sa propre chaleur, qui rayonne vers l'extérieur, faisant perler la sueur à des endroits étranges. Au creux de mon dos. Sur ma lèvre supérieure. Le long de mes flancs, ruisselant de mes aisselles. Elle est là pour moi. C'est fini.

Ayesha. La sœur de l'homme que j'ai tué. Et un enfant. L'enfant de qui ?

« Bonjour », dit Ed en s'avançant vers elle.

Il me jette un coup d'œil.

Ce n'est qu'un regard en passant, mais je sais ce qu'il veut dire. Il se demande pourquoi je reste figée là dans le bus, au lieu de m'occuper de notre seule cliente. Il se demande probablement aussi pourquoi je la dévisage aussi intensément. Peut-être a-t-il surpris mon expression. Il voit beaucoup de choses. Il passe son temps, comme moi, à observer les gens. On échangeait nos remarques à leur sujet. Avant.

Je me fiche de ce qu'il pense. Il faut que je sorte de ce bus. Pour mettre de la distance entre elle et moi. Pour retrouver l'air froid.

« J'ai vomi et je crois que je vais recommencer, je dis à Ed à mi-voix, ce qui n'est pas très éloigné de la vérité.

– Euh », fait-il, indécis. Un livre sur la pleine conscience est grand ouvert sur le comptoir derrière nous ; il a entrepris de le lire quand nous n'avons pas beaucoup de monde – maintenant que je ne lui parle plus, je suppose. « Tu as besoin de sortir ?

– Oui. »

Je descends précipitamment les marches pour sortir dans le froid. Que fait-elle ici ? Qui est le garçon ? Mon haleine forme un nuage dans l'air de ce matin d'hiver. La neige fondue continue de tomber dru, aussi froide que des flocons mais aussi rapide et cinglante que de la pluie. J'ai froid, mais je m'en fiche.

Je peux entendre Ed en train de la conseiller. Je tends l'oreille. Elle essaie de motiver le garçon – Bilal – à lire. Ils ont eu des problèmes familiaux récemment, explique-t-elle avec son accent du sud de Londres. J'avais oublié à quel point sa voix est rauque.

« Très récemment, ajoute-t-elle alors que j'écoute. Il y a seulement deux semaines, mais il n'est jamais trop tôt pour essayer de nouvelles choses, n'est-ce pas ? Peut-être que lire des livres d'images l'aidera à... oublier ? »

Ed la laisse parler sans l'interrompre, comme à son habitude.

« Donc vous voudriez des livres d'images ? » finit-il par demander avec douceur.

Sa voix est plus étouffée qu'elle ne devrait l'être. Il doit s'être agenouillé, en faisant craquer ses genoux, pour trouver des livres adaptés à l'âge de Bilal. Je m'occuperais bien mieux d'eux qu'Ed. Il est certes compatissant, mais son silence calme met mal à l'aise. Moi, j'interrogerais Bilal pour cerner ce qui lui plaît. L'aventure. Les couleurs. L'évasion dans un autre monde.

« Mon frère a été... Eh bien. Nous ne savons pas exactement ce qui s'est passé, reprend-elle. Bilal veut... Son oncle était... Je crois qu'il devrait... Les livres ne sont pas censés être une bonne source de distraction ? »

J'ai le sang qui me tambourine aux tempes. L'oncle de Bilal. La culpabilité et le regret me tombent dessus comme la première gelée. Je me sens m'étioler sous leur poids. Je pense à toutes les expériences qu'il va rater avec cet oncle qu'il n'aura jamais vraiment connu. Le partage d'un plateau de fromage tard le soir alors qu'ils regardent *Le Parrain* ensemble. Des conversations téléphoniques sur des sujets qu'il ne pourrait pas aborder avec ses parents. Toutes ces choses. Ces choses d'adultes entre un oncle et son neveu. Je me représente si nettement ces scènes qu'elles pourraient aussi bien se dérouler sous mes yeux. Pauvre Bilal.

Je leur tourne le dos alors que je parcours Brentford du regard, nauséeuse et dégoûtée par moi-même.

« La distraction me paraît une bonne chose, dit Ed.

– Oui », répond-elle doucement, d'une voix si basse que je l'entends à peine.

Peut-être... peut-être qu'elle n'est pas ici pour moi. Peut-être qu'elle ne sait pas. Peut-être est-elle vraiment, simplement, venue pour les livres, et pour ce qu'ils peuvent offrir aux gens. Je me tournerais vers une bibliothèque pour faire face au chagrin, à une tragédie. Pourquoi pas elle ?

À ma grande frustration, Ed ne dit rien en retour à Ayesha. Il ne pourrait pas essayer de la consoler, puisque moi je ne peux pas ? Mais il est vrai qu'Ed n'est pas comme ça. Combien de fois est-il resté assis en silence, à grignoter ses bonbons, pendant que je lui racontais mes problèmes, sans jamais offrir la moindre réponse ? (Il adore les sucreries, et c'est une de ces personnes dont les préférences semblent toujours s'imposer, alors les seuls trucs qu'on mange dans le bus, ce sont des bonbons durs à la poire, des chocolats fourrés et des guimauves à la banane.) Des centaines de fois. Il ne fait qu'écouter. Sans porter de jugement, et avec beaucoup de compassion. Ça ne m'agace pas, d'ordinaire.

Je continue à inspirer profondément l'air hivernal jusqu'à ce que je les entende redescendre les marches. Bilal serre deux livres d'images contre lui. Ayesha en porte quelques-uns de plus. Elle me jette un coup d'œil, brièvement, mais je le vois. Ed leur dit au revoir de la main, puis s'arrête sur la marche supérieure, là où s'est tenu Bilal pour attraper des flocons, et me regarde avec attention.

J'évite son regard, remontant les marches et me faisant toute petite pour passer devant lui. Ma main blessée effleure l'encadrement de la porte et je tressaille de douleur. Ed ne pose aucune question. Il choisira son moment. Il penche la tête en arrière et je vois les verres épais de ses énormes lunettes blanchir au reflet du lanterneau. Nous restons tous deux silencieux un moment.

Et puis soudain, elle est de retour, juste au pied des marches, les yeux levés vers moi, le nez plissé.

« Hé ! » dit-elle d'un ton presque enjoué, d'une voix plus aiguë, l'espace d'une seconde.

Je me fige, sachant ce qui va suivre presque avant que les mots sortent.

« Comment va votre frère ? » me demande-t-elle. Ed nous regarde, tournant la tête pour nous observer tour à tour. « Il m'avait bien semblé que c'était vous, quand on est ressortis du bus, ajoute-t-elle.

– Oh. »

Je me demande si je peux lui dire qu'elle se trompe.

J'avais mon écharpe sur les cheveux à la mosquée. Peut-être pourrais-je feindre de ne pas la connaître et m'en sortir comme ça. Non. Je ne peux pas. Elle ne m'a pas demandé si c'était bien moi ; elle le sait. Je ne peux pas mentir. Je ne convaincrais personne. La sueur est de retour, le poids sur ma poitrine, et je me tortille, déglutissant en desserrant mon écharpe. La même écharpe. Quelle imbécile. Pourquoi a-t-il fallu que j'aille là-bas ? Comment est-ce que j'ai pu être aussi stupide ?

« Mon frère », je répète.

Elle hoche la tête d'un air encourageant, en fronçant légèrement les sourcils. Elle regrette de m'avoir posé la question. Parce qu'elle m'a mise mal à l'aise. Et c'est ce qui me retient de mentir : l'envie, même si je ne peux pas, d'être honnête avec elle. Ce n'est pas juste envers elle de feindre de ne pas savoir de quoi elle parle. C'est un nouveau monde étrange que j'habite, avec ses règles contradictoires.

Ed est toujours dans le sien, les yeux levés vers le lanterneau, alors je réponds à Ayesha.

« Ça va aller. J'espère. »

Je hausse les épaules d'un air soucieux mais teinté d'espoir, jouant le rôle de ma vie : celui de la sœur compatissante. Compatissante devant une mort inventée de toutes pièces.

« Je l'espère aussi », dit-elle en se dressant légèrement sur la pointe des pieds avant de se laisser retomber. Puis elle prend la main de Bilal, transférant les livres sous son autre bras, et s'en va à nouveau. « Nous reviendrons la semaine prochaine. »

Mon corps est noyé d'une terreur froide, cruelle. Je ne m'en étais jamais rendu compte avant, mais la peur est la pire de toutes les émotions. Avec la tristesse, on pleure. Avec le deuil, on regrette quelqu'un. Mais la peur. La peur s'infiltre sous la peau. Et on ne peut rien faire à part la ressentir. Angoisser à son sujet.

Elle va revenir. Je suis coincée. Il faut que je perpétue le mensonge. Que je le préserve comme si c'était la vérité. Que je l'intègre à la rotation régulière de mes tromperies.

Je me retourne vers Ed. Il a toujours la tête levée vers le lanterneau, mais ses yeux sont posés sur moi. L'effet est étrange. Lui donne presque l'air d'un animal. Très lentement, il hausse les sourcils, son visage s'ouvre et l'intérêt s'y dessine.

« La petite amie de Wilf est morte.

– Quoi ? »

Il laisse retomber sa tête, entrouvre la bouche.

« Il y a un bout de temps, déjà. »

Je continue, en me demandant comment je vais me justifier. Mon collègue, mon ami. Je lui aurais forcément raconté.

« Il la connaissait à peine, en fait. C'était vraiment le tout début de leur relation.

– Mince, s'exclame-t-il. Comment ?

– Accident de voiture, je réponds, me remémorant quelque statistique sur la première cause de décès chez les jeunes.

– Seigneur. »

Il se détourne de moi pour ranger l'étagère des livres pour enfants, tout en désordre après le passage de Bilal. Il y a des trous dans l'alignement des livres, comme des dents manquantes, ce qui donne à l'étagère un sourire étrange.

« C'était sérieux entre eux ?

– Ils n'étaient sortis ensemble qu'une ou deux fois. »

Minimiser. N'est-ce pas ce qu'on est censé faire ? Pour atténuer l'effet du mensonge, comme si on éteignait lentement, très lentement, un incendie. La semaine prochaine, je lui dirai qu'ils n'avaient eu qu'un rendez-vous, en fait, et bientôt l'histoire disparaîtra de sa mémoire, comme un tatouage qu'on efface au laser petit à petit, et qui chaque semaine est un peu moins visible.

« Quand ?

– Il y a quelques semaines, c'est tout. Je ne voulais pas… Je ne voulais pas en faire tout un plat.

– Quel dommage pour Wilf, quand même », dit-il d'un ton songeur tout en continuant de ranger les livres.

Il connaît l'absence complète de vie sentimentale de Wilf aussi bien que moi ; il m'écoute toujours me lamenter sur le fait que mon frère est un drogué du boulot, qu'il n'accorde aucune valeur aux relations, juste aux choses. Et surtout à l'argent.

« Et pour toi aussi, Jojo, ajoute-t-il doucement. Je suis vraiment désolé. Tu aurais dû me le dire. »

Je hausse les épaules avec gêne. Je ne sais pas comment gérer son intense compassion.

« Je suis vraiment désolé, Jo, répète-t-il, tournant les yeux vers moi et cherchant mon regard.

– Je sais. Pas de chance », je réponds en portant un doigt à ma bouche pour en mordiller l'ongle.

Je dis à Ed de me redéposer au bureau, que ma voiture m'y attend. Je lui dis que je vais fermer. Il lève les yeux, surpris ; il me dépose presque toujours chez moi, d'ordinaire.

Lorsque nous arrivons, il me dit :

« J'ai plein de trucs à faire, ici. »

Je réalise alors que ma journée de travail se termine d'habitude bien avant la sienne. Je ne l'avais jamais su.

« Je peux t'aider », je propose en le suivant à l'intérieur, même si ça veut dire que je vais devoir ressortir pour aller chercher les vêtements.

Pendant qu'il rassemble des livres, je tire doucement sur la porte du placard où sont rangés les objets trouvés. Je les visualise tous dans ma tête. Pulls, hauts, manteaux d'enfant. Il y en a toujours des tonnes. Il sera facile d'y cacher les miens ; ils seront emportés à la déchetterie, un jour, mais pas par moi.

Mais le placard est fermé. Ed a toujours ses clés accrochées à sa ceinture ; il les porte sur lui comme un concierge. Je n'ai pas le temps de retourner à ma voiture et de mettre mes affaires dans le placard sans qu'il me voie, de toute façon. Il est occupé à ranger, mais à deux pas de moi. Toujours à deux pas de moi.

Aucune occasion ne se présente. Il ne ressort pas du bureau avant d'avoir fini, puis il m'attend avant de me raccompagner à ma voiture.

Je jette un coup d'œil derrière moi pendant qu'il ferme, regardant avec mélancolie le placard, visible derrière la fenêtre.

L'occasion, manquée.

16
Avouer

Cinq semaines après, Sarah me téléphone. Ç'a été le plus étrange des Noëls, où l'inquiétude a régné au lieu de la joie. Où serai-je le Noël suivant ?

« Nous avons des témoignages », m'informe-t-elle.

Elle me demande de venir la voir à son bureau plus tard dans la journée, ou le lendemain, mais je veux y aller tout de suite. Je ne peux pas attendre. Elle me répond – à contrecœur, j'ai l'impression – qu'elle est disponible.

« Tu veux bien venir ? je demande à Reuben, prête à partir avec mon trench-coat, qui est loin d'être assez chaud pour la froideur de janvier. Je ne sais pas ce qu'ils vont dire.

– Bien sûr, répond-il immédiatement. Oui, bien sûr. »

Il ne me regarde pas, préférant fixer les yeux sur le trousseau de clés qu'il tripote pour en extraire celle de l'appartement, prêt à fermer.

Je l'entends passer un appel pendant que je suis partie chercher mes chaussures. Il annule une entrevue. Il réapparaît, impassible, et je vois alors seulement qu'il est en costume-cravate. Je ne lui demande pas ce qu'il vient d'annuler. Un rendez-vous au tribunal, peut-être. Avec un client.

On arrive et on s'installe dans la salle d'attente du cabinet où travaille Sarah. L'endroit est délabré, avec un couloir à la moquette rouge élimée le long duquel s'entassent des boîtes en carton. Il n'y a pas de réceptionniste.

« C'est une bonne chose, me chuchote Reuben alors qu'on s'assied. Ça veut dire qu'ils ne se font pas trop de fric. »

Le cabinet s'appelle Powell's. J'ai vu ce nom sur des affiches, je m'en souviens à présent. Dans des quartiers plutôt malfamés ; au sommet de tours HLM et aux murs de parkings en fond d'impasse. Il offre ses services sur des panneaux publicitaires vert canard, sur des affiches, sur des cartes de visite laissées dans le métro. Comme si quiconque commettait un crime aurait peut-être besoin de leur aide pour faire face aux répercussions. Et n'est-ce pas vrai ? Regardez-moi.

Sarah vient nous chercher et nous la suivons dans une salle de réunion. J'aime le fait qu'elle ne cherche pas à faire la conversation. Elle ne me demande pas de parler du trajet, du temps qu'il fait, de ce que je ressens. Elle porte un tee-shirt, rentré dans une jupe tailleur. L'ensemble est agrémenté d'un gros collier qui le rend juste assez élégant pour une tenue de bureau. Son sac à main – en cuir et de la marque River Island, d'après le logo sur la fermeture Éclair – et ses clés sont posés à côté d'elle. Elle a un porte-clés de Sea Life, la chaîne d'aquariums, et je me demande pourquoi. Peut-être est-ce le premier cadeau de fête des Mères que lui a fait son enfant, si elle en a un. Ou bien une plaisanterie entre elle et son mari, si elle en a un.

La fenêtre donne sur la City. Je distingue le gratte-ciel qui a une forme de cornichon et celui qui ressemble à un vieux Nokia. Je ferme les yeux et m'imagine que je suis juste une jeune louve de la finance. Que je suis là parce que je suis intelligente, et pas parce que je suis incroyablement, effroyablement, stupide.

Il y a une grande table au centre de la pièce, mais elle est en pin, et bancale ; bien loin d'une table de conférences en acajou. Dessus est posé un bouquet de lys dégingandés, que Sarah positionne à sa droite. Sur un côté de la pièce se trouvent des machines à thé et à café bas de gamme.

« J'ai retrouvé la trace de Sadiq, grâce à la carte de visite que vous m'avez donnée, annonce-t-elle. J'espère qu'il va confirmer ce que vous m'avez raconté sur cette soirée. »

Je relâche mon souffle par le nez avant de répondre.

« Bien. Bien. Il le fera. C'est indéniable. Laura le confirmera aussi.

– Il serait excellent que Sadiq lui-même apporte cette confirmation. Je le vois la semaine prochaine. Quoi qu'il en soit, la victime est sortie de son coma. Mais il ne peut pas faire de déclaration. C'est sa sœur qui l'a faite. Et la deuxième est du médecin qui le soigne, au sujet de son état actuel, qui à l'évidence est légèrement plus grave que ce que nous pensions. Nous allons demander un autre avis d'expert sur sa santé, mais pour le moment, ces deux documents créent une image de la situation pour nous. »

Elle débite tout cela comme si elle nous expliquait une procédure administrative compliquée mais fastidieuse, pour obtenir un prêt immobilier ou contester une amende, par exemple.

« Il va plus mal qu'on ne croyait ? »

Et puis je réalise brusquement ce que ça veut dire. Ça m'arrive tout le temps. Sous la douche, lorsque j'ouvre un nouveau flacon de crème de douche à la fraise. Lorsque je prends une première gorgée de café le matin. Lorsque je regarde par une fenêtre. Lorsque je sens l'air froid de l'hiver sur mon visage. Si nous « perdons », pour citer Sarah, je serai envoyée en prison pour un très long moment. Je n'ai pas cherché sur Internet. Je ne lui ai pas demandé. Mais je sais, grâce à cette sentence en un mot que j'ai lue dans ses notes.

Perpétuité. Prison à vie.

Ironique, en vérité, quand ce qu'on fait en prison est pratiquement tout le contraire de vivre.

Elle ne me regarde pas, se concentre à la place sur le remplissage de trois verres d'eau à la carafe. Une rondelle de citron tombe dans l'un d'eux, éclaboussant la surface de la table en pin. Une goutte d'eau y reste, distendue, et je tends l'index pour l'écraser. Reuben suit mon geste des yeux.

Je feuillette les déclarations. Rien dedans ne me saute aux yeux. Les mots se brouillent et se confondent. Je glane les infos que je peux : Imran souffre de lésions cérébrales ; personne n'en connaît encore la gravité.

Je ne veux pas continuer à lire, mais je me force. Les mots ne cessent de m'attaquer, comme des centaines d'aiguilles sur ma peau.

Pour l'instant, il est incapable de se débrouiller seul. Il aura probablement du mal à travailler. Une chose est sûre, il ne sera plus jamais le même. Il peine à réguler ses émotions. Il a des problèmes de mémoire, se présente encore et encore aux infirmières. Ce n'est plus Imran, déclare tristement sa sœur dans sa déposition. Il a besoin d'une paille pour boire son thé, mécaniquement, pendant qu'une infirmière lui tient sa tasse ; il a oublié, dit sa sœur, qu'il déteste le thé. Mes yeux se remplissent de larmes.

Parmi tous ces détails – l'étendue de ses lésions, l'altération de sa vie –, c'est le thé qui a raison de moi.

Sarah me regarde lire le document.

« Ce ne sont que des conjectures. Nous ne connaîtrons pas l'étendue réelle des dégâts avant un bout de temps, maintenant. Il faut attendre que son état se stabilise, me dit-elle. Alors ignorez tout cela. Ils ont fait appel à un expert pour qu'il vienne donner son avis. Établir un pronostic. Déterminer la gravité de ses séquelles. Il faut nous concentrer sur ce que dit sa sœur de ce qu'il faisait cette nuit-là, et montrer que c'est ce qui a entraîné votre erreur. Faire en sorte que les gens voient combien il était facile pour vous de la faire. »

Elle me montre brièvement quelques photos prises à l'hôpital. Une blessure à la tête, profonde et rouge. Un gros plan de son visage, les yeux fermés, dans son lit d'hôpital. Il ne ressemble absolument pas, je m'en rends compte avec un tressaillement, à Sadiq. Il a des pommettes hautes, distinctives, une bouche large et sensuelle dont les coins retombent.

« Est-ce que je peux le voir ? je demande d'une voix nouée par l'émotion.

– Qui ?

– Imran. À quoi il ressemblait… avant ?

– Je ne sais pas », répond-elle.

Reuben me prend les papiers des mains et les pose sur la table, à l'envers. Je lui jette un regard reconnaissant, mais en réalité je suis en train de digérer la dernière phrase que j'ai lue dans le témoignage de la sœur.

Avant, il adorait courir, danser, et suivait une formation de chef cuisinier dans le centre de Londres. Il souffrait de phobie sociale mais apprenait à la contrôler par l'exercice et une thérapie comportementale et cognitive. Il était sorti faire un jogging ce soir-là quand…

Il faisait un jogging.

Il faisait juste un jogging.

J'en ris presque. C'est un aboutissement logique, d'un point de vue comique. Je peux reconstruire sans peine le fil narratif ; identifier chaque étape de ma vie qui a mené à cet instant.

Lorsque j'avais cinq ans, dans une station-service, j'ai cru voir un bouffon dehors alors que j'attendais, seule dans la voiture, que maman, papa et Wilf reviennent des toilettes. J'étais complètement sûre de moi. Et c'est là que ça a commencé. Les taquineries. *Joanna et son imagination*, disaient-ils. *Elle confond la fiction et la réalité.*

J'ai passé mes années d'université à inventer des histoires aux étranges personnes qui peuplaient mes TD. Avec le recul, je m'étais rendu compte que tout le monde au lycée se ressemblait, et brusquement, à Oxford, tout le monde était… différent. Un homme avait des cheveux bruns qui lui tombaient jusqu'à la taille. Je l'imaginais en train de les brosser tous les matins. Cent coups de brosse par jour, rêvassais-je, au lieu de discuter du sens d'*Ulysse* de Joyce. La fille avec les cheveux frisés coupés au bol, dont elle avait teint les extrémités en rouge. Le garçon qui avait déjà pris tellement de notes que son classeur était plein à craquer de pages couvertes de son écriture minuscule et immaculée.

Je le fais encore, avec chaque personne qui entre dans notre bibliobus. Ou du moins, je le faisais. L'homme aux petites cicatrices parfaitement alignées sur ses avant-bras. La femme au sommet du crâne dégarni. Le type à la barbe et aux cheveux hirsutes, mais dont les yeux sombres sont pleins de bienveillance et de sagesse, et que j'ai surnommé Gandalf dans ma tête. Qui étaient-ils, tous ? Je voulais le savoir. Je leur inventais des vies. Pour entrer dans leur peau.

Et maintenant, nous voilà ici. Le parfait développement dans le récit de vie d'une femme à l'imagination active. J'ai été soulevée par les doigts de Dieu pour être placée au mauvais endroit, au mauvais moment, et j'ai imaginé que quelqu'un qui était juste en train de faire son jogging essayait de s'en prendre à moi.

Et sa vie s'en trouve changée, bien plus radicalement que la mienne. Je mérite tout ce qui m'arrive. N'importe qui le dirait. L'État le dirait. La justice. Et ce qui lui arrive à lui – ses lésions, sa vie qui ne sera plus jamais la même – est infiniment pire que tout cela.

Reuben s'éclaircit la voix.

« Quel est l'intérêt de tout cela ? Elle n'est pas *dangereuse*. Elle n'a pas besoin d'être *enfermée*. Il ne souhaite probablement même pas qu'elle le soit.

– Non…, fait Sarah en hochant sérieusement la tête, comme si mon socialiste de mari ne venait pas de démolir le système judiciaire en quatre phrases. Vous n'avez pas besoin de me le dire. »

Elle prononce ces mots avec bienveillance et non dédain, renonçant exceptionnellement à son ton autoritaire.

« Punir et dissuader », continue Reuben en parlant plus fort qu'elle, usant du ton qu'il emploie pour parler aux conservateurs.

Je vois Sarah s'écarter légèrement de lui. Ce que Reuben ne comprend pas, c'est qu'il ne fera jamais changer d'avis qui que ce soit.

« Ce sont là les raisons… pour condamner à de la prison. N'est-ce pas ? poursuit-il.

– Oui, mais...

– Elle n'a pas besoin d'être punie. Elle ne va pas recommencer. Et puis quoi encore ? Réformer son caractère ? Lui trouver un agent de probation ? Mais bien sûr. C'était une erreur. Il était au mauvais endroit au mauvais moment. Écarter les criminels de la société, c'est une autre raison, n'est-ce pas ? Parce qu'ils sont dangereux. Eh bien elle, elle ne l'est pas. Je ne comprends tout simplement pas pourquoi... C'est une lourde peine de prison, n'est-ce pas ? »

Sarah ne répond rien à cela, se contentant de me jeter un rapide coup d'œil. Elle sait que je ne veux pas savoir, alors elle ne veut donner ni confirmation ni démenti. C'est une bonne avocate. Elle est assise le dos bien droit, les jambes croisées seulement aux chevilles, et elle se penche vers nous dans une bouffée de parfum.

« Vous en avez oublié une, dit-elle.

– Laquelle ? demande Reuben.

– La justice.

– La justice ? répète-t-il d'une voix tonitruante.

– C'est la loi, réplique-t-elle en écartant les mains. L'accusation doit prouver que Joanna a enfreint la loi. Oubliez tout le reste. Considérez seulement l'infraction. Elle ne l'a pas commise. C'est ce qu'on va plaider. Légitime défense. Erreur de fait. Si nous prouvons que vous avez fait cette erreur de bonne foi, sans que la négligence entre en cause, alors la loi traitera votre dossier *comme s'il s'était agi de Sadiq.* Après cela, nous aurons juste besoin d'établir que vous avez agi en état de légitime défense. »

Considère seulement l'infraction. Je me répète la phrase, en pensant à Imran et son thé. Mais au fond de mes pensées, une petite voix discrète est d'accord avec Reuben : quel est l'intérêt de tout cela ? Qu'est-ce que cela changera pour Imran que j'aille en prison ? Pour qui faisons-nous tout cela ? L'idée est comme un nuage de pluie passant au-dessus de mes pensées conscientes. Quel est l'intérêt de tout cela ?

« Si une chose est considérée comme un crime et que vous faites cette chose, vous méritez la punition qui va avec. Ce sont les fondements de la loi britannique. Que vous soyez... que vous soyez, vous savez, une bonne personne, ou non. L'idée est que la loi envisage toutes les excuses et toutes les lignes de défense possibles. Si vous n'en avez pas, alors vous recevez la punition. »

Je ne dis rien. Je ne suis pas une bonne personne.

« Mais c'était une erreur, continue Sarah. Et il y a de bons textes, qui nous sont favorables, autour de ça. Il y a toute une jurisprudence... Je crois que c'est votre meilleure chance. Même si elle n'est pas utilisée très souvent. Sadiq vous aidera. Je vais bien lui faire comprendre qu'il vaut mieux être honnête. Pour prouver l'innocence de votre erreur. »

Ses traits se radoucissent, et je distingue de la compassion derrière sa présentation factuelle de la loi. Lui est-il déjà arrivé de rentrer seule chez elle, après une promenade malavisée ? Peut-être a-t-elle échappé de justesse à une situation comme celle qui m'a rattrapée.

« Une erreur », je répète.

Toute cette affaire a été une erreur.

« Donc nous allons utiliser l'argument de l'erreur de fait pour avancer que vous pensiez que la victime était quelqu'un d'autre, puis plaider la légitime défense une fois ce problème réglé.

– D'accord. »

Je tends les doigts pour toucher un des pétales de lys au milieu de la composition florale. Il est en plastique. Le pollen aussi. Les fleurs avaient l'air si réelles, jusqu'à ce que je repère la fine couche de poussière.

« On peut le faire, m'assure-t-elle.

– OK.

– On peut.

– OK, je répète.

– Alors au travail. Il faut qu'on prépare votre exposé de la défense. C'est-à-dire, votre propre déposition. » Elle se tourne vers Reuben. « Donc, d'après les relevés téléphoniques, Joanna vous a appelé à 23 h 33.

– Oui, répond-il.

– Et comment vous a-t-elle semblé ?

– Eh bien… effrayée, répond-il en me regardant. Bien sûr. »

Elle se tourne vers moi.

« Donc vous avez raccroché, et vous devez avoir encore marché pendant…

– Je ne sais pas.

– Votre appel aux secours a été enregistré à 23 h 39. »

Je réfléchis rapidement, je n'ai pas le choix.

« C'est arrivé à 23 h 39. »

Mais la vérité, bien sûr, est que cela a dû arriver à 23 h 34. Juste après que nous avons été coupés. Les cinq minutes restantes ont été occupées par… par mes hésitations.

« Donc vous avez été poursuivie alors que vous étiez au téléphone avec Reuben, puis pendant encore cinq minutes.

– Oui, je mens.

– Bien. Et où vous trouviez-vous quand vous avez appelé Reuben ? »

J'ai la tête qui tourne. Est-ce que je lui ai dit que j'étais juste à côté du pont ? Je ne crois pas.

« Devant le bar. »

J'espère que les données téléphoniques ne comporteront pas d'éléments géographiques précis. Je remercie les étoiles que Reuben, une fois, ait désactivé mon GPS, en expliquant que Facebook suivait à la trace tous mes déplacements.

Elle note ma réponse.

« D'accord. » Elle lève les yeux vers Reuben. « Et vous êtes d'accord avec ses déclarations ? Vous corroborez ?

– Si Jo le dit, c'est la vérité », répond-il avec une expression ouverte, confiante.

Reuben et moi sommes assis dans la voiture, derrière le cabinet de Sarah. Ni lui ni moi ne disons quoi que ce soit. Il n'a pas encore mis la clé dans le contact. C'est un de ces jours de janvier où il semble que le soleil ne se lèvera jamais ; la pluie qui tombe à torrents donne l'impression que Dieu tambourine sur le toit avec ses doigts. Il y a des années, j'ai forcé Reuben à m'accompagner au V Festival pour voir les Killers, et il pleuvait comme ça lorsqu'on est repartis. *Tu as détesté, pas vrai ?* lui ai-je demandé, de retour dans la voiture. Il a hoché la tête et esquissé son petit sourire. *Ne me traîne plus jamais à un festival*, a-t-il répondu, alors que les roues tournaient dans la boue sans trouver prise. On n'a jamais réussi à bouger, on a dû faire appel à un dépanneur, et finalement on n'est rentrés chez nous qu'après la tombée de la nuit. Je n'ai pas pu m'empêcher de rire pendant tout le trajet, et Reuben a fini par se joindre à moi.

« Je n'en reviens pas qu'il soit si gravement blessé », remarque maintenant Reuben.

Sa voix est basse. Rocailleuse.

« Je... je sais.

– Il va témoigner. S'il se rétablit assez. Donc on... on le verra. Au tribunal. L'homme que tu as... »

Je l'interromps doucement.

« Je sais. Je sais.

– Je me fais l'effet d'un connard d'être parti dans cette diatribe. J'avais l'air de blâmer la victime ou quelque chose comme ça.

– Mais non. Tout ça semble... tellement injuste. Tellement pourri.

– Oui. Si tu ne t'étais pas trouvée là... Ce n'est pas comme si tu avais attendu en embuscade de faire du mal à quelqu'un. »

Je vois la difficulté qu'il a à accepter. Mon crime. La loi. Tout.

« Je veux dire, tu n'as pratiquement rien fait de mal, pas vrai ? » plaide-t-il, et lorsqu'il se tourne vers moi, il y a une expression désespérée dans ses yeux, qui sont cernés et paraissent plus vieux qu'avant.

J'étreins sa main, ne sachant que répondre. *Bien sûr que si,* ai-je envie de lui dire, tristement.

« Tu as commis une erreur. Mais après tu as fait tout ce que tu pouvais pour la corriger. Je... je ne comprends pas pourquoi ils s'en prennent à toi comme ça, c'est tout. »

Je ne peux pas penser à ça. Ma situation inspire peut-être la compassion, mais elle n'a rien de banal. Un homme a été rendu infirme par ma faute. Je déglutis. Si seulement j'étais partie du bar deux minutes plus tard. Deux minutes plus tôt. S'il avait porté des baskets différentes. Si Sadiq ne m'avait pas fait si peur – cette histoire est sûrement en partie sa faute ? –, rien de tout cela ne serait arrivé. Si seulement j'avais eu le courage de tourner la tête, ne serait-ce que de quelques degrés. J'aurais vu.

Mon Dieu, je suis tellement stupide. J'ai détruit ma vie. Celle d'Imran. Celle de Reuben. La seule gagnante dans l'histoire, c'est Sarah.

« J'aimerais tellement que les choses se soient passées différemment, je dis à voix basse.

– Moi aussi, répond-il. Si seulement on était restés au téléphone. On n'avait pas été coupés.

– Je croyais vraiment... Je croyais vraiment que c'était la fin pour moi. Je croyais qu'il allait... qu'il allait m'attraper. »

Et ma voix se brise. Parce que, bien sûr, malgré tout ça, je suis moi aussi une victime. Imran a été bien plus durement touché que moi, mais je reste victime de *quelque chose.*

« Je sais », murmure-t-il.

Je pense au mensonge que j'ai raconté. Ce minuscule mensonge qui me semblait insignifiant. *Je l'ai tiré de l'eau immédiatement.* L'instinct de survie et celui de dire la vérité se livrent bataille, comme des cerfs aux ramures enchevêtrées, me perçant le cœur de leurs bois alors qu'ils pèsent tous deux sur ma poitrine. Et brusquement, je me retrouve en train de lui dire, à mon mari ; et peut-être qu'il pourra m'aider. Peut-être qu'il pourra en porter le poids avec moi.

« Mon Dieu. » J'espère – stupidement – minimiser la chose. Me faire mal comprendre. « Si seulement je l'avais tiré de la flaque immédiatement. »

C'est comme si une bombe silencieuse avait explosé dans la voiture. Tout semble exactement comme avant. Le levier de vitesse. Le désodorisant Yankee Candle pendu au rétroviseur depuis le Noël précédent, désormais d'un rose passé. La pluie qui ruisselle sur les vitres, les gouttes semblables à des comètes. Et pourtant tout a changé. L'air crépite de mon aveu, comme ce moment entre un éclair et le tonnerre, entre les deux derniers accords d'un concerto pour piano.

« Quoi ? » demande doucement, lentement, Reuben, avec une note dangereuse dans la voix.

Je me tourne vers lui pour le regarder. Sa barbe de trois jours a laissé place à une vraie barbe fournie, d'un brun-roux terne dans la lumière déclinante du soleil hivernal, mais éclatant en juxtaposition avec sa chemise blanche. Évidemment, il m'a très bien comprise.

« Quoi ? répète-t-il.

– Je ne l'ai pas tiré de cette flaque aussi vite que je l'ai dit. J'avais… j'avais tellement peur. J'étais figée sans rien faire.

– Combien de temps ? Donc ces données téléphoniques… Donc ton compte rendu de ce qui s'est passé ? C'est faux ? Mon témoignage est faux ?

– Quelques minutes, je réponds, ignorant ses autres questions. J'ai failli te rappeler. J'ai failli… j'ai failli m'en aller. »

Il fait un brusque mouvement en avant, agrippant le levier de vitesse. Il crispe les doigts dessus comme sur la main d'un ennemi.

« Tu as failli t'en aller ?

– J'avais tellement peur. Je croyais qu'il allait me tuer. Et puis après, j'étais tellement effrayée… par ce que j'avais fait. J'étais en état de choc. Tu ne peux pas savoir. Tu ne peux pas savoir comment une chose pareille… Ça change tout.

– J'ai une vague idée », réplique-t-il.

Sa remarque a l'effet voulu : elle me rappelle que je ne suis pas la seule à subir cette situation. Il n'y a pas que ma vie qui a été bouleversée à jamais.

« Oui. J'étais juste… Je ne me rappelle même pas vraiment les détails », je réponds, même si c'est un mensonge.

Je me rappelle absolument tout : le brouillard en train de tomber. Le jaune citron lumineux des réverbères. L'homme que je prenais pour Sadiq, affalé au pied des marches, les bras et les jambes étrangement tordus. L'humidité de mes vêtements. Mes cheveux qui me collaient au cou comme des serpents. Mon incapacité à bouger. Par peur de lui, bien sûr. Mais aussi par choc. Devant ce que j'avais fait.

« Tu ne comprends donc pas ? J'étais terrifiée. Je ne savais pas quoi faire. »

Il ne répond pas.

Et donc j'ajoute :

« Personne ne sait. »

Je n'aurais pas dû le lui révéler de cette façon. J'aurais dû être honnête avec lui. Le regarder droit dans les yeux. Un aveu franc et complet. J'aurais pu lui dire que j'en avais honte. Préparer le terrain. Au lieu de faire ça comme ça. D'avouer par égoïsme et stupidité, presque avec désinvolture. Je suis passée par la porte de derrière plutôt que l'entrée principale ; je l'ai surpris, comme un cambrioleur au milieu de la nuit, et maintenant il me surprend à son tour.

« Tu n'aurais pas envisagé un seul instant de partir ? Tu n'aurais pas hésité, même une seule seconde ? »

Il tourne les yeux vers moi. Ce regard vert.

« Est-ce que tu savais ? demande-t-il. Pour la flaque ? Qu'il ne pouvait pas respirer ?

– Non. Non ! »

Il hoche la tête.

« Mais tu n'aurais jamais envisagé de partir ? »

J'insiste, sondant ses pensées en quête d'une once de pardon, de compréhension.

Mais j'ai beau fouiller, je n'en trouve pas. J'ouvre des tiroirs, des placards dont j'ai déjà exploré chaque recoin, à la recherche de quelque chose que je ne vais jamais trouver.

Il ne me répond pas. Il tourne la clé dans le contact. Passe une vitesse. Consulte ses rétroviseurs. Méthodiquement. J'attends. J'attends sa réponse, mais rien ne parvient à mes oreilles, hormis le son de la pluie, régulier comme un minuteur.

« Non, répond-il enfin après un long moment. Je suis désolé, mais non. C'était une vie. Là. Dans cette flaque. Pendant que tu hésitais. Pendant que tu restais sans rien faire. »

17
Taire

Reuben m'a fait un cadeau somptueux à Noël : une lourde et épaisse bougie couleur de beurre, parfumée au clou de girofle, que j'ai fait brûler le reste du mois de décembre et tout le début de la nouvelle année sans en profiter une seule seconde, me contentant de regarder fixement la flamme en me sentant coupable.

On est en janvier, maintenant, et c'est juste en arrivant au travail, alors que je sens la morsure du froid sur mes côtes et me demande si je peux me procurer un jeu des clés des bureaux pour pouvoir aller y cacher les vêtements, que je la vois.

La police.

Elle est là.

Elle m'attend.

Je devrais être surprise, après toutes ces semaines, mais je n'ai pas l'énergie pour ça.

« Il y a deux hommes qui veulent te parler », m'annonce Ed en commençant à ranger les livres dans le bus.

Je passe devant lui et me dirige vers les bureaux.

Il est assis au volant, la porte ouverte, lorsqu'ils me disent :

« Nous espérons que cela ne vous dérange pas que nous soyons venus ici ; nous n'avons pas réussi à vous trouver chez vous. Nous vous avions laissé un mot, pourtant. Nous avons besoin de vous parler d'un événement qui a eu lieu un vendredi de décembre. »

Alors que j'entre avec eux dans les bureaux, je vois qu'Ed a la tête penchée vers la droite, légèrement levée, comme s'il écoutait attentivement.

« Je suis l'inspecteur principal Lawson, et voici l'inspecteur Davies », me dit l'un d'eux une fois que nous sommes assis dans une salle de réunion miteuse.

Je vais à la machine nous faire du thé, les mains tremblantes du début à la fin. J'ai l'impression que c'est Lawson qui prend les décisions. Je me demande s'ils sont amis ; s'ils trouvent la relation chef-subordonné compliquée. Peut-être que Lawson est extrêmement rigoureux au travail mais sympa au pub, et que Davies trouve ça déroutant… L'espoir de Davies est de monter en grade. Celui de Lawson, de diriger, d'être pris au sérieux, mais aussi, peut-être, d'être apprécié. Ils me scrutent d'un air étrange et je pose les gobelets de thé sur la table, la main gauche endolorie par l'effort.

Ils sont en costume-cravate, comme des avocats, ou des Men in Black.

« Vous vous êtes tordu le poignet ? me demande Lawson.

– Je suis tombée. Sur le parking de Sainsbury's. Un moment très gênant. »

Je ne sais pas d'où me vient ce mensonge, mais il paraît plausible. Lawson hoche la tête lorsque je soutiens son regard.

« Nous avons juste quelques petites questions à vous poser concernant un incident qui a eu lieu, comme je vous l'ai dit, en décembre », reprend-il avec fluidité.

Je repère le procédé de langage immédiatement. *Quelques petites questions. Juste.* Il minimise. Je le regarde à nouveau dans les yeux. Ceux-ci sont d'un bleu si pâle qu'on les dirait presque argentés.

« Nous sommes de la police judiciaire, poursuit-il. Enquêtes criminelles. Un homme a été retrouvé mort après une agression un vendredi soir… Vous en avez peut-être entendu parler aux informations ? »

Je hoche rapidement la tête.

Nous y voici donc.

C'est terminé.

C'est presque risible, cette tentative de ma part de m'en tirer impunément. J'ai à peine tenu quelques semaines. Évidemment.

J'inspire profondément.

Lawson se tourne vers moi avec une attitude détendue, ouverte, les coudes appuyés sur les genoux. Il me regarde droit dans les yeux.

Et c'est à ce moment-là que j'y pense. Aux gants. Les gants que je portais ce soir-là – sûrement couverts de l'ADN d'Imran – sont dans ma voiture, à deux pas de là. En imagination, je les vois flotter devant moi, entre nous. Je suis tellement contente de savoir qu'il ne peut pas les voir. Que je parais sûrement toujours normale à ses yeux. Que j'ai juste la tête d'une femme nerveuse.

« De ce que nous comprenons, vous étiez dans le quartier de Little Venice ce soir-là... Joanna. Votre amie nous a donné l'adresse de votre travail quand nous n'avons pas réussi à vous trouver chez vous.

– Oh. Effectivement, elle m'a dit que vous étiez passés la voir. »

Intérieurement, j'ai les pensées en ébullition. Elle ne m'a pas prévenue qu'elle leur avait dit où me trouver. Mais bien sûr : pourquoi ne l'aurait-elle pas fait ? Elle est tellement certaine de mon innocence, elle aussi.

J'essaie d'afficher un sourire imperturbable. Que saurais-je si je n'avais pas été là ? J'aurais vu les infos, mais c'est tout. Je me rappellerais la date, et où je me trouvais ce soir-là parce que j'étais dans les environs – et à cause de Sadiq, bien sûr –, mais rien de plus.

« Oui. En effet. Et nous sommes aussi passés chez vous. Vous avez trouvé notre mot ?

– Désolée, j'ai été tellement débordée, avec Noël...

– À quelle heure êtes-vous sortie du bar où vous étiez... La Gondole ?

– Vers 23 h 30. »

Lawson regarde Davies, qui hoche la tête en disant :

« Oui.

– Vous apparaissez sur une vidéo de surveillance, continue Lawson. Devant le bar. Laura et vous. Vous prenez congé d'elle, et vous partez en direction du canal. »

C'est comme si une grenade venait d'exploser, et qu'un silence bourdonnant emplissait l'air. J'en ai les oreilles qui vibrent. Davies a les yeux posés sur moi. Lawson attend que je prenne la parole. Je n'ai pas réfléchi. Encore une preuve que je n'ai pas changé. Je ne suis pas un génie du crime. Je suis toujours Joanna l'étourdie, Joanna la nounouille.

Où suis-je allée ? Est-ce que j'ai vu quelqu'un ? Étais-je effectivement près du canal ? Que faut-il que je dise ? Pourquoi n'ai-je pas pensé à préparer un mensonge ? Ça m'aurait pris cinq minutes. Je suis vraiment la reine des idiotes.

Je n'arrive pas à affronter son regard. Ces yeux pâles, de carnassier.

« Nous sommes bientôt à court de pistes, Joanna. Et vous avez été vue, tout près du lieu du crime. Ce serait vraiment formidable si vous pouviez nous aider. »

Je bredouille.

« Oh, eh bien. Je suis partie dans une autre direction, en fait. Je suis d'abord partie de ce côté, puis j'ai changé de direction. Finalement.

– Je vois… »

Le ton de Lawson n'exprime aucun intérêt, mais son regard calme et attentif est posé sur moi, sur la main tremblante que je tends pour prendre mon thé dans son gobelet en polystyrène. Rien ne lui échappe.

« Oui, j'allais longer le canal, mais… » Je m'interromps. Il faut que je leur parle de Sadiq. C'est ce que je ferais si les choses étaient différentes. « Un homme – il s'appelle Sadiq – m'avait harcelée à La Gondole. Alors je ne voulais pas marcher seule dans un endroit désert. »

Ça pourrait presque être vrai. Mes mensonges ont plus de sens à mes yeux que la vérité. Celle-ci est confuse et étrange.

Le seul problème, c'est que ce n'est pas vrai.

« J'ai fait un détour. Je me suis éloignée de La Gondole et j'ai… j'ai suivi la route. Puis j'ai traversé au pont d'après. Vous voulez sa… Il m'a donné une… »

Je fouille dans mon sac à main et retrouve sa carte de visite, en songeant : *Pardonne-moi, Sadiq.*

« Quel type de harcèlement ?

– Sexuel. Prédateur. »

Lawson tourne la carte de visite toute cornée entre ses doigts.

« Au point de changer de route pour rentrer ?

– Oui.

– Nous allons le retrouver. Merci. »

Lawson me demande de lui en dire plus sur le comportement de Sadiq, et je décris celui-ci simplement. Calmement. Il me demande à quoi il ressemblait. Ce qu'il portait.

« Oui, donc c'était pour l'éviter que j'ai emprunté un chemin différent. Pas le long du canal, même si je donne l'impression d'avoir pris cette direction.

– D'accord », fait Lawson avec un hochement de tête.

Il marque un temps. Prend une gorgée de thé. Et puis il me regarde, et dit trois mots :

« Quel chemin, exactement ?

– Quel chemin ? » je répète.

Je parie qu'il a suivi un cours pour repérer les menteurs. Des centaines, même. Et que mon comportement est absolument caractéristique.

On pense tous qu'on est différents. Qu'on fait d'excellents menteurs, quand notre vie en dépend. Mais au fond, on est tous pareils. Reuben partage souvent avec moi des choses qu'il a lues (il est toujours en train de me dire « J'ai lu quelque part… »), et une fois il m'a parlé de la structure d'un mensonge. Ce qui permettait de l'identifier comme tel, c'était qu'il ne contenait pas assez de détails, ou trop. Je ne me rappelle plus.

« Oui, donc... », reprend Lawson, avant de fouiller dans une sorte de sacoche qu'il a posée par terre pour en sortir une feuille de papier.

Il la pose à plat sur la table. Je vois après une seconde qu'il s'agit d'une carte. Une capture d'écran de Google Maps.

J'essaie de réfléchir, mais c'est impossible sous le poids de son regard.

« Montrez-moi là-dessus par où vous êtes passée. Prenez votre temps. »

J'attrape la carte entre deux doigts et la tire à moi. Je repère La Gondole du bout de l'index. Voilà, ici ; c'est ça. Parce qu'on distinguait – tout juste – les ponts du canal à travers les fenêtres.

Du regard, je longe le chemin que j'ai réellement emprunté, traversant le pont qui mène à Warwick Avenue, m'arrêtant au sommet des marches. Si la caméra de surveillance est juste à la sortie du bar, on a effectivement dû me voir partir en direction du canal. Et donc, pour éviter celui-ci, il aurait fallu que je fasse pratiquement demi-tour, que je tourne à gauche plutôt qu'à droite.

« Donc j'ai suivi ce chemin-là, dis-je en partant du bar et en longeant la route avec mon doigt, mais ensuite j'ai fait un détour par là. »

Je boucle un itinéraire. J'espère qu'il fonctionne. Il suit une rue puis emprunte un autre pont, mais il me ramène bien à la station de Warwick Avenue, et à peu près de la même direction ; parce qu'il y a sûrement des caméras à cet endroit aussi.

Lawson retrace le chemin que j'ai indiqué sur la carte.

« Donc si on venait à regarder les images des caméras de surveillance situées ici, dit-il en indiquant un endroit d'une rue, et ici... on vous verrait ?

– Oui », je réponds, parce que je n'ai pas le choix.

J'essaie de me rappeler les rues, leur forme, et je les regarde sur la carte. Ce sont des rues pavillonnaires. Mais il est possible que des caméras y soient installées. Qu'est-ce que j'en sais ? Peut-être, cependant, demande-t-il cela juste comme ça, pour me pousser à en dire plus que je ne devrais. Est-ce que les policiers ont le droit de faire ça ? Je n'en ai aucune idée.

« Eh bien, dans ce cas… Vous ne nous êtes d'aucune utilité », déclare-t-il.

J'acquiesce avec empressement.

« Je sais. »

Davies prend enfin la parole, ouvrant la bouche alors même que Lawson tourne les yeux vers lui.

« Vous n'avez rien vu ?

– Non. »

Je songe que si je ne les intéressais qu'en tant que témoin, et non en tant que suspecte, ils m'auraient posé cette question bien avant.

Une gêne s'introduit dans la salle de réunion pour venir s'installer entre nous. Faut-il que j'appelle un avocat ? Ça paraît improbable lorsque je regarde les deux hommes, dans cette pièce miteuse de nos bureaux, avec leurs gobelets jetables. Mais les apparences sont parfois trompeuses. Ça ne veut pas dire qu'ils ne sont pas ici pour m'arrêter, selon ce que je dis.

« Nous vous recontacterons si nous avons d'autres questions, Joanna », déclare Lawson.

Le soulagement m'enveloppe comme l'air chaud d'un four, mais je n'ose pas encore me détendre. Il pourrait s'arrêter, innocemment, la main sur la poignée de la porte, et demander à voir ce que je portais cette nuit-là. Mon manteau. Mes gants. Mon écharpe. La semelle de mes chaussures. Tous à quelques pas de nous, dehors, dans ma voiture.

« C'est bizarre d'avoir pris ce chemin », remarque-t-il en partant.

Une flèche du Parthe, telle une mise en garde, lancée dans la nuit.

Nous sommes en train de traverser la pièce principale. Ed m'y attend, assis sur une chaise de bureau, patiemment immobile, comme à son habitude.

« Au revoir. »

Mes mains tremblent le long de mes cuisses tandis que je les implore muettement d'arrêter de parler, de me laisser tranquille.

« Vous auriez pu simplement traverser le pont. Pour gagner le métro. C'est pratiquement tout droit. Et très peuplé. Si vous vous inquiétiez. »

Intérieurement, je maudis la connaissance qu'a la police de Londres.

« Oui, je réponds d'un ton bête.

– Vous n'avez pas pensé à nous en parler ? De ce harcèlement ? Alors que nous cherchions manifestement quelqu'un qui s'était comporté de manière suspecte ? »

La menace ne pourrait pas être plus claire.

Et c'est évident pour Ed aussi, qui pose sur nous un regard intéressé.

« Je n'ai pas réfléchi. »

Lawson hoche brièvement la tête, semblant comprendre. Et peut-être est-il sincère. Peut-être suis-je trop cynique, trop comme Reuben.

Cette fois, c'est sûr, me dis-je. Je ne vais pas attendre davantage. Je vais faire tout mon possible pour me débarrasser de ces pièces à conviction.

Faites qu'ils partent, c'est tout. Accordez-moi une autre chance. J'ai les épaules crispées d'une étrange détermination à mal agir alors que je raccompagne la police judiciaire dehors.

Ils regagnent leur voiture, juste de l'autre côté de la rue, sous un arbre grêle.

Lorsque je reviens, Ed est toujours assis au même endroit, sans rien faire. À part me regarder. Il ne me demande pas ce qu'ils voulaient. Il ne me demande pas ce qui s'est passé ce vendredi soir, même s'il a sûrement entendu. Il ne me demande pas si je lui ai menti au sujet de cette série de cambriolages. Il ne dit rien. Se contente de me dévisager, comme s'il attendait que je dise quelque chose.

Mais je ne le fais pas. J'en suis incapable.

18
Avouer

Laura et Jonty viennent dîner à la maison. C'est Reuben qui l'a proposé, sur WhatsApp, sans m'en parler avant ; ce qu'il n'a jamais fait jusqu'alors. Il a envoyé le message directement sur la discussion de groupe que nous avons tous les quatre, et j'ai lu l'invitation comme eux ont pu la lire. Comme si Reuben et moi étions pratiquement des amis de toujours, mais rien de plus.

Lorsqu'ils frappent à la porte et que nous leur ouvrons, Laura s'extasie toujours sur la joliesse de notre appartement en sous-sol, avec ses plantes qui rendent presque impossible de descendre l'escalier, et les herbes alignées sur le rebord de fenêtre de la cuisine. Nous rions de toutes ces plantes, l'emblème le plus flagrant de ma propension à suivre les phénomènes de mode. Elle les a déjà peintes. Un magnifique portrait d'enfant parmi les fleurs ; un de ses rares tableaux non féministes.

« Jonty porte des chaussures dépareillées », annonce-t-elle dès qu'elle est à l'intérieur.

Reuben et moi baissons les yeux. Il porte deux Converse, mais de couleurs différentes. Nous rions, et je suis reconnaissante de cette distraction ; de la normalité du moment. C'est la première fois que nous nous retrouvons tous les quatre depuis que c'est arrivé. C'est peut-être même la première fois que je ris.

« C'est pratiquement les mêmes », proteste Jonty, bon enfant.

Reuben lâche un petit rire, dans un souffle.

« Elles sont différentes, rectifie-t-il. Ce sont deux chaussures différentes. »

Laura est habillée de façon inhabituelle, pour elle. L'ample pantalon, ressemblant davantage à une jupe longue, qu'elle porterait d'ordinaire a laissé place à un jean skinny foncé qui a l'air d'avoir coûté cher. Un haut en soie drapé, un blazer. Ses cheveux aussi sont différents. Moins en pointes. Plus doux.

Je regarde par le hublot de notre cuisine. Il brume, dehors, et Jonty et Laura ont laissé entrer le froid avec eux. Je fais courir mon doigt sur la vitre. C'est comme si mon sablier coulait deux fois plus vite que celui de tous les autres. Ou que j'avais moitié moins de sable. Je me demande si, après, je me rappellerai tous ces moments agréables de ma vie, ou si je serai à jamais changée, incapable d'apprécier les choses, de rêver ? Je pense aussi à Sadiq, sur le point de faire à mon sujet une déposition qui pourrait changer ma vie. Je pense à Imran, gisant immobile quelque part. Un silence gêné accompagne mon geste, et c'est Reuben – chose rare – qui le rompt. Il regarde Jonty d'un œil incrédule ; une expression que je lui ai moi-même inspirée des milliers de fois.

« Elles ne t'ont pas paru différentes quand tu nouais tes lacets ? » demande-t-il.

Jonty se contente de hausser les épaules avec un rire.

« J'étais distrait par mes beaux flacons de parfum tout scintillants », réplique-t-il, et Reuben rit aussi.

Laura lève les yeux au ciel.

« C'est vraiment complexe comme boulot, recouvrir de paillettes des flacons de parfum.

– Je croyais que c'était juste pour Noël.

– Le parfum, ce n'est pas juste pour Noël », réplique Jonty d'un ton sérieux.

Laura semble distante, et je lui donne un petit coup de coude. On a du mal à trouver du temps entre amies, quand on est avec les garçons. J'aimerais qu'il soit acceptable d'aller me promener avec elle, ou d'avoir une demi-heure avec elle dans une pièce à part. Il y a toujours des choses que j'ai envie de lui dire en privé.

« Ça va ? »

J'ai posé ma question à mi-voix.

« Même les lacets sont différents », est en train de dire Reuben.

Il est incapable de lâcher l'affaire.

« Je ne fais jamais mes lacets, réplique Jonty. Je fourre les pieds dedans et c'est tout. »

Reuben lui adresse un sourire indulgent, comme à un enfant, puis l'entraîne vers le frigo pour lui montrer la bière.

Laura se juche sur l'un des tabourets de bar de notre cuisine. Je m'assieds sur l'autre, en la regardant. Elle attrape la salière rétro que j'ai achetée chez Flying Tiger le mois dernier et verse du sel dans le creux de sa main. Je ne peux m'empêcher de regarder fixement le petit tas blanc et cristallin sur sa paume. Je suis toujours à l'affût de présages, ces temps-ci.

« Tu ne travailles plus ? me dit-elle, d'un ton étrangement compassé.

– Ben, non, je réponds, un peu étonnée. Ils ne veulent plus de moi…

– Peut-être après le procès ? »

Je hoche la tête, mais intérieurement je songe : *Pas de sitôt.*

Elle verse le sel sur le plan de travail. Je fronce les sourcils, même si ça ne me dérange pas. Ça dérangerait Reuben.

« Ce qui t'arrive m'a fait réfléchir. On a trente ans. »

J'essaie de ne pas me vexer. Mon crime l'a fait réfléchir. La perte de mon emploi. Mon incarcération imminente. Ça a changé les choses pour tout le monde, pas seulement moi.

Mais évidemment. Même si c'est plus important pour moi, ça le reste aussi pour elle, pour Reuben, pour Wilf. L'esprit humain est si invariablement égocentrique. Du moins, le mien l'est. Je n'imagine même pas la crise existentielle que j'aurais faite si c'était Laura qui était poursuivie en justice pour violences ayant entraîné de graves dommages corporels avec l'intention de les causer.

Je la regarde pousser le sel de-ci de-là pour former de petits amas, dans ses vêtements qui semblent coûteux.

« J'ai passé un entretien, aujourd'hui, dit-elle. Pour un boulot avec une formation en entreprise.

– Pourquoi ? Ces programmes de recrutement sont réservés aux jeunes diplômés, en plus. Tu n'as pas de diplôme.

– Non, mais je...

– Quoi ?

– Je sais pas, Jo. Il y a un moment où il faut arrêter de déconner, non ? J'ai envie d'avoir une carrière. Vraiment. Avant de songer à un bébé. C'est...

– Quoi ? » Ma voix me paraît stridente. C'est comme si tout le monde autour de moi était en train de se préparer à aller de l'avant tandis que ma propre vie est en suspens. « J'en veux aussi, des bébés.

– Ah bon ?

– Évidemment. » Mon ton est à la fois blessé et cinglant. « Mais je ne peux pas me permettre de mettre le projet à exécution.

– Non, évidemment, acquiesce-t-elle. Pas pour l'instant. » Le silence retombe entre nous, puis elle reprend : « En marketing.

– Quoi ?

– C'est dans la branche marketing. D'une banque.

– Et qu'est-ce que tu es censée vendre ?

– La banque.

– Ça a l'air complètement stérile.

– Ce sera une bonne chose pour moi. De rejoindre le monde réel.

– Le métro-boulot-dodo », je réplique méchamment, même si je ne le pense pas vraiment.

Je suis seulement jalouse. De la détermination qu'elle semble avoir trouvée, mais aussi du choix qui s'offre à elle. D'intégrer un programme de formation en entreprise. De ne pas vivre sous la menace d'un problème aux proportions si planétaires que le reste de sa vie ne fait qu'orbiter autour, dans l'attente du procès, de l'issue de celui-ci. De pouvoir décider d'avoir un enfant cette année, l'année prochaine, l'année d'après.

« Ce sera une bonne chose pour nous. Jonty va prendre un boulot aussi. On va peut-être revendre le bateau.

– Jonty n'est même pas capable de faire ses lacets. »

C'est censé être une taquinerie, un symbole de leur mode de vie chaotique, avec leur péniche qui dérive sans but sur la Tamise, comme eux dans la vie, et l'équipage disparate de gens qui restent dessus quelques semaines avant de se séparer pour partir chacun de leur côté. Mais ça sonne comme une critique mesquine, apeurée, comme si je m'agrippais à une version passée de Laura, qu'elle veut laisser derrière elle.

« Oui, bon. Il n'est jamais trop tard pour apprendre », répond-elle en me regardant gentiment.

Peut-être avec pitié.

« Est-ce que tu peins, en ce moment ? »

Je pense à ses magnifiques tableaux d'un réalisme photographique. Ils ont toujours un message féministe, politique. La série la plus récente représente des pages de tabloïds, avec toutes les photos d'hommes en costard sous les traits de femmes, et les top-modèles dénudés de la page 3 sous ceux d'hommes.

« Non. »

Elle s'est fait faire une manucure. S'est lissé les cheveux. Son apparence est radicalement différente. Et donc, pendant qu'on faisait les mêmes blagues, qu'on se racontait les mêmes anecdotes sur nos boulots respectifs, elle se préparait, en coulisse, comme une doublure déterminée à passer sur le devant de la scène. Ma vie est foutue, et la sienne ne fait que commencer. Bientôt, elle aura toutes ces choses ; toutes ces choses qu'ont les Vraies Personnes : un plan de retraite, une voiture, une secrétaire. Avant, elle aurait considéré que c'était vendre son âme au diable, alors que je n'ai jamais pensé ça. C'est juste que je n'ai jamais trouvé le Truc que je voulais faire.

« Tu es stressée… par tout ça ? » me demande-t-elle, comme si *tout ça* était simplement une date butoir qui se rapproche dangereusement ou un licenciement économique imminent, et non le fait que ma vie est en train d'être secouée comme le sel dans cette salière rétro posée devant nous.

Je réponds sèchement.

« Oui. Non. Je ne sais pas. »

Assise en face d'elle, avec le comptoir entre nous et le monde sombre et pluvieux derrière le hublot, j'ai l'impression d'être dans un café ou un bar. Reuben et Jonty vont s'asseoir sur le canapé dans notre minuscule salon. J'entends le bruit que font leurs chaussures sur le plancher derrière nous.

Laura ramasse les grains de sel de la pulpe de l'index.

« C'est juste... Je sais pas comment dire. Il est temps de grandir, non ? » Elle semble excitée par la perspective. « Ça m'a pris des années pour m'en rendre compte. Bien plus que les autres gens. Mais je veux une vraie carrière. Je veux avoir hâte d'aller au travail – d'utiliser mon cerveau. Qui n'est pas inutile.

– Bien sûr que non. »

Je me demande si elle pense que le mien l'est.

J'entends Reuben et Jonty discuter. Ils parlent de quelque chose en juillet.

« Ouais, bien sûr », dit Reuben, du ton exact qu'il emploie quand il dit oui à quelque chose dont il se désistera plus tard.

Laura a les mains jointes, crispées. Elle est toujours en train de s'inquiéter ; toujours en train d'analyser. Pas étonnant qu'elle ait envie d'une carrière. Elle est complètement différente de moi, qui dérive d'un endroit à l'autre en rêvassant, portée par le bibliobus.

« C'est le 16 », dit Jonty derrière moi.

Je décide d'écouter leur conversation. C'est plus facile que de penser au fait que ma meilleure amie est en train de transformer sa vie à cause de quelque chose que j'ai fait. Notre appartement est si petit que je distingue chaque mot.

« C'est un samedi ? » demande Reuben, d'une voix moins réticente.

Son ton est étrange, et je tends l'oreille, totalement concentrée sur ce qu'ils disent à présent.

« Euh, ouais », répond Jonty.

Laura semble perdue dans ses pensées alors qu'elle enfonce le doigt dans le tas de sel, encore et encore, la peau grêlée par les grains minuscules.

« Il n'y aura que moi, probablement, remarque Reuben. Si c'est en juillet.

– Oh, exact », fait Jonty, d'un ton décontenancé.

Je fronce les sourcils.

Un moment de silence s'ensuit. Ni Laura et moi, ni Reuben et Jonty ne parlons.

Puis j'entends ce dernier reprendre la parole.

« Oui, bien sûr. Désolé. »

Et ce ne sont pas ses mots, ni le regard qu'a dû lui lancer Reuben pour qu'il prenne conscience de son oubli. Non. C'est son ton. Le ton qu'adoptent les gens lorsqu'ils parlent de mon crime. De mon méfait. Comme si j'avais été inscrite au fichier des délinquants sexuels, ou que je m'étais rendue à une réunion des Alcooliques anonymes. Quelque chose de honteux. Mais ne l'est-ce pas ?

« Désolé, mon pote », répète doucement Jonty.

Laura ne dit rien. Je la regarde fixement, longuement, sachant qu'elle a entendu mon mari parler de mon incarcération imminente comme si c'était une certitude, mais elle ne relève pas les yeux. Je rassemble tout le sel pour le faire tomber au creux de ma main, le soupèse un moment puis le jette, de la main droite, par-dessus mon épaule gauche. Pour me porter chance. Pour me débarrasser du diable, qui attend patiemment derrière moi.

« Jonty me parlait de leur soirée de cet été sur la péniche », me dit Reuben sur le ton de la conversation, après leur départ.

Je me remémore la fête qu'ils avaient donnée l'été dernier. Reuben, de l'autre côté du bateau, m'avait envoyé un texto qui était lui tout craché, alors qu'une dame très ennuyeuse m'entretenait du vote à second tour instantané. *Tu survis là-bas, ou tu as besoin d'être sauvée ?* disait-il. *Sauve-moi !* avais-je répondu, et il s'était approché pour dire : « Excusez-moi, ma femme a l'air de profondément s'ennuyer. »

« OK. »

Je commence à nettoyer le plan de travail, sans tourner les yeux vers lui. Reuben, qui était appuyé au comptoir, se redresse pour me regarder faire avec curiosité. Je ne nettoie presque jamais.

« Je n'ai pas répondu à l'invitation pour toi », dit-il tout simplement.

Il s'approche de l'encadrement de porte et s'y appuie. Je sens son regard sur moi. Je me détourne pour essorer l'éponge.

« OK », je répète d'un ton gai.

Je devrais lui demander pourquoi – parce que je ne comprends vraiment pas. À tout le moins, je devrais me retourner pour le regarder. Alors peut-être la verrais-je dans l'expression de son visage : la réponse. Ce qu'il pense. Est-ce à cause de la prison ? Ou d'autre chose ? Il ne veut pas parler à ma place quand ma vie est un désastre ?

« Jo.

– Oui. »

Il s'approche de moi, me prend l'éponge des mains et la jette dans l'évier.

« Qu'est-ce qui se passerait ? » demande-t-il simplement.

Je sais très bien de quoi il parle, mais je feins de ne pas comprendre.

« Qu'est-ce qui se passerait si quoi ? »

Son visage s'assombrit. Il a l'air maigre. A-t-il perdu du poids ? Il a toujours été mince, mais maintenant je distingue ses clavicules sous son tee-shirt, légèrement saillantes. Pour ma part, j'ai pris du poids, mangeant comme s'ils allaient m'affamer en prison.

« Tu sais très bien quoi, répond-il calmement.

– Non », je réplique, adoptant une position théorique : il est *possible* que je ne sache pas ; donc je ne sais pas.

Il ne semble presque pas important que je le sache. Pourquoi est-ce que je fais ce genre de choses ?

« Qu'est-ce qui se passera si tu es envoyée en taule ? demande-t-il doucement. Je veux qu'on en discute pour que... si ça arrive, on n'ait pas à en discuter à ce moment-là, au tribunal. On a le temps maintenant. En privé. Ensemble. »

Les mots me choquent. *Envoyée en taule.* C'est du langage tellement familier. Tellement déplacé.

« Tu as entendu Sarah. Erreur et légitime défense. »

Il plisse le nez, tord la bouche en une sorte de moue. Comme pour dire : *Ça ne marchera pas.* Mais il ne peut pas vouloir dire ça. Ce n'est pas possible.

Le déni n'a jamais été son truc. Pas comme moi. Les amendes de stationnement déchirées ou cachées n'existent tout simplement plus pour moi, mais lui ne fonctionne pas ainsi. Il aborde les problèmes de front, comme ça. Calmement, pas hystériquement ; pas comme je le fais quand je me décide enfin à affronter des choses que j'ai évitées depuis des années, en prenant de grandes inspirations théâtrales pour sortir de sous le lit une amende devenue citation à comparaître et la regarder avec horreur.

Mais je ne peux pas faire face. J'ai l'impression d'attendre sur la voie d'un train lancé à pleine vitesse.

« Je ne peux pas commencer à te parler du loyer alors qu'on t'escorte hors du tribunal, insiste-t-il. Il faut qu'on... qu'on élabore une stratégie.

– Une *stratégie.* On n'est pas en guerre. »

Mais en réalité, ma seule pensée est : *alors qu'on t'escorte hors du tribunal.*

Est-ce ainsi que ça va se passer ? L'idée m'est insupportable. Mais lui pense que je pourrais l'être, comme un animal mené à l'abattoir, et quelle différence y a-t-il, au fond ? J'ai toujours les yeux résolument fixés sur le plan de travail. Ses bras autour de moi me manquent, ainsi que notre rituel d'énumérer ce que nous aimions le plus chez l'autre quand nous étions au lit. La façon dont son visage se fendait malgré lui d'un sourire lorsque j'arrivais à le faire bavarder. Tout me manque. Nos soirées cinéma. Cette fois où nous avons regardé *Noblesse oblige* (numéro 90) et qu'il s'est tourné vers moi au milieu du film pour me dire : « Je comprends rien à ce qui se passe, et toi ? »

« Il y a des articles. En ligne. Tu les as vus ? reprend-il.

– Non, je réponds vivement.

– Qui te défendent. Des articles féministes. Tu sais ? »

Je relève la tête.

« Je ne regarde pas. »

L'ombre d'une expression passe fugacement sur son visage, comme sur une vieille télévision dont la réception est mauvaise. Ce n'est pas de l'agacement, pas exactement ; plutôt de la résignation. *Bien sûr que tu ne regardes pas*, dit-elle.

Je récupère l'éponge et me remets à frotter.

« OK, eh bien, si tu veux en discuter, préviens-moi… »

Et c'est un ton que je n'ai jamais entendu auparavant. Pas adressé à moi, en tout cas. Je l'ai entendu dans sa voix quand il parlait au téléphone à des clients qui l'appelaient le week-end. Des clients difficiles. Des clients qui font de mauvais choix.

Je relève brièvement les yeux et je vois qu'il a les siens fixés sur moi, comme un conseiller ou un directeur d'école bienveillant qui sait qu'un élève a fait quelque chose et refuse d'avouer.

Je frotte plus fort le plan de travail, m'acharnant sur des taches qui ne sont pas vraiment là, espérant les effacer complètement.

19
Taire

C'est la fin janvier quand j'arrive enfin à récupérer un jeu de clés sans que personne ne me voie. Quelqu'un a laissé les siennes dans la cuisine, près de la machine à thé, et je les escamote discrètement.

Après ça, c'est facile.

J'envoie un texto à Reuben pour lui dire que je vois Laura et, après qu'Ed m'a déposée à la maison, je retourne à pied à la bibliothèque, les poumons douloureusement étreints par l'air glacé de janvier. Il est 20 heures passées et il n'y aura personne dans le bâtiment, mais je regarde soigneusement autour de moi avant de m'y introduire. Je lève également les yeux pour vérifier qu'il n'y a pas de caméra de surveillance. Au moins, j'aurai appris quelque chose.

Je glisse la clé dans la serrure. Le trousseau est orné d'un pompon rose dont les poils sont par endroits devenus grisâtres de saleté.

L'alarme se déclenche, mais je la désactive avec le code à quatre chiffres que j'ai vu Ed composer tant de fois – tout le monde le connaît, même l'homme d'entretien –, et après il n'y a plus aucun bruit, et je suis seule à l'intérieur.

Tout paraît sinistrement différent dans la nuit. Comme un hôpital ou une prison à l'abandon. Les bureaux sont baignés d'une lumière étrange par les réverbères à l'extérieur, et le placard grince lorsque j'y introduis la clé et l'ouvre. Le panier des objets trouvés est presque plein et, sortant mes affaires, je les glisse tout au fond. Cela me prend deux fois plus de temps que ça ne devrait à cause de ma main blessée.

Je ne supporte pas l'idée de mettre mes vêtements et mes chaussures dans n'importe quelle benne, dans les ordures de quelqu'un d'autre. C'est peut-être de la folie de ma part, mais je veux savoir où ils sont. Et pouvoir vérifier qu'ils y sont toujours – que personne ne les a trouvés. Que mes belles chaussures sont là, et que leur semelle ne peut pas permettre de remonter jusqu'à moi. Personne au travail ne m'a vue avec. Ils ne sauront jamais qu'elles sont à moi.

Je repars peu de temps après, traversant le parking d'un pas pressé, la tête baissée juste au cas où.

Reuben apparaît dans le couloir, alors que je passe la porte vêtue d'un vieux trench-coat que j'ai ressorti pour me couvrir au retour.

« J'ai perdu mon manteau », j'annonce préventivement.

Je suis la pire menteuse au monde.

« Tu as *perdu ton manteau* ? » répète Reuben.

Son ton est un mélange d'incrédulité et de réprobation. J'y suis habituée.

« Oui, je… » J'essaie de réfléchir mais j'en suis incapable. « Je n'ai aucune idée d'où il peut être. Je l'avais, et maintenant je ne l'ai plus.

– Est-ce que tu l'avais ce matin ?

– Non. Tu l'as vu ? »

La question doit lui sembler étrange. Ç'aurait dû être la première chose à sortir de ma bouche. Bon sang, quelle amatrice. Je vais forcément me faire choper.

« Oh… Mais c'est ton manteau de trentenaire. Je vais aller regarder dans la voiture. »

Il ouvre la porte et sort dans la rue, où la voiture est garée.

Je reste sur le pas de la porte, frissonnant toujours dans l'obscurité, à le regarder. Notre lampe à détecteur de mouvement s'est allumée. Je lève les yeux vers elle. Elle est couverte de toiles d'araignées sales, pleines de mouches mortes.

Je regarde Reuben fouiller dans la voiture, soulevant des sacs réutilisables de chez Sainsbury's, des emballages de bonbons, mes bottes. Il ne se sert pratiquement jamais de la voiture, donc mon bric-à-brac s'y entasse.

Il referme le coffre et se retourne vers moi en fronçant les sourcils, l'air décontenancé.

« Je ne comprends pas comment tu peux avoir perdu un manteau », dit-il en revenant vers moi.

Je me recroqueville d'embarras, sans le regarder. C'est le genre de chose qui le rend fou. Pas juste ma tendance au désordre, mon manque d'organisation, mais l'illogisme qui les gouverne. Pourquoi n'ai-je pas simplement dit que je l'avais oublié quelque part quand j'étais avec Laura ? Pourquoi ne suis-je pas rentrée sans manteau, tout bêtement ? J'aurais dû réfléchir davantage. Mais il n'y a pas de place pour tout cela dans ma tête. Je ne suis capable de penser qu'à une chose, ne pas être rattrapée par mon crime.

Reuben revient jeter un coup d'œil dans l'appartement, l'air perplexe.

« Est-ce que tu as regardé dans la chambre d'amis ? Ça t'arrive d'y entrer et de laisser traîner des trucs à des endroits improbables…

– J'ai cherché partout, Reuben. »

Je dis ça d'un ton coupant.

« Ce n'est pas la peine de réagir comme ça », répond-il calmement.

La surprise sur son visage ne m'échappe pas. J'ai porté atteinte à notre relation avec mon crime, et maintenant les dommages collatéraux se matérialisent devant nous.

« Laisse tomber, s'il te plaît. »

Mon ton est à présent désespéré. Je vais lui dire, s'il insiste. Je vais tout lui dire. Je secoue violemment la tête. Il faut que je m'en aille. Mon secret est juste là, sur le bout de ma langue, prêt à jaillir si j'ouvre la bouche pour dire quoi que ce soit d'autre.

J'ai tué.

J'ai dissimulé des preuves.

Je suis entrée par effraction dans mon lieu de travail.

Mes crimes s'accumulent.

Son regard s'assombrit. Il ne mérite pas ça. Mais moi non plus. Il tend les bras vers moi. Lève lentement la main droite, tandis que la gauche se dirige instinctivement vers ma taille. C'est un enchaînement de mouvements que nous faisons souvent, presque comme une danse, mais je recule pour m'y dérober. Je ne peux pas. Je ne peux pas me retrouver contre lui, la tête sur son épaule, sentir le parfum de notre assouplissant commun. Je ne peux pas presser ma taille contre la sienne, ma bouche contre son oreille. Je lui dirais. Je lui dirais où est mon manteau, et pourquoi. Ce ne serait pas une absolution. Ce serait un aveu égoïste et sordide qui lui gâcherait la vie. J'ai déjà gâché la mienne, mais il faut que ça s'arrête là.

« Je croyais que tu l'adorais, ce manteau, murmure-t-il.

– C'était le cas.

– Mais tu l'as perdu. »

Dans le monde de Reuben, les choses sont simples. Si tu aimes tes affaires, tu en prends soin. Les gens ne sont jamais négligents, ou irresponsables, ou d'une insouciance écervelée.

Je lui tourne le dos et rentre dans l'appartement. Je sens son regard blessé peser sur ma nuque comme le manteau chaud que je n'ai plus.

Le lendemain, à l'arrêt de Chiswick, personne n'attend le bibliobus. Ed se gare et ouvre la porte, mais revient ensuite s'asseoir au volant. Il porte une polaire et fourre ses mains sveltes dans la poche ventrale, avant de croiser les jambes. Mon trench-coat flotte autour de ma taille. On pourrait y mettre deux comme moi, maintenant. Les kilos continuent de s'envoler.

Ces jours-ci sont les plus interminables. Je ne suis jamais contente, où que je sois. Ni à la maison, ni au travail ; quand je suis à un endroit, je crois toujours que je serais plus heureuse à l'autre.

Ed entreprend de fabriquer les cartes de bibliothèque pour les gens récemment inscrits. Il colle leur photo dessus, puis me les passe pour que je les scelle avec du papier adhésif transparent. C'est quelque chose que je déteste, normalement ; je ne fais jamais du travail propre, je colle le plastique de travers ou j'emprisonne petites bulles d'air, peluches et cheveux. Mais aujourd'hui, j'apprécie l'aspect méditatif de la tâche.

Jusqu'à ce qu'il me passe celle d'Ayesha.

Mes mains se figent au-dessus, comme arrêtées par un champ de force. Mes pouces étalent le plastique sur son visage, mais restent ensuite en place tandis que je la dévisage longuement.

Ed passe à côté de moi alors que je retourne la carte entre mes doigts, regardant son numéro d'inscription, le code-barres, scrutant la photo.

« Ça doit être intéressant, dis donc », fait-il remarquer d'un ton impassible.

Je la lâche immédiatement.

20
Avouer

C'est la fin janvier et tout le monde semble avoir une opinion à mon sujet sur Internet. Reuben avait raison : c'est devenu tout un truc, je ne sais pas pourquoi. Dans le *Daily Mail*. L'*Express*. Le *Huffington Post*. Certains disent qu'on est toutes passées par là. Que toutes les femmes ont, à un moment ou à un autre de leur vie, senti leur pouls s'accélérer en entendant des pas derrière elles un soir de sortie, ou simplement alors qu'elles marchaient seules. D'autres, que Little Venice est devenu un quartier malfamé, à l'abandon. D'autres encore, que les effets de la peur que les hommes inspirent aux femmes sont cumulatifs ; que les sifflets, les insultes, le *mansplaining* s'additionnent, jusqu'à ce que pour beaucoup de femmes la question ne soit pas *si*, mais *quand* elles seront agressées. Bien sûr, nous *semblons* réagir de façon excessive, disent les femmes sur Twitter, parce que ça couve en permanence sous la surface. C'est la réaction à des années et des années de provocation.

J'ai vu un article à mon sujet, qui m'avait été recommandé par Facebook. J'ai cliqué dessus instinctivement, puis j'ai fermé l'onglet, avant de le rouvrir. Je ne pouvais pas l'éviter éternellement. Mon procès approchait. J'avais déjà commencé à lire, juste les premières lignes. Et après tout, certains des commentateurs étaient peut-être – comme Reuben me l'avait promis – bienveillants.

Je dois avoir fait un usage excessif de la force. C'est ce que dit une femme – une avocate. Il est impossible que j'aie simplement voulu me défendre. Quand on se défend, on n'attaque pas le premier, et pas avec une telle force initiale. Ils ne savent pas qu'il était déjà en train de courir, qu'il se dirigeait déjà vers les marches, qu'il avait déjà de l'élan. Ils ne savent pas, et ils s'en fichent. Était-il vraiment possible de faire une erreur pareille ? demande-t-elle ensuite. N'est-ce pas le devoir de la personne raisonnable de vérifier ?

Il y a un article avec une photo de moi insérée à droite. Cela fait des années que je ne l'ai pas vue. Elle a dû être récupérée sur mon compte Facebook. Je regarde maussadement au loin, un gobelet de Noël Starbucks à la main, éclairée à contre-jour par le soleil hivernal.

Et, un peu plus bas, il y en a une d'Imran. Je lâche un hoquet en le regardant dans les yeux pour la première fois. Ils sont très espacés, presque globuleux. Il sourit, d'un sourire en coin un peu gêné. Ses pommettes saillantes, si distinctives, créent des ombres sur ses joues. Il était beau, indubitablement.

Je fais défiler l'article, incapable de le regarder plus longtemps.

Je suis partout : sur les sites pourris de journalisme en ligne, dans des articles écrits pour le web magazine féminin *The Pool* – une femme du nom de Caroline évoque mes déboires avec tant de compassion – et dans la section des commentaires du *Guardian*. Ai-je eu raison de recourir à la violence ? La légitime défense peut-elle être préventive ? Avais-je le devoir de vérifier ? Est-ce une problématique féministe ?

Il y a des tonnes d'articles sur le fait que les femmes sont toujours accusées de mentir devant la justice, alors qu'elles le font rarement. On n'accuse jamais les gens qui ont été agressés pour leur portefeuille d'avoir inventé l'agression, ou de l'avoir cherchée par leur comportement. Faisons confiance à Joanna, écrit une femme avec passion. Elle a secouru l'homme immédiatement. Croyons-la lorsqu'elle dit qu'elle s'est honnêtement trompée ; croyons que si ç'avait réellement été l'homme du bar, son geste aurait été justifié. Arrêtons de diffamer les femmes, de les présumer coupables et non innocentes.

Je garde les yeux fixés sur l'article, sous le choc. J'ai la chair de poule jusqu'en haut des bras, dans le dos. Mon visage est éclairé en bleu par l'écran de l'ordinateur. J'en vois le reflet dans la fenêtre.

L'article est compatissant, passionné et bien écrit. Mais une petite voix s'élève dans ma tête : j'ai menti. Je continue de mentir. Je l'ai laissé là, dans la flaque, pendant que je procrastinais. Que je décidais ce que j'allais faire. Est-ce qu'un seul mensonge, accolé à l'histoire principale telle une extension de mauvais goût à une demeure d'époque, invalide à lui seul ma défense ? Je ne sais pas. Je ne le saurai jamais. J'ignore ce que dit la loi. Et je ne peux pas demander à Sarah.

Je referme mon ordinateur, et mon visage sombre dans l'obscurité, disparaissant entièrement de la fenêtre.

Sarah m'appelle plus tard.

« J'ai rendez-vous avec Sadiq la semaine prochaine, m'annonce-t-elle. J'obtiendrai une déposition de sa part.

– Bien. »

21
Taire

Le mois de janvier s'achève. J'en garde à peine le moindre souvenir. Aux infos, ils ne parlent que de la météo – la quantité de neige qui est tombée, le froid qu'il a constamment fait, jour après jour –, et Reuben essaie parfois de me parler de ce sujet suprêmement banal, mais je ne peux me forcer à discuter même du temps qu'il fait avec lui. Je ne me rappelle pas la dernière fois que je l'ai regardé dans les yeux. Je ne dors plus, et je ne fais évidemment rien d'autre avec lui dans le lit. Je reste éveillée presque chaque nuit, à tendre l'oreille au hurlement des sirènes, au bruit de la sonnette ou au vrombissement de mon portable sur la table de chevet en recevant un texto. Et, dernièrement, à revivre toute la scène. Le moment où je l'ai poussé. Celui où je suis partie. Mais d'autres, aussi. À revivre la scène de son point de vue. À imaginer ce qu'il pensait en courant innocemment derrière moi ; ce que cela lui a fait de sentir sa vie se terminer là, dans Little Venice, tandis que sa meurtrière restait plantée à quelques pas de lui, indifférente, sans l'aider.

C'est un jour pâle de février, et Ed est en train de me parler avec beaucoup de détails de l'extension qu'il fait ajouter à sa maison.

« On ne pouvait pas simplement aménager les combles, est-il en train de dire. Toute cette paperasserie, tu sais... »

Je ne porte plus mon attelle, mais ma main ne fonctionne plus tout à fait comme avant. Je suppose que c'est à cause du temps que j'ai mis à consulter. Elle reste raide et malhabile.

J'arrête d'y prêter attention lorsque Ayesha arrive. Elle se matérialise devant moi alors même que j'étais en train de penser à elle, n'écoutant que d'une oreille en songeant combien j'aimerais la revoir.

Elle a l'air différente. Ou peut-être n'a-t-elle changé que dans ma tête. Elle est plus belle que dans mon souvenir. Ce front large et lisse.

« J'ai tellement de retard pour ces livres, dit-elle en montrant la pile qu'elle tient sous son bras. Ce sont ceux que... Mince, c'était il y a des semaines de ça. J'ai failli les garder, tellement j'étais gênée. » Elle se cache la bouche de la main. « Mais après je me suis dit : "*Non*, Ayesha. Rapporte-les !" »

Elle porte aux deux bras de multiples bracelets joncs en or rose. Ils tintinnabulent lorsqu'elle lève les bras pour empêcher Bilal de monter les marches.

« Pardon, bonjour », me dit-elle.

Elle me regarde en penchant légèrement la tête de côté, se rappelant notre conversation. Wilf. Ce mensonge.

« Bonjour. »

Bilal a grandi, développant les bras et les jambes d'un jeune enfant et non plus d'un bébé en quelques semaines, et il me salue d'un petit geste. Ses mains restent potelées, par contre, avec de petits bourrelets de chair à la base de chaque poignet.

« Je vous dois combien ? demande-t-elle en agitant les livres.

– Oh, rien », je réponds vaguement.

Comment pourrais-je lui faire payer une amende ?

Bilal et elle se dirigent vers le fond du bus et, telle une lune gravitant autour de sa planète, je les suis. Je ne peux pas m'en empêcher.

Le chauffage est allumé dans le bus et c'est au fond, près de la bouche d'aération, qu'il fait le plus de bruit. Elle s'arrête juste devant. Elle est mince, doit être sensible au froid, mais tout ce que j'arrive à penser, c'est que je suis contente. Personne ne nous entendra ici – le bruit brouillera nos paroles. Je peux lui demander... des choses.

Bilal s'assied par terre et tire de l'étagère du bas un titre de Julia Donaldson, qu'il ouvre sur ses genoux, en l'aplatissant comme un papillon.

« Bil, le réprimande-t-elle doucement avant de se tourner vers moi, en croisant les chevilles de sorte que ses pieds sont orientés dans le mauvais sens.

– Comment ça va ?

– Je suis crevée. Les joies d'être parent... Hé, comment va votre frère ? »

Je hausse les épaules, en essayant de ne pas paraître blasée.

« Ça va aller. Il va bien. Mieux.

– J'aimerais pouvoir dire la même chose.

– Oui.

– Tout le monde est tellement en colère, continue-t-elle. Ça n'aide pas.

– Qui est en colère ? je demande vivement.

– Personne n'en a rien à faire. Vous savez ? » Elle cligne des yeux, puis semble entendre ma question avec quelques secondes de retard, et répond. « Internet, je suppose. Les gens sur les forums. Les organisations. Ils pensent que peut-être la police n'a pas assez enquêté... parce qu'il était musulman. On a organisé une sorte de petite manifestation devant la mosquée, mais il n'y a que huit personnes qui sont venues. »

Son visage se tord d'un sourire amer.

« Que fait la police, maintenant ? »

Mon ton est étrangement concerné, comme si j'étais proche de l'affaire. Une tante, ou un chaleureux médecin de famille, plutôt que celle qu'elle croit que je suis : une bibliothécaire compatissante parce que son frère est mort. Il y a tellement de choses que je brûle de savoir. Si Bilal va s'en remettre. Si *elle* va s'en remettre. Et en dessous de tout ça, quelque chose de purement égoïste : j'ai besoin de savoir qu'ils ne soupçonnent rien.

Je baisse les yeux sur Bilal. S'est-il juste affiné en grandissant, ou bien y a-t-il une autre raison ? Il est en train de faire courir ses doigts sur le haut des livres, les alignant pour que leurs dos soient tous exactement au même niveau. Je suis prise d'une bouffée de nostalgie en repensant à mes propres expéditions à la bibliothèque étant enfant. À l'âge de cinq, dix, quinze ans. Quand tout était encore possible. Wilf se rendait droit au rayon science-fiction, tandis que je cherchais du côté des *Jumelles de Sun Valley* ou du *Club des baby-sitters*. On se retrouvait devant le bus, des piles de livres en équilibre dans les bras. On rentrait à la maison comme ça. On n'a jamais pensé à apporter un sac. On en lisait un par jour, toute la semaine. De temps en temps, on s'en prêtait un quand il était particulièrement bon. Mon frère est encore en vie. Je pourrais l'appeler tout de suite, si je voulais. Je regarde Ayesha et me demande ce que je ressentirais si j'étais à sa place.

« Comment était-il ? » je demande doucement, poussée par un mélange complexe de curiosité, de repentir et de tristesse.

Elle attrape son sac et l'ouvre.

« Tenez », répond-elle en me montrant une photo d'Imran et elle.

C'est un selfie. C'est lui qui tient l'appareil. Exactement comme Sadiq, vingt minutes avant que je fasse la pire erreur de ma vie.

Je me fais l'effet d'une curieuse, d'une voyeuse, mais je ne peux pas me retenir. Je détaille longuement son visage, mince et souriant. Il a les pommettes hautes. Un large sourire, avec des dents bien droites et bien blanches. On l'imaginerait parfaitement dans l'équipe de foot d'un lycée américain. Rentrant chez lui d'un pas athlétique pour avaler des Oreo avec un verre de lait.

« Imran. »

Je prononce ce nom en faisant courir mon doigt sur la photo.

Imaginez si elle savait. Si elle savait qui je suis, qui est la femme en face d'elle à cet instant.

« Oui, dit-elle en me laissant prendre la photo. J'en ai plein. Mais c'est ma préférée.

– Parlez-moi de lui.

– Il n'était pas parfait, répond-elle, ce qui me surprend. Vous savez, quand quelqu'un est tué… » Elle prononce le mot sans hésiter. « Tout le monde dit toujours que c'était un rayon de soleil qui marquait les esprits, ou quelque chose comme ça. »

Son accent devient plus londonien. Plus prononcé à mesure qu'elle parle.

« Pas lui. Il avait une phobie sociale, c'était carrément maladif. Il allait en soirée et tout, mais chaque fois, quand il rentrait, il fallait qu'il me répète tout ce qu'il avait dit… Pour que je le rassure. Ça me rendait folle.

– Eh ben.

– Oui. Mais il avait du talent. Il adorait cuisiner. Il suivait une formation pour devenir chef. À l'école de Central Street. Il décorait les assiettes avec des traits de sauce comme dans les restos chics, les rapportait à la maison en métro. » Elle s'interrompt, inspectant ses ongles, puis ajoute : « Il était bon.

– Je vois. »

Il y a quelque chose dans ma gorge. Le vieil animal qui vit sur ma poitrine est temporairement remonté, rendant ma voix épaisse et rauque.

« Il courait au parc, aussi. Il se levait à 8 heures tous les dimanches matin pour y aller. Comment était la petite amie de votre frère ?

– Oh, non. Je vous en prie, dites-m'en plus sur lui. Imran. »

Il fait chaud ici, à l'arrière du bus, et mon haut me colle à la poitrine sous mon pull. Les suées d'angoisse sont de retour, mais je ne prends pas mes distances. Je m'en sens incapable.

« Il était drôle. Marrant. Vous savez ? C'était une de ces personnes avec qui les choses sont toujours plus amusantes. »

Je hoche la tête. Je vois tout à fait le genre. Wilf était comme ça avant, quand on était enfants ; avant de perdre notre lien. Quand papa et maman étaient de sortie, on étalait les coussins des canapés par terre dans le salon. C'était un salon énorme, sans télévision – elle se trouvait dans l'autre salon, plus intime –, et ils auraient fait une attaque s'ils avaient su ce qu'on faisait. On sautait de coussin en coussin en feignant que le sol était électrifié. On appelait ça le jeu de la *décharge électrique*. Ça nous faisait hurler de rire. Je gardais toujours un œil sur l'allée devant la maison, pour voir papa et maman rentrer, et Wilf se faisait presque toujours pipi dessus à force de rire. À tel point que j'étais obligée de lui rappeler d'aller aux toilettes avant de commencer à jouer.

Je regarde dans le vide. Qu'est-ce que cela me ferait s'il n'était plus là ? Je n'imagine même pas l'ampleur de cette perte. Non en dépit du fait qu'on ne se voit plus beaucoup maintenant, mais justement à cause de ça.

« On a organisé un enterrement traditionnel, ce qu'il aurait détesté. Mais que voulez-vous. Papa et maman sont revenus. Du Pakistan. On vivait seuls tous les deux, avant ça.

– Est-ce qu'ils sont repartis, maintenant ?

– Oui. Je suis toute seule avec Bilal, à présent. La chambre d'Imran est vide. On va probablement bientôt se faire expulser. On ne peut pas avoir une chambre en rab quand on vit en HLM[1], vous savez ? »

Je ferme les yeux, brièvement, pour me protéger de cette information. J'ai à peine la force d'entendre tout ce qu'ils ont perdu.

Lorsque je les rouvre, les siens sont fixés sur moi.

« C'est pour cela qu'il suivait cette formation de chef cuisinier. Il avait découvert qu'il aimait cuisiner. Pour nous. Enfin, il était plus ou moins *obligé* de cuisiner pour nous.

– Je vois.

– J'en ai plein d'autres », dit-elle en rouvrant son sac à main.

1. La *bedroom tax*, mise en place par la réforme de 2012 de l'aide sociale au Royaume-Uni, oblige les locataires de logements sociaux ayant une chambre de plus que strictement nécessaire à déménager pour un logement plus petit ou, à défaut (ce qui est souvent le cas par manque de logements de taille inférieure), à payer une pénalité.

Un des compartiments est plein à craquer. Elle me passe deux autres photos. Imran et elle, encore. Une en vacances, bronzés, appuyés à un pont au-dessus d'une rivière. L'autre date de quand ils étaient petits. Leurs hautes pommettes saillantes si distinctives me sautent aux yeux, comme des étoiles dans le ciel nocturne, de plus en plus évidentes à mesure que je regarde.

Je pourrais lui avouer maintenant. Ce serait tellement facile. Elle serait peut-être même induite en erreur, au début, par la désinvolture de mon ton. Elle ne réaliserait peut-être pas l'énormité de ce que je serais en train de lui dire. Elle comprendrait très vite, bien sûr. Mais peut-être pourrais-je la leurrer un moment. Et je pourrais lui dire que je suis désolée, et elle me dirait qu'elle me pardonne. Et puis après, elle prendrait conscience de la vérité, avec colère, et me dénoncerait.

Mes mains se mettent à trembler. Mes yeux se remplissent de larmes. Je baisse le regard en attendant qu'elles se résorbent, mais elles refusent de le faire. Au contraire, elles continuent de s'accumuler, et j'ai la gorge nouée.

« Mais maintenant, c'est fini, vous savez ?

– Je suis désolée. »

Ma voix est à peine audible.

« Il ne s'est probablement même pas rendu compte de ce qui se passait. »

Je pense à la réalité de sa mort. Il ne pouvait pas respirer. Tout devait être glacial autour de lui. Le sol. L'air. Cette eau qui lui couvrait le nez et la bouche. Peut-être a-t-il pensé à elle en mourant. Peut-être a-t-il vu ses parents en pensée. Peut-être s'est-il demandé : *Qui a pu me faire ça ?*

Je croise son regard. Elle a les yeux humides, les cils du bas collés entre eux.

Je ne peux pas m'empêcher de lui poser la question.

« Savez-vous ce qui lui est arrivé ? »

Ma voix est rauque et étrange. Avec une note de désespoir.

« Cette nuit-là ? demande-t-elle vivement.

– Oui. »

Elle ferme les yeux, donnant l'impression d'être en prière. Sa peau est parfaite, mais elle commence à avoir des rides. Pas des rides de joie – au coin des yeux, autour de la bouche –, mais de tristesse. Sur le front.

Elle rouvre les yeux.

« Non, répond-elle en clignant des paupières. La police dit... Elle a dit que c'était une mort suspecte. Mais maintenant... on ne sait pas. On ne sait tout simplement pas ce qui lui est arrivé. Personne ne sait.

– Est-ce qu'il y a eu le moindre progrès dans l'enquête ? »

Et à mes oreilles, mon ton est tellement révélateur. Tellement avide. Je m'étonne une fois de plus que les gens ne sachent pas ; qu'ils ne devinent pas ; que ce ne soit pas affiché en grosses lettres lumineuses au-dessus de ma tête.

Je m'avance. Elle recule.

« Progrès ? » répète-t-elle.

Elle a l'air méfiante à présent. Recule d'un autre pas. Son sac à dos heurte un présentoir de livres pour adultes débutants et elle tend la main pour le retenir avant qu'il tombe.

« Dans l'enquête. »

J'écarte mes cheveux de ma figure et remarque que ma main tremble. Elle peut sûrement le voir aussi. Son regard se pose brièvement dessus avant de revenir sur mon visage.

Elle ne dit rien pendant un moment. Elle secoue la tête, se mordant la lèvre inférieure de ses dents blanches. Elle repose les yeux sur moi, scrute mon regard. Peut-elle voir mes larmes ?

« Non, pas vraiment. »

Et, l'espace d'un instant, ma paranoïa se dissipe, remplacée par une étrange jubilation. C'est cela, la culpabilité, suis-je en train d'apprendre. Avec ses hauts et ses bas. Ses incohérences. Le soulagement rapidement suivi par son contraire, parce que le soulagement véritable, durable, n'est plus possible.

Je hoche brièvement la tête.

« Vous pouvez toujours me raconter. M'en parler, si vous voulez. »

Elle se contente de me regarder.

« OK », finit-elle par dire avant de se retourner vers les livres.

Je lui ai fait peur.

Je tourne les talons et sursaute, sentant l'adrénaline fuser dans mes bras, mes jambes, depuis mon cœur : Ed est juste derrière moi. Je ne l'ai pas entendu approcher. Il marche doucement, comme un chat. J'aurais dû être plus prudente, mais en le regardant avec attention, je vois qu'il n'a pas entendu. Son expression est totalement neutre, impassible. Il ne *peut pas* avoir entendu, avec le bruit du chauffage au-dessus de nous. C'est comme un rugissement sourd.

Ayesha emprunte dix-huit livres. C'est plus que le maximum autorisé, mais je la laisse faire.

Lorsqu'elle s'en va, Ed m'effleure le bras.

« Ça va ? me demande-t-il avec douceur. Ça doit être dur de penser à Wilf.

– Ça va.

– Tu as perdu tellement de poids.

– Je sais. »

Plus tard, je suis censée retrouver Laura pour notre sortie traditionnelle du vendredi soir. Il pleut encore, et je m'abrite dans l'encadrement de la porte, devant les bureaux. L'air a cet aspect grisâtre qu'il ne semble avoir qu'en février ; comme si tout était filtré par Inkwell sur Instagram.

Elle a dit qu'elle m'enverrait un texto lorsqu'elle aurait fini. Ça ne sert à rien de rentrer chez moi alors que je pourrais prendre le métro directement d'ici, donc j'attends, devant nos bureaux, bien qu'Ed ait déjà fermé. J'ai dit à ce dernier que je n'avais pas besoin qu'il me ramène chez moi, mais maintenant je le regrette. J'ai la flemme de sortir. À quoi bon ?

Elle n'a pas proposé qu'on se retrouve ; elle a juste supposé qu'on le ferait. On se voit presque tous les vendredis. Ce serait étrange si j'annulais. On n'ira pas dans un bar. On ira plutôt dans un café.

Je me représente Laura qui finit ce qu'elle est en train de faire, de quoi qu'il s'agisse – Jonty et elle font toujours des trucs improbables avec leur collection de connaissances qui vivent parfois sur leur péniche avec eux. Ils les déposent à l'aéroport, ou vont à Stoke Newington acheter une voiture pour un certain Erik qui a vécu avec eux quelques semaines. Ce genre de choses.

Mais elle va m'envoyer un texto. Je le sais. Elle ne m'a jamais fait faux bond, et elle a sûrement attendu ce moment avec impatience toute la journée. Mais la venue d'Ayesha dans le bus m'a laissée préoccupée, fébrile. Peut-être qu'elle garde un œil sur moi. Peut-être qu'elle sait. Je vais devoir mentir à Laura pour expliquer ma distraction, élever des murs là où il n'y en a jamais eu auparavant ; de vilains blocs de béton façon années 1960 au beau milieu de mes relations les plus importantes.

Il faut que je rentre chez moi. Loin de tous.

Je vais rentrer, retrouver Reuben. Cette pensée me noue encore plus l'estomac. Peut-être puis-je l'éviter aussi. Éviter de lui mentir. Où pourrais-je aller ?

Je ne vais pas retrouver Laura. Je lui dis que je ne viens pas. Et je ne rentre pas chez moi non plus. Je vais au cinéma, seule. Je regarde un film avec Will Smith, fixant l'écran sans ciller jusqu'à ce que les yeux me brûlent. Je n'arrive pas à suivre l'intrigue, mais je m'en fiche. Je veux l'oubli.

À 23 heures, Reuben m'envoie un texto. *Bonne soirée ?* demande-t-il, et je ressens un bref frisson de plaisir. Il m'écrit davantage, ces derniers temps. Il essaie de réduire la distance entre nous, j'imagine. Et puis un autre texto apparaît. Deux de suite. *Je suis fatigué. Juste au cas où je dormirais quand tu rentres : n° 2650, le fait que tu trouves toujours du temps à passer avec Laura.*

Je regarde le générique de fin défiler sans le voir. Reuben se trompe même dans son amour pour moi.

Il est 23h30 lorsque je rentre à la maison. Il y a deux mois pile, me dis-je. Ça arrivait. Ça venait d'arriver. Cette décision qui allait tout changer à jamais.

Soixante jours ont passé. Et qu'ai-je fait pour m'aider ? Mes vêtements sont à la bibliothèque, sur le point de disparaître au moyen d'un système conçu pour m'en débarrasser à jamais. Je me demande si la Joanna de décembre serait contente de voir que je suis en passe de *m'en tirer impunément*. Je ne pense pas. Cela ne me procure aucun plaisir. Ce n'est pas mon choix, pas vraiment. C'est comme quand les femmes qui ont recours à l'avortement sont décrites comme *pro-avortement* dans la presse. Ce n'est pas vrai. Nous choisissons simplement la moins pire des solutions dans une mauvaise situation.

Je m'introduis silencieusement dans notre chambre, mais Reuben est assis dans le lit, la lumière allumée. Je me fige, comme une cambrioleuse surprise en plein casse.

« Comment va Laura ?

– Elle a été chiante. »

Je ne sais pas pourquoi je dis ça. Pour donner de la saveur à une soirée qui n'a jamais eu lieu, je suppose. Parce qu'elle m'agace effectivement, peut-être, et lui aussi, de façon irrationnelle, à croire que nos relations vont rester exactement pareilles alors que tout a changé.

« Ne critique pas comme ça, me dit doucement Reuben, avant d'ajouter inutilement : Elle n'est même pas là pour se défendre.

– Désolée. »

Je le regarde enfin dans les yeux.

Ce n'est pas la pire chose que j'aie faite, de critiquer ma meilleure amie. Loin s'en faut.

Je ne sais comment, je reconnais leur façon de frapper à la porte, lorsqu'ils le font le lendemain. Reuben est au travail, et je m'apprête à partir. C'est une visite matinale, destinée à me prendre par surprise, j'imagine.

Ce sont les mêmes hommes. Le petit et le grand. Le blond et le brun.

« Joanna », dit Lawson.

Il entre sans vraiment attendre que je l'y invite, ou peut-être que je m'écarte pour le laisser passer. Je ne sais pas. Je tremble des pieds à la tête, j'ai les oreilles qui bourdonnent et la vision trouble. Ils sont là.

« Bonjour. »

Ils gagnent le salon et je les suis. Leurs costumes impeccables font une impression étrange au milieu de la douceur de mes meubles.

« Nous avons parlé à Sadiq, reprend Lawson.

– Oui ? »

La peur se répand depuis mon ventre dans mes bras et mes jambes.

« Il dit qu'il ne vous a pas harcelée. Qu'il ne s'est rien passé. »

Je prends une seconde pour réfléchir. Évidemment. Évidemment qu'il n'allait pas avouer ça comme ça. Bon sang. Ce que je suis stupide.

« Eh bien, il n'a pas vraiment intérêt à l'admettre devant deux policiers, n'est-ce pas ?

– C'est possible. Nous pourrions vérifier les images de la caméra de surveillance ? S'il se comportait si manifestement mal avec vous, peut-être est-ce notre homme pour l'attaque.

– Peut-être », je réponds d'une voix à peine audible, en songeant : *Ils connaissent sûrement la différence entre un prédateur sexuel et l'auteur d'une attaque arbitraire ?*

Sadiq est peut-être l'un, mais je suis l'autre.

« Donc les choses se sont vraiment passées comme vous l'avez dit ? demande Lawson d'un air dégagé. Le comportement de Sadiq au bar ? Et… après ?

– Oui. » J'essaie de prendre l'air indigné, comme je le serais si j'étais innocente. « Oui, exactement comme je l'ai dit.

– OK. » Lawson attend, assis sur mon canapé, les yeux posés sur moi. « Et le chemin que vous avez pris ? finit-il par demander.

– Exactement celui que j'ai indiqué. Pour éviter Sadiq. »

Je me relève, prête à m'affirmer, à les raccompagner à la porte.

« Prévenez-nous si vous vous remémorez autre chose, dit Lawson.

– Vous serez les premiers que j'appellerai. »

Lawson s'arrête devant la porte. Ça doit être sa tactique.

« Merci beaucoup de nous avoir offert votre témoignage. Vous êtes la personne la plus importante dans cette enquête. À très bientôt. »

22
Avouer

Je retrouve Sarah dans un café aseptisé de la chaîne Costa, donnant sur la grande rue mouillée de Hammersmith. Des boissons hivernales – d'étranges décoctions – sont proposées aux clients venus reprendre des forces au milieu d'une virée shopping. Sarah arrive quelques minutes seulement après moi.

« Bonjour », me dit-elle simplement. Puis elle ajoute : « Préparez-vous. »

Je trouve la remarque étrange. Elle s'arrête devant moi en refermant son parapluie et en glissant son sac sous la table.

« Qu'est-ce que vous voulez ?

– Juste un thé. »

Elle pose sur la table une petite pile de documents réunis dans une pochette transparente, qu'elle portait sous le bras.

« Lisez pendant que je commande. »

Elle porte un rouge à lèvres sombre, couleur prune, et cela la vieillit, révélant les rides autour de sa bouche.

J'attire légèrement la pochette à moi, puis l'ouvre.

Je vais d'abord à la dernière page, qui est le rapport de notre expert sur les blessures de la victime. Il est plein de mots incompréhensibles.

Commotion cérébrale. Ébranlement du cerveau. Lésion du lobe frontal.

Sarah revient. Elle porte un pantalon large qui balaie le sol et tout ce qui y traîne sur son passage.

« Je ne comprends rien.

– Ne vous inquiétez pas de ça. » Elle me prend les papiers des mains. « Les rapports d'experts sont toujours très compliqués. Imran est réveillé. »

Quelque chose dans son expression m'inquiète. C'est fugace, mais je le vois. Un infime froncement de sourcils. Ses yeux qui se baissent, puis se relèvent pour me regarder.

« Est-ce qu'il est... rétabli ? »

– Ça viendra, répond-elle sèchement. C'est de cela que je souhaite parler avec vous. »

Elle sort de la pochette la première déposition pour me la passer. La dernière page, marquée SUH1, se détache, et je vois qu'il s'agit d'une photo. Elle la pose à l'envers sur la table et me tend le reste.

Je lis rapidement les trois premières lignes, puis m'arrête.

« C'est Sadiq. Sadiq du bar ?

– Oui », répond-elle en tendant doucement une main fine vers la déposition, que j'ai posée sur la table. Du bout d'un doigt, elle redresse la pile. « Je l'ai rencontré. Mais j'ai bien peur qu'il soit allé voir la police après m'avoir parlé.

– Mais... pourquoi ?

– Il n'était pas d'accord avec votre version des faits. Je suppose qu'il a conclu un marché quelconque avec la police. Il ne voulait pas être accusé de vous avoir harcelée. Alors il les a aidés. Il a produit cette déposition. »

Sans ajouter un mot, elle retourne la photo.

Bien sûr. Putain, bien sûr. C'est le selfie. Le selfie qu'on a pris ensemble.

« Il dit que vous étiez d'humeur bavarde. Amicale. Que vous avez vaguement flirté. Échangé une étreinte. Et qu'il ne s'est rien passé d'autre.

– Mais il... il m'a attrapée. Il a pressé son... »

Je m'arrête, incapable d'aller plus loin, incapable de laisser les souvenirs remonter. Non seulement parce que ce sont ceux de ma vie d'avant, d'avant ces rencontres au café avec l'avocate qui essaie de m'éviter la prison, mais aussi à cause de l'événement en lui-même : un homme a collé son sexe contre moi, contre mon gré. Je n'en ai parlé à personne. Je n'ai pas été autorisée à faire face à ce traumatisme.

« Je sais. Et nous avons Laura et sa déposition qui soutient votre version des faits. Mais toutefois, j'ai obtenu les images de la caméra de surveillance. »

Elle plonge la main dans la poche extérieure de sa sacoche d'ordinateur et en sort un CD. Sans dire un mot, je la regarde allumer son ordinateur, insérer le disque et trouver le dossier. Elle tourne l'écran vers moi.

Il y a trois fichiers. Le premier montre le moment du selfie. Je suis en train de rire, le corps incliné vers Sadiq. Laura s'écarte, pas moi, mais je la suis aveuglément. Je suis toujours frappée, quand je me vois en vidéo, de réaliser combien je parais petite et docile ; comme s'il ne se passait rien dans ma tête, alors qu'en réalité elle est pleine de pensées en ébullition. C'est une étrange vision.

La deuxième vidéo est plus courte. Dans le coin en haut à droite, parmi les danseurs et les fêtards, il m'attrape. Je vois ses mains se tendre vers moi. Mais sur cette vidéo, j'ai l'air complice. Je ne fais rien, et derrière la mauvaise qualité de l'image, mon expression est neutre. Il me tient, et je ne fais rien.

Et enfin, la dernière vidéo. Il m'attrape par la main. Mon visage est ouvert. Je laisse ma main dans la sienne, sans rien faire, tendant même le bras pour suivre son mouvement, sans me débattre, sans essayer d'attirer l'attention.

« Oh, merde, je murmure en les regardant.

– Je sais.

– Ce n'est pas… C'était pas comme ça en vrai.

– Je sais.

– Il me faisait peur. Il tenait ma main si durement que je ne pouvais rien faire.

– Je sais, Jo. Je sais. Mais… Il va falloir sérieusement batailler. Pour le prouver. Vous ne semblez… vous ne semblez pas effrayée sur ces images.

– Laura va témoigner.

– Bien sûr. Bien sûr.

– Et peut-être d'autres personnes qui étaient dans le bar ? »

Je pose la question bien que je sache que c'est sans espoir.

Ça a l'air tellement banal, la façon dont il m'*étreint*. Dont il me tient la main. Qui en garderait le moindre souvenir ?

Je n'arrête pas de repenser à l'expression de mon visage. À ce regard vide. Quelle idiote j'ai été, me dis-je. De faire comme si j'étais ailleurs, d'effacer la situation de mes perceptions, de prendre cet air absent ; d'être passive, quand j'aurais dû être active.

« Je vais faire un appel à témoignages », dit Sarah.

Mais ses mots manquent de conviction, comme si elle cherchait juste à me calmer. Elle ne me regarde pas, tapote rythmiquement de l'index sur la table, les yeux fixés derrière moi.

Elle pousse mon thé vers moi et quelques gouttes en débordent. Ils ont utilisé du lait entier ; je distingue le gras dans les volutes nacrées qu'il crée au milieu du thé couleur brique.

23
Taire

« Tu n'es pas montée te coucher, hier soir », remarque Reuben.

Il dit toujours ça, *monter se coucher*, même si on n'a jamais vécu sur deux étages. C'est une habitude qu'il a conservée de sa maison d'enfance, ce pub branlant avec ses multiples escaliers étroits en bois, ses chambres sous les toits.

Hier soir, on a regardé *Le Parrain* (numéro 60). J'ai dit que j'allais le rejoindre au lit, mais je ne l'ai pas fait. À la place, j'ai compté les jours. Ceux qui se sont écoulés depuis Avant.

Ça fait soixante-cinq jours. N'est-ce pas le temps qu'a passé Jésus dans le désert, à se repentir ? Non... C'était quarante jours, plutôt ça, non ? Je ne sais pas. Je devrais demander à Reuben. C'est un de ces athées convaincus qui se disputent sur le sujet en soirée, mais il a lu la Bible. Pour mieux la rejeter, m'a-t-il expliqué une fois. Cela m'avait fascinée. Qu'on puisse être si dévoué à ses croyances personnelles.

Je me suis endormie en comptant les jours, sur le canapé. Je me sentais plus en sécurité dans le salon, loin de son corps nu, sensible. J'ai tenté de me convaincre que la police suivait toutes les pistes, même les plus maigres, parce qu'elle n'avait aucune idée de qui avait fait le coup.

Dans la nuit, alors que je rêvais de Sadiq et d'Imran, je me suis réveillée en sursaut, croyant avoir entendu la police frapper à nouveau, mais ce n'était pas le cas. Alors que j'étais ainsi éveillée, j'ai repensé aux clés de la bibliothèque, qui sont toujours dans mon sac. J'ai eu trop peur de les rendre. Trop peur d'être prise en flagrant délit, et je n'ai pas été seule dans les bureaux un instant ; mais aussi, je ne voulais pas vraiment les rendre – au cas où j'en aurais besoin. C'est idiot, je sais, mais c'est vrai.

J'ai la nuque raide. La main qui me fait mal. Les rêves sont en train de s'effacer de ma mémoire, et j'ai l'impression de faire le tri entre ce qui est réel et ce qui ne l'est pas, comme un enfant avec un trieur de formes. Sadiq et Imran n'étaient pas là, dans mon salon, comme je l'ai cru au milieu de la nuit. Mais tout le reste est réel.

Reuben est en train d'essuyer une tasse. C'est sa tasse préférée. *Faites-moi confiance, je suis travailleur social*, est-il écrit dessus. Ce sont ses parents qui la lui ont offerte, le jour où il a obtenu son diplôme de master. J'étais là aussi. Je l'ai considéré comme véritablement adulte, ce jour-là. La façon dont il avait relevé les défis de sa formation, le volume de travail, la recherche d'un emploi à la fin – et un emploi sérieux, qui avait de l'importance. Il avait mûri pendant ces deux ans de master, gagné en stature – d'une manière ou d'une autre – et en musculature. Il se tenait différemment. Ça me fascinait, cette transition dont j'avais été témoin chez le petit ami que je fréquentais depuis deux ans. C'était une transition que je n'avais personnellement jamais faite.

Et maintenant. Il a continué d'évoluer. Il ne se contente jamais de faire une seule chose. Il travaille en interne à l'association. Il ramène des garçons à la maison, en dépit du règlement, et les fait dormir dans la chambre d'amis. Une fois, il en a emmené un, Ozzie, jusqu'à Bristol, pour lui montrer qu'il pouvait recommencer à prendre le train, après une agression à l'arme blanche. Il en fait toujours plus que son devoir ne l'exige. Et puis il y a ce travail qu'il fait pour notre députée. C'est si récent, qu'il participe à ses séances de consultation. S'il savait… Si tout le monde savait, ça y mettrait probablement fin.

Brusquement, le fardeau de ce qu'il est me semble trop lourd à porter. Le fardeau de sa *vertu*. Il est impossible de vivre avec quelqu'un qui ne succombe jamais à la jalousie, à la convoitise, qui ne prend jamais de décisions irréfléchies. Il n'est jamais enclin à l'égoïsme, au matérialisme, à l'avarice.

« Non. J'ai dormi en bas. J'ai reregardé *Le Parrain.* »

C'est faux. Je ne sais pas pourquoi j'ai ajouté ça. Parce que j'aimerais en parler, je suppose. De la transformation de Michael Corleone, de son passage du bien au mal. Je suis toujours à la recherche d'un exutoire ; d'un moyen de discuter des thèmes de mon crime sans évoquer directement celui-ci. D'en parler sans en parler. Comme si, d'une façon ou d'une autre, je pouvais trouver un moyen de l'avouer à Reuben sans vraiment le lui avouer.

« Oh, je me disais qu'on pourrait regarder la deuxième partie ce soir. C'est le numéro 53, de toute façon. *Le Parrain II.* »

Il termine d'essuyer sa tasse et la range soigneusement dans le placard, avant de se retourner pour me regarder. Je n'ai jamais dormi sur le canapé auparavant, loin de la chaleur de son corps.

« Oui, mais j'en ai ma claque, maintenant, je réponds sèchement.

– C'est quoi le suivant, alors ? Le numéro 59 ? »

Il fait courir son doigt sur le tableau noir.

« Je ne veux rien regarder. »

Je lève les yeux vers lui, à l'autre bout de la pièce, et songe : *Pourquoi tu ne peux pas juste être une mauvaise personne, comme moi ?*

« Il y a quelque chose qui cloche chez toi, ces derniers temps », dit Reuben.

Son ton est doux. Presque cajoleur. Je l'observe : il a les mâchoires crispées.

« Tu ne veux plus jamais rien faire. »

Je ne réponds rien, me contentant de le dévisager.

« Non, reprend-il, ce n'est pas que tu ne veux plus rien faire. C'est que tu ne veux plus rien faire *avec moi.*

– Mais si. C'est juste que…

– Tu n'étais jamais de mauvaise humeur. »

Mes yeux s'emplissent de larmes tandis que je regarde fixement mon téléphone. J'ouvre Facebook. Le referme. Ouvre Instagram. Pour voir si j'ai des likes.

Il a raison. Avant tout ça, j'étais joyeuse et insouciante, trop insouciante, même : j'ignorais activement mes problèmes, préférant consacrer mon énergie à commander des choses sur ASOS, à avoir juste la bonne dose de thé par jour et mes trois repas chauds, et à être *juste de bonne humeur*, plutôt qu'à faire quoi que ce soit d'important.

« Mais tu l'es. Maintenant, ajoute-t-il.

– Ce n'est pas vrai. »

Je proteste doucement, souhaitant à la fois qu'il arrête de parler, et tout lui avouer.

« Sérieux. Ça fait des mois que tu tires la gueule. »

Il referme le placard d'un geste agacé.

J'admire sa patience. Il n'aurait à être mal luné avec moi qu'une soirée pour que je dise quelque chose.

« Arrête de t'énerver. »

Ça me fait de la peine de l'accuser, mais c'est nécessaire. Il ne peut pas penser que le problème vient de moi. Il doit penser qu'il vient de lui.

« Je ne m'énerve pas. Est-ce qu'il t'est arrivé quelque chose ? » Il me regarde sans ciller, garde un ton doux. « Est-ce que quelqu'un t'a fait de la peine ? »

J'en ris presque. Il est tellement sûr de sa propre fiabilité, de sa propre gentillesse, qu'il n'irait jamais présumer que c'est lui le problème, ou même que ça a quelque chose à voir avec lui. Il y a une certaine beauté dans cette logique.

Il voit mon hésitation et demande :

« Qu'est-ce qui s'est passé ? »

Il me regarde si gentiment, tellement persuadé que quelque chose m'est arrivé, sans envisager une seconde la vérité ; que c'est moi qui ai fait quelque chose à quelqu'un d'autre. Il est tellement convaincu de mon innocence. Le problème vient peut-être en partie de Reuben, mais il vient surtout de moi. Et pourtant j'ai l'impression que tout tourne autour de lui, exclusivement. Que j'existe – que je suis incarnée – dans son amour pour moi. Et que, s'il disparaît, je disparaîtrai aussi.

« Je suis normale, c'est toi qui es bizarre. Déjà l'autre jour, à propos de mon manteau.

– Le cadeau que tu as perdu. Par négligence.

– Tu me connais. Je suis négligente.

– Pas avec ce genre de chose, rétorque-t-il, avant de continuer plus doucement. Pas avec ce qui nous concerne. »

Et puis il fait un drôle de geste. Il tend brièvement le bras vers moi, mais, en voyant que je ne réagis pas – que je ne fais que le dévisager –, il le laisse retomber mollement, comme s'il savait que ce serait futile.

« Laisse tomber », murmure-t-il avec un soupir qui me brise le cœur.

Après son départ, je regarde, par la fenêtre, la neige incessante du mois de février qui couvre, et tue à petit feu, nos plantes agonisantes.

Alors que j'arrive chez moi après le travail, Ed m'envoie un texto.

Aurais-tu vu passer un jeu de clés ? a-t-il écrit. *Il nous en manque un.*

Je me fige, dans la cuisine, mon manteau encore sur le dos, les yeux fixés avec horreur sur mon téléphone.

Un autre texto suit immédiatement le premier.

On pense que quelqu'un est entré en douce.

Merde.

Qui ça, « on » ? Avec qui en a-t-il parlé ? Et pourquoi est-ce qu'il me le dit à moi ? Parce qu'il me fait confiance – ou pas, justement ?

Je ne peux pas prendre le risque de laisser la situation dégénérer, alors je le rappelle immédiatement.

« Non, je dis dès qu'il décroche. Pourquoi ?

– Oh, il y a un trousseau qu'on ne retrouve pas, et la semaine dernière, une seule des serrures était fermée. Au lieu des deux. »

– Bah, je ne sais pas, je réponds en relâchant mon souffle par le nez.

– T'inquiète pas, dit-il platement. On va faire changer les serrures. Et consulter les enregistrements des caméras de surveillance.

– Les caméras de surveillance ?

– Oui, il y en a à l'intérieur des bureaux.

– Oh. »

Je suis incapable de dire quoi que ce soit d'autre.

Comment ai-je pu être aussi stupide ? La vidéosurveillance concerne l'intérieur comme l'extérieur. Comment ai-je pu ne pas vérifier ? Ne même pas y penser ? Ne pas avoir levé les yeux une seule fois, depuis six ans que je travaille à la bibliothèque ?

Je raccroche peu après et regarde fixement le tableau noir, perdue dans mes pensées, avant de cligner des yeux, surprise.

Reuben m'y a écrit un message, à côté de la liste de films qu'il a choisi avec optimisme de ne pas effacer.

Salut,

Je ne sais pas comment te demander ça en personne et, de toute façon, tu ne ferais que détourner la conversation et ça m'énerverait. Je me demande s'il y a quelque chose que j'aie besoin de savoir. S'il s'est passé quelque chose. Ou si quelque chose a changé. Si tu n'as plus les mêmes sentiments envers moi, dis-le-moi, c'est tout, et je serai sympa, Jo. Réponds ici, si tu veux. Et sinon, efface simplement mon message, et ce sera comme s'il ne s'était jamais rien passé.

Je t'aimerai toujours.

Je t'embrasse.

Je ne suis pas arrivée à la fin que je hurle déjà de chagrin, la bouche ouverte sur un gémissement presque bestial, muet, caverneux.

Ça me révèle à moi-même, ce message sur le tableau noir. Me préserver est plus important pour moi que Reuben. Quelle affreuse vérité. Je préférerais vivre sans lui qu'affronter la prison à perpétuité.

Mais la vérité est plus compliquée que ça : ce serait pire que l'emprisonnement, s'il savait ce que j'ai fait. L'opinion qu'il a de moi compte plus que celle du reste du monde.

Je pleure à chaudes larmes en effaçant le tableau dans un nuage de craie. Il a utilisé la même que pour notre liste de films, et la poussière retombe, rouge, sur mes mains.

24
Avouer

Par un banal mardi après-midi, ma sonnette de porte retentit. Dès que je vois qu'il s'agit de la police, je me sens blêmir de peur, et je regrette d'avoir ouvert. Mon procès n'est pas encore en vue, mais les voilà déjà, qui continuent à me prendre par surprise.

« Joanna Oliva, dit l'un d'eux, vous êtes en état d'arrestation pour présomption de tentative de meurtre telle que définie à l'article... »

Je n'entends pas le reste. Ça ne peut pas être pire encore. Ça ne peut tout simplement pas être vrai.

Sarah arrive dix minutes après moi.

« Ils vous ont réinculpée, de tentative de meurtre cette fois, me dit-elle lorsque nous nous retrouvons dans une salle d'entretien. Sur la base de nouvelles preuves.

– Quelles nouvelles preuves ? »

J'ai les doigts qui tremblent tellement que je dois poser les mains complètement à plat sur la table.

« Les experts ont fait leur déposition, m'explique-t-elle.

– Notre expert ? Ou le leur ? »

Elle pousse vers moi deux petites piles de papier, et m'indique celle de droite.

« Ceci est le rapport de notre expert. Vous l'avez vu à Costa. Brièvement.

– Oui. »

L'air est frais aujourd'hui, et je resserre mon pull autour de moi. Bien. Je suis contente qu'il fasse froid. Je peux faire comme si c'était toujours l'hiver. Comme si ce procès n'arrivait pas sur moi comme un train fou. Le printemps est encore loin. Ma détention est encore loin.

« Il soutient votre version des faits. Écoutez bien. » Elle me lit le document, les coudes posés sur la table. « La violente poussée exercée sur la victime a causé un ébranlement du cerveau avec lésions de coup et de contrecoup. Le cerveau s'est d'abord déplacé vers l'avant du crâne, propulsé par la vitesse d'impulsion, et l'a heurté. C'est le coup. »

J'interviens mollement.

« Et il courait, aussi. Il avait de l'élan.

– Oui », acquiesce-t-elle gentiment.

Elle boit une gorgée du thé qu'on nous a apporté. Je remarque que son rouge à lèvres a laissé une trace rose vif sur le bord du gobelet.

« Le coup, je répète. D'accord.

– Donc le cerveau se déplace vers l'avant dans le crâne. Et après, parce qu'il a été violemment poussé en avant, il repart en arrière. » Elle continue de lire la déposition, mais elle paraphrase à présent, la traduisant dans une langue plus compréhensible. « La deuxième lésion, créée lorsque le cerveau percute l'arrière du crâne, s'appelle le contrecoup. Sous l'effet de ces deux traumatismes, le cerveau a enflé, causant œdème et hypoxie. D'accord ? Enflure et manque d'oxygène.

– Oui.

– Vous n'auriez pas eu besoin de savoir tout cela s'ils n'avaient pas fait ça », dit-elle en montrant du doigt le rapport de gauche, celui de l'expert engagé par l'accusation.

Ses pages cornées se replient autour du gobelet qu'elle a posé dessus, comme des doigts.

« Qu'est-ce qu'il dit ?

– Que l'hypoxie a été causée par autre chose.

– C'est quoi, l'hypoxie ?

– Le manque d'oxygène. »

Je réalise qu'elle me l'a déjà expliqué vingt secondes plus tôt.

« Oh. »

Je sens mon visage s'empourprer.

Pas d'embarras; je me fiche un peu de ce que pense Sarah. Mais de... panique.

De peur. De petites perles de sueur éclosent sur ma lèvre supérieure et je les essuie avec agacement. Je sais ce qu'elle s'apprête à dire.

« Leur expert pense que la victime – Imran – est restée trop longtemps dans la flaque. Quelques indices laissent à penser qu'elle a été dans l'eau... »

Je l'interromps.

« Oui, il était dans l'eau. Je n'ai jamais tenté de le nier.

– ... plus longtemps que vous ne l'avez dit. D'après leur expert, des zones de son cerveau ont commencé à mourir. Son rythme cardiaque était plus lent à l'admission qu'ils ne l'auraient pensé. La température de son corps était plus basse. Son réflexe d'immersion s'était déclenché.

– Qu'est-ce... Je... »

Les mots me sont peut-être incompréhensibles, mais je comprends immédiatement ce qui se cache derrière : ils savent.

« Ils disent que son hypoxie était due à... sa noyade, résume Sarah.

– D'accord.

– Et nous, on dit qu'elle était due à sa chute. »

Je dois presque croire à mes propres mensonges, parce que je bredouille un moment avec colère.

« Il n'y a pas moyen de le déterminer ? je finis par m'exclamer en tapant des doigts sur le rapport de l'accusation. Il n'y a pas moyen de dire avec certitude quel genre d'hypoxie c'est ? Il n'y a pas moyen de prouver qu'elle était due à la chute ? »

Elle secoue la tête.

« Non. »

Je pense à tout ce dont on est capable en médecine. Chirurgie de l'œil au laser. Greffes de cœur. Comment peut-il être impossible de déterminer une chose pareille ? Mais soudain, je me dis sombrement : tant mieux. Tant mieux qu'ils ne puissent pas déterminer cela. Parce qu'ils auraient peut-être raison.

« Donc il faut qu'on réfute sa théorie. Qu'on lui fasse subir un contre-interrogatoire, dit-elle. Il n'y a aucune preuve de ce qu'il avance. Ça pourrait aisément être dû au traumatisme et à l'œdème. À moins que... »

Elle me jette un coup d'œil, et je comprends pourquoi elle est vraiment là : pour vérifier. Pour vérifier et revérifier, en bonne avocate.

« Oui. Je n'ai rien de plus à vous dire. Je l'ai sorti de l'eau. Immédiatement.

– Bien, fait-elle avec un hochement de tête décisif, avant de prendre une autre gorgée de thé. Donc, tentative de meurtre.

– Oui. »

Le terme est resté tapi en arrière-plan, dans l'encadrement de la porte, pendant tout notre entretien. Attendant qu'on lui dise d'entrer. Espérant que c'était une erreur.

« C'est quoi, la peine ? Pour une tentative de meurtre ? »

Elle me regarde et cligne des yeux, deux fois de suite, très vite. Elle est surprise.

« Jo. Ils vous condamnent essentiellement à la même peine que pour le crime mené à son terme.

– Hein ?

– Que pour meurtre. »

Je suis incapable de répondre quoi que ce soit.

Elle doit s'en rendre compte, car elle reprend la parole.

« Avec les blessures d'Imran... ce serait douze à vingt.

– Douze à vingt quoi ? demandé-je, pensant qu'elle parle d'une probabilité ; d'une forte probabilité.

– Douze à vingt ans.

– Douze à vingt ans. »

Ni elle ni moi ne reprenons la parole pendant plusieurs minutes.

« Comment est-ce qu'ils peuvent faire ça ? je finis par demander. L'hypoxie est... Donc ses blessures sont plus graves ?

– Ils se sont servis du rapport de leur expert pour inférer quelque chose qui leur était nécessaire pour vous inculper de tentative de meurtre, répond-elle en m'observant attentivement. Ils ont présumé que vous n'aviez pas tiré Imran de la flaque... que vous aviez attendu. Délibérément. En le regardant.

– Quoi ? » Je pose la question naïvement, même si je n'ai pas vraiment envie de savoir, en me crispant par anticipation. « Qu'est-ce qu'ils ont inféré ?

– Une intention, répond-elle doucement. L'intention de tuer. »

Ils m'interrogent à nouveau, plus tard, uniquement au sujet des nouvelles preuves.

« Quand avez-vous tiré Imran de la flaque, Joanna ?

– Immédiatement.

– Alors comment se fait-il qu'il ait toutes les lésions d'une personne qui était en train de se noyer ? Pourquoi sa température corporelle était-elle si basse ? Joanna ? »

Je réponds doucement.

« Je ne sais pas. »

Sarah est assise à côté de moi, impassible.

« Je ne sais pas. »

Alors qu'on se déshabille, je dis à Reuben :

« Ils ont requalifié les faits à la hausse. »

Il est rentré à la maison depuis trois heures, et je lui en parle seulement maintenant.

Il écarquille les yeux, atterré.

« En quoi ?

– Tentative. » Ma voix s'étrangle. « Tentative de meurtre. »

Mais comment peut-on être accusé de tentative de meurtre quand on a également porté secours à la victime ?

Je connais la réponse, bien sûr. Il suffit d'avoir momentanément tenté de tuer. Une seconde suffit. Quel que soit le temps qu'on passe ensuite à essayer de réparer son erreur.

Reuben traverse la pièce et me prend dans ses bras.

« Pourquoi ? me demande-t-il doucement.

– La flaque. La maudite flaque. »

S'il a besoin de plus d'informations, il ne le dit pas. Il se contente de rester là, à me tenir dans ses bras.

25
Taire

Nous retrouvons Wilf pour un verre après le travail. C'est le premier soir où le soleil contient un peu de chaleur, même si l'air est encore froid. *Apricité.* C'est le mot qu'un érudit anglais du XVIIe siècle a inventé pour décrire cette sensation : la chaleur du soleil en hiver. C'est Reuben qui me l'a appris.

« Comment ça va ? » demande Wilf posément.

Il a l'air sur la réserve avec son costard, comparé à Reuben et à moi qui sommes habillés de façon décontractée. Trop décontractée, pour moi : je nage dans mes vêtements. Je ne porte plus d'attelle depuis un bout de temps maintenant, mais mon poignet ne va pas mieux. Wilf se penche pour prendre prudemment une gorgée de sa bière, qui déborde presque du verre, puis me regarde.

« Ça va. » J'examine mon frère, le garçon qui autrefois trépignait d'excitation chaque fois qu'on jouait ensemble. « Et toi, le boulot ? »

Je pose la question parce que j'ai dans l'idée que c'est ce sur quoi il veut qu'on l'interroge.

Il se tient bizarrement, les pieds tournés presque en dedans, l'air mal à l'aise, et je me demande pourquoi. Reuben s'agite à côté de moi. Il doit détester être là. D'ordinaire, je lui jetterais un sourire compatissant, reconnaissant. Je lui promettrais un moment de calme entre nous plus tard. Un film et un peu d'introversion. Mais je ne le fais pas cette fois-ci. C'est à peine s'il m'accorde un regard, dernièrement. Ses yeux ont arrêté de se poser sur moi. Je ne sais pas quoi lui dire, alors je ne dis rien. Nous avions une vie si pleine autrefois.

Wilf ne m'a pas répondu, il a le regard perdu dans le vide derrière moi, alors je demande :

« Qu'est-ce que tu deviens avec ta liste ? »

Il m'a parlé de cette liste à l'automne. Il allait faire dix grands trucs par an. Je ne serais pas surprise de découvrir que je suis d'une espèce différente de lui, des gens comme lui. Les gens qui vont en Indonésie construire un orphelinat, qui créent leur propre journal à vingt-cinq ans ou qui travaillent à l'ONU.

« Ça va. Tout est réservé pour Stonehenge.

– Tu y vas seul ? »

Il acquiesce.

« Pourquoi pas ? ajoute-t-il après un moment. C'est juste à côté de chez moi et je n'y suis jamais allé.

– Je ne pensais pas que tu serais intéressé par Stonehenge, je dis en songeant que peut-être, j'aimerais l'accompagner.

– Oui, c'est plus ton truc que moi », répond-il avec l'ombre d'un sourire.

Le mysticisme a été une de mes toutes premières toquades (j'ai acheté douze cristaux de quartz), et l'anecdote a été intégrée dans le récit familial.

« Qu'est-ce qu'il y a après ça, sur ta liste ? demande Reuben. Tu vas nous donner des complexes, tu sais. Nous, on n'a aucun projet à part une fête, en juillet. »

Et c'est cette phrase qui déclenche tout. Comme une étincelle, un catalyseur.

« Le truc de Laura sur la péniche ? Je n'ai pas été invitée. »

Je me rappelle l'année dernière, et l'année d'avant : toujours à ce moment de l'année. Ils viennent chez nous et nous invitent, en personne.

Mais lui a déjà été invité. Et il ne me l'a pas dit.

« Ils m'ont envoyé un texto. J'ai dit qu'on en serait tous les deux », répond rapidement Reuben, mais il y a quelque chose qui sonne faux dans son ton.

Son regard croise le mien, pour la première fois depuis des semaines, et je vois clairement ce qu'il est en train de penser : qu'il a fait une erreur en parlant sans réfléchir. Son front se plisse.

Il ne sait pas où nous serons dans quelques mois, malgré le fait que nous sommes mariés, que nous nous sommes promis de rester ensemble à jamais. Il n'est pas sûr.

Wilf se détourne pour commander un autre verre, s'éloignant de quelques pas le long du comptoir. Il boit toujours très vite. Il fait tout très vite. Ce qui me laisse seule avec Reuben.

Peut-être se sent-il plus à même d'avoir une franche explication avec moi dans un bar, parce qu'il me demande :

« As-tu vu mon message ? Sur le tableau ?

– Oui, mais tu y disais… que si je l'effaçais, on n'en parlerait plus.

– Donc tu l'as effacé », dit-il en parcourant du regard la foule de gens agglutinés près d'un groupe de hautes tables.

Deux d'entre eux se tiennent la main, intensément, sous la table, et je les contemple avec nostalgie.

« Qu'est-ce qui t'arrive ? » me demande-t-il.

La question et son contexte – alors que Wilf n'est qu'à quelques pas de nous, qu'il peut revenir d'un instant à l'autre – ne ressemblent tellement pas au Reuben réfléchi que je connais, que je réagis de façon excessive.

« Il ne m'arrive rien du tout. »

Je visais un ton sans appel, pour montrer que le sujet était clos, mais ce qui sort de ma bouche est plus hystérique qu'autre chose. Je croyais avoir mieux fait semblant de rester la même. L'autre semaine, encore, je suis allée prendre un café avec le père de Reuben – il avait apporté un pavé d'histoire politique à prêter à son fils –, et il n'a pas eu l'air de remarquer quoi que ce soit. Je croyais tenir le coup.

« Tu as changé, du jour au lendemain, insiste-t-il. Je sais que j'ai dit… Je sais que j'ai dit que tu pouvais juste effacer le message. » Il me regarde. « Mais je ne pensais pas que tu le ferais.

– Je n'ai pas changé.

– Tu es complètement différente. Avant tu étais… affectueuse, et heureuse et… cool. Tu es tellement maigre maintenant. Squelettique.

– *Cool ?* » je répète d'un ton imprégné de dégoût.

Reuben me dévisage. La main avec laquelle il tient son verre de vin rouge tremble très légèrement, créant des ondes à la surface du liquide.

« Oui, cool. Contente de ta vie. Pas à cran et cachottière.

– Je ne suis pas cachottière. »

Mais l'animal sur ma poitrine se fait de nouveau sentir.

Il disparaît, de temps en temps, quand je suis avec des gens, quand je suis distraite. Mais il est de retour à présent. Il revient chaque nuit, comme un chat domestique qui a une heure de coucher, un couvre-feu.

Et puis Reuben dit les mots, ceux que je m'attends à entendre depuis tout ce temps, juste après : « Joanna Oliva, vous avez le droit de garder le silence… Tout ce que vous direz pourra être retenu contre vous. »

Il dit :

« Est-ce qu'il y a quelqu'un ? »

Sa voix est douce, ses yeux fixés sur moi. Il n'est pas à l'affût de Wilf. Il ne sirote pas son vin. Il me regarde droit dans les yeux, et les lumières du bar se reflètent dans les siens comme des flammes de chandelles.

« Quelqu'un ? »

Je suis gênée par la façon dont il va droit au but, et par mes mensonges, ma duplicité.

Ils sont exponentiels, mes mensonges. Ils ont commencé par une simple inspiration, la profonde inspiration que j'ai prise avant de m'en aller. Et avec l'expiration qui a suivi, ils se sont éparpillés comme des aigrettes de pissenlit par cette nuit de décembre. Je pensais qu'il ferait trop froid pour qu'ils prennent racine, mais nous voilà presque arrivés au printemps, et ils fleurissent partout. Je mens à Ed. À Laura. Et à Reuben.

Deux policiers passent devant la fenêtre, en uniforme, avec des vestes fluorescentes qui brillent étrangement dans la nuit comme des créatures bioluminescentes. Je ne peux m'empêcher de tressaillir. Comme s'ils allaient me montrer du doigt par la fenêtre. La police est déjà venue me voir deux fois. La troisième ne va sûrement plus tarder. Je suis fichue. Je suis *recherchée.*

L'un d'eux pousse la porte, et mes entrailles se liquéfient. Je jette un coup d'œil à Reuben, qui ne les a pas vus. Au moins il saura, maintenant. Pourquoi je suis comme je suis. Une fois de plus, je me surprends à trouver incroyable qu'il ne sache pas, qu'il ne remarque pas le regard que je fixe sur les policiers, incapable de détourner les yeux. Qu'il ne se rende pas compte que chacune de mes pensées est occupée par mon crime ; par les souvenirs que j'en ai, par ma dissimulation des preuves, par mon expédition malavisée dans les bureaux de la bibliothèque. J'ai l'impression d'avoir été marquée au fer rouge, comme une bête de ferme, mais personne ne sait. Personne au monde.

Ils s'approchent du comptoir. L'un d'eux croise momentanément mon regard. Ils s'adressent au barman, puis repartent. Ils parlent de moi. J'en suis sûre.

« Tu sais très bien ce que je veux dire », dit doucement Reuben.

Je ne lui réponds pas. Je ne peux pas lui répondre. J'ai les yeux rivés sur les policiers qui repartent, et je pense : *J'ai été tellement imprudente avec ces maudits vêtements.* Il est trop tard pour aller les récupérer. Mais, évidemment, mes collègues reconnaîtront mon manteau et mon écharpe. J'aurais dû avoir le courage de les cacher ailleurs. Loin. Sous terre. Je voulais les garder près de moi, mais le sentiment de sécurité que cela me donnait était trompeur. Et bien entendu, ils sont sur le point de me voir sur les images des caméras de surveillance. Je n'ai pas eu d'autres nouvelles d'Ed, mais ce n'est sûrement qu'une question de temps.

Et puis Wilf revient, et Reuben détourne le regard; mais sous les lumières, il a les yeux luisants.

26
Avouer

Reuben est en train de déboutonner sa chemise. Il était au tribunal, aujourd'hui. Je ne sais pas pourquoi – il respecte scrupuleusement le secret professionnel, alors je n'oserai jamais lui demander. Je porte un jean et un pull, et me demande si c'est la dernière fois que je porterai cet ensemble précis. Je passe mon temps à faire ce genre de chose, ces jours-ci. Je compte les semaines qui me restent avant mon procès.

La lumière du couloir éclaire l'endroit de la chambre où il se trouve, comme si c'était un acteur sur le point de se lancer dans un monologue sur scène. Le reste de la pièce est plongé dans le noir.

Cela fait des semaines que je n'ai pas vraiment regardé son corps, mais quelque chose me pousse à le faire maintenant, et je laisse mes yeux vagabonder sur lui. Avant, il m'arrivait parfois de feindre que lui et moi n'étions qu'amis, ou que nous étions récemment devenus collègues, ou que c'était notre premier rendez-vous, pour essayer de le voir avec des yeux neufs. C'est ce que je fais maintenant. Peut-être est-ce quelqu'un que je peux voir par une fenêtre ouverte une nuit d'été, en train de se déshabiller. En le regardant, je sens quelque chose éclore en moi, comme si j'avais été touchée par la flèche de Cupidon.

Il surprend mon regard ; ses yeux verts sont levés vers moi.

« Ça va ? » me demande-t-il doucement.

Je hoche la tête sans rien dire, et referme la porte de la chambre avec délicatesse. La lumière du couloir disparaît brusquement, et nous nous retrouvons dans l'obscurité. Reuben se débarrasse de sa chemise comme si c'était un drap claquant dans un vent estival.

« J'ai vu les trucs en ligne.

– Oui », répond-il d'une voix brève.

Il continue de se déshabiller, défaisant son pantalon et l'ôtant pour se tenir devant moi en boxer, dans le noir. Je ne distingue que ses jambes, parce qu'elles sont si pâles. Il ne dit rien de plus.

« Qu'est-ce que tu en penses, toi ?

– De... ?

– De plaider l'erreur. L'angle féministe.

– C'était bien une erreur, dit-il d'un ton qui reste parfaitement en équilibre entre la question et l'affirmation.

– Oui ! Bien sûr.

– Eh bien », fait-il en se penchant pour attraper un tee-shirt derrière moi.

Son odeur me parvient aux narines. Elle a changé, mais mon cerveau, mon corps, se remémorent comment elle était avant, comme si je venais de me voir prescrire une dose de nostalgie. Tabac, à l'époque où il fumait. Déodorant. Pastilles à la menthe. Il me frôle en passant pour attraper un jean ample, et ferme la braguette en me tournant le dos. L'odeur de son déodorant est différente, maintenant. Il ne fume plus.

J'attends.

Il finit par reprendre la parole.

« Est-ce que ce n'est pas pire, d'une certaine façon ? »

Son tee-shirt à manches longues ne lui va pas. Il tombe mal sur ses épaules, semble asymétrique. J'ai toujours adoré ça chez lui : le fait qu'il ait l'air débraillé même quand il a fait un effort vestimentaire ; qu'il laisse souvent sa chemise sortie de son pantalon ; que dès qu'il oublie de se raser, il ressemble à un hippie. Mais ce soir, il a juste l'air bizarre.

« Quoi ?

– Que ç'ait été une erreur. »

Je fronce les sourcils, perplexe.

« Pire que quoi ?

– Tu les as confondus.

– Oui.

– Tu sais quoi ? En fait, oublie.

– Quoi ?

– Rien. »

J'insiste.

« Non, quoi ? »

Toutes mes réflexions sur ce qui s'est passé cette nuit-là ont atteint le point d'ébullition. J'ai été harcelée, dans un bar, par un homme qui me voyait comme un objet lui appartenant. Mon acte n'a pas simplement été une réaction à la vulnérabilité d'un soir, mais s'inscrit dans le contexte de toutes les fois où je suis rentrée seule chez moi, où un ouvrier de chantier m'a hurlé des obscénités, où un homme s'est tenu trop près de moi dans le métro.

« Eh bien, reprend-il, et à ma stupéfaction, il se retourne pour pointer le doigt sur moi. Pourquoi as-tu cru qu'il s'agissait du même homme ?

– Je… »

Qu'est-ce qui m'a fait croire ça, exactement ? La peur. Une simple présomption, fondée sur une maudite paire de baskets rouges identiques. La vue d'une ombre qui quittait le bar en même temps que moi, et la panique qui en a résulté. C'est tout. Rien de plus.

« Ils avaient… Je ne sais pas. Des ressemblances.

– Je travaille pour une association musulmane », répond-il simplement.

Je ne vois absolument pas ce qu'il veut dire, et puis brusquement, si. Je sens mon corps se recroqueviller de honte, comme si ses mots étaient des objets qu'il jetait sur moi et que je pouvais m'en protéger en me ratatinant. Et puis une autre émotion apparaît. Ma première véritable étincelle de colère à l'égard de mon mari. Non à cause de son accusation, mais de la façon dont il formule celle-ci. Son manque de franc-parler. Son agressivité passive. Je n'ai pas de droit de réponse, parce qu'il n'a pas dit ce qu'il pense. Il n'est jamais comme ça, d'ordinaire. C'est l'une des nombreuses raisons pour lesquelles je l'ai choisi : parce que je n'aurais jamais à deviner si tout allait bien entre nous. Reuben ne m'a jamais caché ses sentiments sur notre relation.

Au lieu de donner voix à toutes ces réflexions, je réplique :

« Non... Non. »

Je ne peux pas me défendre. Je ne le mérite pas.

Si j'étais plus comme Reuben, je serais indignée. *Ne soyez pas ridicules*, est-il capable de dire aux gens qui ont une mauvaise opinion de lui. Leurs critiques sont comme de l'eau sur le dos d'un canard, il les ignore et continue sa vie comme si de rien n'était. Et de la même façon, il sait recevoir des compliments, sans pour autant les laisser lui monter à la tête. Mais pour ma part, c'est comme s'il avait violemment troué ma perception de moi-même avec son doigt.

« Est-ce que tu as seulement idée de ce que ça veut dire pour moi ? » demande-t-il en ouvrant si brutalement la porte de notre chambre qu'elle va cogner contre le mur.

Je cligne des yeux face au flot soudain de lumière. On a acheté l'abat-jour cuivré qui pendouille au-dessus de sa tête chez IKEA ; on se sentait très branchés. Mais il pend trop bas, et oscille dangereusement. *Le style récup, ça fait juste décharge quand tu vis dans un trou à rats*, a tristement remarqué Reuben le jour où on l'a installé.

Ouaip, ai-je répondu, et j'adorais passer dessous, souriais en le voyant, énorme, orange, kitsch. Maintenant, je veux qu'il me regarde, et qu'il le regarde, comme on le faisait toujours quand on était ensemble dans le couloir. *T'as pas l'impression que ça pète un peu, la lumière ?* disait l'un de nous. Ou : *C'est moi ou ça fait un peu chic industriel, ici ?* Mais il ne le fait pas ; il évite mon regard.

« Quoi ? »

J'ai le cœur brutalement serré, comme lorsque Sadiq m'a attrapé la main au bar.

« C'est un putain de cauchemar. Et je sais, je sais, je *sais* que c'est pire pour toi, ajoute-t-il comme s'il pouvait lire dans mes pensées, mais c'est vraiment pas marrant. C'est vraiment pas marrant pour moi, et tu n'as pas demandé. »

Je ne réponds rien, abasourdie par son attitude : sa raideur, ses yeux écarquillés, fixes et accusateurs, la porte qui continue de vibrer après avoir heurté le mur.

« Tu n'as même pas demandé », répète-t-il tristement.

C'est vrai, me dis-je en déglutissant péniblement, le trou dans ma poitrine s'élargissant comme une cavité. Dans mon traumatisme, je n'ai pas pensé à celui de Reuben.

« Dis-moi.

– Oui, je vais te dire. Je suis tourné en ridicule au boulot. Ou alors les gens évitent soigneusement le sujet. Ils ont honte pour moi. À cause de ce que tu as fait... »

Les points de suspension sont audibles. Son ton n'est pas dur, mais triste, languissant. Cette diction traînante que j'aimais tant. Non, que j'aime. Que j'aime encore.

« Je... » Je lève et baisse les bras d'un air stupide, donnant l'impression de battre des bras comme un enfant. « Je ne sais pas quoi te dire. C'est dur pour moi. C'est dur pour tout le monde. Je sais. » Je lève les yeux pour chercher son regard, même si ça m'embarrasse. « Je suis désolée. C'est vraiment pas de veine, et je suis désolée. »

Il a la mâchoire crispée, comme quand il monte des meubles en kit et qu'il ne comprend pas le mode d'emploi.

« Je travaille pour la communauté musulmane, répète-t-il.

– Tu l'as déjà dit. »

Il détourne les yeux vers la porte, en passant une main dans ses cheveux en bataille. J'aurais dû répondre : *J'ai compris ce que tu voulais dire par là.* Mais je ne le fais pas. Je ne suis pas prête. Pas prête à entendre l'homme dont le regard n'a pas quitté le mien pendant qu'il me passait mon bracelet de mariage au poignet m'accuser d'être raciste.

« Il n'y a pas que ça, continue-t-il, évitant lui aussi le sujet. J'ai l'impression…

– Quoi ?

– J'ai l'impression de ne pas compter », dit-il simplement.

Le sentiment de vide est de retour dans ma poitrine.

« Reuben va tenir le choc. Reuben tient toujours le choc, ajoute-t-il.

– Je suis désolée. »

J'ai l'impression que ses problèmes s'ajoutent aux miens pour former une tour qui menace de s'écrouler.

– Je n'ai pas la force de gérer », dit-il encore, sobrement.

Je le dévisage avec stupeur. C'est une phrase que je ne l'ai jamais entendu prononcer. Reuben peut gérer n'importe quoi. Il est toujours calme, mesuré, compétent. Je ne l'ai jamais vu se révolter contre la vie ; seulement contre l'injustice.

« Est-ce que tu penses parfois à lui ? demande-t-il en me jetant un coup d'œil.

– Oui. Il a des lésions cérébrales, putain. Il ne sait pas ce qu'il aime boire. »

C'était le détail le plus marquant pour moi quand Sarah me l'a dit, mais ici, sous le feu des critiques inexplicables de mon mari, ça paraît trivial. Comme si je m'en fichais, que je banalisais ses problèmes.

« À cause de toi, ajoute Reuben.

– Oui, à cause de moi.

– Est-ce qu'il a perdu du sang ?

– Non.

– Est-ce que tu l'as poussé fort ?

– Suffisamment fort, Reuben, je dis doucement.

– Je pouvais gérer, tu sais. Quand tu cachais des amendes de péage urbain ou des factures impayées.

– Gérer quoi ?

– Toi. Et ta tendance à l'évitement. » Il écarte les bras dans la chambre, comme un aigle se préparant à attaquer sa proie. « Mais maintenant c'est... Tu ne vois donc pas ? Tu ne me laisses pas en discuter avec toi.

– OK, discutons-en.

– Qu'est-ce que ça t'a inspiré comme sentiment ?

– Une culpabilité atroce. Je regrette chaque jour. »

Ma voix est déformée et craquelée, comme si elle sortait d'un gramophone.

« Tu ne me l'as jamais dit. » Il me regarde en plissant ses yeux verts, comme si j'étais un spécimen étrange. Comme lorsqu'on rencontre quelqu'un avec qui on s'entend bien, puis qu'on découvre qu'il est pour la peine de mort ou qu'il vit dans une yourte. « On vit avec ça depuis des mois et... tu ne me l'as jamais, jamais dit.

– Eh bien pourtant, si, je pense à lui. Tout le temps. Et je regrette mon geste. Tout le temps. Mais je... je suis inculpée. Alors je me concentre sur... sur ma défense. »

Je n'ajoute pas que je ne voulais pas l'inquiéter ; que je ne voulais pas passer mon temps à geindre et faire tourner toute notre vie autour de mon procès. Mon crime. Je devrais l'ajouter, mais je ne le fais pas. Il devrait l'avoir deviné. Ne sait-il pas que je suis quelqu'un de bien ? Pourquoi suppose-t-il que mon silence s'explique par un manque de remords, et non par la mine antipersonnel qui a explosé au milieu de ma vie ?

« Tu avais tout pour toi, Jo », dit-il d'un ton triste, mélancolique.

Sa voix est pleine de verre brisé et il ne me regarde pas. Son bracelet de mariage glisse sur son bras. Ses poils roux se sont enchevêtrés autour et accrochent la lumière du couloir, luisants de reflets blond vénitien.

« Je n'avais rien pour moi, je le contredis. Une licence sans mention. Pas de carrière. Tout ce que j'avais, c'était toi. »

Il ne conteste pas l'emploi du passé.

« Il va vraiment falloir que tu t'en remettes. Tu as eu ta licence sans mention, et alors ? Tu avais vingt et un ans. Plein de gens foirent leur vie à vingt et un ans. Regarde les jeunes avec qui je bosse. »

Je déglutis. Je me souviens encore du moment où j'ai découvert ma note. Il me semblait y avoir un océan de différence entre une mention assez bien et une licence sans mention. Tout un univers. Personne n'avait son diplôme sans mention. Plein de gens avaient une mention assez bien. Mais aucune mention, c'était tout simplement ridicule. Je suis sortie, et je l'ai annoncé à Wilf et à mes parents le lendemain, alors que mes cheveux sentaient le tabac et mon haleine le vin. Aucun d'eux n'a eu les paroles consolatrices de circonstance : que c'était quand même un diplôme de licence, et obtenu à Oxford qui plus est. Que je comptais encore pour eux.

Mais Reuben, oui.

« Je sais », je dis à voix basse. Il me l'a déjà répété cent fois. « Mais c'est tout ce... potentiel.

– Oui, oui, je sais, rétorque-t-il en agitant de nouveau le bras auquel il a le bracelet. Tes spectacles scolaires, et tes A+ aux A-levels, et tes premiers prix en maths.

– Oui, tout ça. »

Je recule, blessée par ses mots, son ton méprisant.

Comme si mes preuves de réussite scolaire ne valaient rien. Et, de toute façon, n'est-ce pas le cas ? Ce sont des reliques. Elles pourraient être découvertes par des archéologues, tant elles ont peu d'incidence sur le présent. Elles prennent littéralement la poussière dans le grenier de mes parents : mon relevé de notes des A-levels, dont j'étais si fière ; les kilomètres de *naturellement douée* sur mes bulletins scolaires. Tout ça qui n'a mené à rien. Toutes ces promesses qui ne se sont pas matérialisées, comme des centaines de graines qui n'ont pas germé.

« Et la Jo de maintenant ? dit-il. Celle qui peut venir à bout de n'importe quels mots croisés, même les plus cryptiques, avant n'importe qui d'autre dans la pièce ? Celle qui se rappelle mot pour mot toutes les conversations qu'elle a eues ? »

Tandis qu'il énumère mes attributs, je les écarte un à un dans ma tête, comme des fenêtres pop-up qu'il faut fermer. Les mots croisés ne sont pas un talent. Ne serait-ce pas mieux si je cultivais un intérêt en particulier ? Je ne suis qu'une amatrice. Dans tous les domaines, même la vie. Et quant à ma mémoire : une bonne mémoire n'est pas synonyme d'intelligence. C'est quelque chose de génétique, comme un gros nez ou de longs cils.

Je pense à ce que j'aime vraiment faire.

J'aime me réveiller le samedi matin quand je n'ai rien – absolument rien – à faire, me préparer un café avec du lait entier et du sucre roux, et revenir m'installer avec dans mon lit. J'aimais, à l'université, sortir d'un cours ou d'un TD alors qu'il commençait à faire nuit, et renoncer à la bibliothèque pour rentrer me faire à manger, prendre un bain et *ne rien faire*. J'aimais entendre le premier changement de chanson quand j'étais dans une des boîtes de nuit miteuses d'Oxford, écouter le nouveau rythme et avoir l'impression que la nuit n'allait jamais finir. J'aimais le parfum de l'herbe fraîchement tondue les jours d'école, parce qu'elle indiquait l'arrivée de l'été. J'aimais la première gorgée de *spritzer*, ce mélange de vin blanc et d'eau gazeuse, début mai. J'aimais sortir d'une boutique avec un élégant sac en papier plein de jolis articles, dont la poignée en ficelle me cisaillait la main.

Je grimace, à présent ; car qu'ont toutes ces choses en commun ? C'est que je n'y fais rien. J'aime *ne rien faire*. Je suis une ratée. Une femme dépourvue d'un Truc par lequel elle puisse se définir. Une femme qui, confrontée à une dissertation à rendre le lendemain matin à 9 heures, a simplement éteint son ordinateur à minuit, fait une nuit de dix heures, et accepté un zéro pointé. Et maintenant me voilà, sur le point d'être jugée – mon procès n'est plus que dans quelques semaines –, et je refais la même chose. J'évite. J'ignore. Je rêve d'une réalité où tout ça n'est pas en train de m'arriver.

« Ou ta capacité à additionner de tête quand on fait nos courses chez Sainsbury's ; pas besoin de calculatrice. Ou ton don pour comprendre les motivations de chacun, comme ça, en un clin d'œil. Tu peux les résumer en une seule phrase juste en regardant leurs chaussures ou leur expression faciale. Tu pourrais faire tout ce que tu veux. »

Ses mots m'encouragent, me donnent l'impression de m'élever lentement mais sûrement dans le ciel, comme dans une montgolfière. Peut-être a-t-il raison. Peut-être suis-je encore capable de tout. Peut-être ce crime n'était-il pas inévitable, parce que je ne suis pas, finalement, quelqu'un de merdique et bourré de défauts. Peut-être, peut-être, peut-être.

« Mais à la place, tu as choisi ça », conclut-il, coupant les cordes de ma montgolfière.

Ce n'est pas le mot – *choisi* – que je remarque, même si j'en prends note. Non. C'est le geste désinvolte qui l'accompagne. Il m'indique de sa main ouverte, paume vers le ciel, comme un parent montrant à son enfant sa chambre en désordre, ou un usager de la route exprimant sa colère à un autre conducteur. Il pense que c'est quelque chose que j'ai *fait* et pas quelque chose qui m'est *arrivé*. À ses yeux, je ne suis pas victime de malchance.

Je ne dis rien de plus. Il ne vaut mieux pas. Distraire, éviter, refouler. Je ne veux pas savoir ce qu'il pense. Pas vraiment.

Il semble sur le point d'ajouter quelque chose. Je ne le vois que parce que je le connais si bien. Il s'arrête, ouvre la bouche, tend une main vers moi. Il a quelque chose à me dire.

Son regard croise le mien.

Mais ensuite il s'arrête, et c'est comme si je le regardais rembobiner. Il se détourne de moi. Quoi qu'il ait voulu dire, il l'a gardé pour lui.

27

Taire

Reuben me persuade de sortir le premier jour du printemps. C'est la formule qu'il utilise : le premier jour du printemps.

« Ça va nous faire du bien de sortir et de nous amuser », ajoute-t-il, l'air gêné, en épluchant une pomme de terre.

Il m'en a tendu une pour que je l'aide, mais j'ai décliné ; ma main ne fonctionne toujours pas.

Je ne suis pas retournée dans les bureaux de la bibliothèque de nuit. J'ai décidé d'attendre. C'est trop dangereux. Je ne peux pas m'y introduire de nouveau. C'est illégal, ce que j'ai fait. Je suis autorisée à y entrer de jour, en tant qu'employée. Mais voler des clés et y pénétrer de nuit – même si c'est le même bâtiment, celui où je suis payée pour me rendre – est un délit. Non. Je ne peux pas recommencer. Mes hésitations, mon indécision quant à la marche à suivre, sont sans fin. Il faut que je patiente.

On se rend dans un pub à une rue de chez nous, qui s'appelle La Citronneraie. La route qu'on prend pour s'y rendre est pavée de souvenirs nostalgiques de l'époque où on venait d'emménager à Hammersmith, peu après notre mariage, et qu'on était dans une phase où on sortait tous les soirs pour boire un dernier verre. On prenait un jeu de cartes et on jouait à Newmarket. Le barman devait parfois nous dire de nous taire, quand on riait trop fort et trop longtemps.

Le pub est vieux, avec une télévision dans un coin. Tout à fait le style de Reuben, et tout le contraire du genre d'endroit où Wilf m'emmènerait : des bars à vin aux murs ornés d'art moderne et de têtes de cerfs. Ici, la déco est toute simple, l'endroit chaleureux et confortable, éclairé par des bougies aux fenêtres. Celles-ci donnent sur une cour et non la rue, donc je ne peux pas être à l'affût de la police. Le soulagement est immédiat. Personne ne peut me voir, ici. Pas même Lawson.

« Gin ? » me demande Reuben, un coude posé sur le comptoir. Il a déjà enlevé son manteau. Il a les joues rouges – bien qu'il ne fasse ni chaud ni froid dehors – et les manches de sa chemise blanche retroussées. « Tu aurais bien besoin de calories, murmure-t-il.

– Non », je réponds immédiatement.

Je n'ai pas bu un verre depuis.

Mais ensuite, quelque chose me fait changer d'avis. Son expression, peut-être. Ou peut-être est-ce juste la pensée de la morsure délicieuse du citron, du goût de pin épicé du gin.

« Oh, si, finalement. Oublie. Oui. »

Il hausse les sourcils mais ne dit rien, et je me demande ce qu'il pense de tout ceci ; de cette étrange sortie en amoureux qui, à moi, me fait l'effet d'un chant du cygne. Il commande un verre de vin rouge, et nous attendons debout au comptoir d'un air gêné.

Il est tard. 22 heures tout juste passées. C'est pour ça que j'ai accepté, je suppose. Le romantisme d'une sortie au pub comme autrefois. Et l'absence de risque. En une demi-heure, une heure tout au plus, de notre arrivée à la fermeture, je ne risque pas de tout avouer à Reuben. Je ne risque pas de m'enivrer assez pour avouer. Et donc j'ai accepté. Et nous y voici.

Je trempe les lèvres dans mon verre juste au moment où il murmure « Une table » et me guide vers elle.

Mon gin tonic est si délicieux, si moelleux. Il n'y a rien de comparable. C'est comme le printemps dans un verre.

J'ai le cœur réchauffé d'une minuscule, minuscule flèche de bonheur alors que je sirote ma boisson en regardant mon mari. C'est la première étincelle de plaisir que je ressens dans mon monde d'Après. J'essaie de l'étouffer, comme une braise qui vient de commencer à brûler. Je ne peux pas ressentir ça. Je ne peux pas me laisser le ressentir. Je ne le mérite pas.

Reuben s'assied en face de moi dans un box. Le cuir rouge sous nos fesses est passé et craquelé. La surface de la table est poisseuse, et il y a une énorme bougie cylindrique entre nous. Reuben l'écarte pour pouvoir m'observer à son aise. J'avais oublié qu'il faisait toujours ça. Il se penche en avant, posant ses coudes constellés de taches de rousseur sur la table, et fixe sur moi un regard intense. Il peut me donner l'impression que tout mon corps est en fusion lorsqu'il plonge ainsi ses yeux dans les miens.

« Quoi de neuf ? me demande-t-il.

– J'ai échangé des textos avec ton père, je réponds, essayant de faire la conversation. Il m'a envoyé un lien BuzzFeed vers douze photos de chiens joyeux. Je crois qu'il apprend enfin. Ce que j'aime. »

Reuben rit doucement.

« Il ne te demande plus ton avis sur la dissolution de l'Union soviétique ?

– La vie est trop courte pour ça. »

Je me rappelle la première fois que j'ai rencontré les parents de Reuben. J'étais en train d'essayer de ne pas montrer mon ignorance dans une conversation au sujet d'El-Assad, et Reuben m'a envoyé un texto de l'autre bout de la pièce : *Admirable numéro d'actrice.*

« Alors, Oliva, dit-il maintenant, les yeux plongés dans les miens. Ça fait une éternité. »

Je lui rends son regard alors que le gin se répand dans tout mon corps, le pub autour de nous disparaissant pour ne laisser que lui en face de moi, comme ça l'a toujours été, comme ça l'était autrefois. Je sais exactement de quoi il parle. Et il n'a pas tort. Je lâche presque un gémissement en y songeant. M'imagine en train de le déshabiller. La sensation de ce corps chaud et fort contre le mien.

Mais ensuite... Je lui dirais. Pendant cette période post-coïtale où je pleure toujours. Je lui dirais tout.

Je lui rends son regard, et j'ai envie de rester là à jamais, crucifiée par ces yeux. Ils me clouent à la banquette que j'occupe en face de lui.

Mais à ce moment-là, l'image change à la télévision derrière lui, et je ne peux m'empêcher de lâcher son regard pour tourner les yeux vers l'écran. Quelque chose d'irrésistible m'y pousse.

Le son est coupé, mais les informations se succèdent sur le bandeau au bas de l'écran.

OUVERTURE DEMAIN D'UNE INFORMATION JUDICIAIRE SUR LE MORT DU CANAL

Les mots défilent sur l'écran, blancs sur rouge. Bandages sur tache de sang. Une information judiciaire. Je ne savais même pas qu'il allait y en avoir une. Je n'ai pas pu regarder sur Internet. N'ai pas osé acheter les journaux. Je ne savais pas. Je ne savais pas que c'était demain.

Reuben a toujours les yeux fixés sur moi, mais je ne peux plus le regarder. Je ne peux pas lui laisser comprendre que j'ai vu l'écran. Il faut que je le cache, comme quelqu'un de mal dans sa peau cache son corps entier, ses pires attributs, sous des vêtements amples et drapés. Il ne faut pas qu'il sache.

Ils pourraient arriver à n'importe quelle conclusion demain. Quels sont les verdicts possibles ? Je ne me rappelle pas. Mort accidentelle ? Homicide ? Meurtre ? Ou bien est-ce que ce sont là les termes employés par la justice pénale ? Je ne sais pas. Je ne sais pas. Mais apparemment, demain, je pourrais le savoir. Et après, ils viendront me voir. Une fois de plus.

Je prends une gorgée de gin et regarde la photo minuscule d'Imran au bas du journal télévisé. Imran dont le visage ne vieillira plus jamais. Imran qui est enterré dans le cimetière en face de la mosquée.

Je n'ai rien dit depuis que Reuben a parlé, et lorsque je repose le regard sur lui, je vois qu'il a les yeux fixés sur ses genoux, et secoue la tête avec ce qui ressemble à de l'incrédulité.

Mais je ne peux pas lui faire face maintenant. Je ne peux rien lui donner de moi. À cet instant, avec la conclusion de l'enquête judiciaire qui occupe toutes mes pensées, je veux être seule, chez moi, pour y réfléchir. Pour exprimer mes regrets, les présenter à Imran. Pour commémorer. Pour digérer tout ça.

Je vide mon verre d'un trait et commence à tripoter mon téléphone, en ignorant Reuben.

« Bon, on n'a qu'à rentrer », dit-il au bout d'un moment.

Alors qu'on se faufile vers la sortie, il me jette un regard triste et je retiens un sanglot dans ma gorge. Je ne peux même pas lui accorder une soirée. Une seule soirée sans qu'il se passe quelque chose, quelque chose en rapport avec ce que j'ai fait. C'est comme une adventice vorace, qui s'étend inexorablement et envahit tous les aspects de ma vie.

Il n'essaie pas de me prendre la main. Ne me regarde pas. On passe sous une autre télévision, juste à côté de la sortie, et il lève les yeux vers elle, s'arrêtant une fraction de seconde.

« Oh, ça va chauffer, fait-il en regardant l'écran, avant de reposer les yeux sur moi.

– Quoi ? » je demande d'une voix qui est à peine un murmure.

Il regarde mon visage saisi de panique et doit y lire autre chose, car il secoue la tête, les lèvres pincées, et répond :

« Laisse tomber. »

On rentre en silence, dans le froid. Alors qu'on atteint notre porte, une sirène retentit au loin. J'entends des pas dans la rue. J'ouvre précipitamment la porte et la referme à clé derrière nous, en regardant par l'entrebâillure. Il n'y a rien. La sirène est passée. Les pas étaient ceux de la fille d'Edith.

28
Avouer

Le matin de mon procès, mon téléphone s'allume brusquement, comme réveillé en sursaut.

« Bonjour.

– Joanna ? » fait Sarah.

Je regarde le réveil, dont les chiffres verts luisent à l'autre bout de la chambre, et dis :

« Il est 6 heures. »

Tout mon corps tremble d'anticipation. Peut-être qu'ils ont décidé d'annuler. Qu'ils se sont rendu compte que tout ça n'était qu'une erreur.

« Je voulais juste vérifier que vous étiez prête. Vous avez votre tailleur ?

– Oui. »

On a dit que j'allais en acheter un neuf. Un beau, de chez Hobbs. C'est Reuben qui a payé. Je n'ai pas gagné un sou depuis six mois.

Il fait frais dans la cuisine, et le silence règne. Avant, on avait des limaces qui y entraient la nuit, venant des marches, supposait-on, jusqu'à ce que je suggère en rigolant de boucher les trous avec du Blu Tack. Reuben a été impressionné lorsque ça a marché, a dit que j'étais un génie.

Mais elle a toujours une odeur. Glaciale, humide. Comme dans les bâtiments en pierre froide. Je ne pensais pas qu'il était possible de sentir les odeurs de sa propre maison à moins d'y revenir après une longue absence. Mais peut-être que mon corps et mon esprit me préparent. Peut-être que je suis déjà en prison.

Ou que je pourrais aussi bien l'être.

« Je veux aller dans Little Venice. »

Je suis assise au pied du lit. Reuben a été une planche de bois à côté de moi toute la nuit. Il me vient à l'esprit, quelque part en arrière-plan, que je ne sais pas où je dormirai ce soir. Peut-être ici.

Il faut que ce soit ici.

L'alternative est inenvisageable pour moi, même si j'en ai conscience, comme de la guerre en Syrie à la télévision, comme du tsunami de 2004. Elle existe dans mon angle mort, trop horrible pour être vraie.

Instinctivement, je sais que quoi qu'il arrive aujourd'hui, rien ne sera plus jamais pareil, même si je pose la tête sur cet oreiller ce soir. Je ne reviendrai pas chez moi reprendre le cours de ma vie comme si de rien n'était. Comment le pourrais-je ? Quelle vie me reste-t-il ?

« D'accord », répond Reuben. Il n'émet aucune objection.

Je suis comme une mourante dont on exauce les dernières volontés. Tout ce que je veux, je l'aurai.

Il ne vérifie pas si nous avons le temps. Il se met en retrait, encore et encore. Il s'habille, avec des gestes mécaniques.

Je détourne le regard.

« Vous êtes arrivés à Warwick Avenue », annonce impassiblement la voix du métro. Ma main glisse sur la barre rouge à côté de laquelle je me tiens.

Les portes s'ouvrent et nous suivons le chemin que j'ai emprunté cette nuit-là. J'ai pris le métro pour descendre ici, ai retrouvé Laura, ai blessé un homme, et ne suis jamais rentrée chez moi. Pas vraiment. Reuben m'attrape la main et je m'arrête, surprise. Ses doigts sont chauds, et il étreint les miens. C'est moins le geste d'un amant que celui d'un aidant. Il se montre solidaire. Cela ne m'empêche pas d'apprécier.

Je m'engage dans l'escalator et émerge à l'air libre, puis marche quelques minutes en silence avant d'arriver en vue des ponts de Little Venice.

« C'est là-bas. »

Reuben hoche la tête, même s'il savait déjà sûrement.

Les derniers pétales des floraisons de mai s'accrochent encore aux branches, d'un rose passé, et il fait un temps magnifique. Les arbres ont pris confiance : verdoyants, ils poussent en tous sens avant l'arrivée imminente du plein été. Un couple est enlacé à l'autre bout du pont. Je ne peux pas le regarder. Moi, une épouse vivant les derniers chapitres de son histoire, comparée à eux, qui en sont au tout début. Je pourrais aussi bien être au crépuscule de ma vie ; une vieille nomade hagarde, sans abri.

C'est trop douloureux d'être ici, dans la ville magnifique qu'est Londres au printemps ; c'est comme regarder une vitre qui reflète les rayons du soleil un peu trop fort. Little Venice vient juste de s'éveiller. C'est une parfaite journée de juin qui s'annonce.

Je traverse la rue pour regarder fixement l'endroit. L'endroit où c'est arrivé. On ne pourrait jamais deviner. Il n'y a pas de barrières de police. Pas de silhouette tracée à la craie sur le sol. Pas de taches de sang. Rien. C'est juste un endroit normal au cœur de Londres : des briques. Des buissons. Un arbre. L'endroit où ma vie a changé à jamais. L'herbe juste à côté a été récemment coupée, de trop près, comme un animal tondu de frais.

Je regarde Reuben. Il a les yeux fixés sur l'escalier.

Je fais un pas en avant et m'assieds sur une des marches. Le soleil a déjà réchauffé le béton.

Je vais le voir aujourd'hui pour la première fois. J'ai entrevu des images de lui aux infos alors que mon procès approchait, une vidéo notamment, sur le site de la BBC, que j'ai regardée en boucle, secrètement, comme une adolescente honteuse de son obsession ; mais je ne l'ai pas vu en vrai, pas depuis cette nuit-là.

Parfois, quand je revis la scène, je vois encore le visage de Sadiq à la place du sien, et je dois me reprendre. Je vais voir ce dernier aussi, bien sûr ; un témoin traîtreusement à charge. Eux et moi, liés tous les trois par mes actes.

Je n'arrête pas de repenser à la déposition du médecin. Je ne peux pas m'en empêcher.

Il est distrait. Démotivé. Anxieux. Déprimé. Il doit *sous-traiter sa mémoire*. C'est l'expression que le médecin a utilisée. Il doit se reposer sur les Post-it et les calendriers. Sinon il ne sait pas ce qu'il fait ce jour-là.

À cause de moi. À cause de mes pensées. À cause de mon corps. De ses réflexes. D'un déferlement d'hormones.

C'est comme une sorte de télépathie. Imran et moi avons été au centre d'un événement qui a changé nos vies à jamais, mais nous ne pouvons pas nous voir.

Et c'est marrant, mais ce n'est pas au tribunal que je le réalise. Non. Je ne suis pas sur le banc des accusés, en train de regarder la victime entrer lentement, douloureusement, arthritiquement, dans la salle d'audience. Et ce n'est pas quand je subis interrogatoire et contre-interrogatoire. Et ce n'est pas quand je me retrouve confrontée à un juge qui me dit combien mon acte est répréhensible, ou à la sœur d'Imran, à son cousin, à ses parents.

Non. C'est ici, assise sur ces marches, mon mari debout à côté de moi, une main tendue pour que je sache qu'il est là. Je le réalise en regardant ces marches, qui ne portent aucune séquelle de ce qui est arrivé cette nuit-là, il y a six mois.

J'ai fait quelque chose de mal. J'ai détruit la vie de quelqu'un, sans raison valable. Je n'ai aucune justification. Aucune excuse.

Je mérite tout ce qui va m'arriver.

Alors que nous repartons, Reuben m'adresse un petit sourire sans joie, étrange et triste.

« Quoi ? je demande doucement.

– Rien… C'est juste…

– Quoi ?

– Rien, répète-t-il, d'un ton encore plus mélancolique.

– Tu as l'air triste. »

Je lui dis ça sans ambages.

Il serre ma main dans la sienne. J'apprécie le geste, au début, jusqu'à ce que je réalise que ça fait partie de sa mise en retrait. Il retire sa main et la remet dans sa poche, bien qu'il fasse trop chaud.

« Je le suis, me répond-il. Je suis triste pour Imran. Et je suis triste pour toi.

– Moi aussi. »

Je le regarde, alors qu'on regagne le métro.

Le soleil brille déjà chaudement sur Londres. Ça va être un beau lundi, pour la plupart des gens.

Toute ma vie j'ai ignoré les gens qui n'ont pas la chance de vivre ces beaux lundis. Les sans-abri et les drogués en quête de leur prochaine dose. Les gens qui cherchent un travail et n'en trouvent pas. Ceux qui pointent tous les jours au poste de police pour rester en liberté provisoire. Ceux qui travaillent dans les centres d'appels. Ceux qui vivent en maison de retraite, sans visiteurs. Ceux qui souffrent de maladies chroniques. Les invisibles, les oubliés ; tous les gens pris dans les rouages de la machine judiciaire, auxquels je ne pensais jamais. Et maintenant, me voilà parmi eux. Ce n'est que justice. Je le mérite. J'ai eu trente ans d'une existence de petite-bourgeoise, où mes seuls soucis étaient de trouver une *vocation* et le bon moment pour avoir un bébé.

Mais maintenant, tout a changé, et je suis une autre.

« Vraiment triste pour Imran », ajoute Reuben.

Ses mots m'agacent, et pendant un moment, je ne comprends pas pourquoi. Je continue d'avancer dans la rue bordée de blancs hôtels particuliers qui ramène à Warwick Avenue, déconcertée par mes propres émotions, me demandant ce que c'est. Ce truc que j'essaie de ne pas voir.

Et soudain, il se révèle à moi. Ce sont mes attentes : j'en attendais plus. De la part de mon mari. Je m'attendais à ce qu'il me plaigne davantage. À ce qu'il veuille raconter à tout le monde ma version des faits. Mais au lieu de ça, il est juste. Raisonnable. Rationnel. N'est-ce pas ?

Mais peut-être pas à mon égard.

Je le regarde. Il a les paupières plissées face au soleil, et je ne vois pas ses yeux.

29
Taire

Nous sommes dans les bureaux, aujourd'hui. Dans les pièces du fond, en train d'entrer les données de notre inventaire sur ordinateur. J'aime ces journées. Celles qui sortent de l'ordinaire, et qui nous tiennent à l'écart du bibliobus où je m'attends constamment à voir Ayesha. J'aime être ici, statique. Sur la route, j'entends trop souvent les sirènes. Je me retrouve à me cacher dans le bus parce que j'ai vu d'inoffensifs agents de la police de proximité. Mon anxiété s'aggrave, au lieu de s'apaiser. Je vois des choses, parfois. Des choses dont je ne suis pas sûre qu'elles sont vraiment là. Des lumières bleues et clignotantes qui arrivent pour moi. Je n'arrête pas de jeter des coups d'œil furtifs à la caméra de surveillance, qui à présent me rend mon regard, fixement, du faux plafond où elle est accrochée.

Je n'ai pas réussi à découvrir le verdict atteint dans l'enquête judiciaire, malgré mes efforts répétés, chaque soir depuis des semaines, pour essayer de regarder les infos sans attirer l'attention de Reuben. Qui sait à quoi elle a conclu ? À un meurtre, je parie. Un meurtre perpétré par Joanna Oliva.

Il n'y a rien eu de neuf au sujet des clés. Mais ce n'est qu'une question de temps. Je le sais. Elles sont toujours dans mon sac à main. N'importe qui pourrait les y trouver, à n'importe quel moment. J'ai trop peur pour oser les remettre à leur place. Paralysée par la procrastination, comme d'habitude. La police n'est pas revenue me voir, non plus. Mais elle le fera. J'en suis certaine.

« Fiction pour adultes ? demande Ed, installé à l'ordinateur.

– 502. »

J'ai mal à la main après avoir déplacé autant de livres.

« Ah », fait Ed, et quelque chose dans son ton me fait lever les yeux.

Et je le vois. Reuben. À la porte, un bouquet de tulipes à la main. Elles sont jaunes, et tranchent sur les environs fanés et miteux.

« Qu'est-ce que tu… »

Il hausse les épaules, un petit geste gêné. Il porte un tee-shirt qui découvre ses bras constellés de taches de rousseur, et je vois les muscles de son ventre se crisper sous l'étoffe, comme ils le font quand il est mal à l'aise et se sent exposé ; mon cœur vibre brutalement pour lui.

Il lève les fleurs en un geste inutile.

« Je t'ai acheté ça, dit-il doucement. Je me suis dit qu'on pourrait… aller se promener. Profiter du beau temps. »

Six mois se sont écoulés depuis cette nuit-là. Le monde a parcouru la moitié de son orbite autour du soleil, les longues nuits ont laissé place aux longues journées, et pourtant pratiquement rien n'a changé. Je regarde les fleurs, et c'est le détail qui me brise le cœur. Reuben ne m'a jamais offert de fleurs, pas une seule fois. Et pourtant le voici avec ce bouquet, forcé d'agir d'une façon qui ne lui ressemble tellement pas pour essayer de jeter un pont sur l'abîme que j'ai creusé entre nous, pour essayer de revenir vers moi. Je l'imagine en train de les choisir. Il a dû le faire avec soin, en prenant son temps. Sa main tendue passant lentement au-dessus des fleurs alors qu'il réfléchissait. Peut-être a-t-il choisi le bouquet le plus cher, ou le plus joli. Il allait me les apporter au travail, s'est-il dit. Il réussirait sûrement à retrouver un chemin vers moi, avec des fleurs ? Quelques larmes perlent au coin de mes yeux et je secoue la tête pour essayer de les endiguer, même si je suis habituée aux larmes, maintenant.

« Oh, je… »

Je m'arrête.

« Enfin bref, c'est pour toi », termine maladroitement Reuben. Puis il reprend la parole. Et peut-être est-ce parce qu'il essaie de remplir le silence tendu qui règne entre nous. Ou peut-être parce qu'il est content de changer de sujet. « Hé, peut-être que ton manteau est là ? » Il se tourne vers Ed. « Tu n'as pas vu le manteau de Jo, par hasard ? Elle l'a perdu cet hiver. »

Bien sûr qu'il a posé la question. Cela fait une éternité qu'il n'a pas vu Ed, mais bien sûr qu'il a pensé à demander. Il l'avait probablement noté quelque part, pour la prochaine fois qu'il viendrait.

Je sens la chaleur me monter au visage. Oh, non. C'est pas vrai. Mon manteau est juste là, à côté. Reuben va le reconnaître immédiatement. Je m'inquiétais tellement au sujet des caméras, et de ces maudites clés, que j'ai oublié le plus important : que cacher mes pièces à conviction sur mon propre lieu de travail était incroyablement, effroyablement stupide.

« Le manteau de Jo ? demande Ed. Non...

– Elle l'a perdu.

– Oh, attends, je vais regarder dans le placard », dit Ed.

Le monde autour de moi est en train de s'assourdir, de s'assombrir. Il faut que je disparaisse dans mes pensées, d'une manière ou d'une autre. Je ne peux pas assister à ces retombées.

« Il ne va pas y être, je dis d'une voix rauque.

– Tu ne sais pas où tu l'as perdu, répond Reuben. Alors on ne sait jamais.

– Je ne serais partie de nulle part sans manteau en plein hiver, je réplique sèchement.

– Et pourtant, il n'est pas à la maison. »

Ed lève une main pour nous faire taire, comme si on était des enfants en train de se chamailler, et trouve la clé dans le trousseau à sa ceinture.

C'est pas grave, me dis-je. *C'est pas grave.* Je peux faire semblant de ne pas savoir comment il s'est retrouvé là.

Mais les chaussures.

Reuben va reconnaître les chaussures. Aucun de mes collègues de travail ne les aurait reconnues, mais lui, oui. Elles sont tellement distinctives. Portées une fois. Il n'hésitera pas à s'exclamer qu'elles sont à moi.

Et Ed sait pour les clés. Se rappelle cette fois où un intrus négligent a laissé une serrure ouverte. Moi.

Et, réalisé-je en déglutissant douloureusement, il sait aussi pour la police. Qu'ils m'ont posé des questions sur cette nuit-là. Et que moi, j'ai interrogé Ayesha dans le bus.

Le château de cartes va s'effondrer. Ici. Maintenant. Sous mon nez. Il n'y a pas moyen d'y échapper.

Et, enfin, ce n'est plus de la panique que je ressens. C'est quelque chose d'autre. Quelque chose de pire. Une terreur sinueuse, frissonnante, certaine, comme si je voyais un couteau s'abattre sur moi, ou quelqu'un armer un pistolet et le braquer dans ma direction.

Avec un sursaut de combativité, j'essaie de détourner la conversation. Je montre les fleurs du doigt, englobe Reuben dans mon geste pour m'étonner de sa présence dans nos bureaux.

« Je croyais qu'on devait voir Wilf ? »

Une pitoyable tentative de distraction. On était censés le retrouver à l'ouverture d'un bar, où il nous a invités.

« J'ai annulé », répond Reuben.

Encore quelque chose qui ne lui ressemble pas du tout. Il ne prendrait jamais le contrôle de mes décisions comme ça, d'ordinaire. Il doit être sérieux.

« Oh, mais comment va Wilf ? » demande Ed en s'arrêtant, la clé à la main.

Je reste interdite, me demandant, l'espace d'une seconde, pourquoi il pose la question. Il ne s'enquiert jamais de ce que devient Wilf, d'habitude. Et puis je vois son expression. La sollicitude manifeste dans ses sourcils froncés, derrière ses épaisses lunettes.

Tout le sang reflue de mon visage. Je suis surprise qu'il n'y ait que moi qui m'en rende compte ; qu'il ne ruisselle pas en cascades rouges le long de mon cou. Wilf. Ce mensonge que j'ai raconté.

Ed se tient devant le placard, la clé toujours à la main. Il va l'ouvrir, et trouver mes affaires. Et puis il va dire à Reuben que la petite amie de Wilf est morte ; que c'est ce que j'ai raconté à une inconnue. Et l'un ou l'autre de ces actes, ou peut-être les deux, vont me dénoncer. M'exposer. Ils vont deviner mon secret.

C'est étrange comme l'éventail des émotions négatives est large.

Le bonheur ne semble pas avoir de degrés, curieusement. L'émotion qu'on ressent en descendant de l'avion dans un pays étranger est la même que lorsqu'on sort du travail un vendredi soir et qu'on attend au restaurant son plat à emporter. Apprendre qu'on est admise à Oxford procure la même joie que de mordre dans une mangue fraîche par un matin d'été. Épouser Reuben m'a fait le même effet que de me pelotonner dans un fauteuil avec un bon livre par un dimanche d'hiver. Le bonheur, me semble-t-il, est soit présent, soit absent.

Mais les émotions négatives, elles. Leur envergure semble digne de celle d'un albatros. La douleur hideuse, à tordre les boyaux, de la culpabilité. Le martèlement sourd de la honte. La brûlure lente, insidieuse, larmoyante de la déception. La profondeur lancinante de la tristesse. La souffrance de voir s'éloigner un être aimé, si intense que le monde en semble transformé. L'atroce impression de vide de la solitude. Je suis tellement seule dans tout ça. Quand je suis sous la douche, je rêve que j'en parle à quelqu'un. Laura. Reuben. Ed. Wilf. Mes parents, même. C'est le seul moment de la journée où je m'autorise ce fantasme.

Et maintenant, ça : le retour à la panique. L'envie – surpassant tout le reste – de réussir à préserver mon terrible secret. Je ne comprends rien à ces contradictions.

« Il va bien », répond Reuben.

Un froncement de sourcils éclaire ses traits d'une lueur nouvelle, comme une lampe allumée dans une pièce voisine ; l'effet est subtil.

« Vraiment ? » insiste Ed.

Et moi, je regarde la scène, comme si c'était une catastrophe naturelle qui se déroulait sous mes yeux. Oh, ce mensonge. Quel stupide mensonge. Stupide et inutile. J'aurais pu dire n'importe quoi dans ce cimetière. Que je me rendais sur la tombe d'un parent mort depuis longtemps. Que je cherchais la spiritualité. Pourquoi est-ce qu'il a fallu que je mentionne mon frère ?

Ed détourne les yeux de Reuben pour me regarder. C'est un regard neutre, mais il est significatif pour moi. Il glisse la clé dans la serrure du placard et la tourne.

J'ai été tellement prudente avec les autres gens. Reuben. Laura. Mais pas avec Ed. Il a une présence tellement bénigne, presque comme un prêtre ou un thérapeute. Impartiale. Mais c'est au travail qu'on se révèle. Qu'on montre qui on est vraiment au quotidien. On ne peut rien cacher à ses collègues.

Je pense à tout ce qu'il a vu. Mon interrogatoire d'Ayesha au sujet de l'enquête. La police. Oh, merde, la police. Mon mensonge à propos de Wilf. Le changement qui s'est opéré en moi. Il a forcément remarqué.

« Oui, il va bien. Je crois ? » fait Reuben en me regardant.

Il tient toujours son bouquet, mais a laissé retomber son bras le long de son flanc, vaincu. Les tulipes ont la tête en bas.

« Quand est-ce que c'est arrivé, déjà ? demande Ed. Décembre ? Janvier ?

– Quand est-ce que quoi est arrivé ? » fait Reuben.

Son regard se tourne vers moi. Il est ouvert, curieux ; seulement un peu perplexe.

« Voyons voir », dit Ed en ouvrant la porte du placard. Il s'interrompt à nouveau pour regarder Reuben et précise, dévoilant brièvement ses dents alors qu'il sourit et fronce simultanément les sourcils, incrédule : « Sa petite amie ?

– Quelle petite amie ? » fait Reuben.

Ed attrape le panier au fond du placard et commence à y farfouiller.

La scène se déroule devant moi comme un film d'horreur, et il n'y a rien que je puisse faire pour l'en empêcher.

« Sa petite amie qui est morte.

– Qui ça ? » Reuben le regarde, avant de se tourner vers moi. « Jo ? »

Je lève les yeux et vois ceux d'Ed fixés sur moi et plissés d'un air songeur. Ces yeux sombres et calmes. Je croise son regard, et pendant un instant, tout s'arrête.

Sa main se referme sur mon manteau et entreprend de le sortir du panier.

« Le voilà, s'exclame Reuben. Et ça, ce sont tes chaussures ! »

Et il me dévisage.

Et puis Ed hausse les sourcils, presque imperceptiblement. Il est en train de me dire quelque chose. Il est en train de me dire qu'il sait. Non. Pas exactement. Il est en train de me dire que *peut-être*, il pourrait savoir. Qu'il soupçonne. Il ne sait peut-être pas encore quoi – c'est comme les sirènes que j'ai imaginées les centaines de fois où je suis restée éveillée, dans mon lit, absolument certaine qu'un policier était en train de lever la main pour appuyer sur la sonnette – mais il soupçonne *quelque chose.*

L'adrénaline me parcourt les bras de haut en bas.

Sans réfléchir, j'ouvre la porte du bureau et sors dans la nuit.

Je ne regarde pas derrière moi.

Je ne me retourne pas.

Il faut que je m'en aille. C'est tout ce que j'ai en tête. Quelqu'un sait, et il faut que je m'en aille.

30
Avouer

Il faut qu'on entre dans Old Bailey par l'entrée principale, dans Old Bailey Street. Il n'y en a pas d'autre, me dit Sarah, pas à moins d'être vulnérable ou de devoir rester anonyme. Les portes, comparées au reste de l'édifice, sont d'une surprenante sobriété, et nous poussons un sombre tourniquet pour entrer dans le hall.

Il est encore tôt, et tout est calme autour de nous. Reuben reste près de moi. Il montre les signes d'une émotion que je devrais ressentir, j'imagine : il a les mains tremblantes, le front luisant de sueur. Probablement l'estomac noué. Moi, je ne suis rien, ici à côté de Sarah. Je suis tellement au centre des choses que je suis devenue l'œil du cyclone, calmement installée au cœur de la tourmente. Comme si, en n'y pensant pas, en me dissociant assez de la réalité, je pouvais faire en sorte que ce qui va arriver dans ce tribunal ne m'arrive pas vraiment à moi.

J'ai inconsciemment senti le poids du système judiciaire partout depuis cette nuit-là ; dans mes visites quotidiennes au poste de police ; dans l'odeur du tee-shirt fourni par la prison parce que mon haut en mousseline de soie a été gardé par la police scientifique ; dans le bureau de mon avocate avec ses expressions latines. Mais ici, je le sens plus que jamais. Dans la majestueuse architecture en marbre, dans le froufrou des robes d'avocats traversant le hall, qui donnent l'impression de sortir tout droit d'*Harry Potter* ; dans les perruques, les emblèmes, les agents de sécurité et les reporters qui rôdent, espérant trouver un sujet d'article.

« Il n'y a pas d'endroits pour s'isoler ici », dit Sarah en haussant un sourcil.

Nous nous asseyons à une table en plein milieu du hall, devant la salle d'audience numéro 2, et nous attendons.

Un homme s'approche de nous. Il a des lunettes sans monture, les yeux marron, les sourcils broussailleux, une tignasse bouclée qui dépasse de sous sa perruque et l'ombre d'une barbe qui réapparaît, bien qu'il ne soit même pas 8 heures du matin.

« Je suis Duncan, dit-il en me tendant la main ; elle surgit imprévisiblement des plis de sa robe. Votre avocat plaidant. »

Il me semble absurde que je le rencontre seulement maintenant, mais on m'assure que c'est ainsi que ça fonctionne.

Reuben tambourine des doigts sur la table. Sur le marbre, cela produit un son sourd, étouffé. Ce sont comme des vestiges du passé, ces mains, même si j'ai continué à vivre avec elles, même si en apparence rien n'a changé entre nous. Mais je me rappelle comment elles étaient. Avant que tout bascule. La façon dont elles jouaient du piano pour m'apaiser ; à contrecœur, parce qu'il n'a jamais aimé avoir du talent. La façon dont elles se tendaient vers moi, la nuit. La nostalgie : la pire émotion qu'on puisse ressentir vis-à-vis d'un mari.

« Je peux vous parler ? » demande l'avocat à Sarah.

Elle hoche la tête sans répondre. Elle est maîtresse de la situation, et ne ressent pas le besoin de calmer Duncan.

Il a apporté une mallette remplie de documents. Je ne suis pas surprise qu'ils soient à l'évidence sur le point de discuter de mon procès sans moi. Ainsi vont les choses. Toute l'affaire dépasse ma petite personne, à présent. Ils ne s'éloignent que de quelques pas, s'arrêtant devant la porte de la salle d'audience, la tête penchée l'un vers l'autre. Il se gratte la cheville de la pointe de son autre chaussure et j'entrevois brièvement une chaussette vert citron.

« Je vais aller nous chercher du café », dit Reuben.

Cela ne me surprend pas non plus. Il a bien dû acheter un millier de cafés à l'approche de ce procès. Quand il était directement concerné, et que Sarah le questionnait pour le préparer au contre-interrogatoire qu'il allait subir à la barre, mais aussi le reste du temps. Cela semble être une sorte de rôle qu'il a endossé.

Les avocats reviennent, le visage inexpressif, et je lève les yeux vers eux comme une enfant.

« Oh, oui, il serait bon que nous prenions aussi cinq minutes pour parler, vous et moi », dit Duncan à Reuben lorsqu'il revient avec les cafés. Il a un accent tellement snob que les mots semblent s'enchaîner sans pause. « Pour préparer ce que vous allez dire. »

Il est tellement étrange que ma vie se retrouve ainsi mise sur le papier. L'appel anodin que j'ai passé ce soir-là pour dire que j'avais peur, que j'étais peut-être suivie : le destinataire de cet appel est devenu un témoin. Les événements se sont transformés en un langage dont le sens va être décortiqué devant un jury, décomposé en dépositions de témoins, exposé des faits et éléments de preuve déterminants ; le journal des appels, la corroboration par Laura que Sadiq était effectivement au bar, qu'il nous harcelait. La présence de Laura ne sera nécessaire que plus tard dans la semaine. Pareil pour Reuben. Mais peut-être est-ce effectivement le meilleur moment pour passer en revue ce qu'il va dire : pendant qu'on est encore calmes, et pas en plein milieu du procès.

Il est en train de hocher la tête avec empressement en regardant l'avocat. Il croit qu'il peut rectifier la situation. Que s'il témoigne suffisamment bien, il va faire évoluer les choses dans la bonne direction. Comme toujours.

« Ça va aller ? Toute seule ? » me demande-t-il par-dessus son épaule.

Ils s'éloignent, là encore de quelques pas seulement, et je reste seule à regarder autour de moi. La rambarde de l'escalier est faite de fausses épées en guise de balustres. Une sur deux se termine en pointe orientée vers le bas.

« Ouais. »

Je suis contente d'avoir un moment pour moi.

Quand on est au cœur d'une procédure aussi importante, on n'est presque jamais laissé en paix. Je suis heureuse de ce moment de tranquillité, heureuse de passer d'actrice principale à doublure, de descendre de la scène et d'être seule en coulisse. Je ferme les yeux et feins de me trouver ailleurs. Dans une antichambre, peut-être. À la Maison-Blanche. J'ai fait quelque chose de ma vie, et j'attends le président. Oui. Peut-être suis-je sa fidèle conseillère. Nous allons manger du risotto, le président et moi.

Je garde les yeux fermés, un petit sourire aux lèvres alors que je laisse libre cours à mon imagination.

31
Taire

Lorsque je rentre enfin à la maison, Reuben est en train d'arroser les plantes sur nos marches. Il se sert d'un arrosoir, verse soigneusement la bonne quantité d'eau dans chaque pot. Je devrais lui donner une explication, mais je ne le fais pas. Je suis pratiquement revenue en courant, après avoir marché pendant des heures. Fuyant Ed. La police qui va sûrement arriver d'un instant à l'autre.

« Où est-ce que tu étais ? demande-t-il, d'un ton qui n'est cependant pas vraiment celui d'une question. Qu'est-ce qui t'a pris ? Ed m'a dit après ton départ… pour Wilf.

– Qu'est-ce que tu lui as répondu ?

– Que ce n'était pas vrai. »

Oh, merde. Si Ed n'avait pas compris avant…

« C'était un stupide mensonge », je marmonne, écarlate.

Reuben écarquille ses yeux verts, effaré.

« Pourquoi es-tu allée raconter une chose pareille ? » me demande-t-il, et à ma grande horreur, son ton est compatissant.

Il m'aime tellement qu'il est prêt à m'écouter justifier un mensonge aussi tordu, aussi dysfonctionnel.

Je regarde par la fenêtre de la cuisine. Les tulipes sont dans un vase posé sur le rebord.

J'observe Reuben un moment. Il détourne les yeux de moi et arrose une autre plante. Un peu d'eau déborde du haut de l'arrosoir et asperge les marches en béton.

Contrairement aux plantes dont il s'occupe, qui bourgeonnent avec l'arrivée de l'été, on est en train de mourir, Reuben et moi.

Les symptômes de notre fin sont partout : cela fait des mois qu'on n'a pas regardé un des films listés sur le tableau noir. On dormait nus, mais maintenant je dors en tee-shirt et culotte, incapable de franchir la ligne de démarcation au milieu de notre lit, physiquement ou émotionnellement. Je réponds à Reuben par monosyllabes, à tel point qu'il ne prend plus la peine de me poser la moindre question.

Et donc voilà où nous en sommes. Je suis sur les marches, ma veste sur le bras. Il est en train de se redresser.

Une image de la police s'invite brusquement dans ma tête. Ed a dû l'appeler. Non ? Cela me semble certain, inévitable, mais la paranoïa m'a obscurci la vue, comme les gouttes qu'on me mettait dans les yeux chez l'opticien quand j'étais plus jeune. Cet inspecteur blond, et son ami, plus petit et brun. Marchant dans Hammersmith Broadway. Tournant à droite à hauteur de Byron Burger. Puis à gauche. Dans ma rue. Il faut que je m'enfuie. Je ne peux pas être là pour voir le visage de Reuben se transformer à l'instant où il comprendra ce que j'ai fait.

Mais avant ça, je songe tristement en le regardant, il faut que je fasse une offrande. Un sacrifice. Un rituel. Une ultime tentative pour échapper à ce qui m'attend.

Et ce n'est pas juste pour lui, de toute façon. Cette pseudo-relation de couple qui ne fait que le désemparer et l'énerver. Il devrait pouvoir être libre de trouver quelqu'un d'autre. Et il ne devrait pas, non plus, se voir imposer le fardeau d'un aveu qui l'oblige à dissimuler mon crime avec moi.

« Pourquoi est-ce que tu t'es débarrassée de tes affaires ? » me demande-t-il comme s'il pouvait lire dans mes pensées.

Il n'a pas l'air soupçonneux. Juste triste. Lui ne sait peut-être pas, mais Ed, sûrement.

« Je ne voulais plus de ton manteau. »

Je ravale mes larmes alors que je mens à mon mari.

Je baisse les yeux. Il ne porte pas de chaussettes. L'air est chaud et doux. Il tressaille sous l'impact de mes mots.

Ces pieds vont me manquer. Et ces mains pleines de taches de rousseur. Ce front.

« Je ne peux plus vivre comme ça. Je suis désolée, mais je ne suis pas heureuse. Je ne suis tout simplement plus heureuse avec toi. Ça fait un bout de temps, maintenant. »

C'est un admirable numéro d'actrice. Les mots sont faux mais le ton sonne vrai. Je semble peinée, résignée, mais honnête.

Reuben relève brusquement la tête et pose l'arrosoir sur la marche. Celui-ci vacille une seconde avant de s'immobiliser, et le son retentit dans le silence autour de nous. La stupeur a laissé Reuben bouche bée. L'incrédulité est gravée dans les plis de son front. Et, pire que ça, un jugement. Une sorte de *Je savais que tu ferais ça*.

Il pose les mains sur ses hanches, porte son poids sur ses talons, me regarde et demande :

« Tu es sérieuse ? »

Je le regarde droit dans les yeux, ces yeux vert forêt.

« Oui. »

Et voilà. Notre relation est rompue. Détruite. Un mariage, brutalement assassiné.

Il me dévisage encore un moment. J'imagine qu'il pense que c'est pour une raison banale, ordinaire. Que je me suis lassée de lui. Qu'il y a un autre homme dans ma vie. Que mon manque de confiance en moi m'a éloignée de lui. Il ne devinerait jamais la vraie raison : un meurtre. De sang-froid. Et c'est mieux comme ça. Pour lui.

« Je vois », dit-il doucement.

Il est, dans la mort de notre relation comme dans sa vie, fidèle à ses principes. Il n'essaie pas de marchander, de faire pression sur moi, d'exiger des réponses.

Après avoir soutenu mon regard pendant encore une seconde, il tourne simplement les talons et rentre dans l'appartement, sans moi.

32
Avouer

Je vois Reuben et l'avocat plaidant parler et, à quelques pas d'eux, Sarah s'entretenir avec une autre avocate. Celle de l'accusation, peut-être ? Elle est grande et blonde, en talons bobines. Elle porte un vernis couleur chair, son fond de teint est élégamment appliqué, sans la moindre démarcation, et ses pommettes sont illuminées comme si elle se tenait dans un rayon de lune. En d'autres circonstances, j'aurais voulu lui demander quel produit elle avait utilisé, puis je l'aurais acheté et l'aurais étalé sur mes joues si malhabilement qu'on m'aurait dite maquillée pour la scène.

Reuben et Duncan sont près de la porte. L'avocat est en train de faire de grands gestes et Reuben de suivre ses mains du regard. Ils inclinent la tête encore plus près l'un de l'autre. Duncan couvre sa bouche de sa main.

Après quelques minutes, Sarah revient, et je la regarde d'un air interrogateur.

« Pas la procureure, me dit-elle. Je la connais. Une amie. »

Je cligne des yeux, essayant de me calmer.

Duncan revient et sa posture est étrange, ses épaules voûtées, comme s'il venait de se faire disputer. Il passe une main sur son front. Reuben me tend un gobelet de café – mon dernier au-dehors ? –, et je le prends en le remerciant d'un regard. Je devrais profiter au maximum de cet instant. Duncan m'adresse un sourire rassurant et je me morigène. Je suis encore en train de tout imaginer ; de leur inventer des vies, des passés. De lire le pire dans le langage corporel de mon avocat, et de m'inquiéter à l'idée qu'il ne soit pas capable de me défendre, qu'il ne croie pas en mes chances.

Je murmure :

« J'ai besoin d'aller aux toilettes. »

Je veux être, encore un moment – le dernier avant le début de mon procès –, seule.

« Il faut que je vous accompagne, dit Sarah avec un sourire contrit. Ils veulent vous garder à l'écart des témoins. Et de votre jury.

– Mon jury. »

Je n'y avais pas pensé. Mais évidemment. Ils doivent être là. En regardant autour de moi, je vois les pancartes. Blanches, plastifiées, avec une flèche rouge. « Nouveaux jurés, par ici », disent-elles. Douze hommes et femmes. Ici pour me juger sur ce que j'ai fait. C'est presque inconcevable pour moi.

« Regardez », me dit Sarah, interrompant mes pensées. Elle me montre, haut au-dessus des portes de la salle d'audience, ce qui initialement me semble être une tache sur le mur. « C'est un éclat de verre, me dit-elle. À cause d'une bombe de l'IRA. » Elle pointe le doigt derrière, vers les portes, la rue. « Il s'est retrouvé incrusté dans la pierre. Et ils l'ont laissé. Deux cents personnes ont été blessées, et la seule qui est morte a été victime d'une crise cardiaque. »

Je regarde fixement le bout de verre.

Si ce truc – ce symbole imparfait, dysfonctionnel – a pu survivre, alors moi aussi.

Sarah me prend par le bras pour me guider vers les toilettes. Les manchettes de mon chemisier blanc, raidies d'amidon, frottent sur mes poignets.

Ça arrive en l'espace d'un instant. On pourrait être deux personnes qui se croisent dans le hall d'une gare ou d'un aéroport bondés. Elle porte un long gilet gris dont elle a tiré les manches sur ses mains comme une enfant en quête de réconfort, peut-être. Ses cheveux sont longs et lisses, ses yeux bordés d'eye-liner comme Cléopâtre. Elle lui ressemble tellement. À Imran.

Elle ne me voit pas; ne me reconnaît pas. Je ne peux pas lui parler, alors je baisse la tête, mais je ne peux m'empêcher de la regarder s'éloigner. Je suis désolée. Je suis tellement désolée.

Sarah vérifie que les toilettes sont vides puis ressort m'attendre dehors. Je me dévisage dans le miroir. J'ai l'air plus vieille. Je me demande s'il y a des miroirs en prison. Peut-être que c'est trop dangereux, qu'ils sont trop facilement brisables. Peut-être que je ne vais pas pouvoir me regarder dans les yeux pendant des années. Je reste une éternité dans les toilettes. Sarah se demande probablement ce que j'y fais, mais je m'en fiche. J'utilise le savon, en feignant que c'est celui d'un hôtel de luxe, je regarde dans chaque cabine, je me force à me calmer en me regardant dans le miroir. J'y reste bien dix minutes.

Lorsque je ressors, quelque chose a changé. L'attitude de Sarah est différente. Elle me conduit à une table; une autre que la première. Je vois Reuben et mon avocat plaidant assis à celle-ci, en face de nous.

« Joanna, me dit Sarah. Je veux que vous m'écoutiez attentivement. » Elle prend une inspiration frémissante, et mon corps semble savoir ce qu'elle va dire avant mon cerveau. « L'accusation a proposé une négociation de peine. »

Je ne suis pas surprise. Je savais qu'ils le feraient; elle me l'avait dit, après qu'ils ont requalifié mon crime à la hausse.

« Et je pense que vous devriez plaider coupable », continue-t-elle.

Elle a l'expression de quelqu'un qui vient de lancer une grenade. Je pose brutalement les mains sur le marbre, stupéfaite et terrifiée. Et puis, comme s'il savait, Reuben apparaît à côté de moi. Il fait entendre une sorte de renâclement.

« Plaider coupable ?

– Ils ont fait une meilleure offre que je ne le pensais possible, m'explique-t-elle. Ils avaient initialement proposé de revenir à un article 18, mais j'ai été très ferme avec eux. Je leur ai cependant indiqué que vous pourriez être intéressée, et ils viennent de proposer un article 20.

– Un article 20 ? Pourquoi avez-vous dit que je serais intéressée ? Je veux mon procès... Ma chance de me défendre.

– Pour voir jusqu'où ils iraient. Le chef d'accusation le moins grave qu'ils étaient prêts à retenir. Vous vous rappelez ? Sur l'échelle que je vous ai montrée ? L'article 20 concerne les violences ayant entraîné de graves dommages corporels sans intention de les causer, Jo.

– Sans intention de les causer. D'accord.

– Je pense que vous devriez plaider coupable », insiste-t-elle, et elle m'adresse un regard lourd de sens.

Je n'oublierai jamais ce regard. Un mélange de pitié, de tristesse et de culpabilité. Comme lorsqu'on voit la chose la plus triste qu'on puisse imaginer. Un sans-abri volant du pain. Un jeune enfant dans Alep. Mais il y a également autre chose dans son regard. Dans le pli de ses paupières et la crispation des muscles de chaque côté de sa bouche : elle est soulagée. Soulagée que ce soit ma vie qui soit en jeu et pas la sienne. Que tout ça ne lui soit pas arrivé à elle. Elle en est contente.

Je proteste en bredouillant pitoyablement.

« Plaider coupable... maintenant ? On est sur le point d'entrer dans la salle. Tout ce... tout ce travail. »

Je songe aux pages de notes qu'elle a prises sur le principe d'erreur de fait, aux arguments qu'elle a préparés concernant le sentiment constant d'insécurité des femmes qui marchent seules la nuit, et les raisons pour lesquelles elles sont enclines à réagir de façon excessive. *Ce ne sont pas des arguments juridiques*, m'a-t-elle dit, *mais ils ont du poids quand même.* Je pense à toutes les dépositions d'experts, aux liasses de documents qui ont été apportés aujourd'hui dans des mallettes. Tout ça pour ça ? Il semble étrange de se focaliser sur le dur travail accompli et non sur le fait que je risque d'être envoyée en prison. Mais c'est ce que je fais. Je ne peux pas m'en empêcher.

« Votre peine sera réduite d'un dixième si vous plaidez coupable à la porte de la salle d'audience, insiste-t-elle. Et je n'ai jamais envisagé qu'ils proposeraient un article 20.

– Quelle serait la peine ?

– Ça va de la condamnation avec sursis – peu probable dans votre cas – à cinq ans.

– Et pour une tentative de meurtre ?

– Six ans grand minimum. Mais dans votre cas, de dix ans à la perpétuité. »

Je ferme les yeux. Je regrette de ne pas avoir demandé il y a des mois de cela. De ne pas m'y être préparée, au lieu de me cacher la tête dans le sable.

« C'est pour cela qu'ils ont proposé de requalifier les faits à la baisse, m'explique-t-elle. Pour que vous soyez plus tentée d'accepter leur offre. Et c'est vraiment une très bonne offre. Même pas un article 18. Un article 20. Ils ont énormément réduit, Jo. »

Je me fige. Elle y voit un manque de compréhension et tend la main vers moi par-dessus la table, comme une mère faisant un geste de conciliation envers son enfant au cours du repas. Sa paume glisse en crissant sur le marbre. À côté de moi, Reuben est lui aussi immobile. Son cou s'est marbré de rouge, comme quand quelqu'un l'aborde dans la rue pour lui demander son chemin ou qu'on lui adresse spécifiquement la parole à un dîner. La rougeur s'étend à l'arrière de ses oreilles. Il panique. Comme moi. Il pense que je vais aller en prison.

Je regarde Sarah dans les yeux. Il est temps de poser la question que j'aurais dû lui poser il y a des mois de cela.

« Que feriez-vous à ma place ?

– Le truc, Jo », commence-t-elle à répondre et, comme un médecin annonçant une mauvaise nouvelle, elle tend l'autre main par-dessus la table pour prendre les miennes.

Reuben s'écarte, probablement embarrassé. Duncan apparaît derrière nous et s'éclaircit la voix, d'un léger *heu, heu*. Et ensuite, dans ma tête, il n'y a plus que Sarah et moi, les yeux dans les yeux.

« Voici les trois prochaines années, on va dire. » Elle lève un poing devant elle, comme si elle y tenait une araignée captive. « Et voici les vingt prochaines. Choisissez.

– Je vois.

– Vous risqueriez très gros.

– Croyez-vous que j'aie une chance d'être acquittée ? »

Elle me regarde droit dans les yeux.

« Je crois que vous devriez accepter l'offre.

– Est-ce qu'il y a la moindre chance qu'ils... se prononcent pour un sursis ? »

Je commence à maîtriser le jargon.

« Non », répond-elle. La timide étincelle d'espoir en moi s'éteint. « C'est très peu probable. Selon les directives, vous seriez condamnée à de la prison ferme... mais ils pourraient se montrer cléments. Dans le prononcé de la peine. On ne sait jamais. Ils prennent toutes sortes de choses en compte. Et vous auriez droit à une petite réduction pour avoir plaidé coupable. Et un article 20 est nettement moins grave. Il n'y a aucun risque que vous ayez une longue peine.

– Peut-être qu'ils ne sont pas sûrs de réussir à me faire condamner ? » J'ai un regain d'espoir. « Peut-être est-ce pour ça qu'ils ont fait cette proposition ?

– Vous avez tout à perdre en jouant à ce jeu. Je pense que vous devriez accepter, Jo.

– Combien vais-je prendre ? »

J'ai la bouche, la gorge, les yeux, la poitrine pleins de larmes.

La sensation de vide a enfin disparu, mais elle a été remplacée par autre chose. Un état de choc, peut-être ? Je ne sais pas. Je n'ai jamais envisagé que cela pourrait arriver. J'ai toutes mes affaires avec moi. Mon sac. Mon iPhone. Je pensais qu'il y avait un risque

que j'aille en prison, mais pas aujourd'hui. Je pensais que cela arriverait après le procès.

« À votre avis ? Sincèrement ?

– Cinq ans. Vous sortiriez au bout de deux ans et demi. Vous feriez le reste en liberté conditionnelle. »

Deux Noëls.

Deux étés.

Presque mille jours.

Si j'avais vu mon procès aux informations il y a quelques mois, j'aurais peut-être haussé les sourcils. Dit que la femme méritait plus. Elle avait gravement blessé quelqu'un. *La vie de ce garçon ne sera plus jamais la même*, aurais-je argumenté. Comment ai-je pu être si sûre de tout ? Croyais-je donc que les années évoquées correspondaient à autre chose qu'à un tour de la Terre autour du soleil ? Croyais-je que les années en pénitence passaient plus vite, que les gens cessaient d'être humains après avoir fait une erreur ? Je ne sais pas. Je ne sais pas. Il s'avère que quand on est confronté à une peine de prison, une année vaut une année. Deux ans et demi. C'est énorme. Et pourtant, je sais, rationnellement, que c'est mieux que dix ans. L'enjeu est trop grand pour prendre le risque.

« L'hypoxie, continue Sarah. C'est un argument fort. Et les lésions de coup et contrecoup. Ils vont affirmer que vous l'avez laissé là trop longtemps, dans l'eau, et leur expert va corroborer. Ils vont dire que vous auriez dû anticiper ces marches escarpées. Cette flaque. Ils vont vous demander si vous savez ce qui se passe quand on atterrit, inconscient, le nez dans une flaque. Ils vont vous demander si vous saviez qu'il pleuvait, et lorsque vous direz que oui, ils vont vous demander si la pluie crée des flaques. Et là, ils vous tiendront. Même si vous dites que vous l'avez sorti de l'eau immédiatement. Ils diront qu'il suffit d'une inspiration pour se noyer. Ils diront que vous auriez dû savoir – que vous l'avez forcément vu lutter pour respirer, parce que sa poitrine devait se soulever et s'abaisser violemment. Ou alors ils diront que vous mentez, et que vous êtes restée là sans rien faire pendant une éternité, à le regarder frôler la mort. Et vous n'aurez pas de réponse à ça. Quoi qu'en disent les experts. Ils affirmeront que vous aviez l'intention de tuer. Et c'est… c'est un argument convaincant.

– Je n'ai jamais rien voulu de tout ça.

– Je sais », dit-elle gentiment.

Je jette un coup d'œil à Reuben. Il a les joues baignées de larmes.

« Acceptez l'offre, Jo », répète Sarah. Sans perdre patience, ni lâcher mes mains de ses doigts frais. « Acceptez-la. Et faites-le-leur regretter. Purgez votre peine et reprenez le cours de votre vie.

– Est-ce que… »

Je jette un regard affolé autour de moi, me faisant l'effet d'une orpheline sur le point d'être emmenée elle ne sait où ; d'une évacuée. Une détenue. Une expulsée. Toutes ces choses humaines horribles, auxquelles j'avais évité de penser. Tout ce contre quoi Reuben a fait campagne sans relâche. Toujours parti à une manifestation. À la Chambre des communes. La crise des réfugiés. Les coupes budgétaires dans les aides sociales. Les réformes de l'aide juridique. J'ai ignoré tout ça. Ces problèmes qui ne me touchaient pas. Jusqu'à ce qu'ils le fassent.

Je pense aussi à la révélation que j'ai eue dans Little Venice. Ce n'est pas juste la meilleure chose à faire *pour moi* de plaider coupable, mais aussi pour Imran, et sa famille également. Ils n'auront pas à affronter un procès. À me voir nier ce que j'ai fait. Et je vais purger une peine. Faire de la prison pour l'acte que j'ai commis.

Je suis prête, je crois, alors que je relève la tête pour regarder d'abord Sarah dans ses yeux bleus, puis Reuben. Le moment est venu. Le moment est venu de faire ce qui est moralement juste.

« OK, je vais plaider coupablc. »

Reuben laisse retomber sa tête, et son menton heurte sa poitrine. J'espère qu'un jour, quand je serai ressortie, ou lorsqu'il aura accepté ma décision, il trouvera le moyen d'être fier de moi, quelque part dans ce gâchis. Qu'il découvrira quelque chose à aimer, quelque chose à admirer au milieu de toute cette merde, comme les gouttes de pluie scintillantes sur une toile d'araignée. J'ai été courageuse, se dira-t-il peut-être un jour. J'ai affronté les conséquences de mes actes.

« Je suis désolée. »

Il se lève, l'air sur la défensive. Il fait un geste de la main.

« Ne t'excuse pas auprès de moi, me dit-il, et je suis surprise d'entendre qu'il a la voix rauque. Mais les bébés ? ajoute-t-il en me regardant. Les bébés rouquins ?

– Il va falloir attendre. »

De nouvelles larmes coulent de ses yeux à ces mots.

Et puis c'est le moment d'entrer dans la salle d'audience et je tremble de tout mon corps alors que mes avocats m'y escortent, et il me vient à l'esprit que c'est peut-être la dernière fois avant un petit moment que je respire un air vraiment libre, et que ce sont là les dernières fenêtres sans barreaux que je vois, et que c'est la dernière fois que je sens mon propre sac sous mes doigts, mes propres chaussures à mes pieds, la main de mon mari dans la mienne, et j'essaie de vivre pleinement ces sensations, mais il est impossible pour moi de les savourer, ces moments condamnés à disparaître, cette agonie prolongée. Je me dis qu'on peut peut-être repousser l'heure fatidique, encore et encore, comme les gens dans le couloir de la mort, réussir de justesse à rester au soleil en courant à contresens du globe, mais c'est tout bonnement impossible. C'est impossible.

Je prends quatre ans, réduits seulement d'une fraction pour avoir plaidé coupable. Je devrai en purger presque deux entiers. Mais c'est tout. Ce sont mes seules réductions. Je n'en aurai pas d'autres.

Deux ans.

Deux Noëls.

Presque sept cents levers de soleil, tous manqués, à moins que ma cellule ait une fenêtre. Peut-être qu'elle en aura une, avec des barreaux. Un espace par où je pourrai laisser ma main pendre au-dehors.

Quatre-vingt-treize dimanches soir, sans avoir le luxe de stresser pour le travail.

Deux ans.

Deux fois le tour du soleil.

33
Taire

Ça devrait être la fin de mon mariage qui m'obnubile l'esprit alors que je monte dans ma voiture, mais ce n'est pas le cas. C'est Ed. Il sait. Il sait, il sait, il sait. J'ai été si imprudente. Je fais la somme de toutes les fois où il m'a vue. La police devant chez moi. La fois où j'ai acculé Ayesha dans le fond du bus. Et puis le mensonge au sujet de Wilf, mis au jour devant Reuben, en même temps que mes vêtements.

Je monte dans ma voiture et je pars, sans savoir où je vais. Ailleurs.

C'est le problème d'être une criminelle. Je ne peux pas tomber plus bas. Je suis au fond du puits. J'ai déjà tué quelqu'un. J'ai déjà caché mon crime, dissimulé les preuves. M'enfuir n'empirera pas les choses, et je pourrais même échapper aux conséquences de mes actes. Je suis sans foi ni loi.

Je prends à gauche dans notre rue, puis à droite, et j'arrive sur le pont routier de Hammersmith. Il est plein de voitures. Je ne sais pas pourquoi. Je ne sais pas quel jour on est. Peut-être que c'est un lundi matin – à l'heure de pointe. Qui sait ?

Je ne mets pas de clignotant. Je m'engage sur le rond-point à toute vitesse, ma mauvaise main crispée et douloureuse sur le volant. Je ne sais pas si je ne le vois pas arriver, ou si je m'en fiche.

Et puis ses phares s'illuminent brusquement, comme des yeux qui s'écarquillent de surprise, et j'entends et ressens tous les signes que je viens d'avoir un accident : le fracas de métal froissé, la sensation d'être projetée en avant. Mais je suis sûre

– certaine, même – que ce n'est pas le cas, parce que j'ai encore toutes ces pensées dans la tête et cet éléphant assis sur ma poitrine.

Et puis après, bien sûr, il n'y a plus rien, jusqu'à ce que je me réveille.

UN AN ET DIX MOIS PLUS TARD

34
Avouer

La dernière clé ouvre la dernière serrure et je suis libérée sans cérémonie. Personne ne peut voir ou ressentir ce que je vois et ressens ; j'ai l'impression que les os de mon cou s'allongent alors que je regarde à gauche, puis à droite, et aperçois les deux horizons pour la première fois en près de deux ans. Je suis frappée par l'étrangeté de sentir le parfum d'une femme alors qu'elle passe à côté de moi pour gagner la salle d'accueil principale des visiteurs. J'essaie d'en distinguer les notes. Quelque chose de boisé. Mon nez manque d'entraînement. Depuis deux ans, je n'ai senti que cigarettes dans la cour, repas sans goût et sueur. Ces autres odeurs – ces odeurs de l'extérieur – me semblent étranges, et je ne sais comment y réagir.

Il y a un bus au bout de la route. L'affichage des horaires est devenu électronique. Un ordinateur a été installé, caractères orange sur fond noir. Comme le métro. Brusquement, alors que je marche – plus loin que je ne l'ai fait depuis des années –, je suis saisie par le sentiment que bien que le ciel soit le même, le soleil aussi, et l'herbe là-bas qui ondule au vent d'avril, tout est peut-être différent. Étranger. Je sens une sorte d'angoisse picotante s'immiscer en moi, mais je me répète le mantra intérieur que m'a recommandé le conseiller psychologique. *Je ne risque rien. Je suis une personne à part entière. Ces pensées sont fausses.*

Calmée, je tourne au coin de la route pour gagner le parking.

Et il est là.

Reuben, dans notre voiture arrêtée, mais le moteur allumé.

« Où est-ce que tu veux aller ? » me demande-t-il doucement ; le moteur tourne toujours au ralenti.

Il ne s'est pas tourné pour me regarder bien en face, et ne m'a pas embrassée pour me dire bonjour. Le conseiller psychologique m'avait prévenue qu'il ne le ferait peut-être pas. La conseillère d'insertion et de probation n'a pas voulu en parler avec moi, mais lui – Alan –, si.

Il m'a prévenue que ce ne serait probablement pas comme un retour de vacances. Comme remettre un vieux jean porté pendant des années.

J'ai protesté, au début. Deux ans, ce n'était rien, lui ai-je dit. J'avais eu des boulots qui avaient duré plus longtemps. Des robes de chez H&M, achetées 12,99 livres, dont je ne pensais pas qu'elles allaient durer, mais qui l'avaient fait. Presque rien ne pouvait changer en deux ans. Tout le monde était encore sur Facebook à partager des mèmes de chats.

Il m'a jeté un regard compatissant quand j'ai dit ça. Presque apitoyé. Il avait une tache de naissance sur la joue, au sujet de laquelle j'ai toujours voulu lui poser des questions, sans jamais le faire. Il a changé de sujet, m'a demandé où j'irais lorsque je pourrais rentrer chez moi.

« Dans le même appartement. Le même appartement en sous-sol », ai-je répondu d'un ton triomphant, comme si j'avais remporté ce débat.

Et il m'a demandé quels sentiments cela m'inspirait. Je n'ai pas répondu. Ça me semblait tellement théorique. Cet appartement dans Hammersmith. Comme un vestige d'une ancienne vie.

Pendant deux ans, tous mes repas ont été préparés pour moi. Mon linge a été lavé pour moi. Mes journées, mesurées et découpées. Promenade à 16 heures. Temps de sociabilité – hors de ma cellule – à 18 heures. Extinction des feux à 22 heures.

« À la maison ? »

Je me rappelle la première fois que nous sommes rentrés chez nous après notre lune de miel.

Il ne m'a pas soulevée dans ses bras pour passer le seuil – bien sûr que non. « Je ne vais pas te porter », m'a-t-il prévenue d'un ton brusque. On est entrés, et j'ai ouvert le paquet d'une paire d'oreillers en plumes avec un peu trop d'enthousiasme (et un couteau), créant le pire désordre que j'aie jamais vu. Reuben s'est contenté de me regarder en disant : « C'est donc ça, d'être marié à Joanna. »

Reuben se penche sur le volant, passe une vitesse, et entreprend de programmer le GPS alors qu'on roule déjà. On est loin de chez nous, ici, dans le Surrey.

« Je m'en occupe. »

Je me penche en avant et tends la main vers l'écran.

Il me jette un drôle de regard.

Peut-être, il y a des années, me serais-je contentée de rester assise à rêvasser. Mais c'est différent maintenant. J'ai des projets, et rentrer à la maison n'en est que la première étape.

« C'est pas un problème, vraiment », proteste Reuben.

Durant chacune de ses visites, à la lecture de chacune de ses lettres, j'ai cru qu'il brûlait de me toucher, sans le pouvoir. Mais maintenant, nous sommes là dans cette voiture où personne – chose remarquable – ne nous regarde, et il ne semble pas en avoir envie. Je me tortille. J'ai l'habitude des bancs durs. Là, j'ai l'impression nauséeuse d'être enserrée par mon siège, de ne pas pouvoir m'en extraire dès que je le voudrais.

Reuben ralentit pour arrêter la voiture devant la barrière, gardant le pied au-dessus de l'accélérateur, frémissant. Je me demande si je sais encore conduire ; si c'est comme le vélo, ou si j'aurai besoin de reprendre des cours. J'imagine la situation dans ma tête. Passer les vitesses. Emprunter un rond-point. Non, je me rappelle. Je me rappelle.

« Oh, avant que j'oublie », dit Reuben.

Il ouvre la boîte à gants et me tend un iPhone.

« Où est passé le mien ? »

Il m'a manqué, ce vieil iPhone aux coins arrondis. Celui qui est maintenant dans ma main me paraît énorme. Je n'arrive pas à trouver le bouton d'alimentation, comme une technophobe, et Reuben doit appuyer dessus pour moi.

« J'ai fait transférer ton numéro dessus. Le tien n'était plus compatible avec rien », me dit-il, l'air vaguement incrédule d'avoir besoin de m'expliquer.

Quelque chose dans cette expression est très typique de Reuben. La serviabilité sans ostentation, mais aussi l'incrédulité. Cette pointe de jugement. Sa façon de faire connaître son opinion.

Pour la première fois, cela m'agace. Il était pareil pendant ses visites. Les coups d'œil qu'il jetait derrière moi. C'était une émotion très spécifique qui passait sur son visage. De la honte, mais par procuration. De la honte à ma place. Si ça a un nom. L'embarras ? Elle était tout le temps visible : quand il m'apportait des vêtements dans un sac qui devait être scanné ; quand il me voyait interagir avec d'autres prisonnières qui étaient devenues mes amies.

Et le reste. Toutes ces choses auxquelles le moi d'autrefois aurait évité de penser. Le fait que, parfois, j'ai été heureuse, dans cette prison ; qu'il faut bien l'être. On ne peut pas rester malheureux pendant deux ans, pas vraiment. Pas tout le temps. Et Reuben a vu ça, et s'est posé des questions sur moi. Je le sais. Il faut que j'en parle avec lui. Rapidement. Il y a plein de choses que je dois lui demander, mais je n'oublie pas ce qu'Alan m'a dit : que je me souciais tellement des opinions d'autrui que je me suis laissé façonner par elles. Et quand je m'en suis défaite – au prononcé de ma peine, où j'ai été métaphoriquement mise à nu –, il ne restait plus rien. On a découvert ma perception de moi ensemble, avec Alan, dans cette prison.

Il y avait beaucoup de vérité dans ce qu'il a dit. Et donc je prends une profonde inspiration puis la relâche lentement tandis que Reuben négocie le rond-point. Seconde, troisième, clignotant à gauche pour sortir du rond-point. Je vais lui parler rapidement.

Je sors le Post-it de la poche de mon bas de jogging et le déplie. Dessus sont notés trois numéros, récupérés au cours des derniers mois à mesure que les filles ressortaient avant moi. Je les entre dans mon nouveau téléphone, laborieusement. Ça me prend une éternité.

Le regard de Reuben se pose plusieurs fois sur mes mains, mais il ne dit rien.

J'envoie un texto au premier numéro, celui d'Elle. Presque immédiatement, je suis ajoutée à leur groupe WhatsApp. Il a pour nom « Les Outsiders ». Je suis la dernière sortie.

Je tape une réponse. Lorsque je relève les yeux, je me rends compte que Reuben m'a regardée faire, mais il détourne la tête pour feindre que non.

Les plantes ont disparu. C'est la première chose que je remarque. L'appartement paraît plus petit et plus miteux que dans mon souvenir, ce qui n'a pas de sens, car sûrement n'importe quel endroit est salubre comparé aux prisons de Sa Majesté.

Je regarde autour de moi. Voilà le salon. Les lumières sont éteintes, bien sûr, mais je peux quand même distinguer le parquet brillant, le tapis aux couleurs neutres.

« Ça va ? » demande Reuben en souriant poliment comme un groom m'ayant conduite à ma chambre d'hôtel.

Je hoche rapidement la tête. Mon téléphone ne cesse pratiquement pas de vibrer dans ma poche. J'aimerais avoir une pièce où me réfugier, pour le consulter en privé.

On descend les marches et, au même instant, une voisine sort de chez elle. Je suis ravie de voir qu'il s'agit d'Edith. J'ai pensé à elle une fois par hasard, environ un mois après mon incarcération, et songé qu'il était peu probable que je la revoie un jour. Mais la voici, âgée de cent quatre ans. Elle me salue de la main, comme si rien ne s'était passé.

Reuben me regarde.

« Les chiens sont morts », me dit-il, et cela me fait l'effet d'un coup de poing à l'estomac.

L'appartement est d'une propreté impeccable. C'est la première chose que je remarque. Je me demande comment il a fait pour payer le loyer tout seul. Je ne sais pas, bien sûr. Ce genre de conversation intime, de considération bassement matérielle concernant la vie de tous les jours, est impossible en prison.

Le canapé est différent. En cuir noir. Je n'aime pas les canapés en cuir ; je trouve qu'ils collent à la peau, qu'ils sont froids en hiver et poisseux en été. Reuben ne m'en a pas parlé. Pourquoi ? Le meuble offre un aspect masculin, oppressant, dans le salon.

J'ouvre la bouche avant d'avoir pris le temps de tout bien regarder.

« Oh. »

De l'autre côté du placard se trouve notre tableau noir. On était arrivés à la moitié de notre liste de films. Elle y est toujours. J'effleure la craie du bout du doigt. Il a retracé les titres ; le bord des lettres est flou par endroits, comme si je voyais double. Ils doivent s'être effacés à plusieurs reprises, et Reuben les a réécrits.

« Waouh. »

Reuben hoche la tête.

« Je me suis dit que tu aimerais reprendre là où on s'était arrêtés. Je n'en ai regardé aucun. »

Je me retourne vers lui. Je n'ai pas pu le voir à mon aise quand il venait me retrouver en salle de visite. Sous la lumière des néons, tout le monde offrait une apparence étrange, les orbites pleines d'ombre. Il ne se ressemblait pas, de toute façon. Il s'habillait plus élégamment que d'habitude, et son attitude était encore plus introvertie que d'habitude, comme une tortue dans sa carapace. Je me demande ce qu'il a fait de ces deux ans. Il ne m'a pas vraiment raconté, se contentant de répondre à mes questions d'un « comme d'hab », avec un geste de la main. Il ne voulait pas, je suppose, éclipser mes problèmes avec les siens.

Typique. Est-ce qu'il a vu des amis ? Est-ce qu'il a souffert de solitude ?

Le moment semble se prêter à essayer d'entamer la conversation. Et Alan m'a dit de le faire dès que possible.

« Donc, voilà ta vie. Voilà la vie que tu mènes depuis deux ans. »

Je me détourne du tableau, où j'ai accidentellement effacé la jambe du *P* sur *Le Parrain*.

« Oui, répond Reuben en soulevant légèrement les bras de part et d'autre de son corps avant de les laisser retomber, l'air vaguement gêné.

– C'est dur de juste… retrouver ma place. »

J'ai un petit rire.

Je regarde les placards. J'ouvre celui des tasses et trouve des assiettes à la place. Je ne vois pas la bouilloire. Elle n'est pas sur le plan de travail. La cuisine est d'une propreté méticuleuse, encore plus que lorsqu'on vivait ensemble. Il n'y a rien qui dépasse. Pas un grain de poussière.

« Où est la bouilloire ? je demande sans réfléchir.

– Oh, fait Reuben, et, à ma stupéfaction, il la sort d'un placard. J'en ai acheté une sans fil. Ça fait moins de bordel. »

Il la remplit au robinet de l'évier et l'allume.

« Ça n'abîme pas le placard chaque fois que tu la ranges ? » je m'étonne, au lieu de dire les choses que j'ai à lui dire.

Il se fige, puis me regarde.

« C'est pas un problème », répond-il avec raideur, comme s'il était mon propriétaire et moi sa locataire.

J'examine le placard. Putain. Imaginez devoir la ranger *chaque fois*. Voici ce qui arrive quand on laisse un maniaque du rangement vivre seul pendant deux ans.

« On ne va pas sérieusement se remettre aux meilleurs films de tous les temps comme si de rien n'était, si ? »

Il se tourne pour me regarder avec surprise. Peut-être mon ton – il est plus direct, ces jours-ci – est-il trop dur.

« Pourquoi pas ? » s'étonne-t-il.

Et je pense à ce qu'a dit Alan : *Reuben a-t-il vraiment toujours raison ? Y a-t-il qui que ce soit qui puisse prétendre à ça ? Il me semble à moi qu'il peut parfois se montrer un peu immature ; il voit les choses de façon un peu manichéenne, peut-être ? Et Laura aussi ?*

Je sors du salon pour gagner notre chambre. Le lit n'a pas changé. La couette est toujours celle à carreaux bleu et blanc que j'ai choisie chez Next.

La chambre est restée propre. Si propre que lorsque je regarde par la fenêtre le triste jardin sur lequel elle donne, et que je passe le doigt sur le rebord, pas un grain de poussière ne s'y accroche. Il est complètement immaculé. Déjà, je sens que je vais mettre du temps à me réadapter. Je devrais être contente d'avoir une chambre, mon intimité, ma liberté, un smartphone à nouveau dans ma main, une douche propre et privée pratiquement dans la pièce voisine. La possibilité de faire *ce que je veux*. Aller au pub, au cinéma, n'importe où en réalité. Mais ce n'est pas le cas. Je regrette ma cellule, même si je devais me servir d'une chaise pour monter dans mon lit superposé. Je suis mal à l'aise, et c'est comme si j'avais un petit nid de serpents dans l'estomac, qui ne font rien mais tiennent à ce que je sache qu'ils sont là. Et je suis curieuse. Non, plus que curieuse. Suspicieuse. À l'égard de moi-même.

Enfin, le cauchemar est terminé. (Autant qu'il puisse jamais l'être, du moins. Il existera toujours dans un dossier quelque part. Peut-être serai-je un jour réhabilitée, ma condamnation en partie effacée de mon casier judiciaire, mais elle concerne un crime trop violent pour qu'il n'existe pas des situations où je serai obligée de la révéler.) Et pourtant, je ne suis pas détendue, ni heureuse. Je suis… quoi ? Nostalgique ? Est-ce possible ? Peut-être me sentirai-je mieux quand je ne serai plus en liberté conditionnelle.

« On est vendredi, dit Reuben en me suivant dans la chambre. Vendredi soir, ce soir. »

Avant, cela voulait dire film et plat à emporter, toutes les semaines. Mais à la prison de Bronzefield, le vendredi est le seul jour où on n'a pas le droit de recevoir de la visite. Quatre-vingt-treize semaines plus tard, je hais le vendredi. Je frissonne.

« Ah bon ? »

J'espère avoir un ton convaincant.

Il est impossible de garder la notion du temps juste avec le défilement des jours, du lundi au vendredi, sans les saisons. Nous avions le droit de sortir dans la cour une heure chaque jour, mais il était impossible de vraiment ressentir le temps sans la ponctuation de la vie quotidienne. Qu'est-ce qu'un ciel bleu ou pluvieux, des températures hautes ou basses, sans les autres détails qui distinguent ces saisons ? Un premier barbecue de l'année, ou tout un bureau déconfit par une chute de neige fin mars, ou la circulation allégée des vacances scolaires, ou une glace à l'eau sur ma pause déjeuner ? Mes saisons ont été dépourvues de contexte.

Reuben me laisse seule et je sors mon téléphone, pour découvrir qu'il a fait en sorte que tous mes contacts y figurent déjà. Je trouve le nom de Wilf et appuie sur *appeler*.

Il répond à la première sonnerie, et je souris. Après tout, ça n'a pas toujours été comme ça. Mon incarcération a eu quelques conséquences positives.

« Attends, mais est-ce Joanna Oliva, femme libre, qui m'appelle ? fait-il.

– Oui. »

Ma voix est emplie de quelque chose que je ne ressens pas quand je parle à quelqu'un d'autre.

De la légèreté, peut-être.

Il est venu me voir tous les mardis et tous les jeudis après-midi, une fois que j'ai eu fait suffisamment preuve de bonne conduite pour avoir droit à autant de visiteurs que je voulais. C'est plus de visites que n'importe qui d'autre, à part Reuben. Mais ce sont celles de Wilf que j'attendais avec le plus d'impatience, au bout du compte.

« Qu'est-ce que ça fait ? » me demande-t-il.

Je m'assieds sur le lit. Est-il différent ? Il rebondit doucement sous mes fesses. Mais non ; c'est juste que je suis habituée aux matelas plus durs qu'on trouve en prison. Je n'imagine même pas la sensation d'une lourde couette en plumes sur ma peau. Je me relève.

« C'est étrange. Incroyablement bizarre.

– Tu m'étonnes », fait-il doucement.

On a parlé de toutes sortes de choses au cours de ces visites. De papa et maman. Du fait que je savais toujours où trouver Wilf durant nos parties enfantines de cache-cache, tant je le connaissais bien. On a parlé de nos premières vacances à l'étranger et de notre manie de fermer les yeux au décollage pour feindre qu'on volait dans le ciel comme des oiseaux. Wilf m'a raconté une fois qu'il avait dormi sans couette pendant trois nuits de suite après avoir vu Mary Poppins border Jane, parce qu'il voulait que maman fasse la même chose pour lui. Elle ne l'a jamais fait, a-t-il ajouté avec une grimace amusée.

On a parlé de ce que je ferais. Après.

« Tu as un tel don avec les gens, m'a-t-il dit un jeudi. Fais quelque chose en rapport avec les gens. Tu les comprends, toi. »

Il a plissé les yeux en disant cela. De jalousie, ai-je supposé. C'était la première fois qu'il exprimait pareille chose.

Un mardi, un an et demi après le début de mon incarcération, il est arrivé changé. Son visage était toujours le même, avec sa barbe sombre, et il avait sa démarche résolue habituelle. Mais il y avait quelque chose dans ses traits qui était différent. Un sourire qui n'était que pour lui-même, le genre de sourire que je voyais sur les lèvres de Reuben lorsque je lui envoyais des textos de l'autre bout de la pièce à des soirées ennuyeuses.

« Qu'est-ce qui se passe ? ai-je demandé en me rapprochant avec empressement de lui.

– C'est stupide », a-t-il répondu.

J'ai indiqué la salle autour de nous d'un geste de la main, la paume tournée vers le haut.

« Tu veux voir ce que c'est, stupide ? »

Il pouvait certainement regarder le carnage des heures de visite se dérouler derrière moi. Les hommes et les femmes qui se chamaillaient, les gardes qui rôdaient non loin, prêts à s'interposer pour mettre fin à une bagarre. Les femmes qui disaient des choses du style *Je peux plus supporter tes conneries, putain*, et les hommes qui repartaient plus tôt que prévu.

« Bien vu », a-t-il fait.

On commençait tout juste à en rire. Avec hésitation, comme deux enfants qui trempent l'orteil dans l'océan glacé pour la première fois, avant de se jeter bruyamment à l'eau.

« Eh bien, ça ne figurait pas sur ma liste », a-t-il admis. Il s'était mis à pratiquer l'autodérision. Encore un changement. « Aujourd'hui, j'étais censé aller au travail, te voir, puis me rendre à mon cours d'espagnol. »

Acquérir un niveau lycée en espagnol faisait partie de la liste de Wilf cette année-là.

« Tu peux faire des choses qui ne sont pas sur ta liste, tu sais, ai-je répliqué. Chose incroyable, certains d'entre nous n'ont même pas de liste. »

Il a levé les yeux à ce moment-là et cherché mon regard. On a tous les deux les yeux marron, exactement de la même nuance, mais les siens sont gros et ronds, et rapprochés. Quand on était petits, on aimait étudier nos yeux dans le miroir de la salle de bains, en se bousculant sur le couvercle des toilettes où on était montés tous les deux.

« Il y avait une femme dans le train pour venir ici... Je ne l'aurais jamais rencontrée, normalement, m'a-t-il dit. Un train du mardi après-midi.

– Pas possible ! ai-je plaisanté. C'était qui, cette femme ?

– Elle m'a demandé si elle pouvait utiliser mon téléphone. Elle était... » Il a fait tournoyer son doigt à hauteur de son visage, me donnant l'impression de cheveux bouclés. « Je ne sais pas. Sympa. Jolie.

– Et est-ce qu'elle l'a utilisé ?

– Yep, a-t-il répondu en portant la main à sa poche pour la tapoter, avant de se rappeler qu'il avait dû se séparer de son téléphone lorsqu'il avait passé la sécurité, aussi serrée que dans un aéroport. Oh. Oui, elle s'en est servie. Pas pour appeler qui que ce soit. Elle a envoyé un texto.

– D'accord.

– J'ai regardé. Ce qu'elle avait écrit.

– Espèce de voyeur », ai-je répliqué, et ç'a été comme si le soleil était ressorti pour éclairer à nouveau ma vie, ne serait-ce que brièvement ; j'ai offert mon visage à sa caresse.

Ce chambrage entre frère et sœur m'avait manqué. Mes compagnes d'incarcération ne pratiquaient pas ce genre de chose. Et peut-être, ai-je songé alors que j'en savourais le sel dans ma tête, m'avait-il manqué depuis plus longtemps que mon arrivée en prison. Peut-être que c'était lui, mon frère Wilf, qui m'avait manqué pendant des années.

« C'est vrai », a-t-il répondu. Il s'est frotté la barbe, l'air carnassier. « Le truc, c'est que...

– Quoi ? »

Je voulais le pousser à se dépêcher. Les heures de visite étaient courtes, comme de minuscules poches d'air dans le vide intersidéral de ma semaine, et lui perdait son temps à chercher ses mots.

« Je ne sais pas. Elle me l'a rendu et après elle m'a juste adressé ce regard hypersouriant. Elle est descendue à Charing Cross, et je l'ai regardée partir. Elle portait un gros manteau et un bonnet violet, alors que... »

D'un geste en direction de la fenêtre, il a désigné l'extérieur. Ça ne m'a pas aidée. Le monde semblait fidèle à lui-même. Le ciel était d'un blanc plat, opaque. Les seuls arbres étaient à feuillage persistant, de toute façon, mais je les distinguais mal.

« C'est un hiver très doux », a-t-il ajouté.

J'ai apprécié qu'il m'explique. Reuben ne me donnait jamais ce genre de détails ; il était embarrassé que je ne sache pas.

« Et ensuite ? ai-je demandé.

– Elle avait signé de son nom entier – elle était en retard pour faire une présentation.

– Comment elle s'appelle ?

– Minnie.

– Et tu l'as googlée ?

– Peut-être... Je trouvais... je trouvais ça bizarre.

– Tu crois que tu lui plais ? »

Je ressentais un besoin désespéré non seulement de contact avec mon frère, mais d'autres choses aussi. D'une histoire qui n'existe pas qu'à la télévision ou dans un livre. D'un potin. D'un scoop. Et peut-être, plus révélateur que tout, d'intimité émotionnelle. Celle-ci n'était pas possible pendant les heures de visite, pendant la lecture d'une lettre. Il était impossible d'avoir tous les éléments qui doivent s'aligner pour former une relation affective. Des yeux brièvement levés au ciel devant des miettes laissées sur le plan de travail. Le mouvement d'un pied à côté d'un autre dans le lit, un dimanche matin. Même un texto. Pas une lettre en bonne et due forme, ouverte et lue avant par le personnel pénitentiaire, mais juste une brève missive : un *J'ai vu ça et ça m'a fait penser à toi.* Le genre de communication dont on n'avait même pas vraiment conscience. Je brûlais d'en faire à nouveau l'expérience. La prison cochait les grandes cases : j'avais la sociabilisation, et l'heure quotidienne d'exercice et de grand air. J'avais accès à une aide psychologique si je voulais, et je prenais des cours. Mais... rien d'autre. Pas d'en-cas impromptu. Pas de gloussements devant un film regardé tard le soir avec une amie. Pas de ruptures. Pas de voyages en train avec un *latte* à la main. Pas d'achat impulsif de chaussures sur une pause déjeuner. Et ne les méritais-je pas, ces privations ? Si, bien sûr que si.

« Eh bien, je me demandais si tu pensais que je devrais... lui dire bonjour », a répondu Wilf, et j'ai rougi de plaisir. Il s'est penché en avant, faisant cliqueter ses boutons de manchettes luxueux sur le plastique de la table, et a ajouté : « C'est juste que tu comprends toujours les gens. Moi, jamais. C'est comme s'ils étaient tous français et moi anglais.

– Comment ça ? me suis-je étonnée.

– Tu sais bien », a-t-il répondu doucement.

Sur le moment, il n'a pas développé, mais plus tard il me l'a dit : il avait toujours été jaloux de moi. Du fait que tout semblait être inné chez moi. Pas seulement ma clairvoyance, mais aussi mon intelligence. Lui travaillait toujours si dur en coulisse, et moi j'étais là, à réussir sans faire d'efforts. Ça m'a estomaquée. Je n'avais jamais pensé un seul instant qu'il puisse être jaloux de moi. Il a été amusé, lui aussi, quand je lui ai dit que j'avais ressenti la même chose à son égard.

« Enfin, bref. Son nom de famille est Tarling. Pas commun comme nom. Je l'ai googlée.

– Et... ?!

– Et elle... elle a l'air sympa. Elle partait présenter une réforme. En rapport avec la sécurité sociale. La façon dont elle fonctionne. Un truc de gaucho. »

Il a dit ces derniers mots avec un sourire en coin ; c'était un clin d'œil à la fois où il avait qualifié le travail de Reuben de *truc de gaucho*, et où Reuben avait dilaté les narines comme un cheval.

J'ai levé les yeux au plafond, savourant la sensation de mon cerveau qui se réveillait lentement, comme émergeant d'une gangue. Pas dans un sens intellectuel mais... interpersonnel. Retrouvant le plaisir de cultiver une amitié pour des raisons autres que l'instinct de survie.

« Tant que tu as l'air normal, personnellement, je serais flattée que tu te renseignes sur moi, ai-je répondu. La plupart des femmes le seraient, je pense. »

Je m'apprêtais à ajouter quelque chose de dénigrant à mon égard, comme : « Mais qu'est-ce que j'en sais ? », mais je me suis retenue. Alan dirait que je n'ai pas de quoi avoir honte. Même avec une licence sans mention. Même alors que je suis en prison.

Toute ma vie, j'ai eu tellement peur de ce que tout le monde pensait de moi et de ma vie ratée ; et pourtant, quand j'ai vraiment fait une connerie – quand j'ai fait bien pire que rater une mention, que j'ai vraiment touché le fond –, j'ai réalisé la vérité : personne n'en a grand-chose à faire à part vous-même.

« Qu'est-ce que tu vas faire ? ai-je demandé à Wilf.

– Je me disais… Eh bien, je me disais que je pourrais lui laisser un message sur Facebook ? Si tu ne penses pas que c'est taré ?

– Dis-m'en plus sur son sourire.

– Elle attendait… je crois. Elle s'est contentée de me regarder avec un grand sourire, le regard tout illuminé. Comme si elle essayait de me pousser doucement à faire quelque chose.

– Oui. Écris-lui sur Facebook. »

L'intérêt de Wilf n'avait rien à voir avec l'insistance de Sadiq. Il n'y avait dans son geste que de la vraie galanterie, positive.

« C'est comme si c'était fait », m'a-t-il dit.

Puis on a parlé d'autre chose. Du diplôme de conseillère psychologique que je préparais. De mes amies à la prison. De la façon dont on s'en sortait, Reuben et moi. Je n'ai pu connaître la suite de l'histoire qu'à sa visite suivante. La prison avait fait de ma vie sociale un feuilleton.

Maintenant, de retour chez moi – quoi que soit ce chez-moi –, je dis à Wilf que je le verrai dès que possible, et je raccroche. Je ne peux plus éviter de penser à la différence entre les visites de Wilf et celles de Reuben. Wilf m'a toujours regardée droit dans les yeux, comme si j'étais quelqu'un qui avait perdu une jambe et que son boulot était de ne pas regarder le moignon, pour m'aider à me sentir aussi normale que possible. Le regard de Reuben errait dans la pièce. Se posait sur les autres prisonnières, sur les gardes. S'attardait sur les multiples serrures, sur toutes les procédures en place dans une prison fermée pour s'assurer que les dangereux prisonniers – moi – ne puissent pas en sortir.

Je m'aventure dans le couloir et gagne la salle de bains. Je pourrais me faire couler un bain chaud, mon premier depuis des années. Attraper un bouquin. La liberté ne me semble pas merveilleuse ; elle me semble effrayante. Comment est-ce que les gens font pour prendre des décisions ?

Je fais quelques pas à l'intérieur. Il y règne une odeur de javel qui me picote les narines.

Il y a un rebord de fenêtre carrelé qui est vide, à l'exception d'un flacon de gel douche et de ce qui ressemble à un prospectus plié en quatre. Ça doit être Reuben qui l'a sorti de sa poche et posé là. Avec hésitation, souhaitant en savoir plus sur cet homme avec qui je vis de nouveau après deux ans de séparation, je le déplie.

Je suis surprise de découvrir son nom dans le coin en haut à gauche. *Reuben Oliva. Pianiste de jazz.* Il y a une photo de lui. À contrejour, mais je le reconnais sans peine. Cette pose, tête penchée. Cette théâtralité. C'est à moi seule qu'il la réservait, avant. Et c'était de la musique classique, pas du jazz. Il détestait le jazz, trouvait cela prétentieux. Et maintenant... Je lis le reste du prospectus et cligne des yeux avec stupeur. Il joue dans un club de jazz. Tous les troisièmes jeudis du mois.

Je jette le prospectus. Ce n'est pas grave. J'en parlerai avec lui. Plus tard.

Debout dans la salle de bains, je me déshabille, mais une fois nue, je m'arrête pour ramasser mon tee-shirt blanc et le serre entre mes mains. Je le porte à mon nez. Il ne sent rien. Pas l'odeur crasseuse de prison que je détectais au début lors de ces premières horribles journées. Pas la poussière, la nourriture rassise, le détergent bas de gamme. Quand je le hume, je réalise en le pressant contre ma bouche, je me sens simplement chez moi. Je ne peux pas l'enlever. Je ne peux pas le laver. Je le réenfile. Je l'enlèverai plus tard, bientôt.

Je passe les mains dessous pour frôler mon ventre. Trente-deux ans. Je sens la peau bouger sous mes doigts. Trente-deux ans, et je n'ai plus beaucoup de temps devant moi pour avoir cet enfant aux cheveux auburn.

Il faut que je commence à essayer tout de suite. C'est maintenant ou jamais. Ça aussi, je vais en parler à Reuben. Je ne sais pas encore comment.

35
Taire

Me revoici à l'hôpital, pour ce que j'espère être la dernière fois. Je suis assise dans la salle d'attente. Je tremble toujours quand je suis là, chez mon médecin spécialiste, mais je ne sais pas pourquoi. Il n'y a rien d'effrayant dans ce cabinet. J'ai pris des cours de thérapie cognitive et comportementale en ligne, et j'essaie à présent de mettre ce que j'ai appris en pratique. Un par un, je regarde les objets autour de moi dans la pièce, en faisant la liste de toutes les façons dont ils pourraient me faire du mal. Le bureau en bois dans le coin ? Non. Pas de quoi avoir peur. La corbeille à papier, pleine de documents et d'une ordonnance reconnaissable à sa couleur verte ? Non. La photocopieuse derrière le bureau ? Non. Je suis en sécurité. Je ne risque rien.

C'est un hôpital en banlieue de Birmingham. Un vaste édifice blanc qui se dresse en retrait de la rue. Alors que je suis assise là, dans cette salle d'attente improvisée avec ses hauts plafonds et ses cimaises sur les murs, le soleil brille dehors, et il fait chaud. C'est presque l'été. Les ombres sur le trottoir bougent au gré du balancement d'un arbre dans le vent. Il n'y a jamais de réceptionniste, ici. Mon spécialiste appelle lui-même ses patients.

« Joanna. »

M. Dingles apparaît sur le seuil de son cabinet.

Je traverse la pièce en faisant crisser mes chaussures sur le lino, et le suis à l'intérieur.

Une hystérectomie totale due à la sévérité du traumatisme pelvien. C'est le levier de vitesse qui l'a causé. Je me demande souvent si c'est parce que j'étais si maigre, sans la moindre graisse pour amortir le choc, que le traumatisme a été si sévère, mais les médecins me disent que non.

Un poumon perforé. Je ne suis toujours pas capable de marcher très longtemps. J'ai besoin de m'asseoir sur les bancs des centres commerciaux et de reprendre mon souffle aux arrêts de bus.

Une vieille blessure au tendon dont ma main ne se remettra jamais, mal soignée d'abord puis aggravée par l'accident.

C'est ce que j'ai fait.

C'est ce que je me suis fait.

« Notre dernier rendez-vous, dit-il gentiment. Comment ça va depuis la fois précédente ? »

M. Dingles est d'une politesse presque excessive, et ce depuis ma toute première visite en consultation externe, quand j'avais à peine la force de sortir du taxi. Il s'est toujours enquis de mon état d'esprit, de mes projets pour le week-end, comme si je n'étais pas une patiente.

« Ça va. »

Je n'évite pas l'hôpital, les traitements, comme j'aurais pu le faire autrefois. Je me présente à chaque rendez-vous, et je me bats pour progresser. Pour apprendre à vivre avec. Mes blessures, et le reste.

Il sort sa grille d'observation. On utilise la même chaque fois que je le vois, même s'il la suit plus souplement, maintenant.

« Bouffées de chaleur ? demande-t-il.

– Ça se calme.

– Douleur à la jambe ?

– Toujours là.

– Douleur à la main, due à votre ancienne blessure ?

– Ça va mieux.

– La respiration ?

– Bousillée. »

J'esquisse un sourire contrit.

« Ça finira par revenir, me rassure-t-il avant de reposer ses lunettes sur son nez pour m'observer. Paranoïa ? »

Je hausse les épaules.

« C'est fini. »

C'est ce que j'ai répondu à tous les rendez-vous depuis un an, mais il continue de poser la question.

« Je ne comprends pas, a-t-il dit une fois. D'où peut bien venir cette paranoïa ? Elle ne colle pas avec vos autres symptômes. »

Elle figurait sur le dossier qui lui avait été transmis après mon passage aux urgences et en soins intensifs. J'avais essayé de la minimiser, parce qu'elle n'avait certainement rien de médical. Mais maintenant, deux ans après, avec le recul, je me demande si elle ne l'était pas, finalement. La pression continue de la culpabilité. Les hormones de stress qui inondaient mon organisme. Elles ont brouillé les choses dans ma tête jusqu'à ce que je sois convaincue que des gens en avaient après moi. Mais ensuite, je vois les yeux d'Ed en pensée et je reste persuadée qu'il sait.

Je ne sais pas ce qui est vrai. Je ne sais pas ce qui est réel.

« Vous vous rétablissez bien », fait M. Dingles.

Je hoche la tête, rapidement. Il ne sait pas, bien sûr. Il me croit extraordinairement malchanceuse, c'est tout. Une femme qui a oublié de regarder à droite, une fois, en s'engageant sur un rond-point. Une femme qui vit seule à Birmingham. Qui n'est jamais accompagnée de la moindre famille.

Reuben est venu me voir à l'hôpital, et j'ai réitéré notre rupture, immédiatement. Je lui ai dit que je déménageais à Birmingham. Lui ai demandé d'en informer Ed pour moi, et lui ai dit que je préviendrais les autres moi-même. Il a protesté, jusqu'à ce que je lui dise que je ne l'aimais vraiment plus, et alors il a lâché le sujet. Cédé et obéi, comme un chien qui a déjà été battu par le passé.

M. Dingles me soumet à sa batterie de tests habituelle. Il prélève un échantillon de je ne sais quoi en raclant le dessous de mes pieds. Me demande d'épeler des mots à l'envers. Évalue ma démarche. Me donne des casse-tête à résoudre, ce que je fais haut la main, bien sûr.

Il procède à un dernier test sur moi – me demande de toucher mon nez avec mes doigts – et puis c'est terminé. Plus d'un an après. Presque deux. C'est terminé.

« Eh bien, je n'ai jamais rencontré quelqu'un d'aussi... quelqu'un qui ait fait face à l'adversité aussi admirablement », dit-il en hochant brièvement la tête, comme s'il saluait mon courage. Sans détourner les yeux.

Je manque bien éclater de rire. *Moi*, affrontant l'adversité sans détourner les yeux. Mais il a raison. J'ai lu des articles au sujet des personnalités évitantes sur Internet. Ç'a été comme si j'avais trouvé une définition de moi-même dans le dictionnaire. J'y ai longuement réfléchi, et puis j'ai changé.

Je secoue rapidement la tête et prends congé de lui.

Il s'attarde dans la salle d'accueil.

« Jo », me dit-il, alors que je commence à me tourner pour partir, en tendant une main vers moi.

À l'évidence, lui non plus n'est pas prêt à ce que ce soit là ma dernière visite.

« Oui ?

– Les choses vont s'améliorer, dit-il en tendant les mains, paumes vers le ciel. Vous avez... vous avez encore une marge de progression. »

Je rougis de plaisir. J'ai envie qu'il m'apprécie. Évidemment. Je suis *contente* qu'il m'apprécie. Je me demande si je suis sa meilleure patiente.

Je regarde autour de moi dans la salle d'accueil et il s'immobilise, me regardant avec attention.

« Prenez soin de vous, me dit-il. Et apprenez à vous en foutre.

– Quoi ? »

Je laisse échapper un minuscule gloussement.

« Vous prenez tellement tout à cœur. Absolument tout.

– Mon rétablissement. »

Toute mon assurance s'est envolée.

Je suis contente qu'il n'y ait pas d'autres patients dans la pièce pour nous entendre.

Il hausse les épaules, sans cesser de me regarder, mais sans rien dire pendant un moment.

« Oui. Ça viendra, finit-il par répondre. Ça viendra. »

Je hoche la tête.

Il ouvre la bouche, hésite, puis se lance quand même :

« Je parlais de la vie, Jo. Ce serait mon conseil numéro un pour… votre rétablissement. Essayez de moins prendre les choses à cœur. Vous êtes à l'évidence une battante. »

Je souris, d'un sourire crispé, ironique. Ce n'est pas très drôle, en vérité.

« Alors essayez juste de… vous détendre davantage », conclut-il.

Il ne sait pas. Bien sûr qu'il ne sait pas. Il n'a jamais demandé pourquoi je suis évasive sur ma vie. Pourquoi j'ai quitté Londres, pourquoi je ne suis pas mariée – plus mariée – et quels événements ont précédé l'accident. Il se doute probablement qu'il s'est passé quelque chose. Mais il n'a jamais posé la question.

Je regarde par la fenêtre, à l'autre bout de la salle d'accueil. Un couple de cyclistes passe, et leurs roues me font penser à des horloges dont la grande aiguille tourne en accéléré.

« Je vous le promets : vous finirez par aller mieux », insiste M. Dingles.

L'espace d'un instant, je me demande s'il parle d'autre chose que de mon rétablissement purement physique. Je me demande ce qu'il ferait si je lui disais. Si je lui racontais tout depuis le début.

« Soyez moins sérieuse », me conseille-t-il enfin.

Je laisse échapper un tout petit rire. Mon premier depuis des mois.

« Comment ?

– Essayez », répond-il avant de disparaître à nouveau dans son cabinet.

Je regarde tristement l'endroit où il se tenait, mon médecin, avant de me donner congé. Ça marcherait, son conseil, pour presque n'importe quoi – *n'importe qui* – d'autre. Mais il n'est pas vraiment prévu pour des gens comme moi. M. Dingles ne sait pas. Il ne sait pas qui je suis. Quel genre de personne je suis. Ce conseil n'est pas judicieux pour quelqu'un de mauvais qui a fait de mauvaises choses. Qui a besoin d'être puni. Il est fait pour les gens bien. Les gens bien qui ne savent pas dire non. Qui sont constamment en train de se dévaloriser. Qui se flagellent au sujet de leur résultat de licence pendant dix ans. Qui ne font pas assez souvent le repassage ou qui s'en veulent de ne pas aller à la salle de sport. Les gens comme la Joanna d'Avant. Pas la Joanna d'Après.

Je sors. Je ne ressens plus le froid aussi vivement qu'avant. J'ai repris du poids. Je n'ai pas encore retrouvé celui d'autrefois, mais presque. C'est véridique ce qu'on dit – enfin, plus ou moins. Le temps ne guérit pas tout, mais il aide, c'est vrai.

Birmingham est arboré. Miteux, par endroits. Huppé, à d'autres. Ça n'a rien – absolument rien – à voir avec Londres. Le vrai Londres. Le Londres de Reuben, avec ses vieux pubs d'angle. Ses rues pavées. Ses plaques bleues sur les façades. Notre Londres.

Et donc, allant complètement à l'encontre du conseil de M. Dingles – mais peut-être qu'être autorisée à quitter définitivement l'hôpital a été un catalyseur –, je sais brusquement ce que je dois faire. Il est temps d'arrêter de tout éviter. Il est temps d'affronter la réalité.

36
Avouer

Je ne me rappelle plus comment faire pour recharger ma carte de métro. Le portefeuille dans lequel je la conservais – un Cath Kidston – est tout passé, démodé et élimé sur les bords. La borne me semble incompréhensible. Est-ce que ça a toujours été un écran tactile ? Je refais une tentative.

J'utilise ma carte bancaire ; j'en ai reçu une neuve au milieu de ma peine, après que l'ancienne a expiré. J'espère que le code est resté le même.

Après quelques secondes, je vois qu'il n'y a pas de fente pour l'insérer. J'examine la machine sous toutes les coutures, me faisant l'effet d'une étrangère sur le point de céder aux larmes.

« Il faut juste appuyer votre carte là, me dit un Écossais qui utilise la borne voisine. Là », répète-t-il en m'indiquant une sorte de grosse touche à l'avant de la machine, que je n'avais pas remarquée.

Elle est jaune, avec trois lignes incurvées dessinées dessus comme un symbole de WiFi, et lorsque j'appuie ma carte dessus, elle fait entendre un *bip*. Je regarde mon voisin, espérant une explication, mais il ne m'en donne pas. Il se contente de faire la même chose à sa propre borne, puis de s'éloigner en direction des quais.

J'ai presque peur d'essayer de passer le portillon, au cas où cela aussi aurait changé. Je me demande si c'est évident aux yeux de tous ? Mon ignorance de comment fonctionne le monde. Ma pâleur de prisonnière. Peut-être que je porte quelque part sur moi la marque de ma condamnation sans le savoir.

Mais ensuite je me rappelle ce qu'a dit le conseiller psychologique, et je relève le menton. Peu importe ce qu'on pense de moi. Et de toute façon, tout le monde s'en fiche. J'ai écrit à Imran, quand j'étais en prison. Alan m'avait prévenue qu'il ne me répondrait pas, mais il l'a fait, juste une fois. Son écriture était toute tremblante et de guingois. J'en ai suivi les traits et les courbes en pleurant. *Je vais un peu mieux chaque jour*, avait-il écrit à la fin, en grosses lettres qui penchaient vers le bas de la page. Et c'est cette phrase enfantine qui a eu raison de moi. Comme s'il avait besoin de s'excuser auprès de moi de son état. J'ai pleuré le reste de la nuit dans ma cellule, aussi.

Je passe le portillon – là au moins, rien n'a changé – et je monte dans le métro pour me rendre chez Laura.

Elle vit toujours sur sa péniche, et c'est comme un retour dans le passé. Il y a des choses dessus dont je ne savais pas que j'avais gardé le souvenir. Les poupées Rosie et Jim à la fenêtre, naviguant sur leur bateau comme dans le dessin animé. Le bazar qui règne sur le toit. Assiettes, tasses, couverts, traînant éparpillés.

Il y a aussi un chat sur ce toit, noir et blanc à poils longs, dont le nom est Sampson, je le sais, mais que je n'ai jamais rencontré. C'est Laura qui m'en a parlé lors d'une de ses visites sporadiques.

L'intéressée se précipite dehors, les bras tendus, avant que j'aie vraiment fini de regarder autour de moi et de me refamiliariser avec les lieux.

« Te revoilà, tu es ressortie ! » s'exclame-t-elle.

Elle penche la tête pour me contempler.

« Je suis ressortie. »

Son cri de joie, l'enthousiasme avec lequel elle m'étreint, me font chaud au cœur.

J'oublie ses visites trop rares. La façon dont elle a commencé à me parler, comme si je n'étais qu'une vague connaissance.

Jonty sort à son tour de la péniche, me salue brièvement de la main, et nous le suivons à l'intérieur.

Et même si je reconnais les objets – les tasses bleu canard, les coussins à motifs –, c'est l'odeur qui fait vraiment le boulot. Cette odeur vieillotte, poussiéreuse, tannique. Comme le fond d'une théière. Une odeur de roulotte. J'inspire profondément.

Mais c'est à ce moment-là que je vois les cartons. Il y en a partout. Dix, quinze au moins.

« Vous avez fait vos fous sur Amazon ?

– Je t'ai dit... On déménage. » Elle est en train d'allumer le gaz sous une bouilloire, et me dit ces mots le dos tourné. « Je voulais te le dire, quand je suis venue, qu'on avait trouvé un acheteur, mais ça ne m'a pas paru...

– Oh. »

Je hoche vivement la tête.

Les gens n'osent jamais vous annoncer quoi que ce soit lorsqu'ils vous rendent visite en prison. Ou alors, leurs nouvelles sont dûment préfacées d'un *C'est rien par rapport à ce que tu es en train de traverser, mais...* ou immédiatement suivies d'un *Non, non, assez parlé de moi, je suis ici pour savoir comment toi, tu vas.* Ça partait d'une bonne intention, mais ce n'était pas ce que je voulais.

« Où ça ? »

J'essaie de garder un ton désinvolte.

Jonty est assis tout au bout de la péniche, dehors, au soleil. Sa peau bronzée est baignée de lumière. Il a l'air plus vieux. Tout le monde a l'air plus vieux. Je les ai vus vieillir, au travers d'instantanés hebdomadaires ou bihebdomadaires, mais tout le monde semblait avoir la peau vieillie sous ces néons.

Laura a des veines visibles sur les mains. Ses pattes-d'oie sont évidentes même quand elle ne sourit pas. Elle a un profond sillon de chaque côté du nez. Jonty s'est arrondi au niveau de la taille. Il a conservé ses gestes de jeune garçon, mais il y a quelques années, il aurait été ici avec nous, à me montrer ceci ou cela, me parler de ses boulots. Et maintenant, il est là, dehors. Il fait preuve de maturité et nous laisse discuter tranquilles. Mais d'un autre côté, je songe en fronçant les sourcils, c'est moi qui nous ai tous forcés à grandir. Bien sûr qu'il nous laisse tranquilles. Je viens d'être libérée de prison. C'est moi qui ai causé cette maturation.

Lorsque Wilf est revenu me voir, deux jours plus tard – le jeudi après sa rencontre avec Minnie dans le train –, lui aussi m'a paru plus vieux. Il avait les tempes grisonnantes. Mon frère, me suis-je surprise à penser. Le petit garçon avec lequel je jouais dans les flaques laissées par la marée, à l'affût d'un crabe en train de détaler ou d'un minuscule poisson à lui montrer du doigt.

« Bon, alors, a-t-il dit en s'asseyant de nouveau en face de moi, sans me quitter du regard.

– Oui. »

Je me suis avancée au bord de ma chaise.

C'était si naturel. Il n'y avait plus rien des piques d'autrefois, de l'esprit de compétition. Plus de fanfaronnades au sujet de ses maisons. Car il s'était vanté autrefois, n'est-ce pas ? Ou bien était-ce moi qui avais lu tout cela dans ses mots ? Je n'en savais rien, mais j'étais décidée à ne pas en tenir compte. À juste me concentrer sur lui.

« Ton menton est en train de grisonner comme celui de Monty », ai-je fait remarquer en riant.

Monty était le vieux chat de papa et maman.

« C'est vrai ? » a demandé Wilf avec un rire gêné, en portant la main à sa barbe.

Alors qu'il avait autrefois le teint mat – nous avions toujours, l'un comme l'autre, bronzé facilement, mais lui avait en plus les cheveux d'un brun doré, ce qui lui donnait l'air de quelqu'un qui passait son temps à l'extérieur –, sa palette contenait désormais de l'argenté et cela lui donnait, d'une façon ou d'une autre, une carnation complètement différente.

« Ouaip », ai-je répondu.

Il a alors tendu la main pour toucher la mienne, bien que ce soit interdit. Le plaisir que cela m'a procuré. La sensation d'une autre main chaude sur la mienne, si délicate que ç'aurait aussi bien pu être un insecte qui s'était posé sur ma peau nue par une journée d'été. Un plaisir exquis, mais je ne le lui ai pas dit.

« Je l'ai contactée sur Facebook.

– Oh ! » ai-je fait.

J'ai senti un grand sourire se dessiner sur mes lèvres. J'avais su que la prison serait difficile à vivre. Que je m'y sentirais seule. Mais je n'avais pas prévu que je m'y ennuierais aussi souvent. C'était tout le temps : un ennui implacable, où le temps s'écoulait aussi lentement que du miel d'une cuillère.

« Est-ce que c'est bizarre ? Je n'en ai parlé à personne d'autre que toi.

– Ton secret sera bien gardé, avec moi, ai-je répondu avec ironie, et il a ri. Qu'est-ce que tu lui as dit ? »

Il s'est éclairci la voix.

« Juste qu'elle m'avait paru très sympa, que je n'étais pas un harceleur et que si cela lui disait de boire un café avec moi, j'étais partant.

– Et ?

– On se voit demain.

– Oh, non ! Je ne saurai rien avant mardi », ai-je déploré.

C'était de ça qu'Alan et moi avions parlé. De ces déceptions. Ces coups au cœur, ces petites souffrances : il fallait que je les endure. Au nom de la justice.

Wilf s'est redressé, son sourire effacé. Il tapotait des mains sur le bureau tout comme il l'avait fait à la table du dîner durant toute mon enfance. Il n'avait jamais tenu en place. Cette énergie s'était transformée en autre chose à l'âge adulte – il avait escaladé le Kilimandjaro, gérait un portefeuille immobilier – mais là, dans cette prison, c'était comme s'il avait de nouveau huit ans, et qu'il avait été traîné contre son gré à la table du dîner un soir d'été.

« Oui, a-t-il répondu tristement. Mais ça te donne quelque chose à attendre, c'est déjà ça ? »

Il a toujours été comme ça. Peut-être est-ce pour cette raison qu'il a si bien réussi dans la vie. Il a toujours été tellement positif. Un optimiste-né. *Vendredi sera de retour dans quelques jours*, disait-il joyeusement lorsque nous faisions ces horribles jobs d'été en usine pendant nos années universitaires.

« Qu'est-ce qu'elle a répondu ?

– Juste qu'elle avait ressenti la même chose. Une affinité, c'est ce qu'elle a dit. On va chez Hawksmoor dans Spitalfields.

– Ça rigole pas », ai-je répondu en essayant d'ignorer la sensation de creux dans ma poitrine.

C'était une sensation que j'avais éprouvée de moins en moins souvent à mesure que j'avançais dans l'exécution de ma peine, et dix-huit mois s'étaient déjà écoulés. Mais parfois, elle revenait. Est-ce qu'un jour je pourrais de nouveau me réjouir, en toute innocence comme cela, à la perspective d'un verre de vin dans un bar un vendredi soir ? Probablement pas, ai-je pensé. Je ne pouvais pas imaginer une vie hors de cette prison, et je ne me voyais certainement pas sortir à nouveau un vendredi soir. J'ai salué de la tête cette Joanna du passé avec son insouciance et sa naïveté, exactement comme Alan m'avait dit de le faire, et j'ai essayé de m'accommoder de ce que j'avais. Vendredi serait bientôt de retour, comme aurait dit Wilf.

Revenant sur la péniche que j'ai quittée en pensée, j'oublie Wilf et me tourne vers Laura.

« Dans Canary Wharf », répond-elle, ayant réussi à allumer le gaz.

L'odeur de l'allumette éteinte me rappelle les feux de camp et les vacances de mon enfance. La nostalgie que cela provoque en moi masque ma stupeur.

« Canary Wharf ?! »

Je ne peux imaginer un quartier plus à l'opposé de ce qu'est Laura.

« On a grandi », répond-elle en s'asseyant lourdement sur le canapé.

Le canapé qui me sert de lit quand je reste à dormir. Quand je restais à dormir. Je regarde tristement autour de moi. Bientôt, la péniche sera vendue.

« L'agence… », reprend-elle.

Je me souviens qu'elle a terminé sa formation en entreprise et décroché un poste dans la publicité. Quitté le marketing. Elle qui avant se tirait les cartes tous les soirs.

« C'est dans la City, continue-t-elle. Et Jonty a trouvé une place au *Times*. Il connaît quelqu'un… »

D'une voix faible, je réponds :

« Je vois. »

Et brusquement, avoir profité du soleil printanier pour rendre visite à ma meilleure amie sur sa péniche, été libre d'acheter un café en chemin et de perdre mon temps dans le métro à recharger ma carte de transport, tout cela ne semble plus avoir la moindre valeur. Je suis sans emploi. J'ai un casier judiciaire pour dommages corporels graves. Je ne sais pas où sont rangées les assiettes dans mon propre appartement, et je devrais réfléchir pour pouvoir donner mon code postal.

« Je n'arrive pas à t'imaginer dans Canary Wharf. »

En même temps, je pense : *Je ne suis pas en position de faire la moindre remarque.* C'est comme si j'étais un imposteur. Je ne connais pas ces gens.

Je sens une panique familière commencer à m'envahir. J'en étais souvent victime la nuit dans ma cellule, quand je savais que personne ne viendrait me sortir de prison. Et maintenant, ici, alors que je suis libre et entourée de gens que j'aime, je la ressens de nouveau. Le soleil dehors semble se ternir, et ma liberté me fait l'effet d'une illusion. Et si… et si ça m'arrive de nouveau ? Et si je récidive ? Les statistiques sont contre moi. Je sais que c'est irrationnel – Alan me dirait que c'est juste la partie primitive de mon cerveau qui essaie de me protéger de tous les dénouements possibles –, mais ça me semble terriblement réel, à moi.

« Quelle agence ? je demande pour tenter de penser à autre chose.

– Dans le développement commercial, continue-t-elle au lieu de répondre à ma question. Tenue professionnelle exigée, pour lui comme pour moi. Un appartement dans Canary Wharf. Puis la banlieue. Les bébés. »

Elle soulève son téléphone et répond à un texto.

« Mince. » Je détourne les yeux d'elle. « Et tu continues à...

– Peindre ? »

Ses tableaux étaient toujours si beaux. Elle avait un tel talent. Une vraie artiste ; elle sombrait parfois dans des périodes de création intenses, qui duraient des semaines. Je la laissais faire, attendais qu'elle réémerge pour aller boire un verre avec elle.

« Oui.

– Pas vraiment. Ce n'était pas... Je ne sais pas. Ça ne me rendait pas heureuse. J'essayais juste d'arriver à quelque chose, de percer. J'ai lu un article qui disait qu'on devrait renoncer avec dignité aux choses pour lesquelles on n'est pas fait, et je me suis dit... Je ne sais pas. Avec tout ce qui t'est arrivé, continue-t-elle alors que la bouilloire commence à siffler, j'ai juste pensé... que je ferais mieux d'arrêter de perdre mon temps. Tu sais ? Tu as perdu deux ans de ta vie et je voulais juste... avancer, enfin. Dans la vie.

– Je comprends. »

Je réponds d'un ton léger, bien qu'en réalité je sois sous le choc.

Elle reprend son téléphone, qui a de nouveau bipé. Il y a quelque chose de cachottier dans son comportement, ce qui me fait l'observer d'encore plus près. Je finis par arrêter pour simplement lui demander :

« Qui est-ce qui t'écrit ?

– Tab.

– Tab ?

– Tabatha. C'est une amie de Jonty. On s'est rencontrées sur la péniche l'été dernier.

– À votre fête estivale.

– Oui. Elle est sympa. Tu l'aimerais bien. Elle est prof.

– Où est-ce qu'elle habite ?

– Dans le Kent. Elle fait la navette.

– Une banlieusarde. J'imagine que tu ne vas pas souvent boire un verre le vendredi soir avec elle.

– On fait des choses différentes.

– Comme quoi ? »

J'essaie de me dire qu'il ne faut pas me vexer.

Deux ans ont passé. Bien sûr qu'elle s'est trouvé d'autres amies.

« On profite de son jardin. Il est énorme. La banlieue pavillonnaire a ses attraits, en fait.

– Tu pars t'installer à Canary Wharf.

– Ouais. Mais on va probablement redéménager, un jour. C'est juste l'ordre logique des choses, n'est-ce pas ? C'est pour ça que tout le monde fait tout ça. Parce que c'est logique. »

Je scrute son visage. Elle a toujours les mêmes yeux plissés, la même jolie roseur aux joues sans avoir besoin de blush. Mais à l'intérieur, elle est différente. Elle l'est forcément, pour dire des choses pareilles. Une fois, on était assises sur les marches qui permettent d'accéder au Gordon's Wine Bar, à boire un verre de rouge en regardant dans la cave bondée et éclairée à la bougie en dessous de nous. « Le plus vieux bar de Londres », avait dit Laura, et on s'était promis de ne jamais partir, de ne jamais être *malheureuses dans le train de 7 h 04 pour Paddington Station*, comme tous les autres. « Pourquoi est-ce que je voudrais déménager loin de tout ça ? » avais-je répondu en englobant d'un geste le bar en contrebas et la rue derrière nous, l'effervescence londonienne un vendredi soir en été.

« Eh bien, pas moi », je réponds à présent.

Laura hausse les épaules, attrape un carton et le passe à Jonty qui disparaît du bateau. Son téléphone bipe à nouveau, et elle tape une réponse.

« On devrait sortir, un soir. Toutes les trois. » J'indique son téléphone. « Ça me ferait plaisir de la rencontrer. »

Laura hésite, très brièvement, avant de continuer à textoter.

« Elle ne te connaît pas », répond-elle après quelques secondes, sans relever les yeux.

Je vois, me dis-je. *C'est pour ça que tu m'as si peu souvent rendu visite.* J'avais cru que notre amitié était simplement en suspens ; rien de pire. Mais je vois la vérité, maintenant.

Je déglutis péniblement, les yeux baissés. Il sera naturel, m'avait prévenu Alan, que les gens autour de vous soient passés à autre chose. Je regarde Laura, et essaie d'être charitable. Je ne pouvais pas remplir mon rôle d'amie auprès d'elle, pas tant que j'étais en prison. Et donc elle en a trouvé une autre. Une autre amie avec qui échanger des textos à longueur de journée, comme elle le faisait avec moi, même si maintenant je suis ressortie. Je ferme les yeux et incline le visage vers le soleil, m'efforçant d'en savourer la caresse, et celle de l'air londonien autour de moi. Je ne suis plus dans ma propre banlieue morte à la prison de Bronzefield, et je devrais au moins être reconnaissante pour cela.

« Qu'est-ce qu'elle enseigne, au fait ?

– Tab ?

– Oui.

– Le droit », répond doucement Laura.

Je relève brusquement la tête, et je le vois. Son regard fuyant. Son front plissé. Elle est gênée pour moi, et a honte de moi, simultanément.

Je vais m'asseoir dans un coin ombragé de la péniche, derrière une pile de trois cartons sans la moindre inscription, et je réfléchis. Je suis responsable du fait que mon amie a renoncé à son art pour rejoindre le métro-boulot-dodo de l'entreprise. Je suis responsable du fait que mon amie s'est trouvé une nouvelle amie. De remplacement. Je lève les yeux vers le plafond lambrissé de la péniche, les narines pleines de l'odeur d'allumette, de thé et de bois, et je me demande si les retombées de mon erreur s'estomperont un jour. Ou si elles ne cesseront jamais de s'étendre, comme une goutte d'eau contaminée qui empoisonne les gens sur des kilomètres à la ronde.

À l'approche de mon procès, j'ai désactivé mon compte Facebook. Je ne voulais pas que la presse l'examine, épluche mes photos, mes publications. Les paramètres de confidentialité étaient un vrai labyrinthe, il était impossible de s'y retrouver, alors j'ai choisi la méthode radicale. Renoncer à Facebook aurait été une vraie punition à une époque de ma vie, mais à ce stade, ça faisait juste partie des dommages collatéraux.

Je me reconnecte à présent, et le réactive. Facebook me laisse faire immédiatement. Apparemment, un compte ne meurt jamais, et attend simplement qu'on se reconnecte dessus comme un fidèle chien de garde.

Ça fait deux ans que je n'y ai pas eu accès, et j'ai oublié comment on s'en sert. Ou alors, ça a changé. Mon mur a disparu, remplacé par un étrange journal. J'essaie de localiser les choses que je veux regarder. Ma situation amoureuse. Mariée à Reuben Oliva, qui a toujours l'air d'un fantôme, le visage gris. Je cache un sourire. Certaines choses ne changent pas.

Je cherche le profil de Laura, et vois qu'elle a remplacé le défilé de photos de ses tableaux et de ses projets, de clichés amusants, créatifs, aux angles de vue originaux, d'elle et Jonty, le zoom, une fois, sur sa frange au cordeau, par quelque chose de plus anodin, de plus lisse. Juste elle, seule à… un mariage, peut-être ? Je fouille dans le reste de ses photos. Oui. C'était au mariage d'une amie. Laura était l'éternelle célibataire à l'université, celle qui se cramponnait toujours un peu trop à ses petits amis, qui venait toujours de passer un week-end formidable avec le nouvel homme de sa vie, lequel ne restait jamais. Et maintenant, la voilà sur mon fil d'actualités Facebook, magnifique et tellement *femme* dans son apparence, un bel homme à la mâchoire puissante à côté d'elle.

Facebook ne permet plus seulement de se tenir à jour sur la vie de ses amis. Les gens semblent maintenant « liker » des tas de marques, qui ensuite postent des publications humoristiques sur leur fil. Ça a bien changé. C'est sur une de ces publications que je vois qu'un pub de Dalston organise une soirée cartomancie. C'est tout à fait le genre de chose qui plaisait à Laura, alors je la tague dessous, comme j'ai vu d'autres gens commencer à le faire. Je vois qu'elle est en ligne – il y a un petit point vert à côté de son nom –, mais elle ne répond pas. Après quelques minutes, elle se déconnecte.

Juste au moment où je m'apprête à faire de même, je vois ma propre situation amoureuse changer. En un clin d'œil, elle passe de *mariée à Reuben Oliva* à *mariée.* Perplexe, je clique sur le nom de Reuben. Il est toujours là. Je ne comprends pas ce nouveau Facebook. Il faudra que je lui demande, plus tard.

Je referme l'ordinateur. Je me sens submergée. C'est comme si j'avais raté les trois saisons centrales de *Lost*, ou quelque chose comme ça. Sauf que ce n'est pas d'une série qu'il s'agit. C'est de ma vie.

Je retourne chercher mon tee-shirt blanc au fond du panier à linge. Il sent déjà légèrement l'humidité et le moisi, mais j'y reconnais encore l'odeur de la prison. Je prends une profonde inspiration, essayant de faire abstraction de moi-même, de mes pensées. De la prise de conscience que – peut-être juste un petit peu – elle me manque.

« Je n'ai raconté ça à personne », dit Wilf, à mi-voix.

On est dans un Bill's, à côté de Covent Garden. Il est en train de tripoter la capsule de sa bière. On vient de commander des hamburgers. Minnie doit nous rejoindre après. *Peut-être un dessert,* a-t-elle écrit à Wilf. Ça va me faire bizarre de la rencontrer, enfin.

« Quoi ? »

Je ne sais pas quoi penser du restaurant. L'ambiance est tellement bruyante. Joviale. J'étais complètement dépassée par le menu, par le fait que je pouvais commander tout ce que je voulais, alors Wilf m'a aidée à choisir. Mon téléphone n'arrête pas de biper : mes amies de Bronzefield qui me donnent des nouvelles. Wilf hausse les sourcils avec curiosité, jusqu'à ce que je pose mon téléphone à l'envers.

« Non... fais-moi voir. »

Je lui tends mon téléphone, embarrassée. Une quarantaine de messages s'affichent à la suite sur l'écran.

« Rose, Fi, Yosh et moi.

– Yosh ? » répète Wilf avec un rire.

J'aime ce son. Il me regarde. Ses yeux sont exorbités. Ils l'ont toujours été. Je l'appelais Monsieur Patate quand j'étais petite. Il rigolait et m'appelait Jojo Lapin.

Il me dévisage toujours, et je lui demande :

« Tu veux savoir ce qu'elles ont fait, pas vrai ? »

Son visage se fend d'un sourire.

« Oui. »

Je lui montre le groupe sur WhatsApp. Fi y parle de consultants en recrutement qui réclament des documents qu'elle n'a pas. Yosh lui a répondu de demander à son conseiller d'insertion et de probation. Je vois Wilf essayer de cacher sa surprise que je fasse désormais partie de ce monde.

Je hausse les épaules.

« Elles ont été sympas avec moi.

– Je vois.

– C'était une prison de haute sécurité, alors accroche-toi.

– Je sais. Je devais enlever mes chaussures au cas où j'aurais essayé d'y cacher quelque chose à t'apporter. Alors, qu'est-ce qu'elles ont fait ?

– Fi a tué son petit ami. Dans un accident de la route. C'était sa première infraction. Elle roulait au-dessus de la limite de vitesse – juste au-dessus. Il est mort, elle a survécu, elle s'est fait coffrer pour conduite dangereuse. Deux ans. Et ça l'a complètement détruite.

– Deux ans ! Merde », fait Wilf. Je suis surprise par sa surprise. « À quoi ça sert, une condamnation pareille ? continue-t-il.

– Elle ne recommencera jamais. Ça, c'est sûr. Qu'elle ait fait de la prison ou non.

– Combien au-dessus de la limite ?

– Elle avait pris deux verres de vin. Elle est… elle est menue. Et elle était juste… » Je m'interromps avant de prononcer les mots, puis les prononce quand même. « Ce n'est juste pas une très bonne conductrice. C'est ça la vraie raison. Il pleuvait. Putain de pluie, j'ajoute avec un mince sourire, et elle a juste perdu le contrôle de la voiture. Et voilà.

– Merde », répète-t-il.

Il attend que je lui parle des autres. Je le vois bien. Je ne lui en veux pas. C'est normal. Tout le monde le fait. On vous demande peut-être comment s'est passée votre journée, quels sont vos projets pour le week-end, mais dès qu'on sait que vous avez fait de la prison, c'est tout ce qu'on veut savoir. Vous êtes réduit à un crime. Dans mon cas, un crime très violent.

« Rose a cassé un verre sur la tête de quelqu'un – une autre femme. Yosh – elle est japonaise – a volé de l'argent à HSBC, par son travail. Son mari venait de se faire licencier, alors elle a piraté leurs comptes… »

Wilf cligne des yeux. Il porte un tee-shirt vert qui fait paraître ses yeux plus bruns. Lorsqu'il tend le bras pour attraper sa bière, sa manche remonte sur son biceps et je vois qu'il est légèrement bronzé.

Sur la table, l'écran de mon téléphone s'éclaire à nouveau. *Ça ira mieux bientôt,* dit Yosh, avant d'ajouter une flopée de bisous. Wilf ne peut s'empêcher de lire le message, avant de reposer les yeux sur moi. Ce sont là mes nouvelles amies. Elles me ressemblent plus maintenant – à l'intérieur – que Laura et Jonty. Peut-être qu'elles me ressemblent plus que Laura et Jonty ne m'ont jamais ressemblé.

Le silence retombe entre nous. Nos hamburgers arrivent. Je pense à Imran, comme souvent. Je me demande ce qu'il fait.

Je me rappelle les auxiliaires de vie, les pertes de mémoire, les changements de personnalité. Je ne devrais pas être là, au restaurant, à profiter de la vie, me dis-je. J'approche mon verre de mes lèvres, mais, en chemin, je lui porte un toast. À Imran. *Je suis désolée.*

Quelques minutes s'écoulent avant que Wilf reprenne la parole.

« Quand j'étais à la fac, reprend-il d'une voix encore plus basse, en épongeant avec une serviette les gouttelettes de condensation qui sont tombées de sa bouteille de bière, j'avais une copine. »

Je repense à cette époque. On a eu une année en commun. Sa dernière année à Cambridge a coïncidé avec ma première année à Oxford. Mais j'étais allée le voir à Cambridge cinq ou six fois avant, peut-être. Papa et maman voulaient que je m'habitue à « ce type de milieu ». Et de toute façon, je voulais voir comment c'était. Je croise son regard et sens quelque chose s'emparer de moi. De la mélancolie, peut-être. De la nostalgie. C'était juste avant qu'il change, cette dernière visite, aux alentours de Noël. Après ça, il a commencé à monter des entreprises, à vendre des produits pour des amis. Ça payait les études. Le boulot – les *devoirs* – n'avait jamais été un problème pour lui. Il a couru le marathon de Londres juste avant le début de ses examens de dernière année. A commencé à faire des remarques méprisantes sur ma passivité, sur le fait que je laissais la vie me tomber toute cuite dans le bec au lieu de sortir la prendre à bras-le-corps.

Mais il n'y a jamais eu de copine. Pas même une trace, un échange de sourires, une femme sortant discrètement de sa chambre avant mon arrivée. Je m'étais souvent demandé pourquoi. Il avait eu une relation qui avait duré deux semaines, l'année où il avait passé ses A-levels, avec une geekette qui aimait les jeux de rôle. C'était une femme un peu mal fagotée qui s'était révélée sexuellement aventureuse, et il m'avait fait rire en me parlant d'elle pendant le repas de Noël.

« Ah bon ? »

Je revisite attentivement mes souvenirs.

Peut-être est-ce vrai. Je ne savais pas tout de sa vie lorsqu'il vivait à Cambridge.

« Oui, répond-il. Beth. »

Son visage s'assombrit en prononçant son nom, et ses sourcils dorés se rapprochent. Il pince ses lèvres entre ses dents, créant des fossettes de part et d'autre de sa bouche.

« Qu'est-ce qui s'est passé ? »

Il inspire profondément, puis relâche son souffle par le nez, comme un fumeur.

« Elle est morte, répond-il, avant de répéter : Elle est morte.

– Quoi ? Quand ?

– On était ensemble depuis deux mois. C'est stupide, vraiment. Je ne suis rien. Pas veuf. Il n'y a pas de mot pour. Mais ce n'était pas… juste une amourette. Je l'aimais.

– On ne l'a jamais su. »

Je me demande s'il a souffert comme moi de solitude, de culpabilité, de ce sentiment de vide ; différent, mais semblable.

« J'étais… Je ne sais pas. Mon chagrin ne me paraissait pas légitime, d'une certaine façon. Mais j'étais là quand c'est arrivé. Mort subite de l'adulte. Elle est morte dans son sommeil. Quand je me suis réveillé, je la tenais dans mes bras. Je tenais son corps dans mes bras. »

Il déglutit. Je hoche la tête, vivement, les yeux mouillés de larmes. Mon pauvre frère, seul à l'université, à peine adulte. Pas étonnant qu'il ait changé. Qu'il ait changé à ce point, et si vite.

Il me regarde dans les yeux.

« Je n'avais pas l'impression d'avoir le droit d'être en deuil. Alors j'ai fait d'autres choses. Des listes. J'ai été horriblement jaloux de toi quand tu as rencontré Reuben. Et de voir que tu avais tous ces amis. Moi, j'avais toujours été nul avec les gens, et la seule personne qui m'avait aimé m'avait été enlevée. »

Ce n'est pas juste le fait que nous avons tous les deux souffert. Le chagrin que nous avons tous les deux éprouvé, moi en tant que responsable de ma situation et lui en tant que victime. C'est autre chose, aussi, qui me fait hocher la tête : sa remarque sur la légitimité de ses émotions. Pendant toute la procédure judiciaire, et pendant tout le temps que j'ai passé en prison, je n'ai pas eu le sentiment que Sadiq avait représenté une menace *légitime.* J'ai cru que, d'une façon ou d'une autre, ç'avait été ma faute. Et cela l'avait été en grande partie : ma réaction excessive, mon imprudence, le fait de ne pas avoir vérifié que c'était lui. Mon *usage déraisonnable de la force.* Mais il y avait quelque chose dans ce sentiment d'illégitimité. Je le comprenais. J'avais l'impression de ne pas être une véritable victime, alors que, jusqu'à l'instant de ma réaction excessive, je l'avais été. La vie réelle est compliquée.

« C'était un sentiment légitime. »

Je tends la main par-dessus la table pour prendre celle de mon frère ; il n'y a pas de gardiens de prison pour nous en empêcher.

Il l'agrippe avec gratitude.

« Ce n'était pas mon impression. Je la connaissais depuis moins de soixante jours. On s'était rencontrés dans un bar – elle était toute nouvelle pour moi. J'ignorais jusqu'à son existence avant ce soir-là –, et après on était ensemble, mais je ne l'avais dit à personne. C'était la fin de l'hiver quand on s'était rencontrés. Juste après ta visite. » Il fait un geste en direction de la baie vitrée, et de Covent Garden en contrebas, puis prend une gorgée de bière. « Elle est morte après Pâques. Tu te rappelles ? Celui où je ne suis pas rentré à la maison ? »

J'acquiesce de nouveau.

« Oui. »

On s'était demandé ce qu'il faisait, ce week-end de Pâques de sa deuxième année. Il n'était pas rentré à la maison, avait prétexté qu'il travaillait dans un bar à Cambridge. Mais l'été suivant, il était revenu à la maison comme d'habitude, comme si de rien n'était.

« Elle est morte le lundi de Pâques.

– Je suis désolée. Qu'une chose pareille te soit arrivée. »

Je cherche son regard et il répond d'un bref hochement de tête.

« Tu peux acheter un sac de pommes de terre bio ici, si tu veux, et les remporter chez toi, dit-il soudain en tendant le bras pour m'indiquer une case sur le côté du menu.

– Non, merci. »

J'esquisse un léger sourire.

Il sourit à son tour.

« Je voulais te le dire, reprend-il, mais à la place j'ai été… Je ne sais pas. Acerbe. Avec toi.

– On était jaloux l'un de l'autre.

– Moi en tout cas, je l'étais de toi. Tu semblais tout avoir pour toi.

– Quoi ? C'est toi qui as… Tu as eu une mention très bien. À Cambridge. Et tu es propriétaire de quatre appartements à Londres. Et ton boulot… »

Il me regarde sans rien dire, se contentant de me fixer de ses yeux ronds. Brusquement, je m'entends parler. Qu'est-ce que je préférerais avoir ? Reuben et les gens dans ma vie, ou de l'argent et un diplôme ? La décision est facile. Je n'avais jamais vu les choses sous cet angle auparavant.

« Mince. J'ignorais totalement.

– Je sais. Pourquoi tu l'aurais su ? Mais ça m'a vraiment traumatisé. Et Minnie est maintenant… la première femme, depuis.

– Tu n'as eu personne entre ?

– Non, fait-il avec un geste ambigu. Il y a eu des filles. Mais elles ne sont jamais restées à dormir. C'est juste que… Je ne sais pas. Je me disais juste… Je me disais juste qu'elles allaient mourir, je suppose. Si elles restaient avec moi. Tordu, hein ? C'est comme si une hypothèse erronée était entrée dans ma tête : que j'avais causé sa mort, d'une façon ou d'une autre. Et même si je sais que ce n'est pas vrai, je ne pouvais pas… je ne pouvais pas me sortir cette idée de l'esprit. »

Je hoche à nouveau vigoureusement la tête. Tout ce qu'il dit est vrai.

Il est tellement facile pour une pensée erronée de passer entre les mailles du filet qu'est l'intelligence pour entrer dans votre cerveau, et y devenir une vérité.

« En dépit de votre crime, ne pensez-vous pas que… vous êtes un peu dure avec vous-même ? » m'a dit Alan une fois.

J'étais en train de lui expliquer que je n'avais jamais assez travaillé à l'école, que j'avais toujours procrastiné, que j'étais stupide, que je n'avais pas de carrière. Et que voilà ce qui était arrivé en conséquence : ce crime. Sa remarque m'a laissée interloquée. Dure ? Non. La Haute Cour criminelle d'Old Bailey m'avait condamnée à deux ans de prison. Que pouvait-il y avoir de plus dur que cela ?

« Mais quel est l'intérêt, Joanna, a-t-il insisté, de vous autoflageller ainsi, maintenant ? À qui cela profite-t-il ?

– Je fais réparation » ai-je simplement répondu.

Alan a haussé les épaules comme pour dire : *Qu'est-ce que ça peut apporter à qui que ce soit ?*

Je n'arrête pas de repenser à cette conversation, maintenant. Il est étrange de réaliser qu'on s'est peut-être trompé toute sa vie.

« Tu as vu papa et maman ? » me demande Wilf en plantant sa fourchette dans un beignet d'oignons.

Je secoue la tête.

Il esquisse un sourire contrit.

Mais il ne sait pas. Ils sont venus chacun de leur côté, papa et maman. Toutes les semaines sans exception, comme Wilf. C'était mieux qu'ils viennent séparément. Comme si j'avais désuni une tribu. C'était plus sain. Après quelques mois, papa a tendu les mains au-dessus de la table avec hésitation pour prendre les miennes, même si on n'avait pas le droit normalement.

« Ça ne change rien, tu sais, Jo, m'a-t-il dit. On s'en fiche. »

J'ai hoché la tête en pleurant ; j'aurais aimé que ce moment ne finisse jamais, qu'il ne me faille jamais retourner dans ma cellule et rester de nouveau seule jusqu'au prochain créneau de visite.

Ce sont les excuses les plus explicites que l'un ou l'autre m'aient faites.

Mais peu importait, au fond. Je suis une personne valable, que j'aie ou non un diplôme. Que mes parents soient fiers de moi ou non. Que mon frère m'apprécie ou non. Je relève le menton, par moi-même maintenant.

Wilf hoche la tête, reprenant sa bière pour en arracher l'étiquette. Puis il la repose et tend le bras pour agripper ma main. La sienne est fraîche et humide à cause de la condensation.

« Je suis content que tu fasses la connaissance de Minnie. Avant tout le monde.

– Moi aussi. »

37
Taire

J'écris la dernière ligne de la dernière scène et fais une pause-café. C'est drôle, mais en dépit de tout, mes pensées sont devenues étrangement calmes, apaisées. Je n'ai pas de smartphone. Je ne vais plus sur Instagram. Je ne poste plus sur Facebook. Les gens savent où je suis, bien sûr. Je ne me cache pas. Je suis simplement… recluse.

Je me laisse aller contre mon dossier et relis la dernière ligne. Je change un mot, puis me réadosse à ma chaise. Voilà.

C'est fait. Cent mille mots. Je ne m'en serais jamais crue capable. Mais j'ai écrit mille mots par jour, tous les jours, après le travail. Quelle que soit l'heure à laquelle je rentrais. Quoi que j'aie d'autre de prévu (rarement grand-chose). Ça n'a jamais été exactement facile. Mais je n'ai pas renoncé. J'ai juste continué à empiler les briques, une à une.

Lorsque j'avais huit ans, j'ai écrit un livre intitulé *Denny descend à la découverte des douves*. Wilf l'a relu et puis on l'a « publié » en l'imprimant en dix exemplaires sur notre nouvelle imprimante laser à la maison, pour les vendre à l'école cinq pence la bête. Je me demande s'il s'en souvient.

Sur un coup de tête, je me rends sur Facebook et tape son nom dans la barre de recherche. C'est un nom qui m'est aussi familier que le mien, que j'ai sûrement vu écrit presque aussi souvent. Wilfred. Il détestait ce nom autrefois.

Il a changé sa photo de profil. Je l'ouvre et la regarde longuement. Son long nez. Il porte des Ray-Ban Aviator, et j'y vois le reflet de son bras. C'est un selfie. Sur toutes les autres photos aussi, il est seul. Au sommet d'une montagne. En train de courir un marathon. Sur un bateau en haute mer. Que des selfies.

Il n'a rencontré personne, donc. Je ne m'attendais pas à ce qu'il l'ait fait. Il est trop cachottier, trop distant.

Il n'y a rien d'autre à voir, alors je ressors de la page, me sentant seule, subitement, dans ma chambre. J'ai l'impression que c'était dans une autre vie.

Le roman est stocké en toute sécurité sur mon ordinateur. Je vais le relire une dernière fois, puis l'envoyer bientôt. J'ai une liste d'agents littéraires collée au mur avec du Blu Tack, et je la détache, maintenant. Maintenant que je suis prête.

Je prépare une petite valise, et mon ordinateur est la première chose que j'y mets. Je suis reconnaissante, d'une étrange façon, pour ces deux années de liberté. Ç'a été une forme de liberté totalement pure, que rien n'a diluée. J'ai pu faire absolument tout ce que je voulais. J'ai écrit mon livre. J'ai regardé ce qui me chantait à la télévision. J'ai travaillé où ça m'arrangeait, en bibliobus bien sûr, entourée de livres, bercée par leur odeur de renfermé et le léger roulis du bus lorsqu'il y a trop de monde dedans. Ce n'est peut-être pas ce que je veux faire de ma vie, mais ç'a été de bons moments.

Et maintenant, l'heure est venue.

Avant de partir, je ressors la boîte à chaussures. Je me suis autorisé une boîte.

Je fouille dedans, sortant chaque objet comme s'il s'agissait de précieuses reliques. Et je suppose que c'est le cas : ce sont des objets archéologiques, datant de mon ancienne vie. Ils sont en parfait état de conservation, sans même un grain de poussière dessus alors que je les manipule. Mon bracelet de mariage. La liste que j'ai composée le jour où je suis arrivée ici. Elle contient tout ce que j'ai réussi à me rappeler des choses que Reuben et moi avions dit aimer chez l'autre. Il n'y a qu'une vingtaine de lignes dessus. C'est le mieux que j'aie pu faire, après mon accident. Je les ai mises par écrit avant qu'elles s'estompent encore davantage de ma mémoire. Relire cette liste à présent fait naître une agréable sensation de chaleur au creux de mon estomac, semblable à celle de boire un chocolat chaud additionné de brandy à Noël.

Je ferme les yeux, essayant de retrouver le goût acidulé d'Avant. De cette vie charmante avec cet homme charmant. Cette vie d'insouciance. Elle ne m'avait jamais paru telle sur le moment. Mais bien sûr, elle l'était.

Il y a d'autres choses dans la boîte. Un article de journal au sujet d'une manifestation contre la fermeture de la bibliothèque, avec Reuben au premier plan, tenant une pancarte où est écrit : « LE SAVOIR DONNE LE POUVOIR ». Je l'ai tant aimé pour cette manifestation. Elle voulait dire qu'il comprenait mon travail, en plus des enjeux politiques plus larges. Mais ça m'a contrariée, aussi. Je ne voulais pas y aller. D'ordinaire, il n'insistait pas, mais là il refusait de comprendre pourquoi ce n'était pas ma priorité d'aller piétiner dans le froid avec une pancarte. Cet extrait de journal, il représente tout cela. Cette combativité qu'il y avait en lui. Et que j'aimais aussi. Ses défauts. J'aimais ces deux facettes de sa personnalité comme une mère devrait aimer ses enfants. Pareillement.

Ne figurent pas dans la boîte les choses dont il était impossible de garder une trace matérielle. La façon dont il me regardait de l'autre bout d'une pièce. Les textos salaces qu'il m'envoyait parfois, choquants et émoustillants à la fois. La façon dont il organisait sa vie autour de moi, tolérant mon chaos ; amusé, même, par celui-ci.

Il y a un Velux dans ma chambre mansardée, et je l'ouvre pour jeter un coup d'œil dehors, laissant mon regard glisser sur le haut des bâtiments alentour, prenant une bouffée d'air estival. Cela fait quelques semaines que la canicule sévit, et il règne une chaleur suffocante et poisseuse dans cette pièce. J'aime contempler les toits de Birmingham. Je ne pouvais jamais faire ça à Londres.

J'étais isolée, cachée dans un appartement en plein dans les entrailles de la ville. Reuben détesterait habiter ici. Détesterait les choses qui me plaisent, à moi. Les bacs de recyclage dignes de ce nom. L'allée. Le fait que ma voisine m'invite occasionnellement à ses barbecues, bien qu'elle sache que je suis une ermite. La possibilité d'étendre mon linge à sécher dehors. Reuben serait horrifié par cette banlieue banale, loin des lumières de la ville et des magasins ouverts vingt-quatre heures sur vingt-quatre. J'ai presque un sourire en y songeant.

Alors que je regarde la nuit tomber sur les toits, je me demande s'il habite toujours en zone 2. S'il est toujours locataire, s'il vit toujours à deux pas d'une centaine de pubs, d'un millier d'expos, du fleuve. Notre fleuve. Non. Évitons de penser à lui.

J'ai la main crispée sur une liasse de papiers sortis de la boîte. Elle me fait moins souffrir aujourd'hui, ma mauvaise main.

Le nom de mon avocat – Weston Michaels – est inscrit au dos de l'enveloppe. Ç'a été indolore. Je m'y attendais. Non que j'aie jamais envisagé une seule seconde de divorcer de Reuben, bien sûr, mais ça l'a vraiment été. Il s'est montré calme et raisonnable, fidèle à lui-même de bout en bout. Comme un de ces bonbons appelés rochers de Brighton, dont les motifs traversent toute la longueur sans une variation.

Vous trouverez ci-joint votre jugement définitif de divorce, dit sa lettre. Pas de *J'ai le plaisir de vous adresser.* J'ai apprécié cela chez mon avocat. Il savait qu'il n'y avait rien de plaisant dans toute cette affaire.

Je sépare les feuilles, et le voici. Cela fait des mois que je ne l'ai pas regardé, mais le voici. Tamponné du logo d'un tribunal judiciaire, en encre rouge sang.

Je suis les lettres du bout du doigt. Joanna Oliva, la Demanderesse. Reuben Oliva, le Défendeur.

Je pourrais changer de nom maintenant. Rencontrer quelqu'un de nouveau. J'essaie d'imaginer l'antithèse de Reuben. Quel genre d'homme serait-ce ? Il ne voterait pas. Ne lirait pas de livres. Il aimerait les plaisirs simples de la vie. Deux semaines sur la Costa del Sol chaque année en août. Il ne se préoccuperait pas du traitement subi par les bœufs qui fournissent la viande bon marché utilisée chez McDonald's. Il serait joyeux, chaleureux. Il aimerait faire l'amour le samedi matin et aller à des matchs de foot. Peut-être qu'il jouerait à des jeux d'argent, ou piraterait des films, ou ferait quelque chose d'autre de vaguement illégal, comme demander à être indemnisé d'un traumatisme cervical alors qu'il n'a rien. Je frémis. Il n'est pas pour moi, cet homme-là.

Je me demande si Reuben a reçu exactement le même document. Probablement. Il ne me l'a jamais dit. Il n'a pas cherché à me contacter une seule fois après que je lui ai dit vouloir divorcer. Reuben tout craché, respectueux et digne.

Je retrace à nouveau les lettres de son nom. Ce beau nom. Reuben Oliva. Il tombait si naturellement de ma bouche. J'avais été si heureuse de le prendre.

Je ne peux m'empêcher de me demander ce qu'il devient. Pire que tout, peut-être, je me demande ce qui aurait pu être. S'il avait su. Si, peut-être, il l'avait accepté. M'avait protégée. M'avait pardonné.

Non. Les raisons pour lesquelles je l'aime sont les raisons pour lesquelles je n'aurais jamais pu lui dire.

L'aimais.

L'aime.

Je rêve de Reuben et, au milieu de la nuit, je me lève pour aller dans mon minuscule jardin regarder le ciel, la lune et les étoiles. On les distingue si nettement, ici. Ce serait agréable de me détendre ainsi dans l'air tiède de la nuit, si je n'étais pas épuisée et à bout de souffle. Mon corps se ralentit plus la nuit qu'avant. Le matin, il me faut une éternité pour émerger vraiment.

Qu'est-ce qu'il fait ? Comment va-t-il ? Je me demande s'il rêve de moi, s'il pense à moi à cet instant même, où qu'il soit, quoi qu'il soit en train de faire. Peut-être est-il en train de lire quelque chose de sérieux. D'important. De bon. Ou de regarder BBC News, incapable de trouver le sommeil par cette chaleur. De jouer du piano. De descendre les hommes politiques sur Internet. Quelque chose comme ça. Quelque chose de bon.

38
Avouer

Laura et Jonty ont organisé une fête sur leur bateau. Une fête d'adieu, comme elle l'a présentée dans son texto. Quand on arrive, Reuben et moi, le flanc de la péniche est festonné de guirlandes lumineuses. Les cartons ont disparu. Le bazar sur le toit aussi. Ce n'est plus qu'une enveloppe. Une coquille vide. Elle a perdu son odeur, je m'en aperçois lorsque nous entrons à l'intérieur. Tout le monde est rassemblé à l'autre bout, et Reuben et moi restons un moment seuls dans la lumière mourante du soleil. Il se sert du vin dans un gobelet en plastique, puis me regarde d'un œil interrogateur.

Je hoche la tête. Il me sert et je bois une gorgée. Je découvre que j'aime le goût de ce rouge capiteux. Ce n'était pas le cas avant.

Laura arrive à côté de moi. Elle est habillée différemment. Presque comme si elle partait au bureau. Pantacourt à motifs. Débardeur noir. Elle a lissé ses cheveux.

« Ta deuxième sortie. Quel effet ça te fait ? »

Il me vient à l'esprit, alors qu'elle me pose la question, que Reuben ne s'en est pas inquiété, et je lui jette un coup d'œil gêné, comme si je ne devrais pas en parler.

« C'est bizarre. »

Elle ne rit pas, bien que Reuben le fasse, lui ; un petit rire par le nez, à peine un souffle. Elle se contente de m'observer, la tête penchée.

La vague de chaleur printanière continue, et dehors l'air est chaud et poisseux. Reuben boit une autre gorgée de vin en relevant les yeux vers moi. Il doit les plisser face aux derniers rayons du soleil. Ses cils sont tout roux. J'adorais contempler ces cils au début de notre relation, quand on avait passé des journées entières au lit ensemble. Je les dévorais du regard quand il dormait, terrifiée à l'idée qu'il se réveille et me prenne pour une psychopathe.

« Elle se remet petit à petit à la page; pas vrai ? » dit-il.

J'acquiesce. Il m'a raconté tout ce que j'avais raté. Un référendum. Trois accidents d'avion. Deux élections municipales. Un vote pour des frappes aériennes sur la Syrie. Deux nouveaux albums de Beyoncé. Reuben était la meilleure personne possible pour me faire ce topo, mais c'est comme de se voir donner le synopsis d'un film. Ça ne m'évoque rien. Je n'étais pas là.

« Alors, qu'est-ce qui a changé ? me demande Laura. Je suis intéressée par le point de vue d'une extraterrestre », ajoute-t-elle avec un grand sourire.

Mais la blague n'est pas drôle. *Je ne me sentirais pas autant hors du coup si tu étais venue me voir*, je me dis.

Jonty nous rejoint, levant un verre à mon adresse.

« Rien, et tout. »

Reuben s'est écarté de quelques pas, s'éloignant de moi, du cercle. Il regarde quelque chose par-dessus bord, dans l'eau du canal.

Je lève les yeux vers la lune pâle, les premières étoiles.

Laura lui jette brièvement un coup d'œil. Elle porte un collier ras du cou, un rouge à lèvres terracotta.

« Les ras-du-cou sont donc revenus à la mode ? »

J'essaie de garder un ton léger.

Elle rit.

« Ouaip, réplique-t-elle. Ça fait fureur. »

L'un des amis de Jonty se trouve non loin de là, une bière à la main, un bocal à conserve en guise de verre. Il a la barbe et porte des bagues aux dents.

« Je vais être triste de te voir quitter ce bateau, dit-il.

– La vie d'entreprise m'appelle, réplique Jonty.

– Je crois que je devrais trouver un travail », je dis à Laura.

Elle me fait signe de la suivre, en fronçant les sourcils, et on s'assied au bord de l'eau, côte à côte. La péniche tangue doucement. J'ai l'impression de me voir dans cette péniche : sans attaches, à la dérive.

« Qu'est-ce que tu vas faire ? me demande Laura.

– Tous les recruteurs veulent des références. Et... putain. J'ai un casier ! Je suis en liberté conditionnelle. »

Les mots me semblent toujours aussi déplaisants quand je les dis, bien que j'y sois habituée, que j'aie suivi une thérapie assez longue pour les accepter.

« Ils ne t'aident pas... l'État ?

– Si, ma conseillère d'insertion et de prob...

– Oh, mince. »

C'est son ton qui me fait mal. L'interruption brutale, qui coupe ma phrase en deux comme une guillotine. Elle ne veut pas m'entendre en parler. Je suis une paria, comme quelqu'un qui insiste pour parler de la peine de mort ou de sa vie sexuelle à une soirée.

« Je veux devenir conseillère psychologique... Je crois. » *Passe à autre chose, Joanna. Fais juste avancer la conversation.* « Je crois que je serais bonne. Enfin, je ne sais pas. »

Je lui dis ça à mi-voix, alors que Reuben, Jonty et l'inconnu sont à quelques pas de nous. Elle est la première personne à qui j'en parle, exception faite de mon propre conseiller psychologique. Je hausse les épaules avec gêne, porte de nouveau le regard sur l'autre bout de la péniche, puis le canal derrière.

« Il fait une chaleur à crever. C'est ça, le réchauffement climatique ? »

Laura sourit, se rapproche de moi pour me donner un petit coup de genou.

« Je pense que tu feras une super conseillère psychologique. Tu es... Tu sais. Compatissante, mais pas excentrique comme moi.

– Est-ce que tu fais toujours tes trucs de hippie, même si tu es une jeune cadre dynamique maintenant ?

– Oui, bien sûr. J'ai tiré les cartes pour toi la veille de ton procès. Je ne te l'ai jamais dit. »

Elle repousse ses cheveux de ses épaules. Et je vois qu'en fait, elle n'a pas changé. Elle a juste... grandi. On a tous été obligés de le faire. Que ça nous plaise ou non. À cause de moi. À cause d'un tas de choses.

« Elles m'ont annoncé que tu allais être trahie, continue-t-elle. J'ai tiré le dix d'épées.

– Trahie. Mouais. L'État m'a trahie, peut-être.

– Peut-être », répète-t-elle ; mais elle donne l'impression de savoir autre chose.

J'ai envie de la pousser à me le dire, mais je ne le fais pas. J'ai trop peur.

« Je ne sais plus où j'en suis. Tous les soirs, quand j'étais à l'ombre, je cochais une autre journée de passée. Mais maintenant, j'ai l'impression... Eh bien, je ne peux pas tourner la page. J'étais une criminelle. Maintenant, je suis une ex-criminelle. Rien n'a changé, en réalité. Je suis libre mais... pas vraiment.

– Mais si, tu es libre, proteste-t-elle avec emphase.

– Mais pas délivrée de mon passé. De mon casier. Je ne sais même pas par où commencer. C'est... Je ne sais pas comment te décrire la chose. Une fois que tu as quitté la société, tu es un peu... à la dérive. Il ne suffit pas de simplement pousser la porte de l'agence d'emploi la plus proche. Je ne les intéresse pas. J'ai commis l'une des pires infractions violentes qui soient. Et tous les criminels ont une histoire pour justifier leur geste. Si j'essayais d'expliquer que je ne suis pas vraiment violente, je ne serais pas plus crédible que le reste d'entre eux. »

Je m'interromps, puis tente de reprendre. *Même toi*, ai-je envie d'ajouter. *Même toi, ça ne t'intéresse plus.*

« Mais tu n'es *pas* violente », proteste-t-elle.

Elle se montre tellement sympa. Je ne peux pas le dire. Je ne peux pas l'accuser.

Je hausse les épaules.

« J'ai été condamnée.

– Oui, mais... »

Je lève une main et elle se tait. J'ai travaillé dur pour accepter ce que j'ai fait; pour reconnaître la gravité de ma faute. Mon remords fait maintenant partie de moi, lui aussi.

« C'est dur, c'est tout », je reprends après quelques minutes. Le soleil s'est couché, et l'extérieur de la péniche n'est plus éclairé que par les guirlandes lumineuses. « Ce n'est pas comme je m'y attendais. Je ne peux pas simplement... me reglisser à ma place d'autrefois. Tout a changé. Moi aussi, j'ai changé. Il faut que je... recommence à zéro.

– Pourquoi ? »

Son visage est plissé de sollicitude.

« J'ai trente-deux ans. Je veux dire... J'ai envie d'avoir un bébé. Mais il faut qu'on... Il faut qu'on se réhabitue l'un à l'autre. À vivre ensemble.

– Explique-lui, me dit-elle à voix basse. C'est le genre de chose qu'il faut qu'il sache.

– C'est... Je ne sais pas. Je n'ai aucun droit de me plaindre. J'ai commis un crime. Mais c'est tellement *compliqué*. Je me suis fait voler deux années de vie, et maintenant j'ai l'impression que je ne peux pas simplement essayer de rattraper le train en marche, parce que tout est différent. Mais j'ai trente-deux ans et si on attend encore un an...

– Eh bien. Au moins tu seras une meilleure mère, maintenant... Après ça », remarque-t-elle.

Je me tourne pour la regarder. Une fine pellicule de sueur perle sur sa lèvre supérieure.

« Tu crois ?

– Oui. Totalement. Tu sais ce que tu veux faire de ta vie. Tu es... Je ne sais pas. Différente. Tu feras une bonne mère. Tu sembles... tu sembles être plus toi-même. Moins timide.

– Je n'étais pas timide.

– OK, peut-être pas timide. Mais tu semblais tout le temps t'excuser d'exister. Maintenant, tu te tiens le dos droit. Comme il se doit.

– Excusez-moi », dit l'homme aux dents baguées. Il s'est détourné de Reuben et de Jonty pour nous regarder de toute sa hauteur, les poings sur les hanches. « Je sais qui vous êtes, en fait. »

Il vient de se rappeler quelque chose en me regardant.

Je sens mes joues s'empourprer, comme si quelqu'un avait appliqué dessus deux compresses chaudes ; comme Wilf s'amusait à le faire avec les maniques quand on faisait des gâteaux. Je poussais des hurlements de joie stridents dans notre cuisine pendant que papa et maman essayaient de nous faire taire.

« Pardon ? demande Laura en le regardant.

– Je sais qui vous êtes, et ça ne me dérange pas que vous soyez là... mais ça me... »

Il s'interrompt, contemplant le paysage derrière nous d'un air songeur avant de reposer les yeux sur moi. On se relève, avec Laura. Reuben et Jonty regardent la scène, l'air perplexes.

« Ça me met mal à l'aise de vous entendre parler de *ce que vous avez fait*, termine-t-il, les yeux fixés sur moi. Alors qu'on est tous là à essayer de passer un bon moment.

– Vous voulez dire notre conversation privée au sujet de sa vie ? demande Laura.

– Laisse tomber, je murmure. Je vais juste... Je vais m'en aller.

– Hé, mon pote », intervient Jonty. Lui au visage si calme, si doux, si joyeux d'ordinaire, est devenu blême, le front bas. « Mon pote, je pense qu'il est temps que tu prennes ton malaise devant les souffrances de ma très bonne amie sous le bras, et que tu dégages de ma péniche. »

Reuben sort son téléphone et fixe les yeux dessus, nous ignorant.

Jonty est en train de ramener l'homme à la passerelle *manu militari*. Laura me saisit le bras, d'une main chaude et moite.

« Je suis tellement désolée, Jo ! Je ne savais pas qu'il était… qu'il serait si malpoli. Qu'il irait te juger comme ça. »

J'ai les joues en feu. *Mais toi aussi tu me juges*, je me dis. *Tu ne le montres pas, c'est tout.*

« On est tous là pour toi », continue-t-elle.

Reuben a toujours les yeux rivés sur son téléphone, et on lui jette toutes les deux un coup d'œil. Et brusquement, je réalise. Jonty a viré le mec. Laura m'a consolée. Mais qu'a fait Reuben ? Il s'est détourné quand je parlais de la prison, et il est resté sans rien faire, sans même dire quoi que ce soit, quand je me suis fait prendre à partie. Comment est-ce qu'il peut justifier ça ? Comment est-ce qu'il a pu ne rien dire ?

Je le dévisage, mais il ne me rend pas mon regard. Il garde les yeux fixés sur ce qu'il regarde. BBC News, probablement. Parlant de quelque guerre ou tragédie internationale. Ça, il doit s'en soucier. Mais de ce qui se passe ici ? Dans sa propre vie ? De moi ?

On repart peu de temps après. La soirée ne peut pas être sauvée. On ne peut pas rattraper le coup. La péniche reste illuminée derrière nous alors qu'on remonte le chemin de halage. Reuben prend ma main, et j'ai l'impression qu'il y a cent Joanna qui marchent à côté de moi. La Joanna qui a blessé Imran et appelé les secours. La Joanna qui est revenue voir le canal le jour où elle est allée en prison. Ce n'est pas le même canal, mais ça pourrait aussi bien l'être. Je prends une profonde inspiration, humant l'air. Londres a l'odeur qu'elle a toujours eue en début d'été : musquée, congestionnée. Mais, exactement comme après des vacances particulièrement longues, je la perçois de nouveau pleinement.

Je prends une autre grande inspiration, et je lui demande. Sans m'énerver, sans tourner autour du pot, avec maturité, comme on me l'a appris.

« Tu ne m'as pas défendue », je dis calmement.

Il tient toujours ma main dans la sienne.

« Quoi ?

– Face à cet homme. Cet homme qui a dit que je le mettais mal à l'aise.

– Non.

– Pourquoi ?

– Jonty l'a fait.

– Eh bien, oui », je concède.

Le chemin se rétrécit et on doit regarder où on met les pieds. Bien qu'on marche maintenant l'un derrière l'autre, Reuben tient toujours ma main dans la sienne. La sensation commence à me paraître étrange. J'ai l'impression qu'on s'accroche à un canot de sauvetage percé.

Il ne dit rien alors que le chemin s'élargit de nouveau. L'air est lourd et moite. Une fine pellicule de sueur me couvre la peau. Il faisait toujours une température si stable à la prison. Cela faisait des mois que je n'avais pas transpiré. La sensation de l'humidité qui s'évapore est agréable : c'est comme si de fines aiguilles froides me picotaient doucement la peau.

« Mais pourquoi tu ne l'as pas fait, toi ? »

Il lâche ma main. Nous marchons séparés, à présent, sur le chemin de halage. Un moment parfait en apparence, cette promenade nocturne avec mon mari. C'est ce que j'attendais depuis deux ans, en comptant les jours. Et pourtant, ça ne l'est pas. Les lumières des péniches brillent bizarrement, le monde me paraît trop grand, et je suis complètement seule, ai-je l'impression, sans la moindre idée de ce que je dois faire maintenant.

« Je... », commence Reuben.

Et je le vois : ses yeux qui se ferment brièvement, son dos qui se redresse.

« J'étais gêné, répond-il simplement. Je ne savais pas comment y faire face.

– Je vois. Donc tu n'as... rien fait.

– Non.

– Pourquoi ?

– C'est quoi toutes ces questions, ce... ce nombrilisme ? s'exclame-t-il. Je t'ai perdue pendant deux ans. J'ai regardé toutes les putains de séries que tu peux imaginer pendant ces sept cents nuits. Tu sais ? Pourquoi est-ce qu'on doit tout foutre en l'air en analysant les choses comme ça ? »

Il attrape de nouveau ma main et la serre juste un peu trop fort dans la sienne.

« Mais tu es tellement... tu es tellement tolérant. » Je crache le mot comme une accusation, comme si je lui en avais toujours voulu de son libéralisme, ce qui est faux. « Tu es en faveur de la réhabilitation. De la présomption d'innocence. Du droit à l'erreur. C'est toute ta... » Je fais un cercle frénétique de la main devant nous, comme un de ces feux d'artifice qui partent en vrille. « ... *philosophie.*

– Oui.

– Apparemment, tu n'es pas aussi tolérant quand ça te concerne directement. Quand ça me concerne, moi. »

Il serre les dents, mais n'ajoute rien. La discussion est close, comme une porte de prison qui se referme bruyamment dans la nuit.

Il est temps. Nous le savons tous les deux. Nos seuls moments d'intimité depuis deux ans ont été partagés de part et d'autre d'une table. Contact limité. Visuel essentiellement. J'ai pris mes douches en commun avec d'autres femmes, dormi sous l'œil parfois attentif de surveillants, mais maintenant je suis là, avec mon mari, dans cette arène si ordinaire de l'intimité : notre chambre plongée dans la pénombre. Il enlève son tee-shirt et je vois le corps que je n'ai pas vu depuis des années, pas vraiment, pas comme ça, éclairé par la lampe, reflété dans la vitre.

Il m'adresse un regard sérieux, suggestif, puis s'approche de moi et repousse mes cheveux de mon visage. Je frissonne à ce contact, sensuel et triste. Il y avait mille Joanna de sortie ce soir, et maintenant il y a mille Reuben qui me touchent. Celui qui a passé toute une soirée à Oxford assis sur les marches à côté de moi, il y a presque dix ans. Celui qui m'a demandée en mariage, qui m'a épousée, qui est resté avec moi pendant mon incarcération. Et il est encore là, il a encore envie d'effleurer mes tempes de ses doigts élégants.

« Numéro 3000 et des bananes, d'après mon estimation, énonce-t-il doucement, me chatouillant le nez de son haleine.

– Tu crois ? On en a raté quelques-uns.

– J'ai compté. J'ai fait une liste », dit-il en faisant un geste d'indication derrière lui, mais sans bouger.

Je ne doute pas un instant qu'il y ait une liste, quelque part. Il ne me mentirait pas.

« Est-ce que je peux la voir ?

– Plus tard », répond-il d'un ton lourd de sens.

Et puis nous nous embrassons, et puis il est en moi, sur le lit, et c'est comme ça l'a toujours été entre nous : fluide, comme si on était faits l'un pour l'autre.

Et puis, à l'instant où il jouit, il le dit :

« Je suis désolé. »

Je crois avoir mal entendu, au début, mais ce n'est pas le cas ; je sais que ce n'est pas le cas.

Après, allongé sur le flanc, face à moi, sa main caressant ma hanche, il n'en parle pas, alors moi non plus.

Il se lève pour éteindre la lampe. On a toujours dormi immédiatement après l'amour, l'un comme l'autre, sans avoir besoin de lire.

Mais alors qu'il se tient là dans le noir, le corps éclairé d'une lueur spectrale par le réverbère de la rue, je le regarde. Il semble hésiter, vouloir me dire quelque chose, puis se raviser. Je me redresse pour mieux l'observer. Une expression se dessine sur son visage, l'espace d'un instant. De l'angoisse, aurais-je dit, hors contexte. Il semble déchiré par l'angoisse. Mais elle finit par disparaître.

Il tourne les talons et sort de la chambre. Va se laver. J'entends le robinet couler. Il est en train de se laver de moi.

Je regarde Reuben jouer, pour la première fois, dans un club de jazz voisin. Il porte un costume, des baskets, et tout le monde semble le connaître. Ils ne paraissent pas savoir qui je suis, par contre, et je me demande ce qu'il leur a dit de moi.

Nous avons descendu quelques marches de bois pour atteindre le sous-sol, éclairé d'une lumière tamisée et violacée. Il y règne une odeur d'alcool rance et de sueur. L'odeur du tabac me manque. Pas seulement par nostalgie de l'époque où il était autorisé de fumer dans les lieux publics, mais aussi de la prison. Tout le monde fumait dans la cour, où notre lessive était étendue à sécher au vent, de sorte que nos vêtements à toutes sentaient vaguement la cigarette. Je m'y suis habituée. C'est l'une des nombreuses composantes d'un mélange d'odeurs qui me donnent l'impression d'être à ma place.

La façon de jouer de Reuben a complètement changé. Elle est devenue plus théâtrale. Il se cambre en arrière, le dos creusé, puis retombe presque sur le clavier, la tête penchée.

Je l'observe à moitié, me demandant qui il est. Pendant deux ans, j'ai eu un total de six heures par semaine avec lui, à des tables tellement rapprochées les unes des autres qu'elles auraient aussi bien pu être reliées entre elles, comme dans une salle de loto ou chez Wagamama. Les chaises de la salle de visite étaient dures, en métal plié. Reuben y était mal à l'aise du début à la fin de sa visite. On échangeait souvent des banalités. Ça n'avait jamais été un grand bavard, et il ne pouvait pas facilement me toucher. Et donc on parlait de choses stupides, qui ne nous intéressaient ni l'un ni l'autre. Du temps qu'il faisait. Du fait que j'apprenais enfin à cuisiner – un sourire indulgent s'était dessiné sur ses lèvres en entendant ça. Je n'arrivais pas à le faire parler, pas comme avant. Il était trop timide. Et on ne pouvait pas simplement *être* ensemble, comme notre relation l'exigeait. Simplement être assis côte à côte dans le salon et échanger de temps en temps une remarque sur les infos. Ôter un plat de lasagnes du four et voir la vapeur qui s'en dégageait embuer la pièce pendant que Reuben sortait une assiette et me demandait comment s'était passée ma réunion. On n'avait rien de tout ça. Notre relation avait été fouillée à nu, comme moi, et je ne savais pas si elle avait survécu.

En le regardant maintenant, je me demande s'il arrive à Imran de faire ce genre de choses. D'aller écouter du jazz dans un bar. D'exister dans le monde. De profiter de la vie. Je pense à lui souvent. Je lui ai réécrit plusieurs fois après sa première lettre, mais il ne m'a jamais répondu.

Reuben me rejoint après son set, en serpentant entre les tables. Je le vois facilement arriver – il est si grand –, mais il se déplace différemment d'Avant, comme s'il était une sorte de célébrité, maintenant.

Il tient un verre de quelque chose de sombre contre sa poitrine. À peine plus qu'un shot. Il se penche bizarrement au-dessus de moi, et je me rends compte avec surprise qu'il est ivre. Ça ne lui arrive jamais d'habitude ; il peut boire une bouteille entière de vin et paraître complètement sobre.

« Le truc, me dit-il d'une voix étrangement bredouillante, sans me regarder, les cheveux sombres dans la pénombre, c'est que je ne sais même pas pourquoi tu es là.

– Je voulais te voir jouer. »

Je fais tourner mon bracelet de mariage autour de mon poignet.

Ils ne m'ont pas laissée le porter en prison. Une bague sans pierre ou rien, m'ont-ils dit. Il a vécu dans un casier pendant deux ans. En est ressorti aussi brillant qu'au premier jour. Il n'y avait rien eu pour en ternir l'éclat : pas de vie.

« Oh, vraiment ? » fait Reuben avec l'ombre d'un sourire.

Il y a quelque chose de dangereux dans son ton. De moqueur.

Je lève la tête.

« Oui. »

Il me regarde enfin dans les yeux. Les siens sont noirs.

« Je ne sais pas pour quelle raison tu pourrais bien avoir envie de passer du temps avec moi », reprend-il.

D'abord, je crois qu'il parle des notifications WhatsApp que je reçois constamment. Il fronce toujours les sourcils quand mon téléphone bipe, jusqu'à ce que je me fasse l'effet d'une enfant mal élevée, réduite à répondre aux messages quand elle est aux toilettes.

« Quoi ?

– Je ne sais pas pour quelle raison tu pourrais bien avoir envie de passer du temps avec moi », répète-t-il plus fort, en se penchant à mon oreille. Lorsque je recule la tête, je vois qu'il a les larmes aux yeux. « Je fais la morale, continue-t-il, mais est-ce que je pratique ce que je prêche ?

– Je ne sais... Je ne comprends pas ce que tu veux dire. »

Il se penche encore plus, mettant son visage à hauteur du mien. Son haleine sent l'alcool, une odeur douceâtre, exactement comme celle de Sadiq. Je recule brutalement la tête.

« C'est entièrement ma faute, dit Reuben. C'est pour ça que j'ai caché notre relation sur Facebook.

– Quoi ? De quoi tu parles ?

– De ton incarcération.

– Mais non. »

J'entreprends de tourner le dos, prête à partir, mais il me retient doucement par le poignet.

« J'ai tout dit à ton avocat plaidant. »

Et ce sont ces quelques mots qui changent tout.

« Tout ? C'est-à-dire ?

– Lorsque ton avocat préparait avec moi ce que j'allais dire à la barre. Il m'a interrogé par rapport aux données téléphoniques. Au temps qu'Imran était resté dans la flaque. Et j'ai craqué... J'ai bafouillé, Jo, m'explique-t-il doucement. Et après, je lui ai tout raconté. Ton mensonge. »

Il parle d'une voix si basse que je distingue à peine ses mots. Quelqu'un d'autre est monté sur la scène, qui joue un air mélancolique. C'est une femme, et sa voix emplit le club.

« Quoi ? Pourquoi ? »

Je le dévisage, en me remémorant ce matin-là. Il faisait froid dans le palais de justice, et j'avais l'impression d'avoir des fourmis dans les jambes, les bras. Je m'en souviens. Je me souviens de tout. Reuben s'éloignant pour parler avec l'avocat plaidant, Duncan. Les deux hommes revenant vers moi, le visage sombre. Je m'étais crue simplement paranoïaque. Et peu après, on m'a offert une négociation de peine si je plaidais coupable, et j'ai accepté.

« J'ai plaidé coupable.

– À cause de moi.

– Vraiment ?

– Ils t'avaient proposé une négociation de peine. Mais si Sarah t'a conseillé de l'accepter... c'est à cause de moi. Parce que je rendais le risque trop grand pour toi. J'étais ton seul témoin et... je n'avais pas réussi à mentir à ton avocat. Ce n'est pas que j'ai refusé de le faire. Je n'ai pas réussi. J'ai été... Il m'a posé la question de but en blanc. Et j'ai essayé de mentir. Mais c'était tellement évident. Il m'a dit que j'allais subir un contre-interrogatoire serré. Parce que les experts médicaux n'étaient pas d'accord sur la raison de l'hypoxie. Alors j'ai dit la vérité. Que tu avais menti. C'est moi, conclut-il. C'est moi qui t'ai balancée. »

Sa voix se brise en disant ces derniers mots, et puis il se met à pleurer, debout, seul. Mon mari. L'homme qui m'a trahie. Il m'a tenue par la main et poignardée dans le dos, simultanément.

Je le dévisage, trop sidérée pour répondre.

Cette première nuit, dans la cellule expressément réservée aux nouveaux arrivants, où j'avais été placée sous surveillance antisuicide tant j'étais sous le choc, tant je me sentais seule. L'oreiller en molleton dans lequel j'ai pleuré, qui séchait à une vitesse anormale. Les nuits que j'ai comptées, une à une. Chaque fouille au corps. Chaque test surprise de dépistage de drogue où j'ai dû faire pipi dans un pot. L'impatience avec laquelle j'attendais d'être de service en cuisine parce que ça me permettait de gagner de l'argent pour regarder la télévision et me donnait quelque chose à faire. L'intense panique que j'ai ressentie le premier jour dans la cour d'exercice où je ne connaissais personne, comme si j'étais à Azkaban avec des femmes dont l'âme avait été aspirée par des Détraqueurs. Ces deux années. Cette expérience du temps comme d'une matière qui pouvait s'allonger, s'affiner, jusqu'à devenir mince comme un fil. Le sentiment de n'avoir absolument rien à attendre de l'avenir. La vie en lambeaux que je viens de trouver en ressortant.

Et tout cela aurait pu être évité. Peut-être. En partie. Si l'avocat plaidant n'avait pas su que j'avais menti... Si Reuben ne le lui avait pas dit. J'aurais pu tenter de me défendre en procès. J'aurais peut-être eu une chance de m'en tirer sans condamnation.

Je continue de le dévisager, toujours sous le choc. Lui me lorgne bizarrement.

« Pourquoi est-ce qu'ils n'en ont pas parlé à l'accusation ?

– Rien ne les y oblige. Mais ils ont obtenu de toi que tu plaides coupable. Ils ne voulaient pas prendre le risque d'envoyer à la barre un menteur. Toi, ou moi.

– Pourquoi est-ce qu'ils ne m'en ont pas parlé, à moi ? »

Il hausse les épaules, se contente de me regarder.

« Pourquoi l'auraient-ils fait ?

– Je ne sais pas.

– Bref, je pense qu'on peut dire que c'est moi qui suis responsable de tout ça, conclut-il en faisant un geste dans ma direction.

– Tout ça quoi ? »

Ma voix est à peine plus forte qu'un murmure.

« Ces détritus, répond-il avec un accent qui revient à ses racines londoniennes, comme quand il fait du lobbying, prononce de petites phrases bien senties au micro des journalistes ou se lance dans des discours sur les préjugés antimusulmans.

– Détritus.

– Les détritus de notre mariage. » Il a toujours les yeux fixés sur moi, son verre serré dans sa main, contre sa poitrine. « Après que je l'ai empoisonné.

– Tu ne l'as pas empoisonné, je réponds machinalement.

– Si, et toi aussi.

– Qu'est-ce que tu essaies de dire ? »

Il se laisse aller contre le mur comme il le fait parfois, appuyant son poids dessus et penchant la tête.

« J'ai plus la force, Jo.

– La force de quoi ?

– Je veux juste... Je t'ai attendue, attendue, attendue encore.

– Je sais, je...

– *House of Cards. Game of Thrones*, deux fois. *Homeland* », énumère-t-il, me coupant la parole.

Je le regarde en fronçant les sourcils, déconcertée.

« *The Good Wife. Breaking Bad. Sherlock. Mad Men.*

– Je... »

Je balbutie et m'interromps, ne sachant quoi dire à cet homme lancé dans sa diatribe devant moi.

« Toutes ces séries que j'ai regardées pour occuper les heures et les heures passées sans toi. J'en ai tellement ras le bol de regarder la télé tout seul. »

J'écarte les bras.

« Mais je suis revenue, maintenant. »

Le geste fait déborder mon verre. C'est juste un Coca. Des gouttes me mouillent la main et je détache les yeux de ceux de Reuben pour la regarder brièvement. Je sens ma peau devenir poisseuse en commençant à sécher.

« Tu es revenue, oui », répond-il en me regardant avec une brusque expression de tendresse.

Non, pas de tendresse. D'autre chose. Je me rapproche de lui et son corps m'accueille, comme il l'a toujours fait. Puis je suis dans ses bras, et je sens son haleine alcoolisée lorsqu'il incline la tête vers la mienne, son corps chaud et solide contre le mien.

« Tu es revenue, Jo, mais je t'ai pleurée. Et tu me manques.

– Je te manque ? Mais je suis là.

– Et pourtant, c'est ce que je ressens. J'ai l'impression que tu n'es pas là. »

Je détourne les yeux.

« Je t'ai pleurée. Ouais », répète-t-il.

Je ne l'ai pas entendu parler autant depuis avant la prison. Les mots se bousculent pour sortir de sa bouche comme des enfants maladroits qui se marchent sur les talons lors d'une sortie scolaire.

« J'ai regardé toutes ces séries tout seul, et j'ai tourné la page.

– Tourné la page ? Sur moi ? »

Sa vérité est si douloureuse que je dois fermer les yeux pour m'en protéger. Si je pouvais revenir en arrière, ne pas appeler les secours et me contenter de partir à la place, je le ferais. Oh, à cet instant, je le ferais sans hésiter.

« J'ai pleuré ta perte. Je ne faisais rien de mes journées. Je restais enfermé à l'appart à longueur de temps. Au boulot, ils m'ont mis au... tu sais. Ils m'ont réaffecté, à un poste administratif bien caché. Je n'avais nulle part où aller et je ne voulais voir personne. » Il s'écarte pour laisser passer un autre couple, et son corps bouscule le mien. « Je ne portais pas le noir. Il n'y avait pas eu d'enterrement. Mais c'était un deuil.

– Eh bien maintenant, je suis revenue – d'entre les morts. Et ça ne te fait pas plaisir ?

– Non, Jo », répond-il en secouant tristement la tête.

Et c'est là que je comprends ce que je lis dans son expression. C'est de la pitié. Je lui fais pitié.

« Non », répète-t-il.

La femme chante encore à pleins poumons sur la scène improvisée, un blues, mais on n'a plus besoin de crier pour s'entendre, maintenant. Ici, pour la fin de notre mariage, le volume est bas.

« Il y a quelque chose qu'on ne nous dit pas, c'est que le deuil contient beaucoup de colère. Parfois les gens sont en colère que leurs défunts soient morts… qu'ils les aient quittés.

– Tu es en colère.

– Oh, que oui, répond-il doucement. Putain, je suis furieux contre toi, Jo. »

Je recule brusquement la tête, étourdie comme si j'avais été giflée. Et n'est-ce pas le cas ? Non, pire que giflée. Écorchée vive. Coupée en petits morceaux. Ouverte par le haut du crâne et vidée de mes entrailles.

« Tu as été tellement stupide », dit-il.

Je commence à protester mais il m'arrête d'un geste de la main.

« Je repense à cette nuit-là, parfois. J'imagine si tu n'avais pas fait cette erreur. Comme les choses auraient été différentes. On aurait probablement des bébés. Une maison différente. On était tellement heureux, Jo. Même ce soir-là, un vendredi parfaitement ordinaire, j'étais impatient de te voir rentrer à la maison. Comme toujours. Avec tes projets farfelus d'*acheter un petit terrain agricole* ou d'*ouvrir un bar à jus*. Et maintenant ça… ça ne va pas. Il y a quelque chose qui me gêne. Dans le fait que tu sois de retour à la maison. C'est trop…

– Mais tu vas te réhabituer à moi. Et je vais me réhabituer à cette vie. Je continuerai à imaginer des projets débiles, si tu veux.

– Mais tu es différente, maintenant.

– Non.

– Et tu as… tu as gravement blessé quelqu'un. Tu as été poursuivie en justice.

– Oui. Et tu n'es pas capable de me pardonner ça ? Une erreur ? Être dans le juste, être *vertueux*, est donc plus important pour toi que moi ? Que m'aimer ? »

La colère s'empare de moi alors que je réalise vraiment l'étendue de sa trahison. Comment est-ce qu'il a pu faire ça ? Comment ? J'aurais dit n'importe quoi à la police pour Reuben.

Absolument n'importe quoi. J'aurais menti pour lui. Je l'aurais aidé à enterrer un corps. Je lui aurais donné un alibi.

Je me rends compte, alors que je dévisage mon mari à cet instant, que je le connais à peine. Son honnêteté – sa moralité – l'emporte sur tout le reste. Même sur moi.

Reuben hausse les épaules. Et malgré ses mots, le jugement qu'il porte sur moi et toutes ces nuits qu'il a passées seul, à se détacher émotionnellement de moi tandis que je comptais les jours avant de le retrouver, il me semble stupéfiant que les choses se terminent ainsi. Par un haussement d'épaules. Un haussement d'épaules paresseux et méprisant. Comme s'il ne savait pas, et n'avait pas particulièrement envie de savoir.

Il déménage deux jours plus tard.

Deux jours après cela, son père meurt.

39
Taire

Il n'y a qu'une seule destination sur ma liste alors que mon train s'arrête à Marylebone Station, Londres, mais je la remets à plus tard. Je suppose que certaines de mes habitudes vont subsister plus longtemps qu'elles ne devraient. Ma tendance à procrastiner. À glandouiller. Le fait de m'arrêter pour prendre une photo de la lumière qui entre à flots par la grande porte de la gare, même si je ne la montrerai jamais à personne. J'ai toujours adoré cette vue. Les arbres. L'espace. Presque comme si c'était la limite de Londres, et que la ville ne commençait vraiment que juste derrière. *Entrez*, semble m'inviter ce carré de lumière.

Je longe le fleuve à pied pour me rendre à l'exposition, même si ma promenade me laisse fatiguée et à bout de souffle. C'est comme rentrer chez soi. J'avais oublié à quel point j'aime Londres. J'avais oublié son caractère exact, et c'est comme retrouver un vieil ami longtemps perdu de vue, et redécouvrir ses tics et ses manies.

Il fait une chaleur accablante, et l'air chaud me picote la peau. Cela fait déjà quatre semaines qu'une vague de chaleur s'est abattue sur la région, et tout le monde en a déjà ras le bol, se plaignant de ne pas réussir à dormir et que presque aucun lieu public n'est climatisé. Les gens ont arrêté d'instagrammer les arbres et le ciel, et commencé à prendre en photo les choses négatives à la place. L'herbe assoiffée le long des rues. Les canaux asséchés, avec leurs péniches échouées comme des cadavres. Je n'aime pas les regarder. Voir le fond d'une voie d'eau, c'est comme voir quelqu'un sans ses vêtements.

Je ne peux pas être à Londres sans penser à Reuben. Ils sont inextricablement liés dans ma tête. Mais j'essaie de me retenir de penser à lui trop souvent, en ce moment. Quelqu'un passe à côté de moi à vélo. Un père et sa fille sont en train de faire de la peinture au doigt ensemble au bord de l'eau ; un pinceau trempe dans un bocal d'eau trouble par terre à côté des marches qui mènent sur Tower Bridge, sa pointe durcie de peinture bleue. J'en sens l'odeur crayeuse. Je l'ai toujours adorée.

Première à droite. Deuxième à gauche, dans une longue ruelle fraîche et sombre. Je crois que je ne pourrai jamais ne pas penser à cette nuit de décembre il y a deux ans lorsque j'emprunte une ruelle déserte, mais ça ne me glace pas comme ça le faisait avant. Je m'arrête une seconde à l'ombre et regarde autour de moi. Personne ne vient. Je le sais, maintenant. Mais, bizarrement, ce n'est plus de ça qu'il s'agit. Les gens coupables n'ont pas pour seule crainte de se faire prendre. Deux ans ont passé. Je m'en suis presque certainement tirée impunément, et pourtant je n'en ressens aucun soulagement. Parce que ce n'était pas vraiment avec la paranoïa que j'étais aux prises ; c'était avec la culpabilité. C'étaient deux facettes du même objet, mais elles étaient différentes. Et l'une d'elles n'a pas été chassée par l'évidence, par les faits, tout rassurants qu'ils soient. Elle était là – cet animal assis sur ma poitrine – parce que j'avais tué un homme. Et elle sera toujours là, à jamais. J'en accepte le poids, maintenant, je ne cherche plus à m'en débarrasser. Ce serait peine perdue.

Trois personnes me dépassent alors que je descends la ruelle. Le monde regorge de personnes. Tout le monde sait cela. Mais celui où je vis en compte une de moins. Par ma faute.

J'atteins une porte qui arbore l'affichette plastifiée que je cherchais, avec sa ficelle verte jaunissante sur les bords, et je l'ouvre pour entrer. Il fait si clair dehors que mes yeux mettent quelques secondes à s'acclimater à la pénombre bleutée.

Le sol est recouvert de parquet brut et il y a des cadres accrochés aux murs. L'espace d'un instant, je crois être accidentellement entrée chez quelqu'un et je sursaute, tremblant de tout mon corps – ce genre d'intrusion me perturbe plus que la moyenne. Je me suis déjà tellement immiscée dans la vie d'autrui. J'ai pris, déjà, quelque chose qui ne m'appartenait pas en la personne d'Imran. Mais alors que mes yeux s'adaptent à la luminosité, je vois les peintures, les petites pancartes en dessous, et je sais que je suis au bon endroit.

J'ai vu l'annonce sur Facebook. Elle est apparue soudainement, une amie commune ayant liké l'événement sur mon fil d'actualité. Laura. Ses peintures. Sa première exposition.

L'un des tableaux représente un groupe de gens passant les portillons du métro. Il est d'un réalisme presque photographique. Les cartes du réseau sur le mur du fond, l'homme qui vend des fleurs juste à l'intérieur de la station. Les manteaux et les parapluies des personnages. Il y a des feuilles mortes et des flaques à leurs pieds, ourlées de blanc par le reflet des néons au-dessus de leur tête. Il est clair que c'est censé être des banlieusards qui se rendent à Londres pour travailler. Mais ils ont tous exactement la même position. Comme des zombies ou des automates faisant la navette quotidienne.

Je ne résiste pas à l'envie de lire la plaque. *Par Laura Cohen.* Ma Laura. Mes yeux se remplissent de larmes. Toutes ces années d'efforts. De tentatives et d'échecs. Parmi toutes les personnes au monde qui essaient de faire quelque chose d'artistique, et toutes celles qui n'y arrivent jamais ; celles qui ne terminent jamais leurs œuvres, ou dont le travail n'est jamais retenu par une galerie. Elle a réussi.

Je les examine un par un, attentivement. Ils expriment tous un commentaire sur la vie d'entreprise. Ils sont presque drôles. Une femme à son bureau avec tous les jours du lundi au vendredi marqués d'une croix sur son calendrier. Et en guise de pendule, un énorme sablier pendu au-dessus de sa tête. Un homme, assis dans une cuisine où « MAISON » est écrit au-dessus de la porte, en train de glisser des pièces dans un bocal étiqueté « VERSEMENT ». C'est une satire de la vie moderne. La série qui l'a fait connaître. Ce n'est pas ce que je pensais découvrir, mais n'en va-t-il pas toujours ainsi ? Je pensais qu'elle vendrait ses œuvres féministes, comme celle où une femme descend la rue avec quarante paires d'yeux posés sur elle, les hommes autour d'elle oubliant ce qu'ils font. Toutes ont la même qualité photographique, digne d'un portrait. J'ai toujours pensé que ce serait celles-là qui la feraient percer. Mais non ; c'est celles-ci.

Je reste là une bonne heure, à tout regarder attentivement. À chercher des choses cachées dans ses peintures. Une péniche, ou un personnage ayant ma forme de bouche, ma façon de me tenir, ma tignasse rebelle. Mais je n'en trouve aucune. Il n'y a aucun signe de moi dans l'exposition de la personne qui était autrefois mon amie la plus proche.

Mais évidemment. Je l'ai abandonnée ; je les ai tous abandonnés.

Alors que je m'apprête à partir, je repère, dans une alcôve à part, un tableau que je n'ai pas vu avant. Je l'examine de près. Le cartel dit que c'est l'œuvre qui a retenu l'attention du galeriste.

Une femme, allongée sur le ventre dans son lit, l'affichage vert de WhatsApp clairement visible sur son écran. Laura a reproduit à la perfection la brillance d'un smartphone. J'aurais vraiment cru que c'en était un vrai, accroché sur la toile. Celle-ci est divisée en deux, et l'autre moitié du tableau représente un lit dans une pièce différente. Il y a un autre smartphone aussi, et une autre femme, mais cette dernière est presque transparente. Je regarde l'image avec curiosité, prise d'une envie de passer le doigt dessus, mais n'osant pas. Je peux voir les draps roses sous son corps diaphane.

Je garde les yeux fixés sur le tableau quelques instants, avant de comprendre.

C'est un *ghosting*.

Je l'ai ghostée.

Elle l'a peint.

Et c'est ça qui l'a fait connaître.

Il y a une photo d'elle, en dessous du cartel. Je me penche pour l'examiner de plus près.

Un foulard d'un vert intense orne ses cheveux courts, joliment noué au sommet de son crâne. Elle plisse le nez en adressant un grand sourire à l'objectif, un verre à la main. Ses bras sont presque entièrement couverts de tatouages. Elle a l'air d'une artiste, mais reste Laura.

À côté d'elle se trouve une sélection de photos du vernissage, disposées autour d'une coupure de presse. Elles sont récentes : le cadre vitré où elles ont été placées semble encore neuf et brille de propreté.

Il y a Jonty, fidèle à lui-même, avec bagues aux dents et chapeau en feutre, l'air à peine âgé de vingt et un ans alors qu'il sourit à l'objectif. Il y a sa sœur – mince, comment elle s'appelle, déjà ? Laura disait toujours qu'elle était collet monté, réac. Emma, peut-être ?

Et là, au milieu de la foule, un visage que je ne m'attendais pas à voir : celui de Reuben.

Dans une photo incluant toute la pièce, mais juste à côté de Laura. Ma première réaction est d'être flattée : d'avoir tant compté pour lui qu'il a entretenu mes amitiés après que je l'ai quitté. La deuxième est de les soupçonner. Non de quoi que ce soit de romantique, mais, peut-être, d'un rapprochement pour parler de moi, pour essayer de comprendre ce qui m'était vraiment arrivé, à supposer qu'Ed ne leur ait rien dit. Peut-être se sont-ils retrouvés dans notre pub local, seuls, pour échanger leurs hypothèses.

Je déglutis. J'ai l'impression d'avoir la gorge lourde, gonflée, comme si quelqu'un y avait enfoncé une balle de tennis.

Je regarde à nouveau la femme transparente. C'est peint à l'acrylique, je crois, et de façon si astucieuse. La peinture est là, sans l'être. Je regarde son corps translucide, ses vêtements à moitié visibles. Sa forme qui ne crée pas de creux dans le matelas, ni ne projette d'ombre. Les détails. Ce n'est pas moi, et pourtant, en même temps, elle me représente, moi qui vis effacée par la culpabilité.

C'est le prix que j'ai payé, me dis-je. Reuben. Laura. Wilf. L'accident. J'ai perdu des choses. C'est ainsi que je fais réparation, je songe naïvement. C'est ma peine de prison. Je pense à Ayesha, et je pense à Imran, mort seul, sans amis, dans cette flaque.

Ils sont à vous, je dis à l'univers. *Prenez-les, et faites-moi payer.*

C'est un prix raisonnable.

Un prix juste.

Mais ce n'est pas assez.

Alors que la nuit commence à tomber, je prends le DLR, ce petit métro de surface, pour gagner la City. Je ne suis pas prête à voir l'homme que j'ai le plus envie de voir. Pas encore. L'homme qui arrivait toujours à me faire rire simplement en secouant la tête lorsqu'il me voyait revenir de chez Hobbycraft avec tout un kit pour Fabriquer ses Meubles en Osier Soi-Même.

Mais pour l'instant, je veux reprendre contact avec Wilf. Le voir. Savoir ce qu'il devient.

J'arrive dans la City et me rends d'abord à son travail. On est vendredi soir, mais j'ai bien plus de chances de le trouver là qu'ailleurs. Il travaille au neuvième étage, m'a-t-il dit une fois, et je m'en suis souvenue. Je lève les yeux. Je suis fatiguée d'avoir tant marché. Cela faisait des années que je n'avais pas fait autant d'exercice. J'ai mal à la main. C'est le crépuscule, il fait encore chaud, et les réverbères commencent à s'allumer. Le ciel est en train de devenir d'un bleu si pâle qu'il reste presque blanc. La tour se détache nettement sur le ciel nu, plongée dans le noir à l'exception d'une fenêtre. Au neuvième étage. Je la regarde fixement. Deuxième en partant de la gauche. Quatrième en partant de la droite. Illuminée, comme un phare dans le ciel printanier. Je n'en détache pas les yeux, espérant l'entrevoir, me demandant ce que nous pourrions faire s'il regardait dans la rue et me voyait là, pour la première fois depuis deux ans.

« On s'est un peu perdus, Wilf et moi », ai-je raconté à Reuben sur ces marches, à la soirée où on s'est rencontrés, lorsque j'ai réussi à le faire parler et que les mots se sont mis à s'écouler de nos bouches comme de la laine se dévidant en douceur.

« Pourquoi ? a demandé Reuben.

– Il n'y a pas vraiment de raison », ai-je répondu.

Et je crois qu'il a compris. Il n'était rien arrivé de grave entre Wilf et moi, et c'était cela le pire. Nous étions simplement trop différents pour que la plate-bande dans laquelle nous avions poussé nous retienne liés.

Qu'aurions-nous fait si les choses avaient été différentes ? Si, peut-être, je n'avais pas échoué à l'université, ou si nous avions, d'une manière ou d'une autre, réussi à revenir l'un vers l'autre ? J'aurais pu débarquer dans son bureau, m'amuser à tourner sur sa chaise, commander un plat à emporter pour lui, l'aider à finir ce qu'il faisait. Ou peut-être serions-nous allés nous promener. Du côté du fleuve. Entre deux tours de bureaux, nous aurions traversé leurs parkings en rez-de-chaussée, vivement éclairés dans l'obscurité, pour atteindre les quais, là où on a presque l'impression d'être en bord de mer, où ça sent le poisson et où l'eau clapote doucement. Nous n'aurions pas pu parler des choses dont nous parlions autrefois : et s'il y avait un accès au monde de Narnia au fond de notre énorme placard-séchoir ? Et si nous avions la capacité de voler, mais qu'aucun humain n'avait encore trouvé, tout simplement, la combinaison magique de mouvements ? Mais nous aurions pu parler de nos parents et des choses qu'ils nous disaient autrefois. De la fois, en plein repas de Noël, où papa m'avait dit très sérieusement qu'il attendait de moi onze A^+ à mes examens, et que Wilf s'était esclaffé. « J'ai eu un A, et j'ai survécu », m'avait-il dit. J'aurais pu lui demander s'il l'avait senti aussi : le poids de leur déception. Leur manque d'attention, même si on était allés au Cap pendant les vacances d'été, même s'ils nous avaient emmenés nous promener dans les champs et dîner aux chandelles dans des châteaux en hiver. J'aurais pu lui demander s'il l'avait ressentie aussi : l'indifférence perceptible derrière tout cela, comme une perturbante toile de fond. Ou si c'était seulement moi.

Nous pourrions faire quelque chose, ici, à Londres, tout en ayant cette conversation. Quelque chose en tant que frère et sœur. En tant qu'alliés. En tant qu'adultes libres de faire tout ce qu'ils veulent au monde : aller manger une barbe à papa ridiculement chère au bord du fleuve, ou monter dans le London Eye, ou ne rien faire du tout.

Quand j'ai fêté mes dix-huit ans, c'est Wilf qui a veillé à ce que je passe un bon moment. Pas en me faisant boire ou en rameutant des amis, mais en m'emmenant dans le jardin juste après minuit le jour de mon anniversaire, et en lâchant un ballon rose dans le ciel avec moi. Et c'est mon souvenir le plus impérissable. Qu'est-ce qui a changé entre nous ? Je ne le saurai jamais si je ne fais rien. Et donc, parce que j'ai arrêté d'éviter les choses, que j'ai commencé à m'y confronter, je pousse un soupir, puis sors mon portable pour l'appeler. Son téléphone sonne, quatre fois, puis je tombe sur la messagerie. L'appel n'a pas basculé naturellement dessus. Wilf a appuyé sur le bouton rouge. Je sais faire la différence. Il doit encore avoir mon numéro. Ça fait deux ans qu'on ne s'est pas parlé, mais il doit encore l'avoir.

Je retente. Par égard pour le passé. Pour lui accorder le bénéfice du doute. Peut-être, me dis-je avec espoir pendant que son téléphone sonne, qu'on pourrait juste ne rien faire. Rien du tout. Aller chez lui. Ou dans un bar. Manger des frites au bord du fleuve pour la dernière fois. Ou prendre une bière ensemble, comme la veille de son départ à l'université, dans le grenier de la vieille grange, assis sur les balles de foin.

Mon appel bascule de nouveau sur la messagerie et je raccroche. La lumière à la fenêtre ne change pas. Je reste là, les yeux levés vers elle, pendant encore quelques minutes. Je n'évite plus les choses, mais je ne peux pas les forcer non plus. Je ne peux pas forcer Wilf à décrocher.

Tant pis. La dernière fois qu'on a eu une discussion un tant soit peu sérieuse, Wilf et moi, on avait dix-huit et vingt ans. On n'était pas destinés à se retrouver, c'est tout.

J'ai les yeux humides, et je me dis que c'est à cause du vent chaud, à force de garder les yeux fixés sur cette fenêtre, sur ce fanal qui brille dans le noir.

Je m'en vais, me retournant une fois, deux fois, pour regarder cette lumière qui flotte toujours en hauteur, dans la nuit, dans sa boîte en verre. Elle reste allumée. Je ne le vois jamais s'approcher de la fenêtre. Et il ne me rappelle pas.

40
Avouer

« Eh bien, vous me semblez très équilibrée », me dit le formateur.

Il s'appelle Simon, et il a ce look du mec affable de la haute : des boucles qui lui retombent sur le haut du front comme un petit garçon, les joues roses. Je suis sûre qu'il aime les bons vins, les courses de chevaux, et qu'il ne s'inquiète jamais trop.

« Ah bon ? Je… J'ai du mal à me réhabituer à la vie au-dehors. »

Je ne suis pas embarrassée comme je le serais d'ordinaire. C'est un centre de formation à l'aide psychologique pour des personnes qui ont elles-mêmes connu des moments difficiles. Je ne connais pas le passé de Simon, mais son collègue Emmett a été sans-abri. Il y a un ancien alcoolique et quelqu'un qui a grandi en foyer après des maltraitances. Et puis il y a moi. Une femme qui doit sérieusement réfléchir pour comprendre comment recharger sa carte de métro à la machine. C'est ce que je dis à Simon.

« Oui, rétorque-t-il en se penchant vers moi, posant ses bras bronzés sur ses genoux. Mais n'est-ce pas justement un exemple qui prouve que vous êtes *totalement* normale ? Que vous ayez du mal à vous réadapter après la prison ?

– Je… peut-être. »

Je peine à me faire une idée sur la question.

« Je pense que c'est la preuve que vous êtes bien dans votre tête, au contraire. Vous seriez folle si cela ne vous faisait rien.

– Je pense à Imran, aussi. Tout le temps. À ses séquelles, et à comment il va, ces jours-ci.

– Également normal. Vous vous souciez de lui, parce que vous êtes humaine, répond-il avec un sourire.

– Je sais qu'il ne va pas s'être *remis*. Mais j'espère qu'il… Je ne sais pas. J'espère, c'est tout.

– Je sais… »

Il marque un temps, puis passe en revue sa liste de points à aborder tandis qu'on décide des étapes suivantes.

« Donc vous avez obtenu votre diplôme en prison ? »

J'acquiesce.

Il m'a fallu un an pour les convaincre de me le proposer. L'ancienne Joanna – comme j'ai pris l'habitude de la voir dans ma tête – n'aurait pas insisté. Elle aurait regardé des intégrales de séries, lu des livres, évité d'y penser, puis aurait été périodiquement déçue, à ses anniversaires et au Nouvel An, de constater que rien n'avait changé dans sa vie. Mais cette Joanna-ci est différente. Je ne sais comment, alors que la société avait décidé que je ne valais rien, j'ai décidé tout le contraire, et je me suis bougé les fesses pour obtenir ce que je voulais. Il n'y avait que moi et une autre femme – Dani – dans cet atelier, à bosser pour obtenir notre diplôme d'aide psychologique. Mais ça en valait la peine.

« Oui. Maintenant, j'ai besoin d'une affectation.

– Et comment pensez-vous que votre crime… interfère avec votre rôle en tant que conseillère psychologique ? »

Je me laisse aller contre mon dossier, en réfléchissant. À tous points de vue. Il affecte ma vie à tous points de vue. Remodelant mon identité autour de ces angles nouveaux et jusqu'au tréfonds de moi-même, comme si j'étais un bout de bois sculpté par les événements de cette nuit de décembre et tout ce qui a suivi.

« Je me soucie moins de ce que les gens pensent de moi, je finis par répondre. Mes parents. Tout le monde, en fait. Je n'en ai plus rien à faire. Et… » Je m'interromps pour réfléchir. « Avant, j'avais cette manie d'observer les autres – les Vraies Personnes, je les appelais. Et je comparais leur extérieur à mon intérieur. Mais je ne fais plus ça. Je suis… je suis une Vraie Personne. »

Simon hoche brièvement la tête, puis rit.

« Je crois que vous êtes prête. »

Laura et moi nous retrouvons à La Gondole après sa première journée de travail. Ses cheveux ont pris le soleil pendant la canicule. Son corps, son visage, contiennent les vestiges de la hippie qu'elle a été : je la vois dans la nonchalance de son attitude, dans l'anneau qui, je le sais, est caché à mi-hauteur de son oreille, sous ses cheveux ; mais la plupart des traits caractéristiques ont été effacés, comme laissés trop longtemps au soleil.

Elle est au courant pour Reuben et mélange son cocktail d'un air songeur. On est assises dehors, dans l'air moite et oppressant qui semble peser sur nos épaules comme une couette d'hiver.

« J'ai passé la journée à me geler, me dit-elle. Les bureaux donnent dans l'excès en période de canicule.

– Ah bon ? » je fais distraitement.

Un silence gêné retombe entre nous. Il n'y en avait jamais, avant.

« Comment va Tabatha ? » je demande d'un ton qui me paraît venimeux.

Laura hausse les épaules.

« Elle va bien. » Elle me regarde. « Ça te rend triste ?

– Oh ! Non. Je sais. On ne pouvait pas… on ne pouvait pas être amies. Pas vraiment. Pendant que j'étais en prison.

– Non.

– Mais j'ai eu l'impression que tu… eh bien, que peut-être tu avais un peu honte de moi. Que tu *voulais* passer à autre chose. »

Laura relâche une expiration par le nez.

« C'était pas facile, Jo. Tu sais ? C'était vraiment dur.

– Oui.

– Je suis désolée que ça se soit passé comme ça, mais ça l'était, pour moi. J'avais l'impression que tout avait changé.

– C'était le cas.

– Je sais. Je suis désolée. » Elle lève les mains, paumes tournées vers moi. Elle porte encore toutes ses bagues. « Je n'ai pas d'excuses. Je n'ai pas assuré. Je n'ai pas été une amie digne de ce nom.

– C'était sans précédent, il faut bien l'avouer. La prison. Dans… le milieu qu'on fréquente.

– Sans blague, réplique-t-elle avec un petit rire. On a tous… Je ne sais pas. On a tous eu du mal. Ça nous a demandé un gros effort d'adaptation, à nous aussi.

– Je sais », je réponds doucement. Je tourne de nouveau le visage vers le soleil. « Je suis contente qu'on soit ici et maintenant.

– Je suis désolée, répète-t-elle en me regardant dans les yeux, l'air sincère.

– Critiquons plutôt Reuben. »

Je songe : *Allons, Joanna. Sois adulte. Pardonne.*

Alan dirait qu'il faut que je le fasse. Et peut-être en suis-je capable. Reuben n'a pas été parfait. Laura n'a pas été parfaite. Et je ne l'ai assurément pas été non plus.

Elle reste un moment silencieuse.

« Reuben, finit-elle par dire. Peut-être qu'en fait, vous avez rompu il y a deux ans.

– Quoi ? Mais sur ce qu'il a fait, tu n'as rien à dire ? »

Elle m'arrête d'un geste de la main et me demande :

« Est-ce que tu avais vraiment l'impression d'être avec lui ? L'année dernière ? »

Je repense au visage vieilli de Reuben lorsqu'il m'a crié dessus il y a deux soirs. À l'impression de vide que je traînais avec moi en prison. À l'expression sérieuse de Reuben, en face de moi dans la salle de visite. Au fait qu'il est venu me voir chaque fois que c'était possible, mais n'a jamais vraiment rien dit pendant ces visites.

« Rien en prison ne paraît très réel. »

Rien ne *pouvait* être réel. Ces moments en salle de visite étaient tellement pâles, dilués, comme si la vraie vie avait été distillée et redistillée, pour finir avec un remède homéopathique : prenez deux gouttes dans un grand verre d'eau pour une relation de couple. Une pour une amitié. Trois pour un repas de Noël normal. Tout était tellement éloigné de la réalité qu'il était difficile de se rappeler si celle-ci continuait au-delà des murs de la prison.

« Si je te pose cette question, reprend Laura en agitant sa paille de haut en bas dans son verre, exactement comme elle le faisait ce vendredi soir de décembre, c'est parce que je crois que peut-être il réagit juste comme il voulait réagir il y a deux ans. Maintenant.

– Il m'a balancée.

– C'est un gamin, dit-elle en hochant la tête.

– Je ne me suis jamais sentie aussi trahie. De toute ma vie.

– Je pense qu'il est furieux contre toi. Mais pendant ces deux ans il a été… contrit. Tu sais ? Tu lui manquais tellement. Il a chanté cette chanson, dans son club de jazz. Il pleurait en la chantant.

– Tu es allée le voir ? »

Elle acquiesce.

« Il n'avait… il n'avait pratiquement personne, Jo. Sans toi.

– C'était quoi, la chanson ?

– Elle parlait de votre vie ensemble, je crois. Il n'y avait pas beaucoup de paroles. Mais elle s'appelait "Notre tableau noir". »

Mes yeux se remplissent de larmes. Ma voix est enrouée par l'émotion.

« Oui, ben… On n'a pas toujours ce qu'on veut. »

Laura plisse les yeux en regardant le soleil. Le canal est encore écrasé de chaleur, et les péniches fleuries ressemblent à des bibelots.

« Ma péniche me manque.

– Tu n'étais pas obligée de renoncer à tout. D'aller jusqu'au bout comme ça. Laisser tomber l'art. Décrocher le boulot en entreprise. La maison en banlieue pavillonnaire.

– Si, réplique-t-elle rapidement. Ça… ça légitimait les choses. Pour moi. Il faut que je sois à fond dedans. Je n'ai pas le choix.

– Une maison. Une Volvo. Trois gamins.

– Peut-être », fait-elle en écartant les mains.

Je sens la jalousie s'emparer de moi. Avec Reuben, on aurait été des parents fantastiques. Je le sais. J'aurais éduqué nos enfants sur les gens, le pouvoir des rêves et de l'imagination. Il les aurait sensibilisés à la politique, à l'art, aux classiques, à l'économie. Ç'auraient été nos enfants. De petits socialistes, sans aucun doute.

« Ce que je voulais dire, c'est que sa réaction vient de… qui il est, reprend-elle.

– Reuben ?

– Oui. C'est un idéaliste. N'est-ce pas ?

– Bien sûr.

– Mais peut-être qu'il n'a pas vraiment grandi, dans sa tête. On est tous idéalistes quand on a vingt ans.

– C'est la personne la plus mature que je connaisse.

– Tu es sûre de ça ? » Elle me regarde en jouant avec un éclat de bois dans la table. « Tu es sûre que c'est vrai ? »

Le bar me paraît si totalement différent en été de ce qu'il était cet hiver-là, il y a des années. Ça me fait presque penser au décalage qu'on ressent quand on emménage dans un appartement et qu'il semble complètement différent, d'une façon qu'on ne saurait décrire ou justifier, de ce à quoi il ressemblait quand on l'a visité.

Je ne savais même pas qu'il avait une cour. Par une fenêtre à l'ancienne, je distingue tout juste l'intérieur du bar. Il est plus petit que dans mon souvenir. Insignifiant.

« La maturité, c'est être flexible, continue-t-elle. Regarde-moi. Je voulais être une artiste. Ça ne s'est pas fait. C'est la vie. Elle n'est pas parfaite – et les gens non plus ne sont pas parfaits. Je crois que sa colère envers toi est puérile.

– Ouais. » Je hausse les épaules. « Il est probablement puéril. Il… il m'a volé deux ans, Laura.

– Je sais, dit-elle en hochant rapidement la tête. Je sais. Mais tu lui as vraiment manqué.

– Je sais ça aussi. »

C'est vrai. Je sais les deux choses, et les deux choses sont vraies. Reuben est à la fois bon et mauvais. Laura aussi. Et moi aussi.

Je détourne les yeux de la fenêtre pour les baisser sur mes genoux.

« Arrêtons de parler de lui », je fais avec un sourire triste.

L'écran de son téléphone s'allume. Je vois que c'est Tabatha. Elle ne le regarde pas, le range dans son sac. Plus tard, elle m'envoie un texto. Juste un mème rigolo. Je lui en envoie un en retour.

Wilf me demande si je veux aller voir papa et maman fin juin.

« J'y vais la semaine prochaine, me dit-il.

– Peut-être. »

Notre nouvelle relation, forgée en prison, me semble trop fragile pour l'exposer au grand jour pour l'instant, comme une pâte à pain qui commence tout juste à lever, lentement.

Nous sommes en train de nous rendre à pied, côte à côte, dans un restaurant de Covent Garden. Les rues pavées sont presque vides, parsemées de flaques. Tout le monde s'est réfugié à l'intérieur ; l'été précoce est déjà terminé. Deux personnes fument sous un store ruisselant. Wilf en salue une de la main ; un collègue, me dit-il.

« Ce ne sera pas un drame si tu ne viens pas, ajoute-t-il. C'est vraiment comme tu veux. »

Je réponds avec hésitation.

« Je vais peut-être venir.

– Bien, fait-il en passant son bras sous le mien tout en continuant de marcher. Il y a quelque chose que je voulais te montrer depuis un moment.

– Quoi ? »

Il sort son téléphone.

« Tu n'as probablement même pas envie de savoir maintenant, dit-il. Mais je me suis dit que j'allais... »

Je lui prends le téléphone des mains. Ce sont des textos. Entre Reuben et lui.

Comment allait-elle aujourd'hui ? demande Reuben. Wilf lui répond, et il pose la même question, deux jours plus tard.

Et puis, l'un des derniers textos. Il a arrêté d'en envoyer quand je suis sortie de prison. *C'est trop dur d'y aller*, a-t-il écrit. *Elle me manque trop.*

Wilf hausse les épaules.

« Tu lui manquais vraiment.

– Je sais. »

Il passe un bras autour de mes épaules.

Et ce n'est pas une juste compensation, ni un lot de consolation, et j'ai peut-être perdu Reuben, mais si je ne m'étais pas dénoncée, je n'aurais pas Wilf à cet instant. Et ça, d'une certaine manière, ça me semble bon. Juste.

41
Taire

Il est temps.

Je me rappelle son adresse. Bien sûr. Je n'y suis jamais allée, mais il en parlait tout le temps. Ed était l'une de ces personnes qui vous racontent tout de leur vie : son oncle qui aimait la pêche ; sa difficulté à trouver une table qui aille dans sa salle à manger ronde ; la vigueur avec laquelle les plantes de son jardin fleurissaient. Il parlait de sa maison en l'appelant par son nom – Oakhalls – comme si c'était une personne.

Oakhalls, à Chiswick. Elle a été facile à trouver. Je suis surprise de n'y être jamais venue, quand j'arrive devant. C'est une maison faite pour accueillir des amis, avec un treillis qui couvre tout un mur, une large porte cintrée encadrée de fleurs. Elle est énorme. Bizarrement, l'abondance de détails qu'il m'a donnés ne m'a jamais laissée comprendre à quel point c'était une belle demeure. En retrait de la route, avec une façade blanche – à Chiswick. Elle doit valoir plus d'un million de livres. Ils ont acheté au bon moment, me dirait-il avec un geste modeste de la main – je le vois déjà faire.

Il est à peine 20 heures passées, mais il règne une telle impression de calme et de repli dans les rues qu'il paraît presque impoli de sonner. Je le fais quand même, malgré mes mains qui tremblent.

Il est temps. Je suis prête. Je prends une profonde inspiration en voyant une ombre apparaître derrière la vitre, grossie puis rapetissée puis grossie de nouveau par les mille réfractions du verre dépoli.

C'est une femme qui ouvre la porte. Son épouse. Je la reconnais immédiatement, pour l'avoir vue sur les centaines de photos que me montrait Ed chaque lundi sur son iPhone. Barbecues, journées à la patinoire, visites des propriétés du National Trust. Elle m'appréciait probablement, autrefois, je me dis en étudiant son visage. Je la vois me reconnaître. Une lueur dans le regard, un haussement de sourcils, l'ombre d'un sourire.

« Est-ce que Ed est là ? Désolée de passer si tard. »

Je m'étonne de ma propre politesse, au vu de ce que je m'apprête à faire. Je suis essoufflée. Je le suis toujours, mais particulièrement à cet instant. La nervosité, je suppose. C'est comme si mon corps s'était lentement désintégré au cours de l'accident. Et même si je vais mieux maintenant, que les radios montrent que je suis retapée, réparée, recollée, c'est comme si je restais fissurée, fracturée, moins capable qu'avant d'encaisser toutes ces choses qu'un corps fiable devrait pouvoir supporter : le stress, un sprint pour attraper le bus, une poussée d'adrénaline.

« Oui », me répond-elle.

Elle porte une jupe qui touche le sol et un long collier, qui fait entendre un bruit sourd de carillon en bois alors qu'elle s'écarte pour me laisser entrer. Je suis toujours épatée par ces gens qui ne se mettent pas en pyjama le vendredi soir quand ils sont chez eux. Peut-être s'habillent-ils pour le dîner. Ed a toujours été bizarrement guindé, par certains côtés, mangeant sa salade de pâtes avec un couteau et une fourchette apportés de chez lui, attablé au comptoir du bibliobus, tous les midis ; vêtu de pulls beiges avec des chemises assorties en dessous.

Ed apparaît derrière elle, et je suis choquée par le coup de vieux qu'il a pris. Que tout le monde semble avoir pris. Il est beaucoup plus bronzé que d'habitude – des vacances récentes ? – et a perdu ce qui lui restait de cheveux, le crâne désormais couvert de taches brunes. Il est plus voûté, également ; je remarque une bosse bien visible, distingue la courbure de sa colonne vertébrale. Il est… il est vieux, je réalise avec stupeur. Mon Ed.

« Joanna », dit-il.

Ou plutôt, il ne le dit pas ; il l'articule. Joanna. Ses lèvres forment le O puis les A de mon nom.

« Ed », je réponds simplement.

Sa femme s'écarte, et, à ma grande surprise, il sort de chez lui et referme la porte derrière lui d'une main dans le dos. Il sait, et elle sait, et tout le monde le sait, je me surprends à penser – une pensée aussi automatique que les battements de mon cœur. Mais ça n'a pas d'importance, maintenant. Ça n'a plus d'importance. Il faut constamment que je me le rappelle.

Je reste debout devant sa porte d'un air gêné pendant qu'il me dévisage. Il est plus petit qu'autrefois. Ce n'est pas seulement à cause de sa silhouette voûtée. Il est amoindri, d'une certaine façon.

« Je... »

Il me dévisage calmement, les yeux énormes derrière ses lunettes, sans rien dire. Il ne va pas me faciliter la tâche. J'ai prévenu tout le monde sauf lui, après mon départ. Je ne l'ai pas contacté une seule fois, même quand j'avais besoin de fournir des références. Même si ç'avait été un collègue sympathique pendant six ans. Même si c'était Ed. Je n'ai pas pu le faire. Je n'en avais pas la force.

« Joanna », répète-t-il.

J'examine attentivement son visage, essayant de savoir.

Il hausse les épaules avec impuissance, les yeux levés vers moi.

« Je... » Il tend les mains, puis hausse à nouveau les épaules. Un triste sourire aux lèvres. « Tu es partie, finit-il par dire.

– Oui. »

Il me dévisage un long moment. Deux, trois bonnes minutes. Ses yeux vagabondant sur mes traits.

« Je n'aurais jamais cru que tu partirais », reprend-il doucement.

Ses yeux d'un brun profond se fixent sur les miens, et nos regards expriment mille émotions que nous sommes incapables de traduire en paroles.

« Est-ce que tu as... »

Mais les mots s'assèchent dans ma gorge, comme une marée descendante qui ne peut atteindre le même endroit qu'avant sur la plage.

J'essaie, de toutes mes forces, mais après deux ans, trois en décembre, d'innombrables pertes et un accident, je ne peux amener les mots jusqu'à mes lèvres. Je ne peux même pas les formuler. C'est comme si mon crime avait gagné un endroit épouvantablement triste et ténébreux de mon âme. La honte, le bruit et la panique seraient trop insoutenables.

Il tend alors la main vers moi, et je vois que sous la stupéfaction et la tristesse que mon rejet a dû lui causer, il y a aussi de la compassion. Évidemment. Évidemment qu'il est compatissant. C'est Ed. J'étais tellement certaine de savoir comment les gens dans ma vie réagiraient que je n'ai même pas pris la peine d'essayer de leur dire.

Il me regarde à nouveau dans les yeux, et il sait. Cette certitude s'impose à moi avec une telle force que c'est comme si elle s'était brusquement matérialisée, dans l'allée circulaire devant nous. Ce n'est pas la paranoïa embrumée d'il y a deux ans. C'est une certitude absolue. Je crois que peut-être il ne l'a pas su à l'époque, mais qu'il le sait maintenant, d'une manière ou d'une autre.

Il s'avance vers moi et je recule, comme un cheval effrayé sur le point de s'emballer. Il tend une main pour me toucher le bras mais s'arrête, immobilisant les doigts en l'air. Il se demande quoi dire, alors qu'il scrute mon visage.

« Tu sais », je lui dis.

Il incline la tête. Moins un acquiescement qu'une confirmation sans équivoque. Je ne peux ajouter un autre mot.

« J'ai compris, répond-il. J'ai posé des questions, après ton départ précipité. Après que tu t'étais comportée de façon si étrange, ce jour-là au bureau. J'ai posé des questions, et j'ai reconstitué le puzzle. » Il ajoute : « Personne d'autre ne sait. »

La gratitude que je lui voue à ces mots se répand dans mes os comme la chaleur du premier jour ensoleillé de l'année, me réchauffant de l'intérieur.

« Les vêtements…

– Je n'ai rien dit à Reuben. Tout ce qu'il sait, c'est que tu t'étais débarrassée d'eux. Et que tu as menti au sujet de Wilf, bien sûr.

– Je ne peux pas… Je suis revenue pour faire des choses mais je… je ne peux pas rester. »

Je suis encore sous le choc de son aveu.

Il hoche de nouveau la tête, sans rien dire, se contentant de m'observer avec tristesse. Une lettre dépasse de la boîte en bois fixée sur le côté de sa maison. L'enveloppe semble toute desséchée dans la chaleur. Je me concentre sur elle, évitant de regarder Ed ; incapable de le faire.

« Merci. »

Il répond d'un simple hochement de tête.

Il a gardé mon secret pour moi. Comment pourrai-je jamais le remercier comme il le mérite ?

« Elle a arrêté de venir au bibliobus », dit-il doucement.

Sa voix est plus rauque qu'autrefois. Ou peut-être est-il juste contrarié de devoir me parler à voix basse, hors de sa maison, pour que sa femme n'entende pas, qu'elle ne connaisse pas notre secret, elle aussi. Une fois de plus, je me surprends à me demander ce qui s'est passé, ce soir-là, quand je l'ai laissé seul avec Reuben dans nos bureaux. Je suis rentrée chez moi et j'ai largué Reuben, comme s'il était une robe que je devais rendre au magasin parce que j'avais cruellement besoin d'argent ; cherchant des solutions à court terme à mes problèmes. Mais qu'a fait Ed, ce jour-là ? Et qu'a-t-il fait quand il a appris que j'étais partie ?

« Ah bon ? » je demande, prête à affronter les choses. À cesser de les éviter. « Quand l'as-tu vue pour la dernière fois ?

– Cette fois-là, avec toi », répond-il avec le petit rire qui est le sien. Il se couvre la bouche d'une main gênée puis lâche une autre petite exhalation rieuse. « Elle n'est jamais revenue. Et la police a cessé d'enquêter.

– Oh. Je suis là pour… C'est pour ça que je suis là. »

Il hausse les épaules sans me regarder.

Personne n'est jamais venu à ma recherche. Il n'a jamais dit la vérité à personne. Je me demande quels efforts il a dû faire pour la dissimuler. A-t-il jamais regardé les images des caméras de surveillance ?

« Tu es sûre ? » me demande-t-il. Il pose la main sur la poignée de sa porte, et je vois qu'il est temps pour moi de partir. Il sait peut-être, il a peut-être caché mon secret, mais notre amitié est terminée ; bien sûr qu'elle est terminée. « Qu'est-ce que ça peut faire, maintenant ? ajoute-t-il d'un ton triste.

– Que veux-tu dire ?

– C'est fini, Jo. Tu as… tu as souffert. N'est-ce pas ?

– Oui, mais…

– À qui cela apporterait-il quelque chose ? »

Je baisse les yeux. C'est comme s'il savait pour mon roman. Il est prêt. Prêt à être envoyé. Le livre que j'ai écrit au sujet d'une femme qui commet un crime mais choisit de se dénoncer, et de l'homme qu'elle a poussé, de qui il était et de ce qu'il aimait. Il est prêt, et ça m'a permis d'être prête. Mais je ne suis plus sûre de l'être. Les raisons pour me rendre, qui me semblaient si claires ce matin, sont floues, maintenant.

« Je suis désolé, me dit-il. Je suis désolé qu'il en soit ainsi. »

Il ouvre sa porte avec un bruit sec du pêne.

Je le regarde une dernière fois. Bien sûr qu'il en est ainsi. Je suis une meurtrière. Il est forcé de vivre avec mon secret – je me demande s'il a un animal assis sur la poitrine, lui aussi. Et si je l'ai laissé avec quand je suis partie brusquement. Quand j'ai fui le lieu du crime.

« Moi aussi. »

Je me détourne de lui, ne ressentant plus, momentanément, la culpabilité ou la honte, la paranoïa, la panique, mais seulement de la tristesse. D'avoir été là. Que ce soit arrivé. Que ce soit arrivé par ma faute, et d'avoir agi ainsi ensuite.

Je baisse la tête un moment, et il tend de nouveau la main, posant cette fois les doigts sur mon bras avec la légèreté d'une brise. Je sens l'éléphant bouger, son poids disparaître une seconde. Je porte la main à la sienne, et nous nous étreignons les doigts. Puis, sans un autre regard à Ed, je tourne les talons et m'en vais.

Le jugement définitif de divorce indiquait notre ancien appartement comme adresse pour Reuben, alors c'est là que je me rends. Je ne sais pas comment il fait pour payer le loyer seul. C'est une pensée étrange, que je n'aurais jamais ailleurs qu'à Londres, et cela provoque en moi une bouffée de nostalgie pour cette époque : cette époque pleine de bonheur et de joie à regarder les cent meilleurs films de tous les temps, à entendre la voisine du dessus rentrer en talons à 3 heures du matin, à se rendre ensemble, sous la pluie, à la station de métro.

Il fait une chaleur poussiéreuse dans Hammersmith. Il est tard lorsque j'arrive enfin dans notre rue. Je force mon cerveau à ne pas penser à tous les endroits où je suis passée quand je paniquais – cette entrée de la station de métro, le bout de trottoir devant chez nous, la rue dans laquelle je suis tombée –, et à chercher à la place les bons souvenirs. Il doit y en avoir. Ce dimanche où on est rentrés de notre lune de miel et où j'étais tellement contente d'être de retour, avec notre thé anglais, notre propre lit et même nos trajets en métro : mariée. La première fois que Reuben a été invité à la permanence de notre députée et le baiser rapide qu'il m'a donné ce samedi matin-là pour me dire au revoir, dans son excitation à s'y rendre. Ce que je ressentais en le regardant jouer du piano dans la chambre d'amis. J'adorais le spectacle qu'il offrait. Son attitude changeait ; tout son corps se transformait. Il se penchait sur les touches, accordant son attention aux notes aiguës comme si c'étaient des plantes dont il prenait soin. Rien à voir avec sa posture habituelle, austère et voûtée. Celle que j'aimais tout autant, pour ses différences.

Je suis arrêtée dans la rue à présent, les yeux fixés sur notre porte. Il est probablement sorti, un vendredi soir, deux ans plus tard, mais je regarde quand même par la fenêtre.

Les preuves de sa présence sont partout. Les plantes sur nos marches, qui obligeaient toujours le facteur à regarder où il mettait les pieds, sont toujours bien entretenues. Il y a un autocollant de l'Islam Relief sur notre fenêtre de cuisine. Il est toujours là. Je relâche vivement mon souffle dans l'air chaud de l'été, prends une seconde, et sonne.

Il ouvre la porte, ce qui me surprend. Non parce qu'il est là, mais parce qu'avant, il ignorait toujours la sonnette. Cela ne l'intriguait absolument pas.

Et pourtant le voici, devant moi. En jean skinny sombre et tee-shirt blanc. Il est pieds nus. Je ne pensais pas qu'il vieillirait mal, avec ses taches de rousseur et ses cheveux roux, mais c'est le cas.

Lorsqu'il réalise que c'est moi, son expression s'assombrit. C'est la seule façon dont je peux la décrire. Ses lèvres se pincent. Ses sourcils s'abaissent. Il penche légèrement la tête en arrière, en une sorte de hochement inversé : sa façon d'exprimer qu'il reconnaît quelqu'un. Même après deux ans, tous ses tics me sont familiers. La façon dont ses doigts s'attardent sur l'encadrement de la porte. La façon dont il porte tout son poids sur un pied, appuyant l'autre sur sa cheville. La façon dont ses yeux parcourent vivement mon visage dans l'espoir d'y glaner une information.

Enfin, il lève les mains, paumes tournées vers moi. Un geste de défaite. Puis il s'écarte pour me laisser entrer dans l'appartement où j'ai vécu pendant des années.

Il n'a presque pas changé, mais il est plus spartiate. C'est ma première impression. Tout le « bazar » était à moi. Les pinces à linge peintes et aimantées que j'avais collées sur la façade du réfrigérateur. Les piles de magazines auxquels je m'étais abonnée sans jamais trouver le temps de les lire. Tout ça a disparu. Les surfaces sont vides. Il est étrange de voir comment il a choisi de vivre, sans moi. Que j'étais le fouillis dans sa vie.

Il s'appuie à l'un des tabourets de bar blancs. Je ne peux pas m'asseoir sur l'autre – il est bien trop près – alors je reste debout, l'air gêné.

« Ça fait un bail, dit-il.

– Oui. »

Je lâche mon sac par terre, comme je l'ai fait des milliers de fois. Je me demande si Reuben pense la même chose, car je le vois poser brièvement les yeux dessus avant de les reporter sur mon visage, et l'espace d'un instant, je crois y voir des larmes. Si seulement.

Tout le reste est pareil. Le ciel au-dehors. Le parquet sous mes pieds. L'homme devant moi. Pourquoi ne pouvons-nous pas être quelques années plus tôt ? Avant. Le temps s'étire étrangement devant moi et, l'espace d'un instant, je m'autorise à faire comme si.

Puis j'arrête et marque un temps. Il est là. Le moment. Je vais dire la vérité à Reuben, parce qu'il mérite cette courtoisie. Et après…

« Comment tu vas ? » demande-t-il en me scrutant.

Je me rappelle la dernière fois que je l'ai vu, à l'hôpital, quand je lui ai réaffirmé que je ne voulais plus être avec lui.

« Bien, maintenant. »

Nous parlons brièvement de mes blessures. Il savait ce qu'elles étaient – et il a essayé de venir me voir à de multiples occasions, après cette première fois, mais j'ai toujours refusé ses visites. Mais maintenant, je lui donne tous les détails. Mon pelvis fracturé. Mon hystérectomie. Ma capacité pulmonaire à deux balles. Ça n'a pas l'air de le décontenancer.

« Je vois.

– J'avais une raison. Pour te quitter », je lâche brusquement.

Ça me revient, la capacité d'interagir avec lui, comme si je n'avais jamais vraiment arrêté. C'est comme faire du vélo ou attraper un ballon. La franchise de nos discussions. Les choses que je ne pouvais raconter qu'à lui. Pas étonnant que je sois partie. C'était trop dur dans ces premiers jours.

« Ah bon ? répond-il. Autre que le fait que tu ne m'aimais plus ? »

Il le dit d'un ton tellement factuel que c'est comme s'il venait de m'ouvrir du ventre au menton, là, dans la cuisine. Je serre les bras autour de moi. Je m'étais distanciée de la peine que j'avais causée à tout le monde, avec ma culpabilité, et je ne l'ai jamais vue se matérialiser comme ça.

« Je n'ai jamais cessé de t'aimer. »

Je déglutis.

Une lueur passe dans les yeux de Reuben, mais il ne dit rien. Au bout d'un moment, cependant, il reprend la parole.

« Mon père est mort. Il n'y a pas longtemps. Et je me suis demandé… s'il fallait que je te prévienne. Je sais que tu l'aimais bien. Mais c'était…

– Oh. »

Et alors, bien sûr, je le vois dans son apparence. Le chagrin. Il est plus mince. Plus ridé. Pas par l'âge, mais par d'autres choses ; par la vie et la mort.

« Bref.

– Je suis sincèrement désolée.

– Crise cardiaque. J'étais là.

– Désolée.

– Qu'est-ce que tu voulais me dire ?

– Je ne veux plus te le dire, maintenant.

– Si, dis-moi. »

Et il est là, vraiment.

Le moment.

On est dans notre Avant. Dans une phrase, on sera dans l'Après.

« Avant, je dis en faisant un pas vers lui, est-ce que tu veux bien juste... »

Il reste immobile, mais il ne s'écarte pas, alors je me rapproche encore. Et puis ses bras sont autour de mon corps et c'est une sensation merveilleuse, comme si tous mes étés étaient arrivés en même temps. Je ne l'ai pas étreint depuis tellement longtemps. La dernière fois, c'était, réellement, Avant; la veille de ce qui s'est passé. Mais je ne m'en souviens pas. Je n'arrive pas à trouver les détails distinctifs de ce jour par ailleurs ordinaire, malgré tous mes efforts. Ils ont été ensevelis, comme une bonne nouvelle un jour de mauvaises nouvelles, à jamais occultés par le nuage de ce qui a suivi.

« Je ne sais pas pourquoi je fais ça », murmure-t-il.

Ça ne lui ressemble pas du tout de dire une chose pareille, et, juste une seconde, j'espère qu'il est arrivé quelque chose pour ouvrir cet esprit fermé que j'aime tant.

Je m'écarte de lui, et ses doigts restent sur ma taille une milliseconde de plus qu'ils ne le feraient d'ordinaire. Je vois le rouge lui monter lentement au visage, migrer sur ses joues comme une éruption cutanée. J'avais oublié cette tendance à rougir. Combien je l'aimais. Le baromètre de ses émotions.

Je prends encore deux profondes inspirations, et cette fois il est temps. Je suis prête à passer à l'Après.

« J'ai tué quelqu'un. »

Puis je lui raconte tout.

Il s'accorde la nuit pour réfléchir. C'est tellement lui. J'ai pris une chambre au Travelodge, près de Broadway, le centre commercial. Une dernière nuit de liberté, ai-je négocié avec moi-même.

Le lendemain matin, il m'envoie un texto, puis le voilà, qui m'attend dans le hall style années 1970 du Travelodge, à moins d'un kilomètre de l'endroit où nous vivions ensemble.

« Veux-tu savoir ce qui s'est passé avec papa ? » me demande-t-il.

Il se tient devant une coupe de pommes. N'importe qui pourrait nous entendre, mais ça n'a pas l'air de le gêner.

« Il a tendu le bras vers moi, pendant que maman lui faisait un massage cardiaque. L'ambulance était en route. Et j'ai tellement paniqué devant ce bras qui se tendait vers moi – je crois qu'il savait qu'il était sur le point de mourir – que je... je l'ai laissé pour aller dans la salle de bains ; et quand j'en suis ressorti, il était mort.

– Oh, merde. »

Il hoche brièvement la tête.

« Je comprends l'évitement, maintenant. Je te comprends, toi.

– Je n'évite plus les choses, maintenant.

– Même pas HSBC ? demande-t-il avec un minuscule sourire.

– Eh non. »

Nous restons un moment silencieux, à nous regarder. Puis je dis sobrement :

« Je voudrais que ça ne soit jamais arrivé. Je ne sais pas où je serais si ça ne l'était pas, mais... »

Il lève les yeux vers les miens.

« Avec moi, répond-il simplement. Tu serais avec moi. »

On se dévisage à nouveau. Bien sûr. Bien sûr que je serais avec lui. On ne se serait jamais quittés ; jamais.

Il me tend les bras sans dire un mot. Nos mains se joignent comme elles l'ont toujours fait, et il m'attire contre lui.

« Il faut que je... » J'essaie de me dégager de son étreinte. Mais je ne peux pas ; je ne veux pas. « Il faut que je leur dise. Que j'avoue. Que j'aille en prison. À perpétuité, probablement, au moins quinze ans. »

Je parle trop vite, bredouille.

Mais peut-être y a-t-il une autre issue. Je ne peux plus marcher sans être immédiatement essoufflée. Je ne peux plus avoir d'enfants, ou en tout cas en porter. J'ai passé deux ans, seule, en exil. Peut-être y a-t-il une autre issue, ici, avec cet homme qui m'aime. Je pourrais choisir le bonheur. L'accepter quand il se présente. Rejoindre Reuben, et rejoindre la vie.

Il place un long doigt chaud sur mes lèvres. Son odeur. Oh, cette odeur. Je l'avais presque oubliée.

Il m'attire à lui de nouveau et les larmes coulent librement, de nos yeux à tous les deux.

« Tu veux savoir à quoi je crois plus que tout au monde ? me murmure-t-il à l'oreille.

– À quoi ?

– Aux secondes chances. »

Et je ne sais pas s'il parle de moi et de mon crime, ou de nous et de notre vie ensemble, mais soudain il est en train de m'embrasser, et je m'en fiche.

« Je te pardonne. Je veux te pardonner. Alors je le fais », me dit-il simplement.

DEUX MOIS PLUS TARD

42
Avouer

En approchant de la librairie, je le vois, éclairé, par la fenêtre, vêtu d'une chemise blanche dont les manches sont roulées jusqu'aux coudes. Oh, comme ces coudes m'ont manqué, ces coudes constellés de taches de rousseur, ces avant-bras couverts de poils auburn. Il y a de la gêne dans sa façon de se tenir, et je peux deviner – uniquement grâce aux dix ans qu'on a passés ensemble – qu'il est en train de lire quelque chose qui ne lui plaît pas. Un vendredi soir dans une librairie, à lire un ouvrage avec lequel il n'est pas d'accord. C'est tellement Reuben.

Cela fait quelque temps qu'on échange des textos, on ne semblait pas pouvoir s'en empêcher. L'un d'eux en particulier a changé la donne. J'étais sous la douche lorsque je l'ai entendu arriver, annoncé par le son de notification que j'ai spécialement attribué à Reuben. Je me suis précipitée pour le lire, même si je dégoulinais d'eau.

J'ai été un véritable connard. Je crois toujours que je sais mieux que tout le monde, mais ce n'est pas vrai. J'ai détruit ta vie au nom de mes principes. Et dès que je l'ai fait, ils ont semblé s'évaporer. Ils ne valent rien, comparés au fait de te perdre. Ce sont les gens qui comptent. Pas les positions morales. J'ai porté un jugement tellement catégorique sur toi. Si horriblement catégorique. Je suis désolé d'avoir paru distant. Je suis désolé d'avoir paru embarrassé. J'étais mal armé pour faire face à tout ça. Pas comme toi. Je m'incline devant toi, Jo.

Et puis on a décidé de se voir.

Je m'arrête, une main sur la poignée ronde de la porte. Est-ce que je suis capable de faire ça ? D'entrer, de m'asseoir en face de mon mari, de papoter ? Ma main s'attarde momentanément sur le métal froid.

43
Taire

Je m'attends à le voir, mais je m'arrête quand même brutalement, me figeant dans la rue. Il est dans la partie café de la librairie, en train de lire, et, deux mois seulement après notre réconciliation, je trouve encore sa vue si saisissante.

Il m'attend. Nous allons lire des livres et boire un café ce vendredi soir, ensemble.

Il y a quelque chose dans son attitude qui me fait m'attarder. Il sourit. Un petit sourire complice. Ce sourire qu'il n'ébauche que pour moi.

Je reste encore immobile, la poignée de la porte fraîche et humide sous ma paume.

44
Avouer

Je prends une grande inspiration, la main toujours sur la poignée de la porte. Il ne m'a pas vue. Je pourrais m'en aller. Nous ne sommes peut-être pas prêts. Ce n'est pas le bon moment. Rien n'a changé. Il me déteste. Il m'a dénoncée, a renoncé à moi.

Et pourtant.

Il me semble que quelque chose a changé. Je ne sais pas exactement quoi, mais peut-être est-ce vrai.

La réalité de nous. Est-ce que ça peut vraiment marcher ? Peut-être... peut-être faut-il seulement du temps pour revenir l'un vers l'autre, après une rupture de deux ans. Parce que ça a bien été une rupture ; il n'y a pas d'intimité en prison. Physique ou émotionnelle. Peut-être que ça prend du temps. De revenir l'un vers l'autre. Peut-être Reuben a-t-il besoin de savoir que je suis toujours la même Jo. Celle qui n'arrive pas à se concentrer sur les cent meilleurs films de tous les temps. Celle qui achète des pots de fleurs suédois sur un coup de tête et essaie de faire pousser des cerisiers du Japon sur les marches d'un appartement en sous-sol dans Hammersmith. Celle qui aime les Sudoku et son mari. Peut-être puis-je lui dire tout cela. Que, même si j'ai changé, si je suis plus sûre de moi et suis devenue une Vraie Personne, je reste moi-même. Et je le suis même *plus*, parce que j'ai la permission de l'être. Sans culpabilité. Je regarde de nouveau Reuben.

Et ce n'est pas le portrait de lui qu'offre la fenêtre qui me décide.

Ce n'est pas le fait qu'il soit en train de lire, même si j'adore ça.

Ce ne sont pas ses bras constellés de taches de rousseur, même si je les adore aussi.

C'est son sourire. Personne d'autre ne le repérerait. Les coins de sa bouche sont très, très légèrement relevés. C'est un sourire. Et moi seule le sais. Ce sourire spécial. Le sourire que j'étais la seule à pouvoir lui arracher, comme ce soir où on s'est rencontrés, qu'on s'est assis sur les marches et que je lui ai appris à bavarder. N'importe qui d'autre le croirait austère, grognon, stoïque. Mais moi, je connais ce sourire. Il est pour moi. Il m'a vue.

Et c'est aussi simple que ça, en vérité. Je préfère ma vie avec lui. À ses côtés, je resterai sûrement une bonne personne. Sur le droit chemin. Mais c'est plus que ça. Je le comprends. Il a fait savoir au conseil municipal qu'il trouvait l'impôt local que nous payons trop bas. Il roule à quarante-neuf kilomètres/heure dans une zone à cinquante. Mon Reuben. Évidemment qu'il allait dire la vérité à un avocat. Le problème n'était pas son honnêteté : c'était mes mensonges.

Peut-être qu'un autre homme, un autre mari, aurait menti pour moi. Mais voici la vérité : je lui pardonne. Je veux lui pardonner. Et donc je le fais.

45

Taire et Avouer

Il est temps. Je pousse la porte pour entrer dans la librairie où m'attend Reuben. On verra bien.

« Numéro 3000. Ça me paraît un bon endroit pour repartir, dit-il avec un sourire en me voyant approcher. Le fait que tu es toujours en retard.

– Numéro 3001. Le fait que tu es toujours tellement en avance que tu crois que les autres sont en retard », je réplique.

ÉPILOGUE

Le commencement

La lumière des réverbères est trop brillante, réfractée cent fois dans chaque goutte de pluie bruineuse. Je vois de l'humidité sur les marches en béton, semblable à des milliers de perles de sueur. Les seules choses que j'arrive à distinguer nettement dans la bruine sont les ponts bleu vif de ce Little Venice désert.

Et lui.

Je baisse les yeux sur l'homme qui gît, étrangement tordu, au pied des marches. Il n'a pas bougé d'un pouce.

Je peux aller l'aider. Appeler une ambulance. Révéler mon rôle. Avouer.

Ou alors, je peux m'enfuir. Me cacher. Me protéger et me taire.

Je suis paralysée par l'indécision. Que se passera-t-il si je m'en vais ? Que se passera-t-il si je reste ? Je n'arrive pas à visualiser où me mènerait chacune de ces voies.

Un calme étrange s'empare de moi alors que je reste là, immobile, à l'observer.

La pluie forcit, me mouillant le front et me collant les cheveux aux joues.

Partir ou rester. Fuir ou lutter. Action ou vérité.

Qu'est-ce que je vais choisir ?

REMERCIEMENTS

J'ai eu mes premiers cheveux blancs pendant que j'écrivais ce roman. Alors mes premiers remerciements vont à tous ceux qui ont reçu un texto de ma part l'été dernier, alors que j'étais (se peut-il que ce soit vrai ?) sous contrat avec Penguin et que j'avais choisi d'écrire deux livres en un pour mon deuxième roman avec eux. L'ambition est peut-être une bonne chose, mais elle donne aussi des cheveux blancs.

Tout d'abord, comme toujours, je tiens à remercier mon agente, Clare, qui a rendu tout cela possible. Elle a lu ce roman alors qu'elle était en congé maternité, en deux jours, et m'a fait son retour un soir à 23 h 30. C'est l'une des plus grandes bosseuses que je connaisse. Merci également à Darley Anderson lui-même, qui m'a envoyé un mail qui m'a beaucoup touchée un matin de printemps, et à toute l'équipe des droits étrangers, qui continue de parsemer ma boîte mail de formidables nouvelles.

Ensuite, à mon brillant relecteur, Max : tu as tant fait pour moi. Merci de nous avoir adoptés, moi et *Everything But the Truth*, et d'avoir fait de ce dernier un best-seller. Tes retours sur ce roman l'ont rendu tellement plus clair et plus lumineux, mais tu ne m'as jamais demandé d'en changer l'essence, l'échelle ou le message.

À Jenny Platt, ma publiciste, et à Katie Bowden, ma marketeuse. Vous êtes infatigables et intrépides, et je suis stupéfaite par tout ce que vous avez fait pour moi.

À l'équipe enthousiaste et absolument adorable de chez Michael Joseph : Sophie Elletson, et ma brillante correctrice, Shân Morley Jones. Je ne saurais trop vous remercier.

Ce livre m'a demandé beaucoup de recherches, et n'aurait pas pu être terminé sans l'aide bienveillante de diverses personnes que je connaissais ou dont j'ai fait la connaissance au cours de sa rédaction.

À ma sœur Suzanne, qui a répondu à mes multiples questions sur les lésions cérébrales hypoxiques autour d'un certain nombre de repas en vente à emporter. Et à mon père, sans qui aucun de mes livres ne pourrait être écrit : ton imagination, ton sens du détail qui donne vie à un personnage et ton don naturel pour repérer une intrigue réaliste me sont précieux, mais que tu choisisses de passer ton temps libre à m'aider n'a pas de prix.

À ma mère, pour m'avoir aidée avec sa grammaire toujours parfaite, sans oublier la tasse Penguin Classics que tu m'as achetée avec mon propre livre dessus.

À Alison Hardy, une de mes collègues préférées, qui m'a offert une visite d'Old Bailey pour me permettre de faire mes recherches, et à Charles Henty, qui en a été le guide.

À Liz et Mark Powell, qui ont répondu aux questions dont je les ai bombardés dès l'instant où je les ai rencontrés lors d'une soirée et ai découvert qu'ils étaient agents de police ; interrogatoire qui a eu pour point d'orgue une visite de l'espace de garde à vue offerte par Mark, qui, comme vous l'aurez lu, s'est avérée fondamentale pour ce roman.

À Ameera, rencontrée dans une mosquée que j'ai visitée : merci pour la visite guidée, pour m'avoir expliqué comment se présentent les cimetières musulmans, et pour avoir répondu à mes questions maladroites avec tact et précision.

À Phil et Marie Evison, pour avoir lu un premier jet du roman et m'avoir signalé mes nombreuses erreurs sur la police (« Ils ne portent plus d'énormes bottes, Gillian… »).

À Sami Davies, encore une fois, pour votre avis d'expert médical, pour avoir bien voulu lire un premier jet et pour m'avoir fait découvrir le réflexe d'immersion chez les mammifères. Vos réponses sont toujours immédiates, et elles ne me font jamais remettre en doute ma santé mentale.

À Darin Millar, qui a lu ce roman en même temps que mon agente et m'a fait des remarques si utiles sur la défense pénale. Et à Neil White, qui a répondu à tant de questions cinglées en messages privés sur Twitter. Je n'aurais jamais pu écrire un roman comme celui-ci sans vous deux. Et à Roxie Cooper, qui m'a aidée à comprendre la loi sur la légitime défense et sur l'erreur de fait. Heureusement que les avocats existent !

À Tom Davis, mon professeur de littérature à l'université, qui, un jour de 2004, m'a envoyé un mail pour me dire : *J'ai lu votre blog. Hé, vous savez écrire des dialogues !* Ainsi a débuté une relation de mentorat qui dure depuis treize ans. Je continue à lui envoyer des premiers chapitres, au sujet desquels il est brutal et bienveillant.

Et enfin, comme toujours, à David. Coach de vie, thérapeute, cuisinier, homme d'entretien, muse, oreille critique, meilleur ami et amant. Je ne pourrais rien faire sans toi, et surtout pas écrire des romans.

#lisez!
engagé
www.lisez.com
Pour plus d'information :
Imprimé sur du papier issu de forêts gérées durablement.

Imprimé en France
par Normandie Roto Impression s.a.s. à Lonrai
N° d'impression : 2503096